www.ingramcontent.com/pod-product-compliance
Lightning Source LLC
LaVergne TN
LVHW060452051026
849518LV00002B/739

مغربی ایشیا سے
کچھ افسانے

انتخاب و ترتیب

اشعر نجمی

Bright Books

Maghrabi Asia Se Kuchh Afsane
by Ashar Najmi
Bright Books, Thane, India
1st Edition : October 2024
ISBN: 978-81-981566-5-5

Bright Books

Mira Road East, Dist. Thane, India
nidabattiwala@gmail.com

فہرست

پیش لفظ

اشعر نجمی

زیر نظر انتخاب کو ایک ذاتی انتخاب سمجھا جانا چاہیے۔ بیشتر تراجم مطبوعہ ہیں لیکن ان میں سے کچھ غیر مطبوعہ بھی ہیں۔ دوسری زبانوں سے اردو میں ترجمہ ہونے والے نثر پاروں کی فہرست کافی طویل ہے جس کی ببلیوگرافی تو بنائی جاسکتی ہے لیکن انھیں ایک جگہ اکٹھا کرنا ایک مشکل کام ہے۔ لٰہذا، ہم زیر نظر انتخاب کو ترتیب دیتے ہوئے اس کی لگام کو اپنی گرفت میں رکھنے پر مجبور تھے۔

اس انتخاب پر کام کرتے ہوئے سینکڑوں کتابیں، رسائل، ویب سائٹس، اخباروں وغیرہ میں سے نثر پارے منتخب کیے گئے تھے لیکن اگر ان تمام کو شامل اشاعت کرلیا جاتا تو شاید دس جلدیں بھی ناکافی ہوتیں، لہٰذا سخت ترین انتخاب کے اصولوں کو وضع کرنے کے بعد جو کچھ ہے، وہ آپ کے سامنے حاضر ہے۔

زیر نظر شمارہ انتخاب میں نئے، پرانے اور بہت پرانے ترجمے بھی شامل اشاعت ہیں۔ مطبوعہ تراجم کا لازمی مطلب ہمیشہ یہ نہیں ہوتا کہ وہ تمام قارئین کی نظروں سے گزرے بھی ہوں، چونکہ ہندوستان میں چھپنے والے بیشتر تراجم کی رسائی پاکستانی قارئین تک نہیں ہو پاتی اور اسی طرح پاکستان میں شائع ہونے والے تمام تراجم ہندوستانی قارئین تک نہیں پہنچ پاتے۔ پھر یہ بھی ضروری نہیں کہ اپنے ہی ملک میں شائع شدہ تمام تراجم بھی ہمارے زیر مطالعہ رہے ہوں۔

ہم نے کوشش کی ہے کہ اس انتخاب میں مصنفین کے علاوہ مترجمین کے بھی مختصر تعارف پیش کیے جائیں کہ انھی کے توسط سے ہم تک دنیا بھر کی زبانوں کے نثر پارے پہنچتے رہے ہیں، ان کے اس احسان سے زبانوں کے علاوہ ثقافتیں بھی ثروت مند ہوتی ہیں اور ہم سب ان کے ایک طرح سے مقروض ہیں۔ پھر بھی کچھ مصنفین اور مترجمین کا تعارف ہمیں نہ مل سکا، لٰہذا ہم کوشش کے باوجود بے بس نظر آئے۔

بھکاری

غلام حسین ساعدی (ایران)

ترجمہ: نیر مسعود

غلام حسین ساعدی (۴ جنوری ۱۹۳۶ء۔ ۲۳ نومبر ۱۹۸۵ء) تبریز (ایران) میں پیدا ہوئے۔ گوہر مراد کے تخلص سے انھوں نے ڈرامہ، فکشن، اسکرین پلے، ناول، سفرنامہ اور ثقافتی تنقید پر طبع آزمائی کی۔ ان کی تقریباً ۴۰ کتابیں شائع ہوئیں۔ ۱۹۷۹ء کے ایرانی انقلاب کے بعد انھوں نے جلاوطنی اختیار کی اور آخری دم تک وہ پیرس (□ فرانس) میں رہے اور وہیں سپرد خاک ہوئے۔ غلام حسین ساعدی جدید ایرانی ادب کا ایک اہم نام ہے۔

نیر مسعود (۱۹۳۶ء۔ ۲۰۱۷ء) ایک اردو اسکالر، قلمکار اور اردو زبان کے معروف افسانہ نگار و مترجم تھے۔ وہ ان ادیبوں میں سے تھے جنھوں نے ادبی دنیا میں اپنی منفرد شناخت قائم کی۔ ان کے افسانوں کا مجموعہ 'طاؤس چمن کی مینا' گزشتہ کئی دہائیوں میں سب سے زیادہ پڑھا جانے والا افسانہ تھا۔ نیر مسعود افسانہ، تحقیق، تنقید اور ترجمہ کے موضوعات پر تیس سے زائد کتابوں کے مصنف تھے۔ لکھنؤ یونیورسٹی میں شعبہ فارسی سے تاعمر وابستہ رہے۔

صحرا

اسٹیج کے بیچ میں ایک کنواں، جس کے گرداگرد کانٹوں دار تار کھنچے ہوئے ہیں۔ باڑھ کے سلاخچے کے پاس ایک بڑا سا ڈول رکھا ہوا ہے اور اس پر ایک مضبوط رسی لپٹی ہوئی ہے۔

مسافر، تھکا ہارا اور ننگے پاؤں، پتلون قمیص پہنے، پسینے میں تربتر اسٹیج پر آتا ہے۔ بہت پیاسا ہے اور اس کی زبان باہر لٹکی پڑتی ہے۔ کنویں کی طرف لپکتا ہے۔ باڑھ کے گرد کئی چکر کاٹتا ہے۔ تاروں کے بیچ سے گزرنا

چاہتا ہے۔نہیں گزر پاتا۔تاروں کو پکڑتا اور کھینچتا ہے۔اس کی انگلیاں زخمی ہو جاتی ہیں۔پھر کنویں کے گرد دوڑ لگاتا ہے اور کنویں کو دیکھتا ہے۔پھر تاروں کو پکڑتا ہے اور کھینچتا ہے۔پھر کنویں کے گرد دوڑتا ہے اور ہانپتا ہے۔

رک جاتا ہے اور کچھ سوچتا ہے۔ایک سلانچے کے پاس بیٹھ جاتا ہے اور ناخن سے سلانچے کے اردگرد کی مٹی کھودتا ہے۔سلانچے کو دونوں ہاتھوں سے پکڑتا اور زور کرتا ہے۔سلانچہ اکھڑ آتا ہے۔دوسرے اور تیسرے سلانچے کو بھی اکھاڑ لیتا ہے۔تار زمین پر گر جاتے ہیں۔ایک طرف کنویں کا راستہ کھل جاتا ہے۔

خالی ڈول کو اٹھاتا ہے اور کنویں میں ڈالتا ہے۔کنواں گہرا ہے،مسافر کے ہاتھ میں رسی کا سرا رہ جاتا ہے۔بھاری ڈول کو اوپر کھینچتا ہے۔بھری ہوئی بڑی سی مشک ڈول میں رکھی ہوئی ہے۔مشک کو تعجب سے دیکھتا ہے،ڈول میں سے نکالتا اور ہلاتا ہے۔پانی کی آواز آتی ہے۔جلدی جلدی مشک کا دہانہ کھولتا اور اسے ڈول میں انڈیلتا ہے۔مشک ہوا سے پھولی ہوئی ہے۔کنویں کی تہہ میں قہقہے لگتے ہیں۔مسافر ڈر جاتا ہے اور مشک کو کنویں میں پھینک دیتا ہے۔مشک اوپر اچھال دی جاتی ہے۔

ڈول کنویں میں ڈالتا ہے اور رسی کو جھٹکے دیتا ہے اور اوپر کھینچتا ہے۔ایک بڑی سی پرانی کتاب باہر آتی ہے۔کتاب کو اٹھا لیتا ہے اور اس کے ورق پلٹتا ہے۔بڑے شوق سے اس کی تصویریں دیکھنے لگتا ہے۔کنویں کی تہہ میں رونا ہوتا ہے۔کتاب مسافر کے ہاتھ سے کنویں میں گر جاتی ہے۔انتظار کرتا ہے۔کتاب اوپر نہیں آتی۔

ڈول کنویں میں ڈالتا ہے اور رسی کو جھٹکے دیتا ہے اور اوپر کھینچتا ہے۔کٹا ہوا ایک ہاتھ اور ایک پیر ڈول میں رکھ دیا گیا ہے۔دہشت زدہ ہو جاتا ہے۔کنویں کے اندر قہقہے لگتے ہیں۔مسافر ڈول کو کنویں میں الٹ دیتا ہے۔کٹے ہوئے ہاتھ اور پیر کو باہر پھینک دیا جاتا ہے۔

کنویں میں ڈول ڈالتا ہے اور رسی کو جھٹکے دیتا ہے،اوپر کھینچتا ہے اور دیکھتا ہے۔ایک بڑا سا ہیرا ڈول میں سے نکالتا ہے۔خوشی خوشی ہیرے کو انگلیوں میں گھماتا ہے۔کنویں کے اندر رونا ہوتا ہے۔مسافر سوچتا ہے اور ہیرے سے کھیلتا ہے۔ہیرا اس کی انگلیوں سے چھوٹتا ہے اور کنویں میں گر جاتا ہے۔ہیرے کو دوبارہ اوپر نہیں پھینکا جاتا۔

جھلا کر ڈول کنویں میں ڈالتا ہے،رسی کو جھٹکے دیتا ہے اور اوپر کھینچتا ہے۔ایک سڑا ہوا مردہ سانپ ڈول کے اندر رکھ دیا گیا ہے۔دہل جاتا ہے۔ڈول کے اندر قہقہے لگتے ہیں۔ڈول کنویں میں پلٹ دیتا ہے۔

مردہ سانپ کو پھر باہر پھینک دیا جاتا ہے۔

مسافر زمین پر بیٹھ جاتا ہے اور سوچنے لگتا ہے۔مردہ سانپ اور کٹے ہوئے ہاتھ اور پیر اور خالی مشک کو برابر رکھتا ہے اور دیکھتا ہے۔کٹے ہوئے ہاتھ پاؤں کا اپنے ہاتھ پاؤں سے مقابلہ کرتا ہے۔اٹھتا ہے اور ڈول کنویں میں ڈالتا ہے اور رسی کو جھٹکا دیتا ہے اور اوپر کھینچتا ہے۔

ایک بڑا سا انار باہر آتا ہے۔کنویں کے پاس سے ہٹ جاتا ہے اور انار پر منھ مارتا ہے۔انار پلپلا ہو چکا ہے۔کنویں کی تہہ میں رونا ہوتا ہے۔مسافر طیش میں آ کر قریب آ جاتا ہے اور انار کو کنویں میں پھینک دیتا

ہے۔

رونے کی آواز ایک دم سے رک جاتی ہے۔ مسافر پچھتاتا ہے۔ انتظار کرتا ہے۔ لجاجت کے ساتھ کنویں کو دیکھتا ہے۔ کنویں کی طرف ہاتھ بڑھاتا ہے۔ انار کو باہر نہیں پھینکا جاتا۔

مسافر ڈول کو ایک طرف رکھ دیتا ہے۔ دونوں ہاتھوں سے سر تھامے ہوئے کنویں کے گرد کئی مرتبہ دوڑ لگاتا ہے۔ آسمان اور افق کو دیکھتا ہے۔ سناٹا ہے۔

کنویں کے کنارے بیٹھ جاتا ہے اور سوچ میں ڈوب جاتا ہے۔ ایک شبیہہ آہستہ آہستہ کنویں سے اوپر آتی ہے۔ مسافر ہاتھ پھیلا کر شبیہہ کو پکڑ لیتا ہے اور سینے سے لگاتا ہے۔ پھنسی پھنسی آواز میں روتا ہے۔ کنویں کے اندر بہت سے لوگوں کے رونے کی آواز سنائی دیتی ہے۔ مسافر کی آنکھوں میں آنسو ڈبڈبانے لگتے ہیں۔ کنویں کے اندر رونے کا انداز دھمکانے کا سا ہو جاتا ہے۔ مسافر شبیہہ کو کنویں کے حوالے کر دیتا ہے۔ انتظار کرتا ہے۔ شبیہہ دوبارہ اوپر نہیں آتی۔

کچھ دیر تک سوچتا رہتا ہے۔ ڈول کو اٹھاتا ہے اور سوچتا ہے۔ پھر اس کو کنویں میں ڈالتا اور سوچتا ہے۔ اوپر کھینچتا ہے۔ ڈول میں ایک پستول رکھ دیا گیا ہے۔ کنویں میں سے ہنسنے کی آوازیں آتی ہیں۔ پستول کو کنویں میں ڈال دیتا ہے۔ اسے دوبارہ اوپر اچھال دیا جاتا ہے۔ اور قہقہے لگتے ہیں۔ تیسری بار پستول کو ٹھوکر مار کر کنویں میں پھینک دیتا ہے۔ تیسری بار قہقہے لگتے ہیں اور پستول اوپر اچھال دیا جاتا ہے۔

مسافر پستول ہاتھ میں لیتا ہے اور کنویں کے پاس بیٹھ جاتا ہے۔ پستول کو اور کنویں کو دیکھتا۔ پستول کی ٹھنڈک کو چکھتا ہے۔ اس کی نال کو منھ میں لیتا ہے اور بے خیالی میں لبلبی دبا دیتا ہے۔

گولی کی آواز اسٹیج پر گونجتی ہے۔ مسافر کی میت کنویں میں گر جاتی ہے۔ کنویں کے اندر سے زوردار قہقہوں کی آواز آتی ہے۔ کچھ دیر تک خاموشی رہتی ہے۔

مسافر کا لاشہ اوپر اچھال دیا جاتا ہے۔

غیر کا بچہ

جلال آل احمد (ایران)

ترجمہ: قمر غفار

جلال آل احمد (۲ دسمبر ۱۹۲۳ء-۹ ستمبر ۱۹۶۹ء) تہران کے ایک مذہبی گھرانے میں پیدا ہوئے۔ آپ ایک افسانہ نگار، ناول نگار، مترجم اور فلسفی ہونے کے علاوہ سماجی و سیاسی ناقد بھی تھے۔ چوبیس سال کی عمر ان کی پہلی ادبی تحریر 'مجلہ سخن' ایران سے ۱۹۴۵ء میں شائع ہوئی۔ پہلا اور مشہور و معروف افسانوی مجموعہ 'دید و بازدید' کو قبولیت عام حاصل ہوئی۔ انھوں نے اپنے افسانوں میں ایران کے متوسط گھرانوں کے کے ماحول کا تعارف لطیف طنز کے ساتھ کرایا ہے۔

زیر نظر کہانی کا فارسی عنوان 'بچۂ مردم' ہے۔

اب میں کیا کروں؟ میرا شوہر تیار نہیں کہ بچے کے ساتھ مجھے اپنے پاس رکھے۔ دراصل بچہ اس کا نہیں، بلکہ میرے پہلے شوہر سے ہے جس مجھے طلاق کا زہر تو پلا دیا مگر اپنے ہی بچے کو پاس رکھنے کے لیے راضی نہیں ہوا۔ میری جگہ کوئی اور ہوتا تو اس موقع پر کیا کرتا؟ مجھے بھی آخر زندگی بتانی ہے۔ اگر یہ شوہر بھی مجھے طلاق دے دیتا تو پھر میں کیا کرتی؟ آخر میں بچے کو اپنے سے الگ کرنے پر مجبور ہوگئی۔ مجھ جیسی ناسمجھ گھریلو عورت اس کے علاوہ اور سوچ بھی کیا سکتی تھی۔ نہ میں کسی راستہ سے واقف اور نہ مسئلہ کے حل سے باخبر۔ اب ایسا بھی نہیں کہ میں چارۂ کار سے بالکل ہی انجان تھی۔ یہ بھی ہوسکتا تھا کہ بچہ کو کسی چھوٹے بچوں کی نرسری میں داخل کر دیتی یا کسی اور ابھاگن کی گود بھر دیتی۔ لیکن کیا ایسا ممکن تھا کہ وہ میرے بچہ کو بھی گود لے لیتے، اور کسی طرح کی مین میخ نکال کر مجھے شرمندہ نہ کرتے۔ اور بچہ کو بھی کسی طرح کا نام نہ دھرتے۔ مگر میں موجودہ قضیہ کو اس انداز سے بھی انجام کو پہنچانا نہیں چاہتی تھی۔

اسی شام جب میں اس نازیبا کام سے بادل نخواستہ فارغ ہو کر گھر واپس آئی تو تمام ماجرا اپنی ماں اور ہمسایوں سے بیان کیا۔ نام مجھے یاد نہیں آتا لیکن ان میں سے کسی ایک نے کہا، ''اچھا تم چاہتیں تو بچہ کو کسی نرسری میں ڈال دیتیں یا کسی یتیم خانہ میں دے دیتیں۔''

اس کے علاوہ وہ لوگ اور کیا کیا کہتی رہیں۔ کچھ ذہن کام نہیں کرتا لیکن اتنا دھیان پڑتا ہے کہ میری ماں نے اس وقت کہا، ''تم کیا سمجھتی ہو، وہ بچے کو لے لیتے۔ میں خود بھی اسی ادھیڑ بن میں مصروف تھی۔'' یہ گفتگو کانوں میں پڑتے ہی میرا دل ڈوبنے لگا اور میں نے خود سے کہا، کیا تم نے ایسا تجربہ کرنے کی کوشش کی؟

اس کے بعد میں نے اپنی ماں سے مخاطب ہو کر کہا، ''کاش، میں نے ایسا ہی کیا ہوتا۔ لیکن نہ مجھے اندازہ تھا اور نہ ہی بھروسہ کہ وہ بچہ کو لے لیں گے۔'' لیکن اب بہت دیر ہو چکی تھی۔ اس عورت کے الفاظ نے میرے دل میں درد و غم کی ایک لہر دوڑا دی۔ بچے کا توتلی زبان سے میٹھی میٹھی باتیں کرنا مجھے یاد آ کر میرا دل تڑپا گیا۔ میرے صبر و ضبط کے سارے بندھن ٹوٹ گئے اور سب کے سامنے ہی بین کر کر کے رونے لگی۔ لیکن اب حاصل بھی کیا۔ خود اپنے کانوں سے میں نے کسی کو کہتے سنا، جھوٹے ٹسوے بہاتے اب شرم نہیں آ رہی۔ اس وقت بھی میری ماں نے میری حمایت کی اور میری دلدہی کرنے لگی۔ اور وہ سچ ہی کہہ رہی تھی۔ میری جوانی کا ابھی اولین دور ہے۔ ایک بچہ کے لیے آخر کاہے کو اتنا دل بھاری کروں؟ اور وہ بھی ایسی صورت میں جب میرا شوہر بچے کے ساتھ مجھے اپنانے پر تیار نہیں۔ ابھی بہت وقت ہے، میں کئی بچوں کو جنم دے سکتی ہوں۔ یہ اپنی جگہ درست کہ وہ میرا پہلوٹھی کا بچہ تھا، اور جو کام میں نے انجام دیا، وہ مناسب بھی نہیں تھا؛ لیکن اب پچھتانے سے کیا حاصل جب تیر کمان سے نکل چکا ہے اور اس کو واپس نہیں لایا جا سکتا۔ آخر میں نے اپنی مرضی اور خواہش سے تو اس کام کو نہیں کیا بلکہ میرے شوہر نے اس کے لیے مجبور کیا تھا۔ اور اس کا بھی کہنا ٹھیک ہی ہے۔ وہ نہیں چاہتا کہ دوسرے کے بچے کو اپنائے۔ میں نے خود ہی سے انصاف کرتے ہوئے سوچا کہ نکاح نامہ میں ایسی کوئی شرط بھی تو نہیں رکھی گئی تھی۔ اور کیا میں خود بھی سوتن کے بچہ کو اپنے بچے جیسی محبت و شفقت کے ساتھ پال سکتی ہوں؟ کیا میں اس کو بوجھ نہیں سمجھوں گی؟ کیا شوہر کی کمائی میں، میں اسے خوشی سے شامل کر لوں گی؟ اسی طرح وہ بھی دوسرے کی اولاد کو پرورش کرنے کے لیے کسی بھی صورت تیار نہیں تھا۔ ان دو دنوں میں، جب میں اس کے گھر پر تھی، بچہ موضوع بحث رہا اور پچھلی رات تو بہت کھل کر باتیں ہوئیں۔ اس کے دلائل کو میں نے توجہ سے سنا۔ آخر میں جا کر میں نے کہا، ''اب تم ہی بتاؤ، میں کیا کروں۔''

تھوڑی دیر کی خاموشی کے بعد میرے شوہر نے کہا، ''میں کچھ نہیں جانتا۔ جو تمھارا دل چاہے کرو۔ میں تو بس دوسرے کی اولاد کو اپنے پاس نہیں رکھنا چاہتا۔''

یہ کہہ کر اس نے میرے لیے کوئی راہ چھوڑی ہی کہاں تھی۔ اس رات اس نے میرے پاس نہ آ کر ظاہر کیا کہ وہ مجھ سے ناراض ہے۔ بہر حال تیسری رات ہم ایک ساتھ تھے لیکن اس کا رویہ میرے ساتھ خفگی والا ہی تھا۔ میں خوب جانتی تھی اس کی ناراضگی کس لیے ہے۔ وہ چاہتا تھا بچہ سے متعلق کوئی فیصلہ کر کے میں عملی قدم

اٹھاؤں۔ صبح گھر سے جاتے ہوئے دروازے پر رک اس نے مجھے وارننگ دی کہ دوپہر واپسی پر میں بچے کو گھر میں نہیں دیکھنا چاہتا۔

میرے دکھ کی ابتدا اسی لمحے سے ہوتی ہے۔ اب جتنا بھی سوچتی ہوں، یہ چیز میری فہم سے بالاتر ہے کہ بچے کو جدا کرنے پر میرا دل کس طرح رضامند ہو گیا، لیکن میرے سامنے کوئی دوسرا راستہ بھی نہیں تھا۔ چادر سر پر ڈالی، بچہ کا ہاتھ پکڑا اور شوہر کے جانے کے بعد گھر سے نکل کھڑی ہوئی۔ میرا بچہ تین سال کا تھا اور اچھی طرح اپنے آپ پیروں پیروں چل سکتا تھا۔ میں نے اپنی زندگی کے تین سال اس کی پرورش میں لگائے تھے۔ نو مہینے پیٹ میں رکھا تھا۔ اس کی دیکھ بھال سے متعلق تمام زحمتیں اب تمام ہو چکی تھیں اور راتوں کی جگار سے راحت مل چکی تھی۔ لیکن مرتا کیا نہ کرتا، میں اسے الگ کرنے پر مجبور تھی۔ ٹیکسی اسٹینڈ تک اس کے ساتھ پیدل گئی۔ میں نے بچے کو نئے جوتے اور آسمانی رنگ کا وہ بنا جوڑا پہنایا تھا جو میرے پہلے شوہر نے آخر وقت میں خرید کر دیا تھا۔ جس وقت میں بچے کو نیا سوٹ پہنا رہی تھی تو ایک بار میرے دل میں خیال آیا کہ کیوں بچے کو یہ کپڑے پہنا کر بیکار کر رہی ہوں؟ لیکن میرا دل نہ مانا۔

میں نے دل میں سوچا، اگر میں دوبارہ سے صاحب اولاد ہوں گی تو میرا شوہر اس کے لیے اور کپڑے خرید لائے گا۔ پس میں نے اس کو نیا لباس پہنا دیا۔ بالوں میں کنگھی کی۔ اس وقت وہ بڑا پیارا لگ رہا تھا۔ میں نے ایک ہاتھ سے اس کی انگلی پکڑی۔ دوسرے ہاتھ سے اپنی چادر کو کمر کے پاس سے تھام لیا تاکہ وہ گر نہ پڑے، اور آہستہ آہستہ قدم اٹھاتے ہوئے آگے بڑھنے لگی۔ اس وقت یہ مناسب بھی نہیں تھا کہ بچے کو تیز چلنے کے لیے ڈانٹوں۔ یہ تو آخری موقع تھا کہ میں اس کا ہاتھ پکڑے گلی کوچوں میں چل رہی تھی۔ دو تین جگہ اس نے چاہا کہ میں اسے لالی پاپ دلا دوں لیکن میں نے اس کو سمجھایا، پہلے ہم گاڑی میں سوار ہو لیں، پھر لالی پاپ خریدیں گے۔ مجھے یاد آ رہا ہے، اس دن بھی وہ گزشتہ دنوں کی مانند مجھ سے سوال پہ سوال کیے جا رہا تھا۔ ایک گھوڑے کا پاؤں پانی بھرے گھڑے میں پھنس گیا تھا اور لوگ اس کے اطراف جمع تھے۔ وہ بھی مجھ سے ضد کرنے لگا کہ اس کو اٹھا کر اونچا کروں، تاکہ وہ بھی دیکھ سکے کیا ہو رہا ہے۔ میں نے اس کو اوپر اٹھایا، اس نے گھوڑے کے زخمی اور خون سے بھرے پاؤں کو دیکھا تو گود سے زمین پر اترنے کے بعد بولا، "اماں! اس کا ہاتھ توت دیا ہے (ٹوٹ گیا ہے)۔"

میں نے جواب دیا، "ہاں میری جان، اس نے اپنی ماں کا کہنا نہیں مانا، اس لیے اس کا ہاتھ ٹوٹ گیا۔"

اسی طرح باتیں کرتے ہم دھیرے دھیرے ٹیکسی اسٹینڈ کی طرف بڑھتے رہے۔ ابھی سویرے سویرے کا وقت تھا اور ٹیکسیاں بھری ہوئی چل رہی تھیں۔ تقریباً آدھا گھنٹہ ٹیکسی کے انتظار اور تلاش میں گزر گیا۔ بچہ الگ پریشان کیے جا رہا تھا اور میں تھکن سے چور بچے کے مستقل سوالوں سے گھبرائی جا رہی تھی۔

"اماں اب تا ہودا، داری تو نہیں آئی اے۔ اتا ہم تلیں۔ لالی پاپ تھریدیں۔" (اماں اب کیا ہوگا؟ گاڑی تو نہیں آ رہی ہے۔ اچھا ہم چلیں، لالی پاپ خریدیں۔)

میں نے اسے تسلی دی، "دیکھو، ابھی گاڑی آ جائے گی۔ گاڑی میں سوار ہونے کے بعد لالی پاپ

خریدیں گے۔'' آخرسات نمبر والی بس نے ہمیں میدان شاہ تک پہنچا دیا۔ بس میں سوار ہونے کے بعد بھی بچہ مسلسل کچھ نہ کچھ بولتا رہا۔ مجھے یاد آتا ہے کہ ایک دفعہ اس نے پوچھا،''اماں، ہم تہاں جا لہے ایں؟'' (اماں ہم کہاں جا رہے ہیں۔) نہ جانے کیسے میرے منھ سے نکل گیا،''ابا کے پاس چل رہے ہیں۔''

میری طرف تھوڑی دیر دیکھنے کے بعد اس نے سوال کیا،''اماں تون سے ابا؟'' (اماں، کون سے ابا؟) اب میرے اندر صبر کا یارا نہیں رہا اور جھنجھلا کر بولی،''میری جان تم کتنا بولتے ہو۔ ایسا کرو گے تو تمھیں لالی پاپ خرید کر نہیں دوں گی۔'' اب سوچ سوچ کر میرا دل کیسا ملال رہا ہے۔ ایسا دھمکی آمیز لب ولہجہ بچے کا دل چھوٹا کر دیتا ہے۔ مجھے آخری وقت میں اس کے دل کو ٹھیس نہیں پہنچانی چاہیے تھی۔ گھر سے نکلتے وقت میں نے دل میں یہ فیصلہ کیا تھا کہ بچہ پر غصہ نہیں کروں گی۔ نہ ماروں گی اور نہ ڈانٹوں گی، بلکہ جدائی کے ان آخری لمحات میں اس کے ساتھ انتہائی محبت اور شفقت کا برتاؤ کروں گی لیکن اب میرا دل کیسا کسمسا رہا ہے۔ میں نے کیوں بچے کو جھڑک کر خاموش کر دیا تھا۔ تھوڑی دیر تو وہ چپ رہا، پھر طفلانہ عادت کے تحت بس کنڈکٹر کے ساتھ منھ چڑا چڑا کر ہنسنے کھیلنے میں لگ گیا۔ میں نے اپنے بچے کو ڈپٹ کر اس قابل ہی کہاں چھوڑا تھا کہ وہ میری طرف متوجہ ہو۔ میدان شاہ پہنچنے تک یہی سلسلہ چلتا رہا۔ بس سے اترنے کے بعد بھی بچہ ہنس رہا تھا۔

میدان شاہ میں ٹریفک کی آمد ورفت سے کافی ہنگامہ تھا۔ میں ابھی بھی وحشت زدہ تھی کہ اپنے ارادے کو کیوں کر عملی جامہ پہناؤں۔ بہت دیر، غالباً آدھے گھنٹہ تک میں ٹہلا کی، یہاں تک کہ گاڑیوں کی آر جار میں کمی آگئی۔ میدان کے ایک کنارے جا کر میں نے بٹوے سے دس پیسے نکالے اور بچے کی طرف بڑھائے۔ میرا لعل حیرت سے میرا منھ تک رہا تھا، کیوں کہ ابھی اس کو پیسہ پکڑنا آیا ہی کہاں تھا۔ میری عقل کام نہیں کرتی تھی، اس کو کس طرح سے سمجھاؤں۔ میدان کی دوسری طرف سے تلے ہوئے کدو کے نمکین بیج بیچنے کی آواز آرہی تھی۔ میں نے انگلی سے اس طرف اشارہ کر کے کہا،''لو پیسہ لو اور خود جا کر خرید لاؤ۔ دیکھوں تم کو خریدنا آتا بھی ہے یا نہیں؟''

بچے نے ایک نظر پیسے پر ڈالتے ہوئے کہا،''اماں آؤ تم بھی تلو (چلو)۔''

''نہیں، میں یہیں کھڑی تمھارا انتظار کر رہی ہوں، تا کہ دیکھوں تم کیسے جا کر خریدتے ہو۔''

بچے نے پھر پیسے کی طرف ہچکچاہٹ کے ساتھ دیکھا، کیوں کہ میں نے ابھی تک بچے کو اس طرح کی کوئی تربیت دی ہی کب تھی، وہ مجھے ٹک ٹک تکے جا رہا تھا۔ اس کی نگاہوں میں اس لمحہ ایک عجیب سی چیز تھی جس نے میرے دل کو بے قابو کر دیا اور مجھے اپنا ارادہ متزلزل نظر آنے لگا۔ میرے دل کی ایسی کیفیت نہ اس سے پہلے کبھی ہوئی تھی اور نہ بعد میں۔ حتیٰ کہ اس دن کی شام بھی نہیں، جب میں اپنے جگر کے ٹکڑے کو کھو دینے کے بعد ہمسایہ کے دروازے پر کھڑی غم واندوہ کی شدت سے بلک بلک کر رو رہی تھی۔ اس لمحے اس کی نظر میں نہ جانے کیا تھا۔ حیرت و استعجاب کے ساتھ آنکھوں میں کچھ سوال۔ کسی طرح اپنے آپ کو سنبھالتے ہوئے میں نے دوبارہ اشارہ کر کے کہا،''بسم اللہ، بسم اللہ۔ میرے چندا جاؤ، پیسہ اس آدمی کو دے کر کہو مجھے بھنے ہوئے بیج دے دو۔''

میرے معصوم بچے نے نمکین کدو کے بیجوں کی طرف دیکھا اور رونی آواز بنا کر بہانہ کیا،''نئیں اماں،

مجھے بیج نئیں تاہئیں (چاہئیں)، مدھے تو تیسمس پسند ہیں۔ (مجھے تو کشمش پسند ہیں۔)''

میری حالت غیر ہوئی جارہی تھی۔ اگر بچہ تھوڑی دیر اور لگا دیتا یا رونا شروع کر دیتا تو یقینا میرے فیصلہ کے پائے استحکام میں لغزش آجاتی۔ لیکن وہ رویا نہیں۔ مجھے غصہ آنے لگا اور اپنے اوپر اختیار نہیں رہا۔ چیخ کر بولی، ''اس کے پاس کشمش بھی ہے، جو تمھارا دل چاہے لے لو۔'' یہ کہتے ہوئے فٹ پاتھ کے کنارے بہتے ہوئے نالے سے بچے کو دونوں بازوؤں سے پکڑ کر دوسری طرف سڑک پر چھوڑا اور ہاتھ سے آگے کی طرف دھکیلتے ہوئے کہا، ''جلدی جاؤ دیر ہو رہی ہے۔''

اس وقت سڑک بھی یہاں سے لے کر نکڑ تک خالی تھی؛ نہ کوئی بس آ جارہی تھی اور نہ موٹر رکشہ وغیرہ کہ بچہ اس کی جھپٹ میں آجائے۔ ناسمجھ بچہ دو تین قدم آگے بڑھ کر پلٹا اور بولا، ''اماں، تیسمس (کشمش) بھی اس کے پاس ہے۔''

''ہاں میرے لعل، تم اس سے دس پیسے کی کشمش مانگ لو۔''

وہ چلا گیا۔ ابھی سڑک کے درمیان ہی پہنچا تھا کہ ایک گاڑی کے ہارن کی آواز سنائی دی۔ لپک کر وہاں پہنچی، جھپٹ کر بچے کو گود میں اٹھایا اور تیزی کے ساتھ مجمع کے درمیان فٹ پاتھ پر آگئی۔ میرا سانس پھولا ہوا اور جسم پسینے سے شرابور تھا۔

وہ پوچھنے لگا، ''اماں تا ہو دیا؟ (کیا ہو گیا؟)''

''کچھ نہیں بیٹا، سڑک کو جلدی سے پار کر لینا چاہیے۔ تم آہستہ آہستہ چل رہے تھے۔ اگر گاڑی کے نیچے آجاتے تو؟'' یہ کہتے کہتے میں رو پڑنے کو تھی کہ اس نے میری گود ہی میں کہا۔ ''اتا اماں، تم مدھے دمین پر ہی اتال دو، اب میں دلدی دلدی داؤں گا۔ (اچھا اماں، تم مجھے زمین پر اتار دو، اب میں جلدی جلدی جاؤں گا۔)''

اگر میرا بچہ اپنی معصومیت سے یہ جملہ نہ بول جاتا تو میں بھول چکی تھی کہ کس مقصد سے آئی ہوں۔ ابھی آنکھوں کے آنسو خشک بھی نہیں کیے تھے کہ شوہر کا غضب ناک چہرہ میری نظروں کے سامنے آکر یاد دلانے لگا کہ میں کس کام کے لیے گھر سے نکلی تھی۔ میں نے بچے کو چوما اور گود سے اتارتے ہوئے اس کے کان میں کہا، ''میرے لعل! اس سے پہلے کہ کوئی گاڑی آجائے، تم تیزی سے سڑک پار کر لو۔''

اس بار وہ اپنے ننھے منے پیروں سے لمبے لمبے ڈگ بھرتا ہوا آگے بڑھا، میں ڈر رہی تھی کہ کہیں پاؤں لڑکھڑا نہ جائیں، وہ گر نہ پڑے، لیکن وہ سڑک کی دوسری طرف پہنچ ہی گیا۔ میں اپنی چادر کے کوں کو بغل میں سمیٹ کر آگے بڑھنے ہی والی تھی کہ اس نے پلٹ کر میری طرف دیکھا۔ میں اپنی جگہ ٹھٹھک گئی اور میرے قدم جیسے اس مقام پر جم سے گئے۔ ایسا نہیں تھا کہ میں بچے پر ظاہر کرنا چاہتی تھی کہ میں کہیں نہیں جارہی ہوں بلکہ مجھے اپنی حالت اس چور کی سی لگ رہی تھی جس کو رنگے ہاتھوں پکڑ لیا گیا ہو۔ میرے ہاتھ بغل کے بغل میں رہ گئے، بالکل اس روز کی مانند جب میں اپنے پچھلے شوہر کی جیب سے کچھ نکالنا چاہتی تھی اور اچانک وہ دروازے پر نمودار ہو گیا تھا، یکا یک میرا پورا جسم پسینے سے نہا گیا۔ میں نے مجرموں کی مانند اپنا سر نیچے جھکا لیا اور جب بڑی مشکل سے

اوپر اٹھایا تو دیکھا وہ چل پڑا تھا اور بیچ والے کے پاس پہنچنے ہی کو تھا۔

بچہ خیریت کے ساتھ اس طرف پہنچ گیا۔ میرا کام پورا ہوا، اور میں نے بھلا دیا کہ وہ میرا بچہ تھا۔

میں نے اس پر آخری نگاہ یوں ڈالی، جیسے وہ کسی غیر کا پیارا پیارا دل موہ لینے والا بچہ ہو۔ اور تیزی کے ساتھ فٹ پاتھ کے مجمع میں اپنے آپ کو گم کر لیا۔ اسی دوران ایک بار پھر میرے اوپر وحشت کا ایسا غلبہ طاری ہوا کہ میں اپنی جگہ دم بخود رہ گئی، جیسے کسی نے میرے پیروں میں بیڑیاں پہنا دی ہوں۔ ایک ہول دل میں سما گیا۔ کسی نے کہیں یہ ناشائستہ حرکت کرتے مجھے دیکھ تو نہیں لیا۔ اس احساس کے تحت میرے جسم کا کارواں رواں کھڑا ہو گیا۔ مارے گھبراہٹ کے تیز رفتاری کے ساتھ ہی ایک ہی سانس میں، میں نے دو تین گلیاں پار کر لیں اور چاہا کہ اپنے آپ کو ان ہی گلیوں کی بھول بھلیوں میں گم کر لوں۔ گرتے پڑتے جب اس گلی کے سرے پر پہنچی تو ایک دم سے کسی نے میرے سر پر گاڑی کا ہارن بجایا۔ مجھے یوں لگا جیسے چوراہے کا ٹریفک کانسٹبل ٹیکسی میں سوار ہو کر میرا پیچھا کر رہا ہو اور ابھی اتر کر مجھے گرفتار کر لے گا۔ خوف سے میری ہڈیاں بھی کانپ گئیں۔ میں نہیں جانتی کسی غیبی طاقت کے تحت آگے بڑھنے سے پہلے میں نے گھوم کر دزدیدہ نگاہوں سے سامنے کی طرف دیکھا تو نظر پڑا۔ ٹیکسی کے مسافر کرایہ ادا کر کے جا رہے ہیں۔ میں نے سکون کا ایک سانس لیا، اور اچانک ہی ایک دوسرا خیال بجلی کے کوندے کی مانند میرے دماغ میں لپکا، بغیر سمجھے بوجھے میں جھپٹ کر ٹیکسی میں سوار ہو گئی اور تیزی کے ساتھ اس کا دروازہ سختی سے بند کر لیا۔

ڈرائیور ہارن بجاتا روانہ ہوا۔ میری چادر کا کونہ دروازے میں پھنس گیا تھا۔ جب ٹیکسی دور نکل آئی اور میرے حواس بجا ہوئے تو میں نے دھیرے سے دروازہ کھول کر اپنی چادر کا پلو نکال لیا اور پھر آہستگی سے بند کر کے سیٹ کی پشت سے کمر ٹکا کر ایک اطمینان بھرا سانس کھینچا۔

لیکن نتیجہ۔۔۔۔ رات کو اپنے شوہر سے ٹیکسی کا کرایہ بھی وصول نہیں کر سکی۔

باغ

جمال میر صادقی (ایران)

جمال میر صادقی، Jamal (Hossein) Mirsadeghi (پ: ۱۹۳۳ء) تہران میں پیدا ہوئے اور تہران یونیورسٹی میں فارسی ادب پر ڈگری حاصل کی۔ انھوں نے تقریباً ۱۰ ناول، متعدد افسانے رقم کرنے کے علاوہ ایک 'فکشن ڈکشنری' بھی مرتب کی۔ ان کی تحریریں انگریزی، جرمن، آرمینائی، جارجین، اطالوی، روسی، رومانوی، عبرانی، عربی، ہنگرین، اردو، ہندی اور چینی زبانوں میں ترجمے ہو چکے ہیں۔ ان کے افسانوں کے ترجمے پر مشتمل ایک مجموعہ ہمیں انٹرنیٹ پر ملا تھا، جس میں مترجم کا نام موجود نہیں تھا، سو یہاں ہم مترجم کا نام دینے سے قاصر ہیں۔

گلی میں مڑتے ہی انھیں عین مکان کے دروازے پر ایک بوڑھا شخص دکھائی دیا۔ شوہر نے اس کی طرف اشارہ کرتے ہوئے بتایا: ''یہ ہمارے مالک مکان ہیں۔''

''ان انجینئر صاحب سے ان کا کیا تعلق ہے؟'' عورت نے فوراً پوچھا۔

''وہ ان کے بیٹے ہیں۔'' شوہر نے کہا اور پھر دونوں منزلوں پر مشتمل ایک اور چھوٹے سے گھر کی طرف، جو بالکل انجینئر صاحب کے مکان سے متصل تھا اور اسی طرز پر بنایا گیا تھا، اشارہ کرتے ہوئے بتانے لگا، ''یہ تمام گھر نئی طرز پر تعمیر کیے گئے ہیں۔''

عورت نے بڑے شوق سے ان گھروں کی رنگا رنگ پردوں سے آراستہ کھڑکیوں پر نظر دوڑاتے ہوئے پوچھا، ''اس کا کرایہ کتنا بتا رہے ہیں؟''

اسی اثنا میں دونوں بزرگ شخص کے قریب پہنچ گئے۔ آدمی نے سلام کیا اور بولا: جناب! ہم آپ کو زحمت دے رہے ہیں۔'' بزرگ نے خوش دلی سے قدم بڑھاتے ہوئے جواب دیا، ''کوئی بات نہیں۔ دراصل

میرے بیٹے کو کوئی ضروری کام تھا۔ مجھ سے کہنے لگا کہ میں آپ لوگوں کو یہ مکان دکھادوں۔ چلیے اندر چلتے ہیں۔''

''ہم معذرت خواہ ہیں کہ قدرے تاخیر سے پہنچے۔'' آدمی نے ممنویت سے کہا۔

بزرگ نے کانپتے ہوئے ہاتھوں سے مکان کا دروازہ کھولتے ہوئے جواب دیا،''اس میں برا ماننے کی کیابات ہے۔آیئے، تشریف لایئے۔'' اس کی کمر خمیدہ تھی اور ضعیفی کے باعث وہ چھڑی کی مدد سے لنگڑاتے ہوئے چلتا تھا۔دروازہ کھلتے ہی دونوں میاں بیوی اس کے پیچھے پیچھے مکان کے وسطی ہال میں داخل ہوگئے۔بزرگ شخص دوسری منزل کی طرف جانے والے زینے کے پاس رک گیا اور سیڑھیوں کا سہارا لیتے ہوئے گویا ہوا؛''ایسا کرتے ہیں کہ اوپر کی منزل سے شروع کرتے ہیں، اس کے بعد نیچے آتے ہیں۔کیا خیال ہے؟ ٹھیک رہے گا؟''اس نے تجویز پیش کرتے ہوئے کہا۔

''جیسے آپ مناسب سمجھیں۔''شوہر نے کوئی اعتراض نہ کیا۔

بوڑھا آدمی لاٹھی ٹیکتے ہوئے سیڑھیاں چڑھنے لگا۔دونوں میاں بیوی اس کے پیچھے ہولیے۔سیڑھیاں سیمنٹ کی بنی ہوئی، قدرے تنگ مگر نئے انداز کی تعمیر شدہ تھیں اور تھوڑا سا بل کھاتی ہوئی دوسری منزل تک جاتی تھیں۔اوپر پہنچ کر عورت اور مرد کمروں کی طرف بڑھے۔وہ شخص مسکراتا ہوا ان کو ہمراہ ہولیا اور بتانے لگا؛''اس منزل میں دو کمرے ہیں۔ہاں، نیچے کی منزل میں تین ہیں۔تمام کمرے میں روشن، ٹھنڈے اور ہوادار ہیں۔یہ کھلی فضا کا گھر فضا کا گھر ہے۔سورج کی روشنی یہاں براہ راست پڑتی ہے۔میرے بیٹے نے انگلستان میں تعلیم حاصل کی ہے۔وہ سورج کی روشنی کی قدر و قیمت جانتا ہے۔البتہ ہم سورج کے قدر و شناس نہیں۔انگریز تو اس قدرتی روشنی کے ایک ایک ذرے پر جان دیتے ہیں۔''

وہ دونوں جواب میں محض سر ہلا کر رہ گئے۔

عورت کمرے کی دیواری الماریوں کے اندر سر ڈالے معائنے میں مصروف ہوگئی۔آدمی دیواروں پر بنے نمی کے بادلوں پر ہاتھ پھیرتے ہوئے کچھ بڑبڑانے لگا۔اس کے ہونٹ کچھ کہنے کو ہلے ہی تھے کہ اچانک سائرن کی ایک تیز آواز بلند ہوئی۔ضعیف آدمی فوراً وضاحت کرنے لگا۔

''یہ شہر کا شور شرابا ہے۔اوپر کی منزل کے کمروں کا رخ شہر کی طرف ہے۔کھڑکیاں کھول کر آپ پورے شہر کا نظارہ کر سکتے ہیں۔یہاں راتیں بہت خوب صورت ہوتی ہیں۔میرے بیٹے کا تو کہنا ہے کہ رات کے وقت شہر میں روشنی کی بارش ہونے لگتی ہے۔آبادی سے پہلے ایسا نہیں تھا۔اس جگہ ہر طرف پہاڑی ٹیلے اور ڈھلوانیں تھیں۔۔۔ہائے ہائے، کیا درّے اور پہاڑیاں تھیں اور سورج کیسی روشنی برستی تھی۔۔۔لوگ یہاں پیڑ لگانے کے لیے مرتے تھے۔''

عورت بات کو بڑھاتے ہوئے کہنے لگی؛''اب تو ہر طرف عمارتیں ہی نظر آرہی ہیں۔''

وہ آدمی بھی بولا؛''اس زمانے میں زمینیں بہت سستی تھیں۔جب ہم یہاں آئے تو یہ سارا علاقہ اجاڑ بیابان تھا۔یہ جگہ آبادی سے چند فرسنگ فاصلے پر تھی اور چاروں طرف سناٹا تھا۔میں جب یہاں آیا تو میں نے

کنواں کھودا اور اس میں سے پانی نکال کر بہت سے درخت کاشت کیے۔ وہ اس طرف ابھی تک گہرا کنواں موجود ہے۔''

بوڑھے شخص نے نئی عمارتوں کے عقب کی جانب اشارہ کرتے ہوئے کہا اور پھر بات کو جاری رکھتے ہوئے بولا: ''اب بھی یہ کنواں پانی دیتا ہے۔ میرا بیٹا تو اس کا پانی فروخت بھی کرتا رہا ہے۔''

عورت مکان دیکھنے میں مصروف رہی۔ اس کی آنکھیں کمروں کے سامنے کی خوب صورت بالکنی کو دیکھ کر چمک اٹھیں۔ مرد نے بھی اسے دیکھ کر اطمینان سے سر ہلایا۔ بوڑھا آدمی بدستور کہہ رہا ہے: ''چند سال پہلے تک، یہاں ہم سب درختوں کے سائے میں رہتے تھے۔ کیا زمانہ تھا! ہم باغبانی کرتے تھے۔ میں نے ہر طرح کے درخت بڑی تعداد میں اُگائے۔ پھولوں والے پودے بھی کاشت کیے۔ میرا بیٹا جب انگلستان سے آیا تو اس نے سارے درختوں کو گرا دیا اور باغ کو برباد کر کے رکھ دیا۔ اس کی جگہ یہ چھوٹے چھوٹے مکان بنا ڈالے۔''

آدمی کہنے لگا: ''عقل مندی کی، اس زمانے میں ان مکانوں کی آمدنی باغبانی سے کہیں زیادہ ہے۔''

''کیا آپ کی باغ سے کافی کمائی ہو جاتی ہے؟'' عورت نے پوچھا۔

بزرگ نے جواب دیا، ''ہاں، میں اپنے باغ سے اپنا خرچہ نکال لیتا تھا۔ ایمانداری کی بات تو یہ ہے کہ مجھے آمدنی کی فکر بھی نہیں تھی۔ میں تو زیادہ تر مصروف رہنے کے لیے باغبانی کرتا تھا۔ میرا بیٹا جب واپس آیا تو اس نے کہا کہ اس کام سے کچھ حاصل نہیں ہے۔ اسی وقت اس نے تمام درخت گرا دیے۔ ساری جگہ صاف کروا دی اور دو سال کے اندر اندر یہ چھوٹے چھوٹے مکان کھڑے کر دیے۔''

آدمی نے دلچسپی لیتے ہوئے پوچھا، ''یہاں باغ کی جگہ پر کتنے فلیٹ تعمیر ہوئے ہیں؟''

''بارہ فلیٹ۔ باغ خاصا بڑا تھا۔'' اس نے جواب دیا۔

آدمی نے جواباً سر ہلایا اور بڑے حقیقت پسندانہ لہجے میں کہنے لگا: ''میرے خیال میں تو بہت عقل مندی کی ہے۔ اب باغبانی میں کون سی آمدنی ہے؟''

عورت بھی جلدی سے بولی، ''خاص طور پر اس وقت جب آپ کی باغ سے زیادہ کمائی بھی نہ ہوتی ہو۔''

بزرگ نے جیسے ان کی باتیں سنی ہی نہیں، وہ سلسلۂ کلام جاری رکھتے ہوئے بتا رہا تھا: ''میں نے ہر قسم کے درخت اُگائے ہیں؛ شاہ بلوط، دردار، بید، اور بہت سے آرائشی اور زینتی درخت، پھلوں کے درخت بھی میرے باغ میں تھے۔ چیری، فالسہ، سیب، ناشپاتی۔ آپ تو جانتے ہی ہیں کہ یہاں صرف سیاہ ریشے کے درخت ہی پیدا ہو سکتے ہیں۔ میں گل کاری بھی کرتا تھا۔''

عورت نے پوچھا: ''کیا آپ اپنے درختوں کے پھل فروخت بھی کرتے تھے؟

بزرگ نے بڑے اطمینان سے جواب دیا، ''زیادہ نہیں۔ سچی بات تو یہ ہے کہ کسی پھل کے بازار تک پہنچنے کی نوبت ہی نہ آتی تھی۔ میری بیٹیاں اور نواسے نواسیاں آتے تھے، کھاتے تھے اور ساتھ بھی لے جاتے

تھے۔ میری پانچ بیٹیاں اور بارہ نواسے نواسیاں ہیں۔ بیٹا صرف یہی ایک ہے۔''

''ماشااللہ۔ خدا سلامت رکھے۔'' عورت بڑے رسان سے بولی۔

بوڑھا آدمی اپنے سفید بالوں میں انگلیاں پھیرتے ہوئے جیسے خیال کی وادی میں جا پہنچا اور بڑے خواب ناک انداز میں بتانے لگا: ''جب یہاں بچے آتے تھے تو آپ نہیں جانتے کہ وہ کس قدر لطف اٹھاتے تھے۔ ایک دوسرے کے پیچھے بھاگتے دوڑتے تھے۔ کبھی درختوں کے پیچھے آنکھ مچولی کھیلتے تھے۔ ہر طرف ان کا شور وغل ہوتا تھا۔ بے چارے! اپنے گھروں میں تو کھیل نہیں سکتے تھے، ذرا سا بھاگتے تو دیواریں راستہ روک لیتی ہیں۔ آج کل کے گھر تو گھر ہیں ہی نہیں، گھونسلے ہیں، چیونٹیوں کے بل ہیں۔ ذرا بھی ہوادار نہیں ہیں۔ نہ ہی ان میں گنجائش ہے۔ بڑا افسوس ہوتا ہے ایسے گھروں کو دیکھ کر۔ ننھے معصوم بچوں کو کھیلنے کے لیے کوئی جگہ ہی نہیں ملتی۔''

وہ سیڑھیوں سے نیچے اترنے لگا۔ اس بار عورت اور مرد آگے تھے اور بزرگ شخص ان دونوں کے پیچھے اپنی چھڑی کی مدد سے آہستہ آہستہ نیچے آ رہا تھا، ساتھ ساتھ وہ لگاتار اپنے باغ اور اپنے ہاتھوں بوئے ہوئے درختوں کے بارے میں باتیں کیے جا رہا تھا۔ نیچے آ کر آدمی نے جلدی سے کمروں کا چکر لگا کر ان کی گنجائش کا اندازہ لگایا۔ وہ زیرلب کچھ حساب کتاب بھی کرنے لگا۔ عورت نے باورچی خانے کا رخ کیا اور دیواری الماریوں کو خواہ مخواہ کھولنے اور بند کرنے لگی۔ بوڑھا آدمی بس ان کے پیچھے پیچھے چھڑی کے سہارے ٹہلتا رہا اور مکان کے بجائے اپنے باغ ہی کی تعریف میں مصروف رہا۔

''میرا خیال تھا کہ شمال کے جنگل سے میپل اور گل ابریشم لاؤں گا۔۔۔''

اب وہ دونوں میاں بیوی غیر شعوری طور پر آہستہ آہستہ اس سے دور ہٹنے لگے۔ وہ مکان کے صحن کی طرف بڑھے۔ احاطہ خاصا چھوٹا تھا لیکن مکمل طور پر دیدہ زیب اور خوش رنگ چمکیلی ٹائلوں سے مزین ہونے کے باعث بہت متاثر کن تھا۔ بوڑھا آدمی یہاں جگہ جگہ رکتا رہا اور اپنے ڈنڈے سے ٹائلوں پر چوٹ مارتے ہوئے بتانے لگا: ''عین اس جگہ پر۔۔۔ ہاں، بالکل یہاں، کیسا بڑا ایک چیری کا درخت تھا۔ اور شاہ بلوط کی جگہ یہاں تھی۔۔۔ اللہ اللہ! کس قدر پھیلے ہوئے درخت تھے۔ کیسے سایہ دار تھے۔ دیکھ کر مزہ آ جاتا تھا۔ جو دیکھتا تھا دنگ رہ جاتا تھا۔۔۔''

اب دونوں نے اس کی جانب مطلق دھیان نہ دیا اور آپس میں کھسر پھسر کرتے رہے۔ عورت باتھ روم کی طرف بڑھی اور مرد نے احاطے کے طول وعرض کا جائزہ لیا۔ وہ مکان کے اس حصے کو بھی بڑے حسابی انداز میں پرکھتا رہا۔ اس کے ہونٹوں میں بارہا ہلکی سی جنبش پیدا ہوئی جیسے وہ مکان کے بارے میں کچھ معلومات جاننا چاہتا ہو۔

بوڑھا آدمی ہانپتا کانپتا ان کے ساتھ ہی پھرتا رہا۔ اس کے عصا کی صحن کی ٹائلوں سے ٹکرانے کی آواز خالی مکان میں مسلسل گونج رہی تھی لیکن اب وہ خود خاموش ہو چکا تھا۔ اچانک اس نے اپنے قدموں کے نیچے ٹائلوں کو گھورنا شروع کر دیا۔ آدمی نے بھی فوراً اس جگہ کا جائزہ لیا۔ غور سے دیکھا تو اینٹوں کی درز کے درمیان سے

ایک ننھی سی کونپل اور کچھ سبزہ نظر آ رہا تھا۔ بزرگ نے لاٹھی کو اپنے وجود سے الگ کر کے زمین پر گرا دیا اور بے تابانہ اس چھوٹے سے شگوفے کے سامنے گھٹنے ٹیک کر بیٹھ گیا۔ اس نے اس معصوم سی کونپل کو اپنے کانپتے ہوئے ہاتھوں میں لے لیا اور بے چینی سے اس کا معائنہ کرنے لگا۔ پھر اس کی درد بھری آواز فضا میں گونجی۔

''گل ابریشم! اس کی کونپل ذرا دیکھیے، دیکھیے۔''

آدمی بزرگ کو پریشان دیکھ کر اس کے قریب آ گیا۔ بوڑھے کی آنکھیں چمک رہی تھیں اور ہونٹوں پر ایک خوشگوار مسکراہٹ تھی۔ وہ کہہ رہا تھا: ''اس کے ریشے زمین کے اندر تک چلے گئے ہیں۔ حالاں کہ ابھی یہ صرف ننھی سی کونپل ہے۔ دیکھیے۔۔۔''

اس نے گل ابریشم کے شگوفے کی طرف اشارہ کرتے ہوئے کہا اور پھر اٹھ کھڑا ہوا؛ ''کس قدر خشک ہو رہی ہے۔ میں ذرا تھوڑا سا پانی لا کر اس پر چھڑکتا ہوں۔''

یہ کہہ کر وہ اپنی لاٹھی کے سہارے لنگڑاتا ہوا قدرے تیزی سے اندر کی طرف چل دیا۔ میاں بیوی بھی پیچھے آئے اور لاؤنج سے ہوتے ہوئے اکٹھے باورچی خانے کی طرف بڑھے۔ پھر انھوں نے دوبارہ بالائی منزل کا رخ کیا۔ بالکنی سے نیچے جھانکتے ہوئے انھوں نے بزرگ آدمی کی طرف دیکھا جو ابھی تک احاطے میں پانی کا برتن لیے ننھے شگوفے کے پاس دو زانو بیٹھا تھا اور لوہے کے ٹکڑے سے اس کے اردگرد کی ٹائلوں کو ٹھوک بجا کر دیکھ رہا تھا۔ غروب آفتاب کی ہلکی ہلکی اور اُڑی اُڑی سی سرد روشنی میں اس کے سفید بال چمک رہے تھے۔

دونوں میاں بیوی نے اوپر کے کمروں پر دوبارہ نظر ڈالی، الماریوں کا معائنہ کیا، پھر وہ سیڑھیاں اترنے لگے۔ نیچے آ کر مرد نے لاؤنج ہی سے آواز لگائی؛ ''معاف کیجیے گا جناب۔۔۔ سنیے۔ اب ہمیں اجازت ہے؟'' لیکن بوڑھا آدمی اپنے کام میں اس قدر منہمک تھا کہ اس نے آواز نہ سنی۔ وہ لوہے کے ٹکڑے سے ٹائلوں پر مسلسل ضربیں لگا رہا تھا۔ یہ دیکھ کر مرد آہستگی سے صحن کی طرف چل دیا اور اس کے سرہانے آ کھڑا ہوا۔ بزرگ ننھی کونپل کے اردگرد کی نئی اور چمکیلی ٹائلوں کو توڑ چکا تھا اور ٹوٹے ہوئے ٹکڑوں کو اس جگہ سے ہٹا رہا تھا۔ اس نے دوبارہ بوڑھے آدمی سے مخاطب ہو کر کہا؛

''اچھا جناب، اب اجازت؟ ہم نے آپ کا خاصا وقت لیا۔ ہم آپ کے شکر گزار ہیں۔''

اس نے سر اٹھایا۔ وہ بہت الجھا ہوا تھا اور بدحواسی کے عالم میں اس کی طرف دیکھتے ہوئے کہنے لگا، ''جی! جی کیا کہا؟''

آدمی دوبارہ بولا ''جناب! ہم نے آپ کو خاصی زحمت دی ہے۔ اب ہم اجازت چاہتے ہیں۔''

''ہاں ہاں۔۔۔ اچھا۔۔۔ جی۔۔۔ ٹھیک ہے۔'' بزرگ نے بوکھلاتے ہوئے کہا اور پھر سر نیچے ڈال کر ٹوٹی ہوئی اینٹوں کے ٹکڑوں کو فرش سے باہر نکالنے میں مشغول ہو گیا۔

بالآخر آدمی نے پہل کرتے ہوئے کہا، ''خدا حافظ'' اور اس کے بعد پلٹ کر احاطے سے ہوتا ہوا وسطی ہال میں آ گیا۔ اس کی بیوی جو گلی سے منسلک دروازے کے قریب ہی کھڑی تھی، اسے دیکھتے ہی تیزی سے

بولی، ''آپ نے اس سے بات کرلی؟ بھئی مجھے تو یہ گھر بے حد پسند آیا ہے۔ اتنی جگہ پھرے ہیں لیکن ایک بھی اس معیار کا مکان نظر نہیں آیا۔''

آدمی نے کوئی جواب نہیں دیا، مکان سے باہر آ کر گلی میں بولا ''میرے خیال میں اس کے بیٹے سے ملنا پڑے گا۔''

کبڑا داؤد

صادق ہدایت (ایران)

ترجمہ: ح۔ ر۔ مہر

صادق ہدایت (۱۷ فروری ۱۹۰۳ء۔ ۴ اپریل ۱۹۵۱ء) ایرانی مصنف، مترجم اور دانشور تھے۔ انھیں بلاشبہ بیسویں صدی کے اہم مصنفین میں شمار کیا جاتا ہے۔

صادق ہدایت نے ابتدائی تعلیم تہران میں حاصل کی۔ بعدازاں اعلیٰ تعلیم کے لیے یورپ چلے گئے جہاں بلجیم میں انجینئرنگ اور فرانس میں دندان سازی کی تعلیم حاصل کی۔ یہاں انھیں افسانہ نگاری سے لگاؤ پیدا ہوا۔ چنانچہ قیامِ یورپ کے دوران انھوں نے متعدد افسانے لکھے جو بعد میں 'زندہ بگور' اور 'سہ قطرۂ خون' کے نام سے چھپے۔ قدیم ایران سے بے پناہ محبت اور مقامی ماحول سے بیزاری کے نتیجے میں ۱۹۳۶ء میں وہ تہران چھوڑ کر بمبئی پہنچے۔ یہاں انھوں نے فرانسیسی زبان میں دو افسانے لکھے۔ بمبئی ہی میں انھوں نے اپنے شاہکار ناول 'بوف کور' کی تکمیل کی جو رضا شاہ پہلوی کی تخت سے دستبرداری کے بعد تہران کے اخبار روزنامہ 'ایران' میں قسط وار اور پھر کتابی صورت میں شائع ہوا۔

ہدایت ۱۹۵۰ء میں وہ دوبارہ پیرس جا پہنچے۔ ان کے مزاج میں ایک مستقل خلش اور گہری قنوطیت شروع سے تھی۔ زندگی سے نفرت کا جذبہ روز بروز شدید سے شدید تر ہوتا چلا گیا اور غم روزگار سے نجات کا راستہ انھیں ہتھیار ڈالنے میں نظر آیا اور یہ جاں گسل احساس ان کے افسانوں کا مستقل موضوع بن گیا۔ پیرس پہنچنے کے بعد یہ جنون آمیز فلسفہ اس حد تک غالب آ گیا کہ انھوں نے اپنی زندگی کا خاتمہ اپنے ہاتھوں سے کرلیا۔

ہدایت نے اپنی تیس سے زیادہ تصانیف چھوڑی ہیں جو ایران کے جدید ادب میں ایک منفرد

اور ممتاز مقام رکھتی ہیں۔ ہدایت نے فارسی افسانے کو ایک نیا شعور اور مزاج دیا۔ انھوں نے عوامی معاشرے کی ترجمانی کی اور ان کے لیے انھی کی زبان کو اپنایا۔ یہ اقدام فارسی نثر میں ایک بہت بڑا انقلاب تھا۔ آج فارسی افسانے پر ہدایت کا نقش پوری طرح مسلط ہے۔ ہدایت کی زبان اب فارسی افسانے اور ناول کی زبان بن چکی ہے۔

''نہیں نہیں، میں یہ کام ہرگز نہیں کروں گا، اس کے بارے میں سوچنا بھی نہیں۔ دوسروں کے لیے خوشی کا باعث ہے، جب کہ میرے لیے دکھ اور پریشانی۔ ہرگز ہرگز۔'' داؤد اپنے آپ سے کہتا ہوا اپنے چھوٹے سے زرد رنگ کے عصا کو جو اس کے ہاتھ میں تھا، زمین پر مارتا ہوا مشکل سے چل رہا تھا، ایسا لگ رہا تھا کہ اس نے اپنے آپ کو مشکل سے سنبھالا ہوا ہے۔ اس کا بڑا سا منھ اس کی باہر نکلی ہوئی چھاتی اور ہڈیوں بھرے کاندھوں میں دھنسا ہوا تھا۔ سامنے سے کرخت، اسمارٹ اور کریہہ لگتا تھا۔ باہر کی طرف اٹھے ہوئے باریک ہونٹ، لمبی بھنویں اور نیچے کی طرف جُھکی ہوئی پلکیں، پیلی رنگت، گالوں کی ہڈیاں نمایاں، دور سے دیکھنے میں اس کی نازک قمیص، اس کی اوپر اٹھی ہوئی پیٹھ، لمبے بازو، بڑی سی ٹوپی پہنے ہوئے، سنجیدہ سی شکل بنائے ہوئے جب وہ اپنی لاٹھی کو زمین پر زور زور سے مارتا تو وہ اور بھی مضحکہ خیز لگتا تھا۔

وہ خیابانِ پہلوی کے موڑ سے شہر سے باہر جانے والی سڑک، دروازۂ دولت کی طرف جا رہا تھا۔ مغرب کا وقت تھا اور موسم معمولی گرم، بائیں ہاتھ کی طرف ڈھلتی ہوئی سورج کی روشنی میں مٹی کی دیواریں جن کی اینٹوں سے بنی ہوئی بنیادیں خاموشی سے آسمان کی طرف منہ کیے ہوئے کھڑی تھیں۔ دائیں ہاتھ پر وہ گڑھا تھا جسے آج ہی بھرا گیا تھا۔ اس کے نزدیک تھوڑے تھوڑے فاصلے سے اینٹوں کے نامکمل گھر دکھائی دے رہے تھے۔ یہاں نسبتاً سکون تھا، البتہ اِکا دُکا گاڑی یا تانگا گذرتے وقت چھڑکاؤ کے باوجود ہوا کو گرد آلود کر دیتا۔ سڑک کے دونوں طرف بہتے ہوئے صاف پانی کی نہر کے کنارے درخت اور نہال لگائے ہوئے تھے۔

وہ سوچ رہا تھا کہ بچپن سے اب تک لوگوں نے طنز و تمسخر یا پھر رحم کی نظروں سے اسے دیکھا ہے۔ اسے یاد آیا کہ پہلی مرتبہ جب استاد نے تاریخ کے بارے میں لیکچر دیتے ہوئے کہا کہ (اسپارٹ) کے لوگ اپنے معذور بچوں کو قتل کرتے تھے تو سب شاگردوں نے مڑ کر اس کی طرف دیکھنا شروع کیا تو اس کی عجیب سی حالت ہوگئی، لیکن اب وہ شدید خواہش رکھتا تھا کہ تمام دنیا میں اس قانون پر عمل ہو یا کم از کم بعض ممالک کی طرح پابندی ہو کہ کوئی معذور شخص شادی نہیں کر سکتا، کیوں کہ اسے پتہ تھا کہ یہ سب اس کے والد کا قصور ہے۔ بے رنگ سا چہرہ، گالوں کی ہڈیاں نمایاں، اندر دھنسی ہوئی آنکھیں اور ان کے گرد نیلے حلقے، ادھ کھلا منھ، اپنے باپ کو مرتے وقت دیکھا تھا۔ وہ سارا منظر آنکھوں کے سامنے گھوم گیا۔ بوڑھا اور ضعیف شخص جس نے نوجوان عورت سے شادی کی تھی۔ نتیجتاً اس کے سب بچے اندھے یا معذور پیدا ہوئے۔ اس کا ایک بھائی جو زندہ رہ گیا تھا، وہ بھی گونگا اور نیم دیوانہ تھا جو دو سال پہلے مر گیا۔ لیکن وہ زندہ تھا، اپنے آپ اور دوسروں سے بیزار اور دوسرے بھی اس سے گریزاں

،لیکن اسے تنہا زندگی گزارنے کی عادت ہو چکی تھی۔

بچپن سے اسکول میں ورزش، کھیل کود، دوڑنا، فٹ بال کھیلنا غرض وہ سب چیزیں جو اس کے ہم عمر ساتھیوں کے لیے دلچسپی کا باعث تھیں، یہ ان سب سے دور تھا۔ کھیل کود کے وقت اسکول کے ایک کونے میں کتاب کو اپنے منھ کے سامنے پکڑ کر چوری چھپے دوسرے لڑکوں کا تماشہ دیکھتا لیکن اس نے بھی ٹھان لی کہ علم کے ذریعے سے دوسروں پر برتری حاصل کرے گا۔ دن رات پڑھتا، اسی وجہ سے دو نالائق شاگردوں نے اس سے دوستی گانٹھ لی۔ وہ بھی اس لیے کہ وہ ریاضی اور دیگر مضامین کے جوابات اس کی مدد سے حل کریں۔ اسے بھی پتہ تھا کہ ان کی دوستی بے غرض نہیں ہے، کیوں کہ حسن خان خوب صورت، اسمارٹ اور اچھے اچھے کپڑے پہنتا اور بیشتر لڑکے کوشش کرتے کہ اس سے دوستی کریں۔ صرف دو تین استاد اس پر توجہ دیتے، وہ بھی ترس کھا کر۔ چنانچہ بہت کوششوں کے بعد بھی وہ اپنے مقصد تک نہ پہنچ سکا۔ اب وہ خالی ہاتھ تھا۔ سب اس سے گریزاں، دوست اس کے ساتھ چلنے میں شرم محسوس کرتے، عورتیں اسے کہتیں ''کبڑے کو دیکھو۔'' ایسی باتیں اسے احساس کمتری میں مبتلا کر دیتیں۔

چند سال پہلے دو مرتبہ رشتہ مانگا تھا مگر عورتوں نے اس کا مذاق اڑایا تھا، اتفاق سے انھی میں سے ایک زبیدہ اسی علاقے فیلشر آباد میں رہتی تھی۔ ایک دوسرے کو کئی مرتبہ دیکھا تھا، باتیں کی تھیں، دوپہر کو جب وہ اسکول سے آتی تو یہاں آجاتا تاکہ اسے دیکھ سکے۔ اب صرف اتنا یاد ہے کہ اس کے رخسار پر تل تھا؛ لیکن جب اپنی خالہ کو رشتے کے لئے بھیجا تو اسی لڑکی نے اس پر طنز کرتے ہوئے کہا تھا، ''کیا دنیا میں سارے مرد مر چکے ہیں جو میں کُبڑے کی بیوی بنوں؟'' ہر چند کہ اس کے ماں باپ نے اس کی اچھی خاصی پٹائی کی تھی لیکن وہ راضی نہ ہوئی اور ایک ہی رٹ لگائی تھی کہ ''کیا سارے مرد مر چکے ہیں؟''

لیکن داؤد اب بھی اس سے محبت کرتا تھا اور یہ اس کی جوانی کا ایک یادگار وقت تھا۔ اب بھی دانستہ یا نادانستہ اس علاقے میں نکلتا اور پھر ماضی کی باتیں اس کی آنکھوں کے سامنے گھوم جاتیں، وہ شدید عدم خود اعتمادی کا شکار ہو چکا تھا۔ اس لیے اکیلا گھومنے نکلتا اور لوگوں سے دوری اختیار کرتا، کیوں کہ جو کوئی بھی ہنستا یا اپنے دوست سے آہستہ گفتگو کرنے لگتا، اس طرح محسوس ہوتا کہ اس کے متعلق گفتگو ہو رہی ہے یا اس کا مذاق اڑایا جا رہا ہے۔ اپنی گردن کو بمشکل گھماتا، تحقیر آمیز نگاہ ڈالتا اور چلا جاتا۔ راستے میں اس کی تمام توجہ لوگوں کی طرف ہوتی اور اس کا منہ بھینچ جاتا تاکہ دوسروں کے خیالات اپنے متعلق جان سکے۔

نہر کے کنارے آہستہ آہستہ گزرتا اور کبھی کبھی اپنے عصا کی نوک سے پانی میں شگاف کرتا چلا جا رہا تھا۔ اس کی سوچ وفکر پریشان اور درہم برہم تھی۔ اس نے دیکھا کہ ایک کتے نے جس کے لمبے سفید بال تھے، اس کے عصا کی آواز سے جو ایک پتھر سے ٹکرایا تھا، سر اٹھا کر اس کی طرف دیکھا، ایسا لگ رہا تھا کہ وہ موت کی دہلیز پر ہے، اس لیے اپنی جگہ سے نہ ہلا اور دوبارہ سر کو زمین پر رکھ دیا۔ وہ بمشکل جھکا اور چاند کی روشنی میں ان کی نگاہیں چار ہوئیں، ایک عجیب وغریب احساس نے جنم لیا، ایسا لگ رہا تھا کہ یہ پہلی نظر ہے جو سادہ اور مہربان تھی۔ دونوں بدبخت اور فالتو چیز کی مانند انسانی معاشرے سے دور پڑے ہیں۔

اس کا دل چاہا کہ اس بدنصیب کتے کے پاس جو اپنی بدبختیوں کو شہر سے باہر لا کر لوگوں کی نظروں سے چھپا رہا ہے، بیٹھے اور اسے اپنی آغوش میں لے کر اس کے سر کو اپنی باہر نکلی ہوئی چھاتی سے بھینچے، لیکن اسے خیال آیا کہ اگر کسی نے یہاں گزرتے ہوئے دیکھ لیا تو اس کا اور زیادہ مذاق اڑائیں گے۔ سورج غروب ہونے والا تھا۔ وہ یوسف آباد کے دروازے سے نکل گیا۔ چودھویں کا چاند جو اپنی چاندنی دلچسپ مگر المناک رات کے اس پُرسکون ابتدائی حصے میں پھیلا رہا تھا، کی طرف نگاہ کی۔ نامکمل گھر، اینٹوں کے ڈھیر، خواب آلود شہر، درخت، گھروں کی چھتیں، نیلے پہاڑ کو دیکھ رہا تھا جو اس کی آنکھوں کے سامنے تاریک پردے کی مانند نظر آتا تھا۔ دور و نزدیک تک کوئی نظر نہیں آ رہا تھا۔ دور سے ابوعطا (قدیم ایرانی گلوکار) کی مدھم آواز آ رہی تھی۔ سر کو مشکل سے اٹھایا، وہ تھکا ہوا تھا، غم واندوہ سے نڈھال اور اس کی لال آنکھوں سے ایسا لگ رہا تھا کہ اس کا سر، تن پر بوجھ بن رہا ہو۔ داؤد اپنے عصا کو نہر کے کنارے رکھ کر اس کے دوسری طرف بغیر سوچے سمجھے سڑک کے کنارے ایک پتھر پر بیٹھ گیا۔ اچانک اس نے دیکھا کہ ایک عورت اس کے نزدیک نہر کنارے بیٹھی ہوئی ہے۔ اس کے دل کی دھڑکن تیز ہوگئی، اس عورت نے بغیر کچھ کہے منہ اس کی طرف کر کے مسکراتے ہوئے کہا، ''ہوشنگ! اب تک کہاں تھے؟''

داؤد عورت کے اس انداز گفتگو سے بہت حیران ہوا کہ اسے دیکھ کر اس عورت نے اب تک اظہار نفرت کیوں نہیں کیا؟ ایسا لگ رہا تھا کہ دنیا کی ساری خوشیاں اس کی جھولی میں ڈال دی گئی ہوں، اس کے پوچھنے کے انداز سے لگ رہا تھا کہ وہ باتیں کرنا چاہ رہی تھی لیکن اس وقت وہ یہاں کیا کر رہی ہے؟ کیا شریف زادی ہے؟ شاید کسی سے دل لگایا ہو۔ بہر حال جرأت کر کے اپنے آپ سے کہا جو ہوتا ہے وہ ہو جائے۔ اولاً بات چیت کرنے والا مل گیا ہے، شاید مجھے کچھ حوصلہ مل جائے۔ ایسا لگ رہا تھا کہ اس کی زبان بے قابو ہوگئی ہے، کہنے لگا: خانم! آپ تنہا ہیں؟ میں بھی تنہا ہوں، ہمیشہ سے اکیلا ہوں! ساری عمر اکیلا رہا ہوں۔'' ابھی اس نے بات ختم نہیں کی تھی کہ اس عورت نے منہ گھما کر عینک، جو اس نے آنکھوں پر لگا رکھی تھی، سے اسے دیکھا اور پھر کہا، ''آپ کون ہیں؟ میں سمجھی ہوشنگ ہے، وہ ہر وقت آتا ہے اور میرے ساتھ ہنستا کھیلتا ہے۔''

داؤد اس آخری جملے کو نہ سمجھ سکا، لیکن اسے اس بات کا انتظار بھی نہ تھا۔ مدت ہوئی کہ کسی عورت نے اس کے ساتھ بات کی ہو۔ ٹھنڈے پسینے کے قطرے جسم پر رینگنے لگے اور مشکل سے کہا، ''خانم! میں ہوشنگ نہیں ہوں، میرا نام داؤد ہے۔''

عورت نے ہنستے ہوئے جواب دیا، ''میں آپ کو دیکھ نہیں سکتی، میری آنکھوں میں درد ہو رہا ہے۔ اچھا داؤد۔ کُبڑا داؤد؟'' (ہونٹوں کو کاٹنے لگ گئی) لگ رہا تھا کہ کوئی جانی پہچانی آواز کانوں سے ٹکرا رہی ہے، ''میں زبیدہ ہوں۔ مجھے جانتے ہو؟''

اس کے بالوں کی لٹ جس نے اس کا آدھا چہرہ چھپا دیا تھا، کو جھٹکا لگا اور داؤد نے اس کے رخسار پر تل کو دیکھا۔ فرطِ غم سے اس کا سانس لینا مشکل ہو رہا تھا اور بدن میں آگ سی لگ گئی۔ پسینے کے قطرے اس کی پیشانی سے گرنے لگے۔ اپنے اردگرد دیکھا، کوئی نہیں تھا۔ ابوعطا کی آواز کافی قریب سے آ رہی تھی۔ دل کی دھڑکن اتنی تیز

ہو چکی تھی کہ سانس لینا مشکل ہو رہا تھا۔ کچھ کہے بغیر لرزتے ہوئے اپنی جگہ سے اٹھ کھڑا ہوا، بغض نے اس کے گلے کو جکڑا ہوا تھا۔ اپنے عصا کو اٹھایا اور گرتے پڑتے جس راستے سے آیا تھا اسی پر واپس ہولیا اور رندھی ہوئی آواز میں اپنے آپ سے کہنے لگا، ''یہ زبیدہ تھی! مجھے نہیں دیکھ سکتی تھی۔ ہوشنگ شاید اس کا منگیتر یا شوہر ہے۔ کیا پتہ ؟نہیں۔ ہرگز نہیں۔ مجھے کچھ نہیں سوچنا چاہیے۔ نہیں نہیں میں کچھ نہیں کر سکتا۔'' وہ اپنے آپ کو گھسیٹتا ہوا اسی کتے تک لے گیا جس کو راستے میں دیکھا تھا، قریب بیٹھا اور اس کا سر اپنی باہر نکلی ہوئی چھاتی سے بھینچا لیکن کتا مر چکا تھا۔

ایک معمولی سی عشقیہ کہانی

امین مالوف (لبنان)

ترجمہ: محمد عمر میمن

امین مالوف ایک لبنانی صحافی اور ادیب ہیں جو ۲۵ فروری ۱۹۴۹ء کو بیروت (لبنان) میں پیدا ہوئے۔ اب انھوں نے پیرس میں سکونت اختیار کر لی ہے۔ اگر چہ وہ فرانسیسی زبان میں لکھتے ہیں لیکن ان کی مادری زبان عربی ہے۔ ۱۹۸۶ء میں انھوں نے 'Leon I'Africain' نام کا فرانسیسی میں لکھا جو کافی مقبول ہوا۔ ۱۹۹۲ء میں Peter Sluglett نے اس ناول کا انگریزی ترجمہ 'Leo Africanus' نام سے کیا۔ یہ ایک تاریخی ناول ہے، جس کا تار و پود مالوف نے حسن الوزان نامی ایک جغرافیہ داں کی تخیلی آپ بیتی کے گرد بُنا ہے۔ میں اس ناول کی تیسری کتاب کے دوسرے باب کا ترجمہ پیش کر رہا ہوں جو انگریزی متن سے کیا گیا ہے۔ اس باب میں مالوف نے ایک معمولی سی عشقیہ کہانی بیان کی ہے؛ 'معمولی سی'، بظاہر! کیوں کہ اس میں قوم و ملت کی اصلاح کا کوئی جلی یا خفی دعویٰ نہیں، جس سے ہم سب ترقی پسندی کی کسی نہ کسی شکل میں دیر تک آگاہ رہے ہیں، اور نہ اس میں جدیدیت کے نام پر وہ بے محابا قلابازیاں نظر آتی ہیں جس سے ہندو پاک کا کوئی رسالہ محفوظ نہیں۔ سچی بات تو یہ ہے کہ 'ترقی پسند' اور 'جدید' کہانیوں کا روکھا پھیکا راتب زہر مار کرتے کرتے میری طبیعت اس درجہ منغض ہو گئی ہے کہ سیدھی سادی عشقیہ کہانیوں کی طرف دوڑتا ہوں۔ عبداللہ حسین نے شاید صحیح کہا ہے کہ ہر کہانی، بہر طور، کسی نہ کسی محبت کی کہانی ہی ہوتی ہے۔ عبداللہ نے 'محبت' وسیع معنوں میں استعمال کیا ہے۔ ایک حرکی قوت، جو ہمارے ادنیٰ سے ادنیٰ اور اعلیٰ سے اعلیٰ افعال کے پیچھے موجزن ہوتی ہے، اس کہانی میں، حسن نہ اپنے تغافل پر جرأت آزما ہے نہ جسم و جاں کے تقاضوں کے اظہار میں مظاہراتی۔ دوسری طرف عشق،

اپنی برانگیختگی میں توانا سہی، بے وقار نہیں۔ یہ توازن ہی اس کہانی کی جان ہے؛ ایک دھیما پن، ایک ناقابل برداشت اور اتنی ہی دل نواز حسرت۔ زندگی کا حزنیہ احساس، جو دشنام طرازی کی ادنیٰ ترین کوشش کا بھی سزاوار نہیں۔ عورت کی خود آگاہ سپردگی، مرد کی باوقار بے تابی، زبان کی تلمیحی وسعت، جس سے پیدا شدہ نت نئے تلازمے احساس کی رگ رگ میں ایک جان دار لمس جگا دیتے ہیں۔ اور سب سے بڑی بات یہ کہ یہاں تعلق خاطر یک طرفہ نہیں اور نہ ہی اس میں انائے بے جا کا گھمس ہے بلکہ اس کی پرورش باہمی پاس داری کے ارفع ترین اصولوں پر ہوئی ہے۔ یہاں مرد، عورت کو استعمال نہیں کر رہا بلکہ ایک جسم بڑی صحت مند بے قراری کے ساتھ اپنے ہم نفس کا جویا ہے۔ آخراً یہ زندگی کا، اس کی تمام مجبوریوں کے باوجود، جشن ہے۔

ترجمے میں سخت مقام تو وہاں آیا جہاں نور کہتی ہے؛ ''میری جگہ دوسری عورتیں ہوتیں تو سب سے پہلے اپنے مانوس اور شخصی زیور بیچ دیتیں۔۔۔'' اسے 'Intimate Jewellery' کا بس کام چلاؤ ترجمہ ہی سمجھیے۔ اس میں بھلا وہ بات کہاں مولوی مدن کی سی۔ 'ان ٹی میٹ' میں راز داری کا جو رنگ ہے اور دبی دبی جنسیت کی جو آنچ ہے، 'شخصی'، 'ذاتی'، 'مانوس' وغیرہ اس کے کہاں متحمل ہو سکتے ہیں۔ کوئی مناسب متبادل لفظ سوجھا نہیں، جسے بہر حال میری اردو دانی کے ستم پر محمول کیجیے۔ الغرض آپ کا پتہ نہیں 'ان ٹی میٹ جیولری' کے بس ذکر ہی سے میرے تصور میں نور اپنی تمام ہستی کے ساتھ مجسم ہو جاتی ہے اور میرے مشام اس کی نسوانیت کی۔ اور صرف اس کی نسوانیت کی۔ مخصوص بو باس سے مہکنے لگتے ہیں۔ 'جرکسی' سے مراد 'Crircassian' قوم کا فرد ہے۔ 'جرکسی' شمالی غربی قفقاس کے قبائل تھے جو ہجرت کر کے ترکی، شام، اردن میں آباد ہو گئے تھے۔ دور عباسی ہی سے ان کی مانگ بڑھ گئی تھی۔ چونکہ یہ عربی النسل نہ تھے، انھیں عربوں کے سیاسی ریشہ دوانیوں سے 'بظاہر' کوئی دلچسپی نہ تھی، عباسی خلفا کو اسی لیے ان کی وفاداری پر اعتماد تھا۔ چنانچہ عام طور پر انھیں خلیفہ کے محافظی دستوں میں اور بطور حاجب ملازم رکھا جاتا تھا۔ (مترجم)

☆

محمد عمر میمن ایک ماہر اردو زبان، شاعر، افسانہ نگار، اردو کی عمدہ تحریروں کے انگریزی ترجمہ نگار اور معروف جریدے 'The Annual of Urdu Studies' کے مدیر رہ چکے ہیں۔ وہ یونیورسٹی آف وسکونسن، میڈیسن میں اردو ادب اور اسلامیات کے پروفیسر ایمیریٹس رہ چکے ہیں۔ اس کے علاوہ انہوں نے وہاں کے اردو منصوبے کے لیے مشیر کا کردار ادا کیا۔ انھوں جامع ہٰذا میں ۳۸ سال اردو، اسلامیات، عربی، فارسی زبانوں کی تعلیم دی اور اس کے بعد ایک اسکالر کے طور پر کام کیا۔

میں قاہرہ کی راحتوں اور عذابوں میں اب تک یوں ہی محو خواب رہتا، اگر اس سال ایک عورت نے

مجھے اپنے راز میں شریک کرنے کا فیصلہ نہ کرلیا ہوتا۔ یہ ایک بے حد پُرخطر راز تھا، کیوں کہ نہ اس میں صرف میری جان کے جانے کا امکان تھا بلکہ میری آخرت کے برباد ہونے کا بھی۔

وہ دن جب میری اس سے مڈبھیڑ ہوئی، بڑے بھیانک طور پر شروع ہوا تھا۔ نئے شہر میں داخل ہونے سے ذرا پہلے وہ لڑکا جو میرے گدھے کو ہانکنے پر مامور تھا، اس راستے سے بھٹک گیا جسے ہم روز استعمال کیا کرتے تھے۔ اور میں نے بھی اس خیال سے اسے نہیں ٹوکا کہ شاید اس نے ایسا کسی رکاوٹ سے بچنے کے لیے کیا ہو۔ لیکن وہ مجھے ایک جمِ غفیر کے بیچوں بیچ لے آیا، گدھے کی لگام میرے ہاتھوں میں تھما دی؛ اعتذاراً کچھ بڑبڑایا اور اس سے قبل کہ میں اس سے کچھ پوچھوں تاچھوں، چمپت ہوگیا۔ ایسی حرکت اس نے پہلے کبھی نہیں کی تھی۔ میں نے کھڑے کھڑے فیصلہ کرلیا کہ اس حرکت کا اس کے مالک سے ضرور تذکرہ کروں گا۔

اس گہما گہمی کی وجہ بھی جلد سمجھ میں آگئی، سلیبہ نامی سڑک سے سپاہیوں کا ایک دستہ گزر رہا تھا۔ آگے آگے مشعل بردار تھے اور کچھ لوگ تاشے بجاتے چلے آرہے تھے۔ عین وسط میں کمر تک ننگ دھڑنگ ایک شخص ہاتھ پھیلائے لڑھکتا پڑھکتا چلا آرہا تھا۔ یہ ایک رسی سے بندھا ہوا تھا جسے ایک گھڑسوار کھینچ رہا تھا۔ منادی ہورہی تھی کہ اس شخص کو جس پر رات کے اندھیرے میں عمامے چرانے کا الزام تھا، بیچ سے دولخت کرنے کی سزا دی گئی ہے۔ مجھے معلوم تھا کہ اس قسم کی سزا عام طور محض قاتلوں کے لیے ہی وقف تھی۔ لیکن گزشتہ چند دنوں سے چوری کی وارداتوں میں اس شدت سے اضافہ ہوا تھا کہ مقامی تجار مثالی سزا کا پُرزور مطالبہ کررہے تھے۔

ناگہانی دو سپاہی اس بدبخت پر جھپٹے اور اپنے کو اس پر گرادیا۔ آدمی توازن برقرار نہ رکھ سکا اور لڑکھڑا کر زمین پر آرہا۔ تاہم وہ اس طرزِ عمل پر چیخا چلایا ہرگز نہیں، بس ایک افسردہ سی آہ بھری اور بیچارگی سے سر ہلا دیا۔ ابھی وہ زمین پر ٹھیک سے چت بھی نہیں ہونے پایا تھا کہ ایک سپاہی نے اسے بغلوں سے گرفت میں لے لیا۔ اور ٹھیک اسی وقت ایک دوسرے نے پاؤں سے۔ جلاد دونوں ہاتھوں سے ایک وزنی تلوار اٹھائے آگے بڑھا اور کمر پر ایک ہی وار سے مجرم کے جسم کو دولخت کر دیا۔ میں نے فوراً نظریں پھیرلیں۔ پیٹ میں اس زور سے تشنج محسوس ہوا کہ میرا سکتہ زدہ جسم تقریباً زمین پر ڈھیر ہوگیا۔ اچانک ایک مددگار ہاتھ میری اعانت کے لیے بلند ہوا اور ایک پیر مرد کی آواز سنائی دی۔ ''سواری پر چڑھے چڑھے موت کا نظارہ نہیں کرنا چاہیے۔''

میں بری طرح بوکھلا گیا، لیکن زمین پر کود پڑنے کے بجائے، جس کی طاقت مجھ میں نہ تھی، میں اور زیادہ مضبوطی کے ساتھ گدھے کی پشت سے چمٹ گیا۔ پھر میں نے گدھے کو پلٹایا اور واپس ہولیا۔ اس پر ان لوگوں نے احتجاج کیا جو میرے اس اچانک داؤں پیچ کے باعث تماشے کا اگلا حصہ دیکھنے سے محروم ہوگئے تھے: یہی کہ کس طرح مجرم کا اوپری دھڑ کچے چونے ڈھیر پر اژدھام کے رخ پر رکھا گیا، جہاں وہ چند منٹ تک تڑپنے کے بعد ساکن ہوگیا۔

اس واردات سے گریز کی خاطر میں نے اپنے مشاغل کی طرف متوجہ ہونے کا فیصلہ کیا، اور وہ یہی تھے کہ جاکر قافلوں کی آمدورفت کا پتہ لگاؤں، اِدھر اُدھر کی غپ شپ سنوں لیکن میں جوں جوں آگے بڑھتا گیا، سر

مسلسل بھاری ہوتا گیا۔ معلوم ہوتا تھا، گویا میں دوران سر سے بتدریج مغلوب ہوتا جا رہا ہوں۔ الغرض جہاں پھرتا پھرا۔ ایک سڑک سے دوسری سڑک پر، ایک بازار سے دوسرے بازار میں، نیم باہوش، زعفران اور تلے جاتے پنیر کی مہک میرے نتھنوں سے ٹکراتی رہی اور دور سے ان خوانچہ فروشوں کا شور کانوں میں آتا رہا جو مجھے مخاطب کر رہے تھے۔ خدمت گار لڑکے سے آزاد، کہ وہ ہنوز اس ہول ناک منظر کے تماشے میں گم تھا۔ میرا گدھا اپنی عادت اور موڈ کے مطابق بے محابا گھومتا پھرا۔ یہ صورت حال جاری رہی تا آں کہ ایک تاجر کی نظر مجھ پر آ پڑی۔ مجھے دگرگوں دیکھ کر وہ آگے بڑھا اور گدھے کی باگ خود سنبھال لی۔ پھر یاسمین میں بسے شکر کے پانی کا ایک پیالہ میرے ہاتھوں میں تھما دیا۔ اسے پیتے ہی میرے تشنج میں قدرے افاقہ ہوا۔ میں خان الخلیلی میں تھا اور میرا محسن اکبر نامی کوئی شخص جس پر خدا اپنے نعائم اور اکرام کی بارش کرے، یہاں کے متمول ترین ایرانی تاجروں میں سے تھا۔ اس نے مجھے وہاں بٹھائے رکھنے پر اصرار کیا، اور حلفیہ کہا کہ جب تک میری حالت میں پوری طور پر افاقہ نہیں ہو جاتا، وہ مجھے یہاں سے اٹھنے نہیں دے گا۔

مجھے وہاں بیٹھے بیٹھے کوئی گھنٹہ بھر ہو گیا۔ میرا سر دھیرے دھیرے اس کہر زدہ کیفیت سے باہر آ رہا تھا۔ اتنے میں وہ جرکسی عورت وہاں داخل ہوئی۔ مجھے بالکل یاد نہیں کہ اس کی کس چیز نے سب سے پہلے مجھے اپنی طرف متوجہ کیا۔ اس کا چہرہ غایت درجے کا حسین، لیکن اتنا ہی بے پردہ۔ بس ایک مہین سی سیاہ دوپٹی نے اس کی سنہری لٹوں کو بکھرنے سے بچائے رکھا تھا۔ یا یہ اس کی کمر تھی جو اس شہر کے ڈھرے کے برخلاف، جہاں صرف فربہ اندام عورتوں ہی کی پذیرائی ہوتی تھی، بے حد پتلی تھی۔ یا یہ نہیں تو پھر شاید یہ اکبر کا وہ مبہم انداز تھا؛ مؤدبانہ، لیکن ضرورت سے زیادہ پُرجوش بھی نہیں، جس سے اس نے اسے مخاطب کیا تھا: ''ہائی نس!''

اس کا لاؤ لشکر بھی اتنا مختصر تھا کہ اسے متوسط گھرانے کی کسی معمولی خاتون سے بالا تصور کرنا محال تھا۔ پیچھے خادمہ کے طور پر، لے دے کر بس ایک دیہاتی عورت چلی آ رہی تھی جس کے حرکات و سکنات بے لوچ تھے اور انداز میں ہمہ وقت مختل رہنے کی کیفیت نمایاں تھی۔ یہ ایک بوسیدہ سے گھسے پٹے کپڑے میں لپٹی ہوئی کوئی شے اٹھائے ہوئے تھی۔ میں جرکسی خاتون کو یقیناً بے محابا گھور رہا ہوگا، جبھی تو اس نے یکلخت بڑی جالب توجہ حرکت کے ساتھ اپنا منھ دوسری طرف کر لیا۔ یہ دیکھ کر اکبر نے بڑے رازدارانہ، لیکن اتنے ہی دانستہ اور باتکلف لہجے میں مجھ سے کہا، ''ہر رائل ہانس، شہزادی نور، ترک معظم کے بھتیجے امیر علاالدین کی بیوہ۔''

میں نے بادل نخواستہ نظریں دوسری طرف کر لیں، لیکن میرا تجسس اپنے اوج پر تھا۔ اس علاالدین کی رام کہانی سے قاہرہ کا ہر کس و ناکس واقف تھا۔ اس برادر کشانہ خانہ جنگی میں، جس نے سلطان بایزید کے ورثا کو ایک دوسرے کے خلاف صف آرا کر دیا تھا، اس علاالدین نے بڑھ چڑھ کر حصہ لیا تھا، ایک موقعے پر تو یہ گمان بھی ہونے لگا تھا کہ وہ واقعی غالب آ گیا ہے۔ اور یہ اس وقت جب وہ شہر برسا پر قبضہ آور ہوا تھا اور قسطنطنیہ پر بھی قبضہ کرنے کی دھمکی دے رہا تھا۔ انجام کار غلبہ اس کے چچا سلیم کا ہی ہوا۔ یہ نیا عثمانی سلطان غایت درجے کا جابر نکلا اور اپنے بھائیوں کو گلا گھنٹوا کر موت کے گھاٹ اتارا، اور ان کے اہل و عیال کو بھی چن چن کر ہلاک کروا دیا۔ تاہم

علاالدین کسی نہ کسی طرح جان بچا کر بھاگ نکلا اور قاہرہ میں جا کر پناہ لی۔ یہاں اسے بڑے احترام واحتشام کے ساتھ ہاتھوں ہاتھ لیا گیا۔ ایک محل اور متعدد ملازم اس کے حوالے کر دیے گئے۔ یہ بھی سننے میں آیا تھا کہ ان دنوں علاالدین سلطنت مملوک، ایران کے شہنشاہ نیز اناطولیہ کے عین قلب میں آباد مختلف جنگ جو ترکی قبائل کی مدد سے اپنا چچا کے خلاف بغاوت کو ہوا دینے میں ہمہ تن مصروف تھا۔

کیا یہ اتحاد سلیم قوی کو پسپا کرنے میں کامیاب ہوتا؟ یہ کبھی نہ معلوم ہو سکے گا، کیوں کہ قاہرہ آمد کے چار ماہ بعد علاالدین طاعون کے وبا میں کھیت ہو رہا۔ اس وقت اس کی عمر بمشکل پچیس سال ہوگی۔ اور ابھی حال ہی میں اس نے ایک بے حد حسین جرکسی عورت کے عشق میں مبتلا ہو کر اس سے شادی رچائی تھی۔ یہ عورت علاالدین کی حفاظت پر مامور دستے کے ایک افسر کی بیٹی تھی۔ قاہرہ کے سلطان نے جو شہزادے کی موت پر بظاہر بہت مغموم ہوا تھا، بہ نفس نفیس اس کی نماز جنازہ پڑھائی۔ تجہیز و تکفین بڑے پُر شکوہ طریقے پر ہوئی اور سب سے قابل لحاظ بات تو یہ ہے کہ ان کی ادائیگی خالص عثمانی رسم کے مطابق ہوئی جو قاہرہ میں بالکل غیر مانوس تھی۔ علاالدین کے اسپ آگے آگے، دم بریدہ، زین الٹی ہوئی؛ تابوت پر جسم کے عین اوپر اس کا عمامہ اور کمانیں جنھیں توڑ دیا گیا تھا۔

تاہم والیٔ قاہرہ نے دو ماہ بھی نہیں ہو پائے تھے کہ علاالدین کو دیا ہوا محل واپس لے لیا۔ اس عمل پر عوان نے اسے کافی سب وشتم بھی کیا۔ عثمانی شہزادے کی بیوہ کو اس کے عوض ایک معمولی سی رہائش گاہ دے دی گئی اور اس کے نام اتنا حقیر وظیفہ جاری کر دیا گیا کہ وہ اپنے شوہر کی چھوڑی ہوئی دو ایک نوادرات کو نیلام کرنے پر مجبور ہو گئی۔

یہ ساری باتیں انھیں دنوں میرے علم میں آئی تھیں۔ میں نے انھیں کوئی خاص اہمیت نہیں دی۔ ان تفصیلات کو ابھی دل ہی دل میں دہرا رہا تھا کہ اچانک نور کی دلدوز لیکن باوقار آواز میرے کان کے پردے سے ٹکرائی۔

''شاہ اپنے محل میں بیٹھا بڑے عالیشان منصوبے بنا رہا ہے، اس سے بے خبر کہ ٹھیک اسی لمحے کسی جھونپڑے میں کسی دست کار کی انگلیوں نے اس کا کفن بُننا شروع کر دیا ہوتا ہے۔''

اس نے یہ الفاظ عربی میں ادا کیے تھے لیکن اس مخصوص جرکسی لہجے میں، جسے پہچاننے میں قاہرہ کا کوئی شہر غلطی نہیں کر سکتا تھا، کیوں کہ یہ لہجہ بلاشبہ سلطان اور مملوک عہدیداروں کا تھا۔ میرے جواب دینے سے پہلے ہی تاجر قیمت لگا کرلے آیا، ''پچھتر دینار۔''

وہ یک دم زرد پڑ گئی۔ ''پوری دنیا میں اس کی نظیر ناپید ہے۔''

یہ دیوار پر آویزاں کی جانے والی بے حد ماہرانہ کڑھائی کے کام کی ٹیپیسٹری تھی جس کے چاروں طرف کندہ کاری کا چوبی فریم جڑا ہوا تھا۔

ٹیپیسٹری میں بھیڑیوں کے ایک غول کی منظر کشی کی گئی جو کسی برف پوش پہاڑ کی چوٹی کی طرف دوڑے جا رہے تھے۔

اکبر نے مجھے تصدیق کرنے کے لیے بلایا۔

''ہائی نس بالکل بجا فرما رہی ہیں لیکن میری دکان نوادرات سے پہلے ہی اٹی پڑی ہے۔ میں انھیں مندا بیچنے پر مجبور ہوں۔ خریدار عنقا ہو گئے ہیں۔''

شائستگی کے مارے میں نے سر کو خفیف سا آگے جھکا دیا۔ اکبر مطمئن ہو گیا کہ اس نے میرا اعتماد حاصل کر لیا ہے، چنانچہ اس نے بات آگے بڑھائی: ''پچھلے تیس سالوں میں جب سے میں نے یہ دھندا شروع کیا ہے، یہ بدترین سال ہے۔ لوگ اس خوف سے کہ ان پر مال دولت چھپا کر رکھنے کا الزام نہ دھرا جائے اور نتیجہ میں کوئی ہتھیانے نہ پہنچ جائے، اپنے دیناروں کی ہلکی سی جھلک دکھانے کا بھی یارا نہیں رکھتے۔ پچھلے ہفتے کی بات ہے، محض کسی کی مخبری کی بنیاد پر ایک گانے والی کو گرفتار کر لیا گیا۔ سلطان نے خود اس سے اس معاملے میں جرح کی، دریں اثنا حفاظتی دستے کے سپاہ مسلسل بیچاری کا پاؤں کچلتے رہے، کھڑے کھڑے پورے ڈیڑھ سو طلائی سکے نکلوا لیے۔''

اکبر نے کلام جاری رکھا: ''براہ کرم یہ لحاظ ضروری ہے کہ میں بخوبی جانتا ہوں کہ ہمارے سلطان نے، خدا انھیں اپنے امن و امان میں رکھے، یہ طرز عمل مجبوراً اختیار کیا ہے۔ بندرگاہوں سے محصول چنگی کی آمد بالکل بند ہے۔ ایک سال ہوا چاہتا ہے کہ پرتگال کے بحری قزاقوں کے خوف سے بندرگاہ پر ایک جہاز بھی نہیں آنے پایا۔ دمیاط کی حالت بھی بہت زیادہ اچھی نہیں رہی، اسکندریہ کی بندرگاہیں تو بیوپار کی کمی کے باعث اطالوی تجار اسے کب کا چھوڑ کر بھاگ کھڑے ہوئے ہیں۔ آج تصور بھی نہیں کیا جا سکتا، یہ وہی شہر ہے جہاں کل تک چھ لاکھ متنفس آباد تھے، جہاں بارہ ہزار بقال اور پنساریوں کی دکانیں رات گئے تک کھلی رہتی تھیں اور چالیس ہزار یہودی شرعی جزیہ ادا کیا کرتے تھے۔ سچ تو یہ ہے کہ آج اسکندریہ سرکاری خزانے کو اس سے کم سرمایہ فراہم کرتا ہے جو خود خزانے کو اسکندریہ کے بندوبست پر خرچ کرنا پڑتا ہے۔ اس کے نتائج روز ہی مشاہدے میں آتے رہتے ہیں؛ سپاہ کو سات ماہ سے کھانے میں گوشت نہیں ملا ہے، فوج ابال کی کیفیت میں ہے۔ اور سلطان ہر اس جگہ جہاں ملنے کا امکان ہو، پیسہ ڈھونڈنے میں لگے ہوئے ہیں۔''

ایک آدمی کی آمد سے اکبر کی گفتگو کا سلسلہ منقطع ہو گیا۔ نووارد کو خالی ہاتھ پا کر اکبر نے سوچا ہو گا کہ شاید کوئی گاہک ہے، چنانچہ اس نے ہم سے تھوڑی دیر کے لیے اجازت چاہی۔ شہزادی نے روانگی کی تیاری کی لیکن میں نے باز رکھتے ہوئے کہا: ''آپ کو اس کے عوض کتنے مل جانے کی توقع تھی؟''

''پورے تین سو دینار۔ اس سے ایک پیسہ کم نہیں۔''

میں نے ٹیپسٹری کو دیکھنے کی فرمائش کی۔ میں اسے خریدنے کا تہیہ کر چکا تھا، تاہم بغیر دیکھے بھالے لینا بھی نہیں چاہتا تھا، مبادا وہ یہ نہ سمجھ بیٹھے کہ محض رحم کھا کر خرید رہا ہوں۔ ساتھ ہی ساتھ ضرورت سے زیادہ چھاننا پھٹکنا بھی نہیں چاہتا تھا کہ اس میں بھاؤ تاؤ کرتے نظر آنے کا خطرہ تھا۔ میں نے ٹیپسٹری پر سرسری سی نظر دوڑائی اور بے رنگ لہجے میں کہا: ''تین سو بالکل معقول قیمت ہے۔ مجھے دے دیجیے۔''

لیکن وہ صاف پہچان گئی، بولی ''عورت ایسے آدمی سے تحفہ قبول نہیں کرتی جس سے اظہار تشکر بھی نہ کر

سکے۔"

الفاظ میں قطعیت تھی، گو لہجہ اتنا قطعی نہ تھا۔ میں نے بناوٹی برہمی سے جواب دیا، "یہ کوئی تحفہ وحفہ نہیں ، میں اسے خرید رہا ہوں تو اس لیے کہ مجھے پسند ہے۔"

"اور وہ بھلا کیوں؟"

"یہ ایک نشانی ہے۔"

"مگر آپ نے تو اسے پہلی بار ہی دیکھا ہے۔"

"بعض اوقات کسی شے کے بے بدل ہونے کا اندازہ کرنے کے لیے بس ایک نگاہ ہی کافی ہوتی ہے۔"

وہ ایک دم سرخ ہوگئی۔ ہماری آنکھیں چار ہوئیں، ہمارے ہونٹ جدا ہوئے، ہم دوست بن چکے تھے۔ ملازمہ پہلے سے کہیں زیادہ بشاش، ہمارے درمیان درآئی اور ہماری سرگوشیوں کو سننے کی کوشش کرنے لگی۔ ہم نے ملاقات کا وقت طے کرلیا تھا؛ جمعے کا دن، ظہر کے وقت، ازبکیہ چوک میں، گدھے کا تماشا دکھانے والے کے مقابل۔

☆

میں جب سے مصر وارد ہوا تھا، کبھی جمعے کی نماز ناغہ نہیں کی تھی لیکن اس دن پچھتاوے کے ادنیٰ ترین احساس کے بغیر ناغہ کردی۔ اس میں میرا کیا قصور، یہ خالق حقیقی ہی تھا جس نے اسے اتنا دل نواز بنایا تھا، اور یہ وہی تھا جس نے میری اس سے مڈبھیڑ کرائی تھی۔

مساجد بتدریج خالی ہوتی جارہی تھیں۔ ازبکیہ چوک آہستہ آہستہ لوگوں سے بھرتا جارہا تھا، کیوں کہ اہالیان قاہرہ کا معمول تھا کہ وہ جمعے کی نماز کے بعد پاسا کھیلنے، قصہ گویان کی تقریر بازی سے محظوظ ہونے، یا آس پاس کے گلیاروں میں جہاں بعضے بعضے میخانے اسی زمین پر باغ عدن کی رنگ رلیوں کا مزہ پیش کردیتے تھے، خود کو کھودینے کے لیے جمع ہوتے تھے۔

مجھے اپنی جرکسی معشوقہ ابھی نظر نہیں آئی تھی، لیکن گدھے کا کرتب دکھانے والا وہاں موجود تھا۔ اس کے اردگرد شہر کے نکموں کا اچھا بھلا مجمع لگ چکا تھا۔ میں بھی اس میں جا شامل ہوا۔ رہ رہ کر میں ایک نظر اپنے چاروں طرف پھیلے ہوئے چہروں پر ڈال لیتا اور اس امید میں سورج پر بھی کہ اس اثنا میں وہ چند درجے اور آگے بڑھ گیا ہوگا۔

مسخرہ اپنے گدھے کے ساتھ ناچنے لگا تھا اور یہ اندازہ کرنا مشکل تھا کہ ناچ میں وہ گدھے کی پیروی کررہا ہے یا گدھا اس کی۔ اب اس نے گدھے سے باقاعدہ گفتگو بھی شروع کردی تھی۔ اس نے گدھے کو بتایا کہ سلطان وقت نے ایک بہت بڑی تعمیری منصوبے کا ڈول ڈالا ہے۔ چنانچہ قاہرہ کے جملہ گدھے چونا اور پتھر

ڈھونے کے واسطے بیگار میں لیے جانے والے ہیں۔ بس یہ سننا تھا کہ گدھا دھڑام سے زمین پر ڈھیر ہو گیا، پھر پشت کے بل لیٹ کر دولتیاں ہوا میں اٹھا دیں، پیٹ پھلا لیا اور زور سے آنکھیں میچ لیں۔ اس کا مالک تماشا دیکھنے والوں کے سامنے زور زور سے بین کرنے لگا کہ میرا گدھا مر گیا ہے اور نیا گدھا خریدنے کے واسطے چندہ وصول کرنے لگا۔ جب کئی درجن سکے جمع کر لیے تو گدھے کی طرف اشارہ کر کے بولا: ''یہ خیال بھول کر بھی نہ فرمایئے گا کہ موصوف اس دیارِ فانی سے کوچ کر گئے ہیں۔ حضرت سخت پیٹو واقع ہوئے ہیں اور چونکہ میری غربت سے کما حقہٗ آگاہ ہیں، اس لیے مرنے کا سوانگ رچایا ہے، تاکہ میں کچھ کھا لوں اور اس سے ان کے لیے کھانے پینے کا بندوبست کر سکوں۔''

اس نے ایک موٹی سی لکڑی اٹھائی اور دبا دب گدھے کی مزاج پرسی کر دی: ''چل اٹھ، اب اٹھ بھی چک۔''

گدھے نے بھول سے بھی حرکت نہ کی۔ مسخرے نے کلام جاری رکھا: ''اہالیانِ قاہرہ، سلطان نے ابھی ابھی فرمان جاری کیا ہے کہ شہر کی ساری آبادی کل باہر آ کر اس کے شہر میں فتح مند داخل ہونے کا نظارہ کرے۔ اعلیٰ طبقے کی خواتین کی سواری کے واسطے شہر بھر کے گدھوں کو بیگار میں لے لیا گیا ہے۔''

یہ سنتے ہی گدھے نے جست بھری اور پھٹ سے اپنے پیروں پر کھڑا ہو گیا۔ اپنے کو سنوارنے لگا اور بڑی مسرت کا اظہار کرنے لگا۔ اس پر اس کے مالک اور تماش بین قہقہہ زن ہو گئے۔

''اوہو'' اس نے گدھے سے کہا، ''تو تمھیں خوب صورت عورتیں پسند ہیں، لیکن یہاں تو جانے ایسی کتنی عورتیں موجود ہیں۔ بتاؤ تم کس کے واسطے سواری بنو گئے؟''

گدھا تماش بینوں کا پھیرا لگانے لگا۔ تھوڑا سا متذبذب ہوا اور پھر سیدھا ایک طویل القامت خاتون کی طرف بڑھا جو مجھ سے چند قدم کے فاصلے پر کھڑی ہوئی تھی۔ اس نے اتنی دبیز نقاب چڑھا رکھی تھی کہ اس کے پیچھے اس کا پورا چہرہ اوجھل ہو کر رہ گیا تھا۔ تاہم میں اس کا رکھ رکھاؤ فوراً پہچان گیا۔ اٹھتے قہقہوں کے طوفان اور نظروں کی یورش سے ہراساں ہو کر وہ خود میری طرف چلی آئی اور مضبوطی سے میرا ہاتھ تھام لیا۔ میں نے مزاحیہ انداز میں گدھے سے کہا، ''نہیں بھئی، تم میری بیوی کے لیے سواری مہیا نہیں کرو گے۔'' اور نہایت باوقار انداز میں عورت کے ساتھ وہاں سے آگے بڑھ گیا۔

''ہیں، یہ کیا؟ مجھے ذرا توقع نہیں تھی کہ تم نقاب ڈاٹ کے آؤ گی۔ خیریت ہوئی کہ گدھا موجود تھا ورنہ میں تو تمھیں پہچان ہی نہیں پاتا۔''

''ٹھیک اسی لیے تو نقاب چڑھا رکھی ہے، پہچانی نہ جا سکوں۔ ہم سڑک پر متجسس اور افواہ پسند مجمعے کی بیچوں بیچ ہیں تاہم کسی متنفس کو یہ گمان نہیں ہو رہا کہ میں تمھاری بیوی نہیں۔'' پھر اس نے شرارتاً سر ہلا کر کہا، ''جب مقصد تمام مردوں کو خوش کرنا ہو تو نقاب اتار دیتی ہوں، لیکن جب محض ایک ہی مرد کی مسرت منظور ہو تو نقاب چڑھا لیتی ہوں۔''

''یہ بات۔ تو آج سے مجھے تمھارا بے نقاب نکلنا سخت ناپسند ہوگا۔''

''یہ بات۔ تو آج سے مجھے تمھارا بے نقاب نکلنا سخت ناپسند ہوگا۔''

''تو کیا تم مجھے کبھی دیکھنا نہیں چاہتے؟''

اور حقیقت بھی یہی تھی۔ میں اسے بھلا کہاں بے نقاب دیکھ سکتا تھا؟ ہم کسی مکان میں، خواہ اس کا خواہ میرا، کبھی اکیلے میں نہیں مل سکتے تھے اور شہر میں ایک دوسرے کے پہلو بہ پہلو چلنے پر ہمیں اکتفا کرنی تھی۔ ہماری اولین ملاقات کے دن ہی نور نے باغ ممنوعہ جانے پر اصرار کیا۔

''یہ نام اسے اس لیے دیا گیا ہے،'' نور نے وضاحت کی ''کہ اس کے اردگرد ایک اونچی دیوار کھینچی ہوئی ہے اور سلطان نے اس میں داخلہ ممنوع قرار دے رکھا ہے تاکہ فطرت کے اس عجوبے کی حفاظت ہو سکے۔ دنیا کا وہ واحد درخت جس پر خالص بلسان پیدا ہوتا ہے۔''

دربان کے ہاتھ ایک چاندی کا سکہ رکھنے کی دیر تھی کہ اس نے ہمیں اندر جانے کی اجازت دے دی۔ بلسان کے درخت پر جھکتے ہوئے نور نے یکلخت اپنی نقاب اٹھا دی اور ایک طویل وقفے تک بے حس و حرکت کھڑی رہی؛ سحر زدہ سی، یوں جیسے خوب میں ہو۔ پھر اس نے دہرایا، بظاہر اپنے آپ سے۔ ''پوری دنیا میں بس یہی ایک جڑ ہے۔ اتنی سڈول، اتنی نازک، پھر بھی اتنی بیش قیمت۔''

میں نے درخت کو خوب غور سے دیکھا۔ تاہم مجھے اس میں کوئی غیر معمولی بات نظر نہ آئی۔ اس کی پتیاں انگور کی پتیوں سے مشابہہ تھیں، بس ذرا چھوٹی رہی ہوں گی اور یہ ایک چشمے کے بیچوں بیچ اُگا ہوا تھا۔

''کہتے ہیں کہ اگر کسی اور پانی سے اس کی آبیاری کی جائے تو یہ فوراً خشک ہو جائے۔''

وہ اس سیر سے کافی متاثر معلوم ہوتی تھی۔ گو اس کی وجہ میری سمجھ میں نہ آ سکی۔ اگلے دن ہم پھر باہم ہوئے اور اس مرتبہ بھی وہ کافی مسرور اور ملتفت نظر آئی۔ اب ہم روز سیر کو جانے لگے تھے، یا تقریباً ہر روز، کیوں کہ پیر و منگل کو وہ کبھی خالی نہ ہوتی۔ کوئی ایک ماہ گزر جانے کے بعد میں نے جب ہلکے سے شکایت آمیز لہجے میں اس کا ذکر کیا تو اس کا ردعمل خاصا تند تھا۔

''اور یہ بھی تو ہو سکتا تھا کہ تمھیں سرے سے میری ملاقات ہی میسر نہ ہوتی، یا ہوتی بھی تو مہینے میں ایک آدھ بار۔ میں ہفتے میں دو تین بلکہ پورے پانچ دن تم سے ملتی ہوں اور تم الٹے میری عدم موجودگی کا شکوہ کرنے بیٹھ گئے ہو۔''

''بات یہ ہے کہ میں تم سے ملاقات کے دن شمار نہیں کرتا۔ یہ دوسرے دن ہیں جو غیر مختتم معلوم ہوتے ہیں۔''

وہ اتوار کا دن تھا۔ ہم این طولون کی مسجد کے پاس عورتوں کے حمام کے سامنے تھے جس میں نور بس اب داخل ہوا ہی چاہتی تھی لیکن وہ پھر کچھ جھجکتی نظر آئی۔

''کیا تم میرے ساتھ کہیں چل سکتے ہو؟ لیکن شرط یہ ہے کہ ادنیٰ سا استفسار بھی نہیں کرو گے۔''

''تمھارے ساتھ تو میں چین تک بھی جانے کو تیار ہوں۔''

''اچھا تو پھر کل صبح مجھے جیزہ کی مسجد کے سامنے اونٹوں اور پانی سے لبریز مشکیزوں کے ساتھ تیار ملو۔''

☆

میں اپنا قول دے چکا تھا، اس لیے منزل کے متعلق پوچھ گچھ پر میں نے اصرار نہیں کیا۔ ہمیں اونٹوں پر چلتے چلتے دو گھنٹے ہو چکے تھے۔ اس مدت میں ہم نے ایک دوسرے سے بمشکل ڈیڑھ دو لفظ ہی کہے ہوں گے۔ تاہم میں نے سوچا کہ صرف اتنا کہنا اقرارنامے کی روح کے منافی نہ ہوگا۔

''اہرام یہاں سے زیادہ دور نہیں ہوں گے۔''

''بالکل۔''

میں نے کلام جاری رکھا، ''ہم وہیں جا رہے ہیں نہ؟''

''بالکل۔''

''تم ہر ہفتے یہاں ان مدور عمارتوں کی سیر کے لیے آتی ہو۔ آتی ہو نہ؟''

اس پر اس نے ایک بے لاگ اور غارت گر قہقہہ لگایا جس سے میری بڑی دل شکنی ہوئی۔ اپنی آزردگی کے مظاہرے کے لیے میں اپنے اونٹ سے نیچے اتر آیا اور اس کی دو ٹانگیں ملا کر باندھ دیں۔ وہ بے چین عجلت سے میری طرف لوٹی۔

''مجھے افسوس ہے کہ ہنسی آگئی۔ کرتی بھی کیا؟ تم نے کہا کہ وہ مدور ہیں۔''

''یہ میں نے خود نہیں گھڑ لیا۔ ابن بطوطہ نے جو بڑا نامی گرامی سیاح ہے، بالکل یہی کہا کہ مدور ہیں۔''

''اس لیے کہ اس نے انھیں بہ چشم خود دیکھنے کی زحمت گوارا نہیں کی، یا ممکن ہے اگر دیکھا ہو تو بہت دور سے، یا رات کے وقت۔ الغرض خدا اس کی مغفرت کرے۔ لیکن اسے قصوروار ٹھہرانا مناسب نہیں۔ جب کوئی سیاح اپنے کارناموں کا ذکر لے بیٹھتا ہے تو اپنے سامعین کے ستائشی تبسم کا اسیر ہو جاتا ہے، اپنے ہیٹی کے خیال سے اس میں یہ کہنے کا یارا نہیں رہتا کہ مجھے معلوم نہیں یا میں نے بہ چشم خود نہیں دیکھا۔ ایسے جھوٹ بھی ہیں جن کو پھیلانے کا مرتکب زبان سے زیادہ کان ہوتے ہیں۔''

اب ہم پھر سے چل پڑے تھے۔ نور نے کلام جاری رکھا: ''ہاں تو ہمارے ابن بطوطہ صاحب نے اہرام مصر کے بارے میں اور کیا کیا کہا ہے؟''

''یہی کہ انھیں ایک ایسے حکیم دانا نے تعمیر کرایا تھا جو علم نجوم سے بخوبی واقف تھا۔ اس نے آنے والے سیلاب کی پیش بینی زمانوں پہلے کر لی تھی۔ اسی لیے اس نے یہ اہرام تعمیر کرائے تھے اور ان پر جملہ علوم وفنون کی تصویر کشی کر دی تھی، تاکہ انھیں فراموشی اور تباہی سے بچا سکے۔''

مزید طنز کے خوف سے میں نے جلدی سے یہ اضافہ بھی کر دیا: ''اور ابن بطوطہ نے یہ بھی کہا ہے کہ یہ

محض خیالی باتیں ہیں۔ کسی کو وثوق سے معلوم نہیں کہ ان عجیب وغریب عمارتوں کی تعمیر کا اصل مقصد کیا ہے؟''

''میرے لیے تو اہرام اس لیے بنے ہیں کہ دل نواز ہوں، پرشکوہ ہوں اور دنیا کے اولین عجائب، ظاہر ہے ان کی تعمیر کے پیچھے کوئی عملی مقصد بھی رہا ہوگا لیکن اسے شہزادۂ وقت کے لیے ایک بہانے سے زیادہ نہ سمجھنا چاہیے۔''

اس وقت ہم ایک ٹیلے کی چوٹی پر پہنچ رہے تھے۔ سامنے افق پر اہرام بالکل صاف نظر آرہے تھے۔ نور نے اپنے اونٹ کو لگام دے کر روکا، اور مشرق کی طرف ہاتھ دراز کیا۔ جذبے کی فراوانی نے اس کے انداز میں ایک دل آویز متانت پیدا کردی تھی۔

''ہمارے گھر، ہمارے محل، حتیٰ کہ ہم خود فنا ہوجائیں گے، لیکن اس کے مدتوں بعد تک یہ اہرام یہیں باقی رہیں گے۔ کیا اس کا یہ مطلب نہیں، خدائے لازوال کی نظر میں کہ یہ غایت درجے کے کارآمد ہیں۔''

میں نے اپنا ہاتھ اس کے ہاتھ پر رکھ دیا۔ ''فی الوقت تو ہم زندہ ہیں، ایک دوسرے کے ساتھ ہیں اور ہمیں تنہائی بھی میسر ہے۔''

اس نے اپنے اردگرد نظر دوڑائی، پھر اچانک بڑے شرارتی لہجے میں بولی، ''ہاں یہ تو ٹھیک ہے کہ ہمیں تنہائی میسر ہے۔''

اس نے اپنے اونٹ کو میرے اونٹ سے بھڑا کر کھڑا کر دیا، پھر نقاب اٹھائی اور مجھے ہونٹوں پر چوما۔ خدایا، میں یوم الحساب تک یوں ہی کھڑا رہتا۔

یہ میں نہ تھا جو اس کے ہونٹوں سے جدا ہوا، یہ وہ نہ تھی جس نے عمداً خود کو مجھ سے علیحدہ کیا۔ یہ قصور تو سراسر ہمارے اونٹوں کا تھا۔ جو ذرا جلدی ہی ایک دوسرے گریزاں ہو گئے، ساتھ ہی ہمیں بھی لڑکھڑا دیا۔

''دیر ہورہی ہے، کیوں نہ تھوڑا سا آرام کرلیں۔''

''اہراموں پر؟''

''نہیں، ان سے ذرا آگے، یہاں سے بس چند ہی میل دور ایک چھوٹا سا گاؤں ہے۔ وہاں میری ماما رہتی ہے۔ اس نے بچپن سے میری پرورش کی ہے۔ وہ ہر پیر کی شام میرا انتظار کرتی ہے۔''

گاؤں سے ہٹ کر ایک طرف قدرے اٹھے ہوئے راستے کی انتہا پر لپا پتا ایک چھوٹا سا دہقانی گھر تھا۔ نور اس راستے پر ہولی۔ جاتے جاتے مجھ سے عاجزی کر گئی کہ خدارا اس کے پیچھے پیچھے نہ آؤں۔ وہ اس گھر میں داخل ہوگئی۔ میں ایک کھجور کے تنے سے ٹیک لگا کر اس کا انتظار کرنے لگا۔ جب وہ لوٹی تو اس وقت کافی اندھیرا پھیل چکا تھا۔ اس کے ساتھ ایک عمر رسیدہ لیکن ہٹی کٹی اور سہل انگار دہقان عورت چلی آرہی تھی۔

''خضرہ، یہ میرے نئے شوہر ہیں۔''

میں حیرت کے مارے اچھل پڑا۔ میری گھورتی آنکھوں کو نور کے چہرے پر ایک شکن ابھرتی نظر آئی۔ دوسری طرف وہ بڑھیا خدا سے محوِ گزارش تھی، ''اٹھارہ سال کی عمر میں بیوہ ہوگئی۔ میری دعا ہے کہ اس بار میری

شہزادی کی قسمت بہتر ثابت ہوگی۔''

''اور میری بھی یہی دعا ہے۔'' میں برجستگی سے چلا اٹھا۔

نور مسکرادی۔ خضرہ نے بڑبڑا کر کوئی التجائی دعا پڑھی، اور فوراً بعد اپنی قیادت میں ہمیں اپنے گھر سے قریب ایک کچی عمارت کی طرف لے آئی جو کچھ زیادہ شکستہ اور بدحال تھی۔

''تم جانو یہ کوئی محل وحل تو نہیں، البتہ تم دونوں یہاں بھیگنے کے نہیں اور تمھاری تنہائی میں کوئی مخل بھی نہیں ہوگا۔ میری ضرورت پڑے تو کھڑکی کھول کر آواز دے لینا۔''

بس ایک مستطیل کمرہ تھا، جس میں ٹمٹماتی ہوئی موم بتی جل رہی تھی۔ لوبان کی دبی دبی سی خوشبو ہمارے چاروں طرف تیر رہی تھی۔ اور کھلی کھڑکی سے باہر بھینسوں کے ڈکارنے کی آواز آرہی تھی۔ میری جرکسی محبوبہ نے کواڑ کی زنجیر چڑھائی اور اس سے ٹیک لگا کر کھڑی ہوگئی۔

پہلے اس کی الجھی زلفیں کھل کر گریں اور پھر اس کا لباس۔ اس کی ننگی گردن کے گرد یاقوت کا ہار پڑا تھا جس کا وسطی لعل بڑے فخر سے اس کی چھاتیوں کے بیچ جھول رہا تھا۔ اور اس کی عریاں کمر سے طلائی تارکشی کا پتلا سا پٹا حمائل تھا۔ میں نے آج تک کبھی کوئی ایسی عورت نہیں دیکھی جو اپنی برہنگی میں اس درجہ غنی ہو۔ وہ بڑھ کر میرے پاس آئی اور سرگوشی میں کہا، ''میری جگہ دوسری عورتیں ہوتیں تو سب سے پہلے اپنے مانوس اور شخصی زیور بیچ دیتیں لیکن میں نے انھیں بچائے رکھا۔ گھر اور اس کی آرائشیں اور اس کا ساز وسامان بیچا جا سکتا ہے، جسم نہیں، نہ ہی اس کی زینت۔''

میں نے اسے بے اختیار سینے سے لگالیا۔

''صبح سے اب تک میں ایک کے بعد ایک اچنبھے پر قناعت کرتا رہا ہوں؛ پہلے اہرام، پھر تمھارا بوسہ، ہماری شادی کا اعلان اور اب یہ کمرہ، یہ رات، تمھاری آرائشیں، تمھارا جسم اور اب۔۔۔''

میں نے بڑی سہولت سے اسے چوما، جس کے باعث وہ اس اعتراف کی ضرورت ہی سے مستغنی ہوگئی کہ جہاں تک اچنبھوں کا تعلق ہے تو اس کی بسم اللہ ہی ہوئی ہے، پوری دعا تو اب آنے والی ہے۔

لیکن ایسا رات گزرنے کے بعد ہی ہوا؛ جو رات اپنی لذت میں دیرپا اور غیر مختتم تھی۔ ہم ایک دوسرے کے پہلو میں پڑے ہوئے تھے، اتنے قریب کہ اس کی سرگوشیوں سے میرے لب لرز رہے تھے۔ اس کی ٹانگیں اہرام کی شکل میں اٹھی ہوئی تھیں، جن کی چوٹی اس کے آپس میں بھنچے ہوئے گھٹنے تھے، میں نے انھیں ہولے سے چھوا اور وہ یوں علیحدہ ہو گئے جیسے ابھی ابھی مسلسل ایک دوسرے سے لڑتے جھگڑتے رہے ہوں۔

میری جرکسی آج بھی میرے ہاتھ کبھی کبھی اس کے جسم کے خط وخال تراشتے ہیں اور میرے لب کچھ بھی نہیں بھولے۔

جب میں بیدار ہوا تو دیکھا نور دروازے سے اسی طرح ٹیک لگائے کھڑی ہے جس طرح آغاز شب کے وقت تھی، لیکن اس کے بازو بوجھل تھے اور آنکھوں میں ایک جھوٹ موٹ کی مسکراہٹ تیر رہی تھی۔

"اور یہ رہا میرا بیٹا، بایزید، جسے میں یوں چھپائے رکھتی ہوں جیسے میری شرم ہو، میرے گناہ کا پھل۔"

وہ آگے بڑھی اور بچے کو نذرانے کے طور پر میرے ہاتھوں پر رکھ دیا، میرے ہاتھ جو صبر وقناعت سے وا ہو گئے۔

سفید چھڑی

ناظم حکمت (ترکی)

ترجمہ: مسعود اختر شیخ

ناظم حکمت ران المعروف ناظم حکمت (۱۵ جنوری ۱۹۰۲ء۔ ۳ جون ۱۹۶۳ء) ترکی کے پہلے ایسے شاعر ہیں جن کو عالمی شہرت ملی۔ وہ 'سلونیکا' میں پیدا ہوئے۔ استنبول کے بحریہ کالج میں تعلیم حاصل کرنے کے بعد مزید تعلیم حاصل کرنے کے لیے ماسکو چلے گئے اور بطور نظریاتی مارکسسٹ مشہور ہوئے۔ ترکی واپسی پر انھیں طلبا کو کمیونزم کی طرف راغب کرنے کے جرم میں قید کر دیا گیا۔ ۱۹۵۱ء میں انھیں اس وقت قید سے رہائی ملی جب بین الاقوامی سطح پر ان کی رہائی کے لیے تحریک چلائی گئی۔ انھوں نے شاعری کے علاوہ ڈرامے اور فکشن بھی لکھے۔

معروف مترجم اور ۲۵ سے زائد کتابوں کے مصنف کرنل (ر) مسعود اختر شیخ نے پاکستان اور ترکی کے درمیان ثقافتی تعلقات کے فروغ کے لیے نصف صدی تک خدمات انجام دیں۔ ترکی کے تقریباً چالیس ادیبوں کے دو سو سے زائد افسانے، نظمیں، ناول اور ڈرامے اردو، انگریزی اور پنجابی میں ترجمہ کرنے کے علاوہ کئی کہانیاں اور نظمیں اردو اور پاکستان کی علاقائی زبانوں سے ترکی میں بھی ترجمہ کی ہیں۔ ۷ مارچ ۲۰۲۰ء میں انتقال کر گئے۔

یہ سرگزشت ایک ایسے شخص کی ہے جو چین کی بندرگاہ میں رہا کرتا تھا۔ چین کی ایک بندرگاہ کے مقابلے میں یہ دنیا بہت بڑی ہے، مگر جب اسی دنیا کو لامحدود کائنات کے اندر سے دیکھیں تو یہ کسی اندھیرے گھپ کمرے میں داخل ہوتی سورج کی شعاع میں چمکتے ذرے سے بھی چھوٹی دکھائی دیتی ہے۔ آپ کو ایک جگمگاتے ذرے سے بھی چھوٹی اس دنیا میں چین کی ایک بندرگاہ میں رہنے والے 'وانی فے' کی سرگزشت حیات سے ملتی جلتی سرگزشتیں

مل جائیں گی۔

وانی فے کا باپ چین کے تمام چھوٹے بڑے، نیلے پیلے دریاؤں میں اپنی چٹائی کے بادبانوں والی، نیچے سے چپٹی کشتی میں شمال سے جنوب اور مغرب سے مشرق تک افیون اور چاول ڈھویا کرتا تھا۔ وانی فے باپ کی اسی چٹائی کے بادبانوں والی کشتی میں پیدا ہوا تھا۔ وہ گیارہ سال کی عمر تک دن کے وقت نیلے پیلے دریاؤں کے پانیوں کا نظارہ کرتا، راتوں کو افیون کے صندوقچوں اور چاولوں کی بوریوں کے درمیان سوجاتا۔ اس کا باپ جنوب کی بڑی بڑی بندرگاہوں میں مقیم نیلی آنکھوں، بھورے بالوں، بڑے بڑے ہیٹوں اور سفید لباس والے انگریز تاجروں کے آرڈر کے مطابق اپنی کشتی میں افیون کے صندوق لادتا اور شمال کے شہروں میں مقیم چینی کمیشن ایجنٹوں کے حوالے کردیتا۔ گول شیشوں والی عینکیں پہنے، سیاہ دمدار پتنگوں جیسی کھنچی کھنچی آنکھیں مٹکاتے چینی کمیشن ایجنٹ وانی فے کے باپ کی کشتی میں چاولوں کی بوریاں لدوا کر جنوبی بندرگاہوں میں مقیم انگریز تاجروں کو ارسال کردیتے۔

ایک فرانسیسی مشنری سوار ہوا۔ وہ بین الاقوامی مشنری آرگنائزیشن کے صدر دفتر جارہا تھا۔ رات کو جب آسمان پر ستارے چینی شمعوں کی طرح ٹمٹمانے شروع ہوئے تو چٹائی کے بادبانوں والی کشتی نے اپنے آپ کو پانی کے بہاؤ کے رحم وکرم پر چھوڑتے ہوئے اپنے سفر کا آغاز کیا۔ فرانسیسی مشنری نے اپنے بالوں سے اٹا ہاتھ وانی فے کے ناریل نما سر پر رکھا اور کہا، ''وانی فے، یہ جو تم آسمان پر ستارے دیکھ رہے ہو، انھیں کس نے پیدا کیا ہے؟''

''معلوم نہیں۔''

''تو تمھیں معلوم ہونا چاہیے کہ یہ جو آسمان پر تمھیں ستارے نظر آرہے ہیں، انھیں اللہ نے پیدا کیا ہے۔''

''جی سمجھ گیا۔''

''اگر سمجھ گئے ہو تو پھر جواب دو کہ خاک اور پتھروں کو کس نے پیدا کیا ہے؟''

''معلوم نہیں۔''

''تمھیں معلوم ہونا چاہیے وانی فے، کہ خاک اور پتھروں کو بھی اللہ ہی نے پیدا کیا ہے۔''

''جی سمجھ گیا۔''

''سمجھ گئے ہو تو جواب دہرادو۔''

''میں سمجھ گیا ہوں کہ خاک اور پتھروں کو بھی اور آسمان کے تاروں کو بھی اللہ نے پیدا کیا ہے۔ مگر اللہ کو کس نے پیدا کیا؟''

مشنری نے اس سوال کا کوئی جواب نہ دیا بلکہ ایک اور سوال داغ دیا: ''اب اگر میں تمھارے دائیں گال پر ایک تھپڑ لگاؤں تو تم کیا کروگے؟''

''میں بھی آپ کو ایک تھپڑ لگادوں گا۔''

”جان لو کہ تمھیں ایسا نہیں کرنا چاہیے۔ تمھیں معلوم ہونا چاہیے کہ اگر میں تمھارے دائیں گال پر تھپڑ لگاؤں تو تمھیں چاہیے کہ تم اپنا بایاں گال بھی میری طرف پھیر دو۔“

”جی سمجھ گیا۔“

”اچھا، اگر میں تمھارے ساتھ برائی کروں تو تم میرے ساتھ کیا کرو گے؟“

”میں بھی آپ کے ساتھ برائی کروں گا۔“

”نہیں وانی فے، تم میرے ساتھ برائی نہیں کرو گے۔ اگر میں تمھارے ساتھ برائی کروں تو تمھیں میرے ساتھ اچھائی کرنی چاہیے۔“

وانی فے سوچ میں پڑ گیا، پھر بولا ”اگر میں آپ کے ساتھ برائی کروں تو آپ میرے ساتھ کیا کریں گے؟“

”بھلا تم میرے ساتھ کیا برائی کر سکتے ہو؟“

وانی فے پھر سوچ میں گم ہو گیا۔ پھر یکدم اپنی جگہ سے کودا اور مشنری کے پہلو میں رکھے اس کے براؤن سوٹ کیس پر جھپٹ پڑا اور اسے دریا میں لڑھکا دیا۔ سوٹ کیس چینی زبان میں ترجمہ کی ہوئی مقدس کتابوں سے بھرا ہوا تھا۔ مشنری نے وانی فے کے منھ پر ایک زوردار چانٹا رسید کیا۔ وانی فے ہنس رہا تھا، بولا ”دیکھا آپ نے؟ میں نے آپ کے ساتھ برائی کی اور آپ نے مجھے چانٹا مار دیا۔ یعنی آپ نے بھی میرے ساتھ برائی کی۔ آپ تو کہتے تھے برائی کے مقابلے میں اچھائی کرنی چاہیے؟“

مشنری نے غصے پر قابو پایا۔ اپنا بالوں سے اٹا ہاتھ دوبارہ وانی فے کے سر پر رکھتے ہوئے کہا، ”تم نے مجھ سے برائی کی۔ اب تم دیکھو گے کہ میں تم سے اچھائی کروں گا۔“

اور جب کشتی جنوب کی بڑی بندرگاہ میں پہنچی تو اس نے وعدے کے مطابق وانی فے سے اچھائی کر دکھائی۔ اس نے وانی فے کو اس کے باپ سے لے لیا تاکہ اسے ایک مکمل عیسائی بنا سکے جو یہ جانتا ہو کہ خاک، پتھروں اور آسمان کے ستاروں کو کس نے پیدا کیا ہے اور بس اس سے پرے کسی اور بات میں دخل نہ دے۔ جو برائی کرنے والے ساتھ اچھائی کرے۔ باپ پہلے تو بیٹے کو خود سے جدا کرنے پر راضی نہ تھا، مگر پھر اس نے سوچا کہ وہ تو غریب آدمی ہے اور پھر اس کی بیوی کے پیٹ میں ایک اور بچہ بھی حرکت کر رہا تھا۔ تو یوں وانی فے باپ کی چٹائی کے بادبانوں والی کشتی سے نکل کر جنوب کی بڑی بندرگاہوں میں ایک بندرگاہ میں قائم مشنری اسکول میں داخل ہو گیا۔

☆

وانی فے نے پورے آٹھ سال چین کے مشنری اسکولوں میں تعلیم و تربیت حاصل کی۔ ان آٹھ سالوں کے دوران وہ ایک مرتبہ بھی اپنے باپ سے نہ مل سکا جو بدستور چین کے نیلے پیلے دریاؤں میں اپنی چٹائی کے

بادبانوں والی کشتی میں چاول اور افیون ڈھونے میں مصروف رہا۔ اب اگر باپ بیٹا ملتے بھی تو ایک دوسرے کو پہچان نہ سکتے، بلکہ اگر خود وانی فے آج سے آٹھ برس پہلے والے وانی فے کو دیکھتا، جس کے دودھ جیسے سفید دانت، نیم خوابیدہ آنکھیں اور ناریل جیسا سر ہوا کرتا تھا اور جو نیلے پانیوں کے آئینے میں مسکرایا کرتا تھا، تو اسے کبھی پہچان نہ سکتا بلکہ اسے یوں مخاطب کرتا:

''اے ریوڑ سے جدا رہنے والے بدبخت انسان، عیسیٰ کے چرواہوں نے تجھے حق کی راہ میں دعوت نہیں دی۔ آ، اپنے ریوڑ سے مل جا۔ تجھے معلوم ہونا چاہیے کہ خاک پتھروں اور ستاروں کو پیدا کرنے والا خدا ہے۔ اگر خدا تک رسائی حاصل کرنا چاہتے ہو تو فرانسیسیوں اور انگریزوں کی اطاعت کرو۔ اور یاد رکھو، سفید چمڑی والوں کے مال ومتاع، ان کی جائیداد، ان کے افیون کے گوداموں اور کپڑے کے کارخانوں کو کبھی نقصان نہ پہنچانا۔ سفید چمڑی والے تاجر چار چار چمنیوں اور مستولوں والے جہازوں میں تمھارے لیے تہذیب وتمدن کے انبار لاد لاد کر لاتے ہیں۔ یہی ہیں جو ریوڑ کی رہنمائی کرتے ہیں۔ اگر کوئی سفید چمڑی والا تمھارے ساتھ برا کرے تو تم اس کے ساتھ بھلا کرنا۔ تہذیب وتمدن کا جو گراں مایہ سرمایہ لوگ تمھیں تحفے میں دیتے ہیں، اسے اپنے بازوؤں کی پوری قوت کے ساتھ، اپنی آنکھوں کا نور اور اپنی تمام تر ذہنی قابلیتیں صرف کرتے ہوئے اِدھر اُدھر پہنچانے میں ہرگز دریغ نہ کرنا۔ تیرے باپ دادا تو سست الوجود انسان تھے، مگر تو اپنے آپ کو دن میں کم از کم پندرہ گھنٹے کام کرنے کی عادت ڈال۔ عیسیٰ کام کرنے والوں سے پیار کرتے ہیں، خاص کر ان لوگوں پر تو وہ جان دیتے ہیں جو سفید چمڑی والوں کے کارخانوں میں چاولوں کی ایک تھالی کے عوض آٹھ سال سے پچاس سال کی عمر تک کام کرنے سے نہیں تھکتے۔ اے ریوڑ سے جدا رہنے والے بدبخت، کوئی زمانہ تھا کہ میں بھی تیری طرح گمراہ تھا، مگر اب مجھے راہ حق مل گئی ہے۔ آ، تو بھی اسی راہ پر آ جا، جس پر چل کر آج میں یہاں پہنچا ہوں۔''

☆

وانی فے نے اٹھارہ سال سے بیس سال کی عمر تک اس فرانسیسی مشنری کے ساتھ رہ کر تجربہ حاصل کیا جس کی داڑھی میں اب سفید بال آ چکے تھے۔ دونوں چین کے ایک سرے سے دوسرے سرے تک گھومتے، ریوڑ سے جدا رہنے والی بھیڑوں کو ریوڑ میں واپس آ ملنے کی دعوت دیتے رہتے۔ پھر ایک روز فرانسیسی مشنری شمالی شہروں میں سے ایک شہر میں اپنا دماغی توازن کھو کر دنیا سے رحلت کر گیا۔ ایک چینی ڈاکٹر کے مطابق، جس نے کسی زمانے میں سنگاپور میں اس فرانسیسی مشنری کا علاج کیا تھا، اس کی موت سوزاک کی مہلک بیماری سے ہوئی جو اسے کسی بدکار عورت سے جنسی تعلقات کے باعث لگی تھی۔ وانی فے نے چینی ڈاکٹر کو دعوت حق دی تا کہ وہ اپنے لگائے ہوئے الزام کی خود ہی تردید کرے۔ لیکن ابھی وانی فے نے چینی ڈاکٹر کو ریوڑ میں آ ملنے کی دعوت کے سلسلے میں کی جانے والی تقریر کے چند الفاظ ہی منہ سے نکالے تھے کہ ڈاکٹر نے اس پر الزام لگا دیا کہ وہ ملک چین کو لوٹنے والوں کے ہاتھ بک چکا ہے۔

ڈاکٹر نے کہا؛ ''اگر تم نے اس شہر کو فوراً خیر باد نہ کیا تو یاد رکھو تمھارے سر پر بہت بڑی مصیبت آگرے گی۔''

وانی فے بڑا بزدل تھا۔ اس کی روح میں یہ بات پھونکی جا چکی تھی کہ اللہ سے ڈرنے کے لیے بندوں سے ڈرنا ضروری ہے۔ چنانچہ ڈاکٹر کی دھمکی سنتے ہی اس نے اپنے سفید چمڑی والے دینی بھائیوں کے پاس پناہ لینے کا فیصلہ کرلیا۔ جس شہر میں یہ واقعہ پیش آیا تھا، وہیں کہ مقیم افیون کے ایک چینی کمیشن ایجنٹ کے وساطت سے اس نے برٹش قونصل سے مراجعت کی۔ اگرچہ انگریز قونصلر نے اپنے اس پیلی چمڑی والے بھائی سے ہاتھ ملانا تو گوارا نہ کیا مگر اسے بتا دیا کہ آئندہ سے وہ خود کو انگریزوں کی حفاظت میں سمجھے۔

فرانسیسی مشنری نے ایک دلیر، بے دین، باغی بچے وانی فے کو اس کے باپ کی چٹائی کے بادبانوں والی کشتی سے نکال کر عیسیٰ کے ریوڑ میں لا ملانے کی نیکی کی تھی تو انگریز قونصلر نے ایک بزدل، دین دار اور اطاعت گزار نوجوان کو سن یات سین کے حامی چینی ڈاکٹر کی دھمکی سے نجات دلانے کی غرض سے جاسوسی کے محکمے میں شرکت کرنے کا مشورہ دیا۔ وانی فے زندگی کے ان تمام مراحل میں اسی گھبراہٹ اور صاف دلی سے داخل ہوتا گیا جو آنکھ مچولی کھیلتے، آنکھوں پر پٹی باندھے بچوں کا خاصہ ہوتی ہے۔ اس نے آج تک اپنی مرضی سے ایک قدم بھی نہیں اٹھایا تھا، ہمیشہ کوئی نہ کوئی اس کا ہاتھ پکڑتا اور جدھر چاہتا لے جاتا رہا۔ وہ آیا تھا، اور اب جا رہا تھا۔

☆

سب سے زیادہ سفید چمڑی والی قوم انگریزوں کے جاسوسی کے محکمے کے حکم کے مطابق، وہ پچھلے تین سال سے جنوب کی سب سے بڑی بندرگاہ میں مقیم تھا۔ ان تین سالوں میں سفید چمڑی والوں کی مخالفت کرنے والے سینکڑوں چینی باشندوں کے خلاف روح القدس کی ان ریاستوں کو خفیہ رپورٹیں بھیج چکا تھا جنھیں ایک معصوم کبوتر کی شکل میں پیش کیا جاتا ہے۔ یہ مخبری وہ اس لیے کر رہا تھا کہ وہ سب بے دین لوگ تھے، باغی سمجھے جاتے تھے جنھیں ریوڑ سے دوبارہ ملانا از حد ضروری تھا۔ ابھی وہ نہ جانے کب تک مخبری کرنے میں مصروف رہتا مگر عمر نے ساتھ نہ دیا۔

ایک روز وانی فے کو انگریزوں کی خاطر امریکیوں کی ایک اہم دستاویز چراتے ہوئے امریکی بھیڑوں نے رنگے ہاتھوں پکڑ لیا۔ یہ دستاویز عیسیٰ کی محبوب، سفید چمڑی والی امریکی اور انگریزی بھیڑوں کے درمیان پائی جانے والی کشیدگی اور ناچاقی کے بارے میں تھی۔ اس پر امریکی قونصل خانے کے ایک سنتری نے شراب کے اسٹور میں اسے گلا گھونٹ کر جان سے مار ڈالا۔

یہ تو تھی وانی فے کی سرگزشت۔ آیئے ہم سب ذہن نشین کرلیں کہ ایک چینی بندرگاہ کی نسبت بہت بڑے مگر کائنات کے مقابلے میں نہایت چھوٹے اس کرۂ ارض پر بے شمار فرانسیسی مشنری، انگریز قونصلر، جاسوسی کے محکموں کے ڈائریکٹر، قونصل خانوں کے سنتری اور وانی فے رہتے ہیں۔ ان سب کے نام اور لباس تو ضرور مختلف ہوتے ہیں مگر سب کے کام کی نوعیت ایک ہی جیسی ہوتی ہے۔

سفید پوش فقیر

اعوزاتائے (ترکی)

ترجمہ: حسن سیاف

اس کہانی کے مترجم حسن سیاف نے جامعہ ملیہ اسلامیہ سے ترکی زبان میں گریجویشن کیا۔ چونکہ ہندوستان میں ترکی زبان میں کہیں بھی ماسٹرز نہیں ہے، اس لیے اعلیٰ تعلیم کے لیے حکومت ترکی کی جانب سے ملنے والی فُل ٹائم فیلوشپ پر علوداغ، بورسہ، ترکی سے ماسٹرز کیا۔ سولھویں صدی میں عثمانی سلاطین کے احوال پر مصطفی علی گلی پولو کے ذریعے کلاسیکی ترکی میں لکھے جانے والے سیاست نامے 'محاسن الادب' پر اپنی تحقیقی تھیس لکھی۔ ترکی زبان وادب میں اس قدر مہارت کہ ترکی میں ہی رہتے ہوئے انھوں ترکی زبان میں شاعری کی جو ترکی اور یونان کے مؤقر رسائل و جرائد میں شائع ہوتی رہی۔ ان دنوں جامعہ ملیہ اسلامیہ میں شعبۂ ترکی زبان وادب میں بحیثیت اسسٹنٹ پروفیسر اپنی خدمات انجام دے رہے ہیں۔

زیر نظر کہانی کو ہندو پاک میں ہونے والے 'ہجومی تشدد' کے تناظر میں دیکھنے اور محسوس کرنے سے اس نتیجے پر بآسانی پہنچا جاسکتا ہے کہ اس کے جملہ حقوق کسی ایک خطے کے نام محفوظ نہیں ہیں۔

وہ ایک ہجوم میں کھڑے ہو کر ناکام و نامراد بھیک مانگا کرتا تھا۔ ایک بڑی مسجد کے سامنے، جس کے مینار، گنبد اور صاف ستھری کھڑکیاں سب کچھ صحیح و سلامت تھے۔ مسجد کا صحن جو کہ فقیروں کے لیے سب سے عمدہ جگہ ہوتی ہے۔ وہ مسجد کے ایک گوشے میں مایوس کن کھڑا، جس کی وضع قطع سے غربت کہیں سے بھی جھلک نہیں رہی تھی، لیکن پریشان حال، پرملال اور بے ہنر کسی کی مدد کا متلاشی، پھر بھی جم غفیر میں سے کوئی اس کی جانب مائل نہیں ہوا۔ غربت کا یہ عالم کہ وہ مکئی کے دانے کو خرید کر کبوتروں کو کھلا کر ثواب بھی حاصل نہیں کرسکتا، وہاں موجود ان بچوں

کی طرح جو کبوتروں کو دانہ ڈال رہے تھے۔ نہ تو وہ لال لباس میں کسی بڈھے نجومی کی طرح چمڑے سے ڈھکی ہوئی چھوٹی جھونپڑی میں رہتا تھا، نہ ہی کسی موٹے مفلوج شخص کی طرح تھا جو اپنے نظر بونجوک (۱)، تسبیح اور لائٹر کے پتھر کے نہ بکنے کی صورت اپنی چلتی پھرتی دکان کو پیڈل مارتے ہوئے واپس لے کر چلا جائے۔ اس کے پاس بیماری جیسا کوئی عذر تھا، نہ ہی اس کا حال اس مریض کے جیسا تھا جو کسی راہگیر سے الٹے سیدھے بہانے بنا کر مدد مانگ سکے۔ شاید وہ گونگا تھا اس لیے بھی کامیابی حاصل نہیں کر سکتا تھا۔ مسجد کی دیوار سے ٹیک لگا کر کھڑے ہونے کے علاوہ اس کے پاس کوئی چارہ نہیں تھا جس سے لوگوں کی توجہ حاصل کر سکے۔ وہ اب تک ہاتھ پھیلانے کی جرأت بھی نہیں کر سکا تھا۔ کبوتر اور مکئی کے پیالے، مسجد کی دیواروں سے لگی پڑی خواہ جنسی یا دینی کتابیں، درختوں کے تنوں سے لٹکے ہوئے اخبارات اور اس طرح کے کام کرنے والوں کی بھیڑ جب امڈتی ہے تو اسی گہما گہمی میں ایک حجاب پوش عورت اس کی طرف آتی ہے اور آہستہ سے چند سکے اس کی ہتھیلی پر رکھ دیتی ہے۔ وہ مایوسی اور سورج کی چمک کی وجہ سے سکے نہیں دیکھ سکا، غالباً وہ مسجد کے صحن میں کھیلتے بچوں کو دیکھنے میں گم تھا، اس لیے ہتھیلی بند کرنا بھول گیا۔ جب وہ عورت اس کی طرف دیکھ رہی تھی، اس نے اپنی پلکیں بھی نہ جھپکائیں، جس کی وجہ سے عورت نے اسے اندھا سمجھ لیا۔ ہتھیلی پر دوسری مرتبہ سکہ گرنے کی آواز سے اسے احساس ہوا کہ تھوڑی بہت آمدنی ہوگئی ہے۔ سر اٹھایا تو پھٹے پرانے کپڑے پہنے ہوئے لمبی داڑھی والے ایک شخص کو دیکھا۔ اس کے بعد پرانی قالین سے بنا ہوا ایک تھیلا ہلکے ہلکے لہراتے ہوئے کھلے پیسوں کا تھیلا ڈھونڈتی ہوئی ایک نوجوان لڑکی اس کے سامنے آ کھڑی ہوئی۔ کچھ کھلے پیسے اس کے ہاتھ میں تھے۔ بقیہ پیسے اس نے بیگ میں چھپا دیے تھے۔

گود میں لپٹے ہوئے ایک بچے کے ساتھ ایک کالی عورت اس کے سامنے آ کھڑی ہوئی۔ ایک پل کے لیے وہ دونوں ایک دھبے کی طرح دیوار سے لگ کر کھڑے رہے۔ اس کے بعد صحن کے وسط کی اور چل پڑے۔ سرخ پوش بڈھے کے جھونپڑے سے ایک چھڑی نکل کر اس کے پیر سے ٹکرائی۔ وہ تقریباً گرنے ہی والا تھا کہ ایک ہلکی سی آواز آئی، ''مجھے سائے میں لے کر چلو لڑکے'' جیسے ہی نوجوان نے اس کے جھونپڑے کو سائے کے رخ پھیرا، سرخ پوش نے کہا: ''ادھر نہیں'' اور باہر نکل آیا اور جھونپڑے کو اس رخ کیا جہاں اسے جانا تھا۔

بوڑھے شخص نے کچھ بڑبڑاتے ہوئے اپنے جھونپڑے کے کھلے حصے کو ڈھانک دیا اور دوسری طرف کی دیوار کی چھوٹی کھڑکی کو کھول دیا۔ وہاں سے اس نے غصے میں صحن کی طرف دیکھا۔

اس شخص نے بڈھے کو سائے میں چھوڑا اور واپس جا کر دیوار سے ٹیک لگا کر کھڑا ہو گیا اور اپنے پیسے کی طرف دیکھتا رہا۔

''اچھے خاصے آدمی ہو مانگتے ہوئے شرم نہیں آتی تمھیں۔'' اس کے سامنے کھڑے ایک موٹے شخص نے کہا۔ ''کوئی کام دیا جائے تو کرو گے نہیں۔'' اس نے زمین پر پڑے اس موٹے شخص کے بیگ کی طرف دیکھا اور فوراً جھک کر اسے اپنے دونوں ہاتھوں سے اٹھانے کی کوشش کرنے لگا لیکن ناکام رہا۔ اس نے دور کھڑے ایک قلی کو دیکھا۔ اس نے بھی اس قلی کے طریقے کو اپناتے ہوئے جھک کر بیگ کو اپنی پیٹھ سے لگایا اور موٹے شخص

کی تھوڑی سی مدد سے سامان اپنی پیٹھ پر لا دلیا۔

راستے میں چلتے ہوئے موٹے شخص نے ہلکی سی آواز میں کہا، ''دو ڈھائی لیرا سے زیادہ نہیں دوں گا میں۔'' دونوں ساتھ ساتھ چلتے رہے۔ ڈاک پر پہنچتے ہی وہ پیٹھ پر لدے بوجھ کے ساتھ گر گیا۔ سامان کا مالک کچھ دیر کھڑا سوچتا رہا، پھر پیسے اس کی طرف بڑھا دیے۔ شاید موٹے شخص کو اس پر تھوڑا سا رحم آ گیا تھا۔ حالاں کہ وہ تھوڑی سی اور اجرت لے کر اس سامان کو کشتی تک بھی پہنچا سکتا تھا لیکن قلی عملے نے اجازت نہیں دی۔ اس کے بعد وہیں ارد گرد تھوڑی بہت اس نے بھیک مانگی۔ دوسرا موقع پاتے ہی سڑک کی طرف دوڑا، بوجھ اٹھاتے ہوئے تھوڑا لڑکھڑایا۔ ایسی حالت دیکھ کر لوگوں نے اس پر شرابی ہونے کا الزام بھی لگایا لیکن پھر بھی شام تک اس نے اچھی خاصی کمائی کر لی تھی۔ بوجھ لانے لے جانے کا سلسلہ دیر تک چلتا رہا۔ کچھ لوگوں نے اسے شرابی جانا کچھ نے مجبور۔ ان سب کے باوجود وہ اپنا کام کرتا رہا۔ شاید وہ ابھی اور کام کرتا۔ ایک خوش لباس شخص نے جیسے ہی پیسہ دینے کے لیے اپنی جیب میں ہاتھ ڈالا، پاس کھڑی ایک عورت اپنی گود میں ایک چھوٹا سا بچہ لیے اپنی مسکینی کا اظہار کرتے ہوئے رونے لگی۔ یہ دیکھ کر سفید پوش فقیر نے وہاں رک کر انتظار کرنا مناسب نہیں سمجھا اور فوراً سڑک کی دوسری طرف چلا گیا۔

مسجد کے صحن میں پہنچ کر وہ ایک محراب کے نیچے رکا اور ٹھنڈی اور نم دیوار کے پاس رک کر اپنے پیسے گنے۔ اس کے بعد سامنے دیوار کے پاس ایک بسکٹ نمکین بیچنے والے کو کھلے پیسے دے کر نوٹ لے لیے۔ تھوڑے بہت کھلے پیسے اس کے پاس رہ گئے تھے۔ پھر وہاں سے چلتا ہوا بھیڑ سے بھری ایک گلی میں چلا گیا۔ پسینے میں شرابور اور تھکے ہوئے دو قلیوں کے درمیان میں پڑے ہوئے ایک بڑے سے نقش و نگار والے آئینے میں خود کو دیکھا تو پایا کہ اس کے بدن پر اب کوٹ کے بجائے پھٹی پرانی شرٹ تھی۔ دو لفنگوں کے درمیان کی لڑائی کو نہ چاہتے ہوئے بھی چھڑانے کی وجہ سے پھٹی ہوئی شرٹ کے پیوند کو آئینہ میں دیکھتے ہوئے ٹھیک کیا، اور پتلون میں لگی ہوئی رسی کو اور کس کر باندھا۔ اس کے بعد دو قلی آئینہ لے کر چلے گئے۔ پھٹے ہوئے پتلون اور بنا جرابوں کے اپنے پاؤں کی حالت کو وہ نہ دیکھ سکا۔ وہ پھر سے دھیرے دھیرے چل پڑا۔ ایک ہجوم سے دوسرے ہجوم میں گزرتا رہا۔ سڑک پر چل رہے لوگوں اور ان کی آواز سے سڑک پر چھوٹی چھوٹی دکانیں لگا کر سامان بیچنے والوں کی آوازیں دب گئی تھیں۔ ایسی صورت میں سڑک پر چھوٹی چھوٹی دکان والوں نے مناسب جگہ تلاش کر اپنی اپنی جگہ لینا شروع کر دیا۔ سب سے آگے چھوٹے پہیوں کی ریڑھیاں اس کے بعد عارضی دکانیں لگتی گئیں۔ آس پاس لکڑی کے ڈنڈوں میں تنبو بھی ٹنگ گئے۔ دھوپ اور عمارتوں کی اوپری منزل غائب ہو گئی تھی۔ گرمی تھوڑا سا کم ہوئی لیکن راستے میں چلنے کے لیے جگہ نہیں بچی۔ وہ راستے میں ٹنگے ہوئے کپڑوں کے بیچ چلتے چلتے پھنس گیا۔ مجبوراً اسے رکنا پڑا۔ شاید ہوا یا پھر آنے جانے والوں سے ٹکرا کر ایک سفید کوٹ اس کے چہرے پر دھیرے سے آ لگا۔ ایک بڑا اور چمکتا ہوا ڈھیر سارے گول بٹن اور چوڑے کالر والا کوٹ۔

ہلکی سی ہوا چلی، بغل میں کھڑے گندمی رنگت والے شخص کے کپڑے اِدھر اُدھر لہرائے، لیکن سفید کوٹ

اپنی جگہ پر قائم رہا۔ شاید وہ بھاری کپڑے سے بنا ہوا تھا۔ کچھ دیر تک دونوں کوٹ سے لگے کھڑے رہے۔ تھوڑی دیر کے بعد ساتھ میں کھڑے دکان دار نے چپی توڑی اور پوچھا: ''کیا بات ہے، خریدنا ہے کیا تمھیں؟'' اس نے کوئی جواب نہیں دیا۔ دکان دار نے مسکراتے ہوئے آہستہ سے زمین پر تھوکا، چہرے پر زیرک اور بے غرض و بے لوث حرکت والی مسکراہٹ تھی۔ پہلے دکاندار کو پھر کوٹ کی طرف دیکھتے ہوئے اس نے اپنے ہاتھ جب میں ڈالے تو دکاندار نے اپنے اردگرد دیکھا اور کہا: ''رکو! تمھیں پہنا کر دیکھتے ہیں۔'' سڑک کے اس پار میخانے میں بیٹھا ایک شخص ان دونوں کو دیکھ رہا تھا۔ اپنی کہنی کو کاؤنٹر پر ٹکا کر ایک ہاتھ میں شراب کا گلاس لیے مسکرائے جا رہا تھا۔ اس کے علاوہ کسی اور نے دلچسپی نہیں دکھائی۔

دکاندار نے کوٹ کو اس کے بدن پر ڈالا اور اسے تیزی سے گھما کر کوٹ کے اندرونی حصے کو کھولا۔ میخانے میں بیٹھے آدمی نے اتنا سب کچھ گمان نہیں کیا تھا۔ وہ بے ساختہ ہنس پڑا اور منھ میں پڑے شراب کے گھونٹ کو وہیں اگل دیا۔ دکاندار نے پریشان ہو کر کہا: ''بھائی یہ لیڈیز کوٹ ہے، تم پر نہیں جچے گی۔'' یہ کہہ کر کوٹ کو اس کے بدن سے جلدی سے اتارنا چاہا۔ کوٹ اتارتے ہوئے دکاندار کا ہاتھ ہلکے سے کوٹ کے اندر چلا گیا۔ اس نے جلدی سے اپنے پتلون کی جیب تلاشی لی کہ پیسے سہی سلامت ہیں یا نہیں۔

''بہت مہنگا ہے تم نہیں خرید پاؤ گے۔'' دکاندار نے کہا۔ ''۱۵۰ لیرا اس کوٹ کے لیے، تم پاگل ہو گیا؟''
اس نے دکاندار کو نہیں سنا اور سارے پیسے اس نے دکاندار کی طرف بڑھا دیے۔ دکاندار نے نہ چاہتے ہوئے بھی مٹھی کھولی، پہلے کھلے پیسوں کو پھر نوٹ کو گنا۔

مسکراتے ہوئے کہا، ''۴۵ لیرا ہے بس، اتنے پیسوں میں ناممکن ہے کوٹ بیچنا، واپس کرو کوٹ۔'' لیکن اس نے کوٹ بدن سے نہیں اتارا۔

''اس کی صرف لاگت ہی ۱۲۵ لیرا ہے۔'' دکاندار نے جھلاتے ہوئے کہا۔ اس نے دکاندار کی طرف ذرہ برابر بھی توجہ نہیں دی۔ کوٹ کی لمبائی کی طرف دیکھتا رہا جس کی لمبائی تقریباً پیروں تک پہنچ رہی تھی۔

''نا معقول ہو گا لیکن پھر بھی چلو ۱۰۰ لیرا میں دے دوں گا، لیکن کہاں سے لاؤ گے، ۱۰۰ لیرا؟'' میخانے میں بیٹھے شخص کا نشہ اب تک اتر گیا تھا اور سینے کی جلن بھی ہلکی ہو گئی تھی لیکن اس کی ہنسی بڑھتی جا رہی تھی۔ ساتھ ہی ساتھ وہ دکاندار کو ٹکٹکی باندھ کر دیکھ رہا تھا۔ دکان دار کے نخرے بھی اب کم ہو گئے تھے۔ صرف ضد تھی جو بچی ہوئی تھی۔ اس نے کہا کہ ''۳۰ لیرا اور دے دو اور لے جاؤ کوٹ، خریدنے کے بعد کی کوئی ذمہ داری نہیں ہے۔''

سفید کوٹ میں وہ جوتوں کے سمیت گھوما، اپنے آس پاس دیکھتے ہوئے پہلی دفعہ وہ مسکرایا تھا۔ پھر اچانک ایسے اداس ہو گیا جیسے اب دوبارہ کبھی مسکرائے گا ہی نہیں۔

میخانے میں بیٹھے شخص نے اب اپنی نظریں ہٹالی تھیں۔ دکاندار اب اکیلا تھا اور کہا، ''خدا کی لعنت ہو تم پر، لو پکڑو اپنے یہ گندے میلے سکے۔'' کوٹ کی جیب سے اس کے ہاتھ نکالے اور پیسے ایک ایک کر کے اس کی

جیب میں ڈال دیے۔ ''تمھیں یقین نہیں ہوگا، اسی صبح ایک بوڑھی عورت یہ کوٹ لے کر آئی تھی، باخدا پورے ۱۰۰ لیرا دے کر اس سے یہ کوٹ لیا میں نے۔ اس عورت کی یہ چیز اتنی آسانی سے نہیں بکتی۔'' دکاندار کی آواز میں غصہ تھا۔

سفید کوٹ کے ساتھ وہ بھیڑ میں کھو گیا۔ ٹینٹ جہاں ختم ہوتا تھا، وہاں سے اس نے آسمان کی طرف دیکھا، پھر زمین پر اس کے سامنے اکٹھا ہوئے پانی میں سورج کے ساتھ اپنا عکس دیکھا۔ تھوڑی دیر میں اکٹھا ہوا پانی بھیڑ سے گھر گیا اور پانی پر دکھتی ہوئی بے داغ تصویریں دھیرے دھیرے چھوٹے چھوٹے ٹکڑوں میں بٹتی گئیں۔ وہ اپنے کوٹ کو دیکھنے کے لیے جھکا، ابھی حیرانی ختم نہیں ہوئی تھی کہ پانی کے عکس میں اسے بھیڑ نظر آئی۔ کوٹ کے نچلے حصے کو پانی سے بچاتے ہوئے کنارے کنارے سے وہ آگے نکلتا رہا۔ اسے دیکھنے کی چاہ رکھنے والی بھیڑ پانی کو عبور کرنے کی کوشش میں پانی کے چھینٹے لیتے ہوئے راستے میں ہی رہ گئی۔

وہ پیچھے دیکھے بغیر اپنے قدم کو اور تیزی سے بڑھانے لگا۔ یہ تو پتہ نہیں کہ اس کے بارے میں باتیں ہو رہی تھی یا نہیں لیکن اس بھیڑ میں بڑھتے جانے والے لوگوں کی وجہ سے پیچھے سے ہلکی ہلکی آوازیں آرہی تھیں۔ اونچی اونچی دیواروں سیکھری ہوئی ایک مسجد کے صحن کو لوگ دھیرے دھیرے عبور کر گئے۔ اگرچہ میدان کے سائے میں بیٹھ کر کافی کا مزہ لے رہے کچھ لوگ تھے، لیکن کافی جلدی سے ختم کر کے ان لوگوں نے اپنی اپنی جگہ لے لی۔ بھیڑ کچھ زیادہ نہیں تھی، پھر بھی صحن کے محراب سے گزرتے ہوئے اسے ہلکی سی حرارت کا احساس ہوا۔ اس کے بعد کچھ غیر متوقع قدموں کے پڑتے ہی ایک بزرگ آدمی دو بچوں کے اوپر گر گیا۔ چھوٹا سا ایک بحث و مباحثہ ہوا۔ کچھ لوگ دیوار پر لگے نوکری کے اشتہارات سے چپک کر تھوڑی دیر وہیں کھڑے رہے۔ دو دیواروں کے بیچ پھنسے پڑے رہنے سے آزادی ملی تو لوگوں کو تھوڑی راحت محسوس ہوئی لیکن کوٹ والا شخص تب تک غائب ہو چکا تھا۔ لوگوں نے کچھ دیر آپس میں بحث کی۔ دیوار پر لگے نوکری کے اشتہارات میں اپنی قسمت تلاشنے والے اور کچھ گرے ہوئے لوگ جو ابھی تک کھڑے نہیں ہو پائے تھے، اس بزرگ شخص پر بھڑک گئے۔ کچھ دیر تک جب کوئی حل نہیں نکلا تو دھیرے دھیرے بھیڑ بھی وہاں سے ختم ہو گئی۔

بدن کو جھلسا دینے والی گرمی تھی۔ اپنے قدموں کی رفتار کم کرنے کے باوجود بھی پیشانی سے بہتا ہوا پسینہ اس کی داڑھی کو بھگو رہا تھا۔ ایک بڑے سے پل کے اوپر کنارے پر لگی جالیوں سے ٹیک لگا کر ایک کنگھی بیچنے والے کے اسٹال کے سائے میں بیٹھ گیا۔ اس کے کوٹ، داڑھی اور اس کے پاس سے گزرنے والوں کی نگاہوں سے وہاں پر موجود دکاندار کو کافی فائدہ ہو رہا تھا۔ کچھ بے روزگار اور راہ گیر کھڑے ہو کر اسے دیکھنے لگے اور انھیں اس سخت گرمی میں تھوڑا آرام کرنے کے لیے مناسب جگہ بھی مل گئی۔ اس دوران اس دکاندار کی ایک آدھ کنگھیاں بھی بک گئی۔ بغیر کسی حرکت اور چپ چاپ بیٹھے رہنے کی وجہ سے کچھ دیر تک کوئی اس کے پاس نہیں گیا۔ کچھ غیر ملکی زبانیں جاننے والوں نے دو ایک لفظ کہے۔

ایک نے کہا: ''یہ شخص ٹورسٹ نہیں ہے۔''

''سب کو بیوقوف بنا رہا ہے'' ایک شخص نے غیر ملکی زبان میں کفریہ انداز میں کہا لیکن اس بات پر بھی اسے کوئی ردعمل نہیں ملا۔

ایک شخص جس کی جیب سے امریکی سگریٹ دکھ رہے تھے، کہا: ''ارے جناب یہ تو امریکی ہے۔'' پھر وہاں موجود لوگوں نے اسے چھوا، اس کا کوٹ کھینچا، پھر احساس ہوا کہ ہاں یہ شخص زندہ ہے۔ سفید پوش تھوڑی دیر بعد وہاں سے چلا گیا۔

کافی لمبا پل تھا، چلتے چلتے وہ دوسرے دکانداروں کے پاس بھی ٹھہرا اور آرام کیا۔ یہاں تک کہ سگریٹ بیچ رہے ایک نوجوان نے استنجا جانے کے لیے اسے اپنی دکان کی رکھوالی پر بھی کھڑا کر دیا۔ اس تھوڑے سے وقفے میں پانچ پیکٹ سگریٹ اور تین ماچس کی ڈبی بک گئی۔ دکاندار جب لوٹا تو خوش ہو کر اس نے دو سگریٹ جلائیں اور پل کی جالی سے دونوں ٹیک لگا کر خاموشی سے مچھلیاں پکڑنے والوں کو دیکھتے رہے۔ اس نے کوٹ کے اوپری دو بٹن کھولے پھر بھی راحت نہیں ملی۔ اس نے پیشانی پر چمکتے پسینے کو کوٹ کی آستین سے صاف کیا۔ اپنی نگاہیں پل کے دوسرے کنارے کی طرف موڑی اور اسے ایک اندھیری گلی دکھی۔ کوٹ کے بٹن کو بند کیا، دکاندار کو ہاتھوں سے کچھ اشارہ کیا اور وہاں سے چلا گیا۔

اونچی عمارتوں کے سائے میں چھپی ایک تنگ گلی میں ایک کھڑکی کے سامنے آکر اپنے آپ کو دیکھا۔ وہ ایک ایسی گلی میں تھا جہاں صرف کپڑا بیچنے والوں کی دکانیں تھیں۔ وہ آنے جانے والے خریداروں کے راستے میں کھڑا تھا۔ تھوڑی دیر کے بعد اسے احساس ہوا کہ کھڑکی سے کوئی اس کو دیکھ رہا ہے۔ ایک موٹا دکاندار اپنی چھوٹی چھوٹی آنکھوں سے اسے گھور رہا تھا۔ وہ اسے دیکھ کے مسکرایا پھر وہ مسکراہٹ دھیرے دھیرے سوالیہ نشان میں بدل گئی۔ بزرگ دکاندار دروازے کے سہارے دھیرے دھیرے کھڑا ہوا اور کہا: ''ذرا ادھر دیکھو، یہ کوٹ تمھیں کہاں سے ملا؟''

فقیر نے اس کی طرف دیکھا لیکن کوئی توجہ نہیں دی۔ اسی درمیان میں ایک دوسرا شخص وہاں آیا اور اس کے بازو کو پکڑ کر کہنے لگا: ''اے مسٹر'' وہ اجنبی زبان میں اس سے کچھ بولا۔ فقیر نے کوئی جواب نہیں دیا۔ ہاتھوں کے اشاروں سے کچھ سمجھانے کی کوشش کی، پھر بھی کوئی جواب نہیں دیا۔ زمین پر رکھے بیگ کو کھولا، بانسی کاغذات میں لپٹی ہوئی شرٹ نکالی اور کوٹ والے شخص کے ہاتھوں میں پکڑا دی۔ اس نے انگلیاں اس کے کوٹ کے بڑے بٹن پر رکھتے ہوئے ٹوٹی پھوٹی ترکی میں اسے کچھ سمجھانے کی کوشش کی پھر بھی باتیں اس کی سمجھ سے پرے تھیں۔ اسے کھڑکی کے سامنے ویسے ہی چھوڑ کر سڑک کے دوسرے کنارے کی طرف چلا گیا۔ موٹا شخص دکان کے دروازے سے ٹیک لگا کر اس ماجرہ کے انجام کے انتظار میں تھا۔ تھوڑی دیر کے بعد ایک نوجوان جس کے سینے کے بال قمیص پر بنے پھول جیسے دکھ رہے تھے، سرخ پینٹ میں اس کے سامنے آیا اور قمیصوں کی طرف دیکھ کر بولا: ''how much?''، کوٹ والا شخص اس کے چہرے کی طرف دیکھتا رہا لیکن کوئی جواب نہیں دیا۔ سڑک کے کونے میں کھڑے ان کپڑوں کے اصل مالک نے اسے حسد اور غصے میں ''بے ہودہ بدتمیز'' کہتے ہوئے اپنے پیر

زور سے زمین پر پٹکے۔ خریدار واپس چلا نہ جائے، اس لیے وہ اس کے پاس آیا اور کہا: ''بہرا ہے یہ، ۱۰۰ لیرا میں دے رہا ہے''۔

سرخ پینٹ والے شخص نے کہا: ''مہنگا ہے۔''

اصل دکاندار نے کوٹ والے شخص کی طرف غصے سے دیکھا اور تھوڑی دیر کچھ بولے بغیر ایسے ہی کھڑا رہا پھر خریدار کے کان میں پھسپھسایا، ''۶۰ لیرا میں دے دے گا، میں اس کی زبان سمجھ سکتا ہوں''۔

کچھ دیر مول بھاؤ کے بعد آخر کار ۶۰ لیرا میں قمیص بک گئی۔ دیکھتے ہی دیکھتے ایک گھنٹے کے اندر ساری قمیصیں بک گئیں۔ دکاندار نے اس کی کوٹ کے جیب میں ۱۰ لیرا ڈالا اور گڈ بائے بولتے ہوئے چلا گیا۔ موٹا شخص کھڑا اسے دیکھتا رہا اور کہا: ''بہت عمدہ ذرا ادھر آنا۔''

کوٹ والا شخص تھوڑی دیر سوچتا رہا۔ بغل میں کھڑے شخص نے کہا: ''ایسا ہی ہے یہ کچھ نہیں سمجھتا۔'' موٹے شخص نے پھر ٹوٹی پھوٹی ترکی زبان میں اپنی بات سمجھانے کی کوشش کی اور تھوڑی دیر بعد اسے پکڑ کر اپنی دکان کے قریب لایا۔ تھوڑی دیر تک اِدھر اُدھر گھومتا رہا اور سوچتا رہا کہ اس سے کیا کام لیا جا سکتا ہے۔ ''دیکھو کیسے ماڈل کی طرح کھڑا ہے۔ اس کے ہاتھ میں کپڑے کا گٹھر تھما کر اس سے بکوا تو نہیں سکتا۔'' کہتے ہوئے اسے لے کر اطراف میں تھوڑی دیر اور گھومتا رہا۔ کوئی اور نام نہ ملا تو موٹے شخص نے اسے پھر سے ماڈل کہہ کر بلایا۔ ساتھ چلتے چلتے اسے کئی بار ماڈل ماڈل کہہ کر پکارتا رہا پھر اس نتیجے کو پہنچا کہ اسے ماڈل کی طرح استعمال کیا جائے۔ کچھ دیر تک زندہ ماڈل کہہ کر بازار میں چلاتا رہا پھر اسے کھڑکی کے پاس کھینچ کر لایا اور کھڑا کر دیا۔

وہ جیسے ہی اسے وہاں سے کھڑکی کے پاس لا کر کھڑا کرنے والا تھا کہ پیچھے سے دکان کے مالک کی آواز آئی: ''اس کے پاؤں بڑے گندے ہیں، پتلون بھی کافی گندی ہے۔''

اس نے اسے وہیں روک دیا۔ جوتے کے اوپر اور پتلون کے نچلے حصے میں ایک سفید رنگ کا کپڑا لٹکا ہوا تھا۔ کوٹ کا کھلا ہوا حصہ میوزیم میں لگے موم کے بنے مجسمے کی طرح لگ رہا تھا۔ وہ دونوں بازو تھام کر اسے کھڑکی کے پاس لے آئے۔

دکاندار نے کہا: ''اسے بت کی طرح یہاں نہیں چھوڑتے ہیں بلکہ اسے کچھ اچھی سی شکل دیتے ہیں۔''

مالک نے کہا، ''اس کے دونوں ہاتھ پھیلا کر کھڑکی کے سامنے کھڑا کر دیتے ہیں تاکہ کھڑکی چھپ جائے لیکن اگر یہ تھک جائے گا تو ہاتھ حرکت میں لائے گا۔''

نتیجتاً اس کے ہاتھ نائلون کی رسی سے دیوار میں باندھنے کا فیصلہ کیا گیا۔ یوں فقیر کا ایک ہاتھ کو آگے کی طرف بڑھا کر رسی میں باندھ کر کھڑکی کے اوپر لگی کھونٹی میں باندھ دیا گیا۔ دوسرے ہاتھ کو دیوار میں بنی ایک خالی الماری میں رکھ کر سجا دیا گیا۔ ان کی ان حرکتوں کو وہاں سے گزرنے والے کچھ لوگ کھڑے ہو کر دیکھنے لگے۔ دھیرے دھیرے دیکھنے والوں کی تعداد بڑھتی گئی۔ کچھ لوگوں نے کہا یہ تو بے جان پتلا لگ رہا ہے۔ دکاندار دکان کے سامنے چلا رہا تھا: ''زندہ ماڈل ہے ہمارے پاس آیئے۔ ہماری دکان میں آیئے اور عمدہ کپڑوں کے

کلیکشن سے مستفید ہوئیے! بڑی ہی مشقت سے یہ ماڈل سوئٹزرلینڈ سے منگوایا گیا ہے۔ اس تپتی گرمی میں بھی گرم کپڑے پہن کر آپ کے سامنے کھڑا ہے۔ اس کا کوٹ بھی اسے گرمی کا احساس نہیں دلا رہا ہے۔ ہمارے کپڑے بالکل پرندوں کی طرح اصلی ہیں۔ ساراان (۲) کپڑا صرف ہماری دکان میں! آیئے اور اپنی پسند کے کپڑے لے جایئے!''

پہلی نظر میں اسے قریب سے دیکھنے والوں کا ایک گروہ دکان کے پاس آیا۔ ایک عورت گود میں اپنے روتے ہوئے بچوں کو لیے ہوئے بھیڑ سے گزرنے کی کوشش کر رہی تھی۔ بھیڑ تھوڑی کم ہوئی تو اس نے کپڑے بھی دیکھے۔ نوجوان عورتوں نے اس کا کوٹ کا بھی اچھے سے جائزہ لیا۔ اچانک کوٹ کا اگلا حصہ کھنچنے سے کھل گیا اور پتلون کا پھٹا ہوا حصہ نظر آنے لگا۔ جب خریداروں کی بھیڑ تھوڑی کم ہوئی تو دکاندار نے اس کے پھٹے ہوئے حصے پر پیوند لگا کر ڈھک دیا۔ دکان کے مالک نے بھی اس میں دکاندار کی مدد کی۔ اس کے بدن کے کپڑے کی یہ نوعیت دونوں کو کافی اچھی لگی۔ اور کھلے ہوئے حصے کو اِدھر اُدھر سے پکڑ کر سی دیا۔ اب کوٹ والے شخص کے کھڑے ہونے سے کھڑکی مکمل طریقے سے ڈھک گئی۔ اس کے علاوہ کچھ اور دکھ نہیں رہا تھا۔ دکاندار نے اس کے کندھے اور بازو پر بھی تھوڑا بہت اور کپڑا لٹکا دیا۔

اس دن دوپہر تک دکاندار کی اچھی کمائی ہوئی۔ اپنی دکان میں بیٹھے کھانا کھاتے ہوئے مالک نے کہا: ''اسے بھی کھانے کے لیے کچھ دے دینا چاہیے۔ کہیں بھوک سے غش کھا کر گر نہ جائے۔'' دکاندار کھڑکی کے پاس گیا اور اس کے بندھے ہاتھ کھول کر اس کے سامنے لکڑی کا ایک اسٹول کھینچ کر اسے بٹھا دیا۔ اپنے دسترخوان پر رکھی ایک پلیٹ میں تھوڑی سی مکرونی اور راجمہ رکھ کر اسے دے دیا۔ اس نے روٹی کے دو ٹکڑے کیے اور چمچ نما بنا کر راجمہ میں ڈبو کر کھانے لگا۔ دکان کے پیچھے لگی پانی کی ٹونٹی سے ہاتھ کے سہارے پانی پیا اور واپس آ کر دکان سے ٹیک لگا کر بیٹھ گیا۔ مالک نے اسے ایک سگریٹ دی۔ تھوڑی سی اس کی بھی عزت رہے، اس لیے اس کی سگریٹ بھی خود جلائی۔ اس کے کندھے کو تھپتھپایا اور مسکراتے ہوئے کہا: ''اچھا ہے نا؟'' اور کہتے ہوئے واپس دکان میں چلا گیا۔ دکاندار نے پوچھا: ''تھک گئے ہو کیا؟'' اسے کچھ سمجھ میں نہ آنے کی وجہ سے اس سے بات کرنا بھی مشکل ہو رہا تھا۔ اس نے اپنی سگریٹ ختم کی اور تھوڑی دیر وہاں بیٹھا رہا۔ اس کے بعد دھیرے سے اٹھا اور ایک جانب چل پڑا۔ مالک چلایا: ''کہاں جا رہے ہو؟'' اس نے کوئی جواب نہیں دیا۔ ''ہم مل کر اچھا خاصا پیسہ کما رہے ہیں، یہ اچھا تو ہے۔'' لیکن وہ نہیں رکا اور چلتا رہا۔ دکاندار اور اس کا مالک دونوں اس کے پیچھے بھاگے اور جیب میں اس کے تھوڑے سے پیسے ڈال دیے۔ کندھے پر لگی پن، ہاتھوں میں لٹکتے کپڑے اور پاؤں میں پہنے ہوئے جوتے، سب کچھ وہ ساتھ میں ہی لے کر چلا جا رہا تھا۔ گلی کے کونے سے جلد بازی میں مڑتے ہوئے کندھے پر پڑا کپڑے کا ٹکڑا وہیں گر گیا۔

چلتے چلتے وہ ایک ڈھلان پر آ کر رکا جہاں آگے راستہ نہیں تھا۔ راستے میں کنارے دیوار سے ٹیک لگا کر بیٹھ گیا۔ ہاتھ الٹا کر کے اپنی پیشانی کا پسینہ پوچھا۔ اپنے اطراف میں دیکھا۔ بجلی کے کھمبے سے سٹے ایک بس

اسٹاپ پر اس کی نگاہیں جا کر رک گئیں۔ وہ کھڑا ہوا دو تین قدم چلا پھر واپس بیٹھ گیا۔ دکاندار کی لگائی ہوئی پٹی کو اپنے پاؤں سے نکالنا شروع کیا۔ کمر میں باندھی ہوئی رسی کھولی اور زمین پر پھینک دی۔ پاس میں پڑے پتھر کی مدد سے رسی کو رگڑ کر دو حصے میں کاٹا اور پٹیوں پر باندھ دیا۔ بس اسٹاپ کی طرف چلتے چلتے کوٹ کے اوپر بندھے پتلون کو نیچے کھینچا۔ پاس سے ایک دہی بیچنے والا گزرا، بس اسٹاپ کے پیچھے ایک پرانے گھر سے گزرتے ہوئے اس دہی بیچنے والے سے ٹکرا کر لڑکھڑا گیا۔ دروازے کی طرف دیکھا تب تک دہی بیچنے والا اندھیرے میں کہیں غائب ہو چکا تھا۔ اس کے بعد ایک اسے سانولے رنگ والا کالا چشمہ پہنے ہوئے سر پر چنندہ کالے بال تیل میں ایک دوسرے سے لپٹا ہوا ایک سر دھیرے دھیرے نکلتا نظر آیا۔ کوٹ والے شخص نے دیکھا، دو چار قدم آگے بڑھا تو زمین کے اندر جاتا ہوا ایک خالی راستہ دکھا۔ کالا چشمہ پہنے ہوئے وہ سر دھیرے دھیرے بڑھتا گیا اور دیکھتے دیکھتے ایک آدمی کی شکل میں اس کے سامنے نمودار ہوا۔ اپنے بازوؤں پر ڈھیر ساری بیلٹ لٹکائے ہوئے ایک شخص سامنے آیا۔ کوٹ والے شخص نے ایک گہرے رنگ والی بیلٹ کی طرف اپنا ہاتھ بڑھایا۔ اپنے کوٹ کے بٹن کو کھولا لیکن بیلٹ لگانے کے لیے اپنے پتلون میں اسے جگہ نہیں ملی۔ اس نے اپنے پتلون کو اوپر کھینچنا چاہا لیکن نیچے بندھی رسی نے اجازت نہیں دی۔ بے بس اور مایوس نظروں سے بیلٹ بیچنے والے کی طرف دیکھا، پھر دونوں ہی ساتھ میں بیلٹ دیکھنے لگے۔ تھوڑی دیر بعد بیلٹ بیچنے والا اپنے آئے ہوئے مقام پر واپس چلا گیا۔ تھوڑی دیر تک غائب رہا پھر ایک ایسی زنجیر لے کر آیا جس میں بہت ساری پن لگی ہوئی تھیں۔ اس نے پتلون کو کوٹ سے لگا کر پن اس میں اٹکایا اور مسکراتے ہوئے کہا، ''اب اس کے اوپر بیلٹ لگا سکتے ہو، زیادہ نمایاں نظر آئے گا۔'' فقیر نے کوٹ کی جیب میں ہاتھ ڈالا اور ایک نوٹ نکال کر اس کی طرف بڑھایا۔ بیلٹ بیچنے والے نے پیسوں کی طرف دیکھا، اس نے پیسے لیے اور بغل کی دکان میں چلا گیا۔ کچھ بچے ہوئے پیسے، ایک سستی شراب کی بوتل اور ٹماٹر سے بنے کچھ چپس لے کر باہر نکلا۔ بچے ہوئے پیسے واپس لوٹائے۔ شراب کی بوتل اور چپس پاس میں ہی نیچے رکھ کر بیٹھ گیا اور دو چار گھونٹ پینے کے بعد کوٹ والے فقیر کی طرف بوتل بڑھائی۔ فقیر نے بوتل نہیں لی تو وہ شخص دوبارہ اپنی جگہ واپس چلا گیا۔ پیتے ہوئے کہیں منھ نہ کٹ جائے، اس مقصد سے وہ اپنے ساتھ گلاس لیے واپس آیا۔ اس نے گلاس میں شراب انڈیلی اور کوٹ والے شخص کی طرف بڑھا دی۔ آگے راستے کو جانے والی سیڑھی کے کنارے پر دونوں ساتھ میں بیٹھے۔ پاؤں نیچے لٹکائے اور دونوں نے ساتھ میں شراب پی۔ اس دوران ایک بس نکل چکی تھی۔ دوسری بس آنے سے پہلے شراب ختم ہو گئی تھی۔ دونوں ساتھ میں اس بس میں چڑھے، دونوں کا کرایہ بیلٹ بیچنے والے نے دیا۔ اور کوٹ والے شخص سے دو اسٹاپ پہلے اتر گیا۔

بس کی پیچھے کی سیڑھیوں پر تھوڑی دیر تنہا کھڑے رہنے کے بعد آگے کی طرف بڑھا۔ ڈرائیور کی سیٹ کے پاس پہنچا اور آہستہ سے بس کے بریک لگتے ہی نہ چاہتے ہوئے پاس والی سیٹ پر بیٹھ گیا۔ سامنے والی سیٹ پر بیٹھا ایک شخص من ہی من مسکرا رہا تھا۔ پہلے تو اس نے اس شخص کی مسکراہٹ پر توجہ نہیں دی لیکن سامنے بیٹھے شخص کی مسکراہٹ رکی نہیں۔ وہ تھوڑا گھبرایا اور اپنی کمر پر لگی بیلٹ کو ٹھیک کیا۔ سامنے بیٹھے شخص کی مسکراہٹ رکنے کا نام

نہیں لے رہی تھی۔ اپنے جسم پر پڑے لباس کے ہر ایک حصے کو ڈھنگ سے دیکھا، سب کچھ سہی سلامت اپنی اپنی جگہ پر موجود تھا۔ صورتحال نامناسب نہیں تھی تو اسے تھوڑی سی فرحت ملی۔ مسکراتے ہوئے اس شخص کو میٹھی نگاہوں سے دیکھا۔ آخر کار سمجھ میں آیا کہ وہ شخص اس کے حال پر نہیں بلکہ اس شخص کے بائیں کان میں لگے ریڈیو کے تار میں چل رہی موسیقی اور خود کو بس میں تنہا سمجھ کر موسیقی کا مزہ لے کر مسکرائے جا رہا تھا۔

ایک بڑے میدان کے پاس بس رکی اور وہ اتر گیا۔ ایک جوتا پالش کرنے والے نے اپنی ٹوکری اس کے بغل میں لاکر رکھی اور کہا: ''جوتے پالش کر دوں صاحب؟'' اس نے بڑی نازکی سے اپنے پاؤں اس کے باکس پر رکھ دیے۔ پالش کرنے والے نے بڑے احتیاط سے اس کے جوتے کی صفائی کی۔ وہ وہاں سے نکلا، کبوتروں کے لیے دانہ لیا اور اپنے ہاتھ میں دانہ لے کر ہاتھ پھیلا کر کھڑا ہو گیا۔ پارک کی انٹری کی دیوار پر بیٹھے ایک نوجوان نے اپنے بغل میں بیٹھے شخص سے ہنستے ہوئے کہا: ''اسے دیکھو بالکل بت بنا کھڑا ہے جیسے صلیب پر یسوع مسیح۔'' وہ اس کے پاس گیا اور ہنستے ہوئے اسے ٹھیک کیا۔

پارک کے گیٹ پر پہنچا اور ایک بوتل غازوز (۳) لی اور سائے میں رکھی کرسی پر جا بیٹھا۔ بغیر دانت والے ایک بزرگ شخص کی روداد سنی۔ آنے جانے والے لوگوں میں سے کسی نے اس پر دھیان نہیں دیا۔ جو وہاں خود اپنی دکانیں لگاتے تھے وہ اس وقت آرام کرنے کے لیے اپنے اپنے مقام پر چلے جاتے تھے۔ تھوڑی دیر کے بعد اس بزرگ شخص کی التجا پر انھیں بس اسٹاپ تک پہنچانے کے لیے کھڑا ہوا۔ پارک سے نکلا تو اس کے پیچھے پھر کچھ لوگ لگ گئے۔ پہلے کچھ بچے اور پھر بس اسٹاپ تک پہنچتے پہنچتے اس کی پیچھے بھیڑ لگ گئی۔

''اللہ غارت کرے ان گندے غیر ملکیوں کو۔'' ایک شخص نے کہا۔

چہرہ داڑھی کے بالوں سے بھرا ہوا، اپنی شرٹ کو پتلون سے نکالتے ہوئے ایک شخص نے کہا: ''یہ ہمارے ملک میں مفت میں رہتے ہیں۔''

اپنی کار سے ٹیک لگا کر کچھ کھاتے ہوئے گاہک کا انتظار کر رہے ایک ڈرائیور نے بھی اس کی ہاں میں ہاں ملائی اور کہا: ''ہمارے پیسے کی اہمیت انھیں جیسے لوگوں کی وجہ سے کم ہوتی جا رہی ہے۔''

بزرگ آدمی نے اس کی آستین کو پکڑ کر اپنی طرف کھینچا اور کہا: ''مجھے سڑک کے اس پار پہنچا دو۔'' جیسے ہی دونوں آگے بڑھے، وہاں سے گزر رہی ایک ٹیکسی انھیں ہلکے سا ٹکر مارتے ہوئے گزر گئی، دونوں نے پلٹ کر دیکھا تو کار کی کھڑکی سے ایک سر باہر نکلا اور طیش میں کہا: ''کیا دیکھ رہے ہو؟'' دونوں پیچھے ہٹے تو اپنے پیچھے کھڑی بھیڑ سے ٹکرا گئے۔ بزرگ شخص مسلسل اس کی کوٹ کو کھینچ رہا تھا۔ تیز رفتار گاڑیوں کی وجہ سے سڑک کے دوسرے کنارے پہنچنا مشکل ہو رہا تھا۔ کئی بار کوشش کرنے کے بعد آخر کار دوسرے کنارے پر پہنچ گئے۔

''یہ سارے کے سارے بدمعاش ہیں، ان سے الجھنا بیوقوفی ہے۔'' وہاں کھڑے ڈرائیور نے داڑھی والے شخص کے ساتھ مل کر ایک ایک سگریٹ جلائی۔

''اسے دیکھو!'' ایک عورت نے اپنے شوہر سے کہا۔

شوہر نے پلٹ کر دیکھا اور کہا: "بچوں نے کاغذ کی پونچھ باندھی ہے اس کے پیچھے۔" دونوں مسکرا دیے۔

وہ بچوں کے ہجوم اور کار کے درمیان پھنس گیا تھا، جس کی وجہ سے بزرگ شخص کو ڈھونڈ نہیں پایا۔ بھیڑ زیادہ ہو گئی تھی۔

"پاؤں پٹی سے بندھے ہیں۔"

"جزام تو نہیں ہے؟"

دھکا مکی کر کے وہ لوگ نکل گئے۔ وہاں موجود بے خوف بچوں نے اس کے دامن کو پکڑ کے اسے گھمایا۔

"اس کے پیٹ میں سیفٹی پن لگی ہوئی ہے۔"

"ہاتھوں میں رسیاں بندھی ہوئی ہیں۔"

"ایسا تو نہیں کہ تیمار خانے (۴) سے بھاگ کے آیا ہے۔"

"پاگل ہے یہ، کوٹ کے اوپر بیلٹ لگا رکھی ہے، دیکھو!"

"کوٹ تو عورت کا لگ رہا ہے۔"

"عورت ہے کیا؟"

"ارے عورت نہیں پاگل ہے یہ۔"

"پولیس بلاؤ!"

ان سے بچ نکلنے کے لیے اس نے اپنی نظر اٹھائی، کچھ دور پل پر کھڑا ایک شخص اس کی فوٹو یا شاید ویڈیو بنا رہا تھا۔

"بھائی یہ لوگ تو فلم بنا رہے ہیں۔"

ساری نگاہیں پل کی طرف مڑ گئیں۔ اس نے اس موقعے کا فائدہ اٹھایا، اپنا رخ موڑا اور تیز تیز قدموں سے آگے بڑھنے لگا اور تھوڑی دیر میں دوڑنے لگا۔

وہ دور جا رہی ایک تیز ٹرین کی طرف دوڑا۔ ایک دیوار سے کودتے ہوئے گر پڑا۔ کہنی پر چوٹ آئی اور خون نکلنے لگے۔ ریل کی پٹری تک پہنچا اور پٹری کے کنارے چلتا رہا۔ ہانپتے ہوئے اسٹیشن پہنچا تو پسینے میں شرابور تھا۔ تھک کر بیٹھ گیا۔ وہ کھڑے ہونے کی کوشش کر ہی رہا تھا کہ اس کی پتلون اس کے پاؤں میں پھنس گئی اور وہ گر پڑا۔ تھوڑی دیر کے بعد اٹھا اور الٹے قدموں واپس ہوا اور چلتے چلتے اسٹیشن سے دور نکل گیا۔ وہاں پر بیت الخلا کی دیواروں سے ٹیک لگا کر کچھ عورتیں کھڑی تھی۔ ایک دو ٹرینیں گزریں، دیکھتے ہی دیکھتے اسٹیشن کا ہجوم ختم ہو گیا تھا۔ پھر وہ شخص کاؤنٹر کی طرف بڑھا۔ کاؤنٹر پر بیٹھے شخص نے اس کے چہرے کی طرف دیکھا، اسے ٹکٹ دیا۔ ٹرین آئی اور وہ ٹرین میں پیلے رنگ کی بنی سیٹ پر بیٹھ کر اپنے جیسے میلے کچیلے، تھکے ہوئے، خود میں گم لوگوں کے ساتھ بیٹھ کر سفر کو نکل پڑا۔ کچھ ممنوع چیزوں کے ساتھ سفر کر رہے لوگوں کے ساتھ ان کی دی ہوئی سگریٹ بھی پی۔ کھڑکی

سے باہر کی طرف دیکھا تو اسے سمندر دکھا۔ وہ اسی اسٹیشن پر اتر گیا۔

ایک دروازے سے اندر داخل ہوا، جس کے اوپر halk plaji لکھا ہوا تھا۔ ریت پر تھوڑی دیر چلنے کے بعد، اون بن رہی ایک بوڑھی عورت کی خالی پڑی کرسی پر جا کر بیٹھ گیا۔ پہلے ریت میں کھیل رہے کچھ نوجوانوں نے اس کی توجہ اپنی جانب مبذول کرائی۔ ایک دوسرے کو کھینچ کر اس کی طرف اشارہ کرنے لگے۔ ریت کے چھوٹے چھوٹے گولے بنا کر اس کے اوپر پھینکنے لگے۔ اپنی طرف آرہے ریت کے ایک گولے سے بچنے کے لیے ایک طرف کو جھکا تو کرسی ریت کے اندر گھس گئی اور وہ گر پڑا۔ لوگ اس کے اردگرد جمع ہو گئے اور دیر تک اسے دیکھتے رہے۔

سامنے کھڑے ایک نوجوان نے کہا: ''یہ مرگی کا مریض لگ رہا ہے۔''

''پاؤں میں پٹی بھی بندھی ہے، ضرور کوئی بڑا مرض ہے اسے۔'' کہتے ہوئے ایک چپٹی ناک والی لڑکی پیچھے کی طرف ہٹ گئی۔ دھیرے دھیرے بھیڑ بڑھ گئی۔ پیچھے کھڑے ہوئے لوگ اسے دیکھنے کے لیے دھکا مکی کرنے لگے، آس پاس کا دائرہ تنگ ہو گیا۔

اب وہ اپنے پاؤں پر کھڑا بھی نہیں ہو پا رہا تھا۔ پیچھے کی تیسری صف میں کھڑے لمبی مونچھوں والے ایک جوان نے بھیڑ کم کری: ''کیوں بیمار آدمی پر چڑھے جا رہے ہو؟'' کہتے ہوئے اس نوجوان نے آگے کی صف میں کھڑے لوگوں کو پیچھے کی طرف دھکیلا۔ وہاں موجود شخص پیچھے ہٹے تو ان کی جگہ پر کچھ دوسرے لوگ آ کھڑے ہوئے۔ ہجوم ایسا جیسے لوگ زمین میں گڑے ہوئے ہیں۔ وہ ہل ہی نہیں رہے تھے وہاں سے۔ وہیں کھڑے دیکھتے رہے اسے۔

''اس کے پاؤں کو اوپر اٹھاؤ، پانی بہہ جانے دو۔'' کہتے ہوئے پیچھے کھڑا ایک شخص چلایا۔

یہ آواز سنتے ہی پاس ہی میں موجود ایک چوکیدار نے مداخلت کرنا ضروری سمجھا اور معاملے کی تفتیش کے لیے اگلی صف میں پہنچ گیا۔ گرم ریت، کوٹ، کمر پر لگی بیلٹ اور اس کا لباس اسے گرمی سے جلا رہا تھا۔ وہاں موجود لوگوں کی وجہ سے اس تک آنے والی ہوا بھی پہنچ نہیں رہی تھی۔ حالت یہ تھی کہ اس کے چہرے سے ٹپک رہا پسینہ بھی اب پونچھنا ناممکن تھا۔ اس کی ایسی حالت دیکھ چوکیدار نے اس سے کہا: ''تم یہاں اس حالت میں اب اور نہیں بیٹھ سکتے۔''

''اس کا کوٹ اتارو!'' اگلی صف میں کھڑے ایک شخص نے چلاتے ہوئے کہا۔ اس کا کوٹ اس کے بدن سے یوں چپکا ہوا تھا جیسے ریت کی مدد سے پلاسٹر کر دیا گیا ہو۔

''شاید اندر اس نے کچھ نہ پہنا ہو۔'' پاس میں کھڑے ایک شخص نے اداسی میں اپنے بغل والے سے کہا۔ ''میں نے اس کی حالت سے ملتا جلتا کچھ پڑھا ہے کہیں۔''

''یہ جگہ فوراً خالی کرو!'' وہاں کھڑے چوکیدار نے غصے میں کہا۔

''آپ کو عوام کے حق کی خلاف ورزی کرنے کا کوئی حق نہیں ہے۔'' لمبی مونچھ والے شخص نے اس کا

دفاع کیا۔ ''کپڑے پہن کے میں بھی یہاں بیٹھ سکتا ہے اس میں کوئی قباحت یا رکاوٹ نہیں ہے۔''

''یہ تو عورت کی کوٹ ہے، بے ہودہ آدمی۔'' جیسے جملے استعمال کرنے والے لوگ بھی موجود تھے وہاں پہ۔

''باہر نکلو!'' کہتے ہوئے چوکیدار نے اس کے بازو پکڑ کر کھینچنے کی کوشش کی۔

''خود ہی چلا جائے گا، چھوڑو اس کے بازو!'' مونچھ والے نوجوان شخص نے کہا۔

سفید کوٹ پہنے شخص دھیرے دھیرے کھڑا ہوا اور بھیڑ سے ٹکراتا لڑکھڑاتا چلنے کی کوشش کرنے لگا۔ عوام نے بھی اس کے لیے راستہ چھوڑ دیا۔ اس کی آنکھیں پسینے سے جل رہی تھی اور چہرہ سرخ لال ہو گیا تھا۔ چلتے چلتے اس کے پاؤں کی پٹیاں کھلتی جا رہی تھی۔

''سمندر کی طرف نہیں۔'' کہتے ہوئے چوکیدار اس کے پیچھے دوڑا۔ مونچھ والا نوجوان بھی اسے روکنے کے لیے اس کے پیچھے دوڑا۔ اپنے پیچھے دوڑ رہی بھیڑ میں دونوں غائب ہو گئے۔

پانی دھیرے دھیرے اس فقیر کی آستینوں تک پہنچنے لگا تو اس نے اپنی آستینیں اوپر کر لیں۔ چوکیدار کو جب بھیڑ سے نجات ملی تو وہ بھی اس کے پیچھے بھاگا لیکن زیادہ دور تک اس کا تعاقب نہیں کر سکا۔ کوٹ کی اوپری پرت پر لگا کپڑا پہلے پانی سے پھولا، پھر دھیرے دھیرے پانی کے وزن سے ڈوبنے لگا۔

''رکو!'' مونچھ والا شخص چلایا۔

''چھوڑو بھائی! زیادہ دور نہیں جائے گا۔'' وہاں موجود بھیڑ میں سے کسی نے کہا۔

دیکھتے دیکھتے پانی کی اوپری سطح پر ہلکے سے دکھنے والا کوٹ دھیرے دھیرے ڈوب گیا اور سمندر کی لہریں اسے اپنے ساتھ کافی دور لے کر چلی گئیں۔

مونچھ والا شخص اچانک پانی میں کودا لیکن تب تک کافی دیر ہو چکی تھی۔ اس کے وہم و گمان میں نہیں تھا کہ وہ پانی میں ڈوب جانے کی حد تک چلا جائے گا۔ اس نے بہت کوشش کی لیکن اسے بچانے میں ناکام رہا۔ اس طرح کے واقعے سے کبھی اس کا سامنا نہیں ہوا تھا۔ اس کے ڈوب جانے پر اپنے دکھ کا اظہار کرنے والے کچھ اور لوگ بھی آئے، اسے بچانے کے لیے حفاظتی دستہ بھی آیا، ان کی کوششیں بھی بے سود رہیں۔ لمبی مونچھ والا شخص ہانپتا ہوا پانی سے باہر نکلا اور ساحل پر بیٹھ گیا۔ اپنے منہ کو ہاتھوں سے چھپا کر زمین پر تھوکتے ہوئے کہا: ''کیا درد بھری کہانی رہی ہوگی اس شخص کی!''

حاشیے:

(ا) ترکی میں عموماً نظر بد سے بچنے کے لیے گھروں کے باہر اور اندر لٹکایا جانے والا ایک خاص قسم کے پتھر سے بنا ہوا چھلاّ، یہ عموماً آنکھ کی صورت دائروی شکل کا ہوتا ہے۔ اس کی ترکی میں وہی اہمیت ہے جو برصغیر میں امام ضامن وغیرہ کی ہے۔ (مترجم)

(۲) ایک خاص قسم کا کپڑا، جیسے ہندوستان میں کھادی اور لینن وغیرہ ہوتا ہے۔ (مترجم)

(۳) ایک قسم کا سوڈا۔ (مترجم)

(۴) خلافت عثمانیہ میں ترکی میں اس طرح کے تیمار خانوں کا کلچر رہا ہے، جس میں بچوں سے لے کر بوڑھے تک سبھی رکھے جاتے تھے۔ یہ کافی حد تک یتیم خانوں اور اولڈ ایج ہوم جیسا ہوا کرتا تھا۔ (مترجم)

ابا کا سوٹ کیس

اورحان پاموک (ترکی)

ترجمہ: نمیرہ احمد/ اجمل کمال

ترک ناول نگار اورحان پاموک (Ferit Orhan Pamuk) اپنے آبائی شہر استنبول میں ۷ جون ۱۹۵۲ء میں پیدا ہوئے۔ پاموک نے کئی سال نیویارک میں بھی گزارے جہاں انھوں نے تعمیرات اور صحافت کی تعلیم حاصل کی۔ ناول لکھنے کا سلسلہ انھوں نے بیس سال کی عمر میں شروع کیا۔ مشرق و مغرب کے درمیان پُل تعمیر کرنے والے اس ترک ادیب کی کتابوں کے دنیا کی ۳۵ زبانوں میں ترجمے ہو چکے ہیں اور یہ کتابیں سو سے زیادہ ممالک میں شائع ہوئی ہیں۔ ان کی معروف تصانیف میں 'My Name is Red', 'The White Castle', 'Snow' شامل ہیں۔ ان کی یہ تینوں کتابیں کئی غیر ملکی زبانوں کے ساتھ اردو میں بھی ترجمہ ہو چکی ہیں۔

پاموک نے ادب کا نوبل انعام ۱۰ دسمبر ۲۰۰۶ء میں حاصل کیا۔ اگرچہ وہ ترکی کے پہلے نوبل انعام یافتہ ادیب ہیں لیکن عام ترکی باشندے ان کے لیے کوئی نرم گوشہ اپنے دل میں نہیں رکھتے، کیوں کہ انھوں نے جس طرح اپنے ناولوں میں متنازع مسائل سے نمٹنے کی کوشش کی ہے، وہ عام لوگوں سے ان کی دوری کا سبب بن گئی، حتیٰ کہ ترکی کے حکام نے پہلی جنگ عظیم میں ترکوں کے ہاتھوں لاکھوں آرمینیائی باشندوں کے قتل عام کا ذکر کرنے پر ان کے خلاف مقدمہ بھی دائر کیا۔ ترکی کے قانون کے مطابق کسی کے لیے بھی ترکی ریاست اور قومی اسمبلی کی توہین کرنا غیر قانونی ہے۔ جنوری ۲۰۰۶ء میں شدید بین الاقوامی تنقید اور دباؤ کے پیش نظر ان پر سے یہ الزام ہٹا لیا گیا۔

نوبل انعام کو قبول کرتے ہوئے اورحان پاموک نے جو تقریر کی، وہ 'My Father's Suitcase' کے عنوان سے مختلف رسائل و جرائد میں شائع ہوئی۔ اجمل کمال کے مؤقر جریدہ 'آج' میں اس کا اردو ترجمہ بھی شائع ہوا جو ان کے ادارتی نوٹ کے مطابق، انھوں نے نمیرہ احمد کے تعاون سے ترکی سے براہ راست کیا ہے۔ ہم یہاں اجمل کمال اور نمیرہ احمد کے شکریے کے ساتھ اس نوبل خطبے کو اپنے قارئین کے ساتھ شیئر کر رہے ہیں۔

وفات سے دو سال پہلے میرے ابا نے اپنی تحریروں، مسودوں اور ڈائریوں سے بھرا ایک چھوٹا سوٹ کیس میرے سپرد کیا۔ ہمیشہ کی طرح بذلہ سنج، پُرمذاق انداز اختیار کرتے ہوئے انھوں نے مجھ سے خواہش ظاہر کی کہ میں یہ چیزیں ان کے جانے کے بعد، یعنی ان کی موت کے بعد پڑھوں۔

تھوڑا سا جھجکتے ہوئے بولے، ''انھیں ایک بار دیکھ لینا۔ اگر کچھ کام کی چیزیں ہوں تو انھیں چن کر چھپوا دینا۔''

ہم دونوں میری مطالعہ گاہ میں، کتابوں کے درمیان تھے۔ کسی ایسے شخص کی طرح جو کسی تکلیف دہ اور بہت خاص بوجھ سے چھٹکارا پانا چاہتا ہو، وہ کمرے میں چکر لگا کر کوئی ایسی جگہ ڈھونڈ رہے تھے جہاں اس سوٹ کیس کو رکھ سکیں۔ آخر کار انھوں نے اسے آہستگی سے ایک ایسے کونے میں رکھ دیا جس پر کسی کی سیدھے نظر نہیں پڑتی۔ یہ لمحہ، جو ہم دونوں کے لیے ایک شرمندہ کرنے والا اور ناقابل فراموش لمحہ تھا، جوں ہی گزرا ہم دونوں اپنے معمول کے کرداروں میں واپس آ گئے، زندگی کو سبک انداز سے لیتے ہوئے، ہماری شرارتی، پُرمذاق شخصیتیں (Personas) دوبارہ ابھر آئیں اور ہم پُرسکون ہو گئے۔ ہمیشہ کی طرح ہم نے ہوا پانی، روزمرہ کی زندگی، ترکی کے کبھی نہ ختم ہونے والے سیاسی مسئلوں، اور ابا کے بیشتر ناکامی پر ختم ہونے والے منصوبوں کے بارے میں، کسی خاص افسوس کے بغیر باتیں کیں۔

مجھے یاد ہے کہ ابا کے جانے کے بعد میں کئی دن اس سوٹ کیس کو چھوئے بغیر اس کے آس پاس پھرتا رہا۔ چمڑے کے بنے اس چھوٹے، سیاہ سوٹ کیس، اس کے تالے اور گول کیے ہوئے کناروں سے میں اپنے بچپن سے واقف رہا تھا۔ ابا کسی مختصر سفر پر جاتے ہوئے اسے ساتھ لے جاتے اور بعض اوقات اسے گھر سے دفتر چیزیں لانے لے جانے کے لیے استعمال کرتے۔ جب ابا کسی سفر سے لوٹتے تو میں اس چھوٹے سوٹ کیس کی چیزیں الٹ پلٹ کر دیتا اور مجھے یاد ہے کہ اس میں سے نکلنے والی کولون اور اجنبی ملکوں کی مہک مجھے بہت بھاتی تھی۔ یہ سوٹ کیس میرے لیے ایسی نشانی کی طرح تھا جو ماضی اور بچپن کی بہت سی یادوں کو اپنے سموئے ہوئے ہو، مگر اب میں اس کو چھو بھی نہیں سکتا تھا۔ کیوں؟ بلاشبہ اس میں چھپا کر رکھی ہوئی چیزوں کے اسرار انگیز وزن کی وجہ سے۔

اب میں اس وزن کے مفہوم کی بات کروں گا۔ ایک کمرے میں بند ہو کر، میز پر بیٹھ کر، گوشہ گیر ہو کر، کوئی شخص کاغذ اور قلم کے ذریعے اپنا اظہار کرتا ہے؛ یہی ادب کے معنی ہیں۔

اباکے سوٹ کیس کو چھو کر بھی میں اسے کھولنے پر خود کو آمادہ نہ کر سکا، لیکن میں اس میں رکھی ڈائریوں کو جانتا تھا۔ میں نے ان میں سے بعض میں ابا کو کچھ لکھتے ہوئے دیکھا تھا۔ یہ پہلی بار نہیں تھا کہ میں نے اس سوٹ کیس کے اندر رکھے وزن کا ذکر سنا ہو۔ ابا کی جوانی کے دنوں میں، ۱۹۴۰ء کے عشرے کے آخری برسوں میں ان کا ایک بڑا کتب خانہ تھا، وہ استنبول میں شاعر بننے کی خواہش رکھتے تھے اور والیری کا ترکی میں ترجمہ کر چکے تھے، لیکن انھیں وہ دشوار زندگی گزارنے کی خواہش نہ تھی جو ایک غریب ملک میں، جہاں پڑھنے والوں کی تعداد قلیل ہو، کسی شاعر کے حصے میں آتی ہے۔ ان کے ابا، یعنی میرے دادا ایک مالدار تاجر تھے، اور ابا کے بچپن اور جوانی کے دن آرام دہ ماحول میں گزرے تھے اور وہ ادب یا تحریر کے مشغلے کی خاطر مشکل اٹھانا نہیں چاہتے تھے۔ وہ زندگی سے اس کی ساری خوب صورتیوں سمیت محبت کرتے تھے، میں یہ بات سمجھتا تھا۔

اباکے سوٹ کیس میں رکھی چیزوں سے مجھے دور رکھنے والا پہلا یہ خوف تھا کہ میں جو کچھ پڑھوں گا، وہ مجھے پسند نہیں آئے گا۔ چونکہ ابا یہ بات جانتے تھے، اس لیے انھوں نے احتیاطاً یوں ظاہر کیا تھا جیسے ان تحریروں کی کوئی اہمیت نہ ہو۔ زندگی کے پچیس سال لکھنے میں گزارنے کے بعد یہ دیکھنا میرے لیے غم انگیز تھا۔ لیکن میں ادب کو کافی سنجیدگی سے نہ لینے پر ابا کے لیے غصہ بھی محسوس نہیں کرنا چاہتا تھا۔ میرا اصل خوف، اصل بات جسے میں جاننا یا دریافت کرنا بھی نہیں چاہتا تھا، یہ احتمال تھا کہ شاید ابا ایک اچھے ادیب رہے ہوں۔ دراصل یہی وجہ تھی کہ میں ابا کا سوٹ کیس کھولنے سے خوفزدہ تھا۔ سب سے بڑھ کر یہ کہ میں اپنے آپ سے اس کا اعتراف بھی نہیں کر سکتا تھا۔ اگر ابا کے سوٹ کیس سے اصل اور بڑا ادب برآمد ہوتا تو مجھے ابا کی ذات میں ایک بالکل مختلف شخص کے وجود کو تسلیم کرنا پڑتا۔ یہ ایک خوفناک بات تھی، کیوں کہ اتنی عمر کا ہو جانے کے باوجود میں اپنے ابا کو صرف ابا کے طور پر قبول کرنا چاہتا تھا، کسی ادیب کے طور پر نہیں۔

میرے نزدیک ادیب انسان کے اندر چھپا ہوا دوسرا شخص ہوتا ہے جسے دریافت کرنے لیے، اور اس کو وجود میں لانے والے عالم کو دریافت کرنے کے لیے، اسے برسوں صبر کے ساتھ جدوجہد کرنی پڑتی ہے؛ ادب کی بات کرتے ہوئے جو شے سب سے پہلے میرے ذہن میں آتی ہے وہ کوئی ناول، شعر یا ادبی روایت نہیں بلکہ وہ شخص ہے جس نے خود کو اکیلے کمرے میں بند کر کے، میز پر بیٹھ کر، اپنا رخ اندر کی طرف پھیر لیا ہو اور اس گوشہ نشینی کے سائے میں لفظوں سے ایک نئی دنیا تخلیق کر رہا ہو۔ یہ شخص؛ مرد یا عورت، ٹائپ رائٹر استعمال کر سکتا ہے، کمپیوٹر کی سہولت سے فائدہ اٹھا سکتا ہے، یا فاؤنٹین پین سے کاغذ پر ہاتھ سے لکھ سکتا ہے، جیسا کہ میں تیس برس سے کرتا آیا ہوں۔ لکھنے کے دوران وہ قہوہ، چائے یا سگریٹ پی سکتا ہے۔ وقتاً فوقتاً میز سے اٹھ کر کھڑکی سے باہر سڑک پر کھیلتے ہوئے بچوں، اتفاق سے دکھائی دینے والے درختوں کے منظر یا کسی تاریک دیوار کو دیکھ سکتا ہے۔ شعر، ڈراما یا میری طرح ناول لکھ سکتا ہے۔ یہ سارے فرق میز پر بیٹھنے اور صبر سے اپنا رخ اندر کی طرف پھیر لینے کے اصل عمل کے بعد پیدا ہوتے ہیں۔ لکھنے کا مطلب اس اندر کی سمت دیکھنے والی نگاہ کو لفظوں میں ڈھالنا اور گوشہ نشیں ہونے کے بعد اپنے اندر کی دنیا کا مطالعہ کرنا ہے، اور یہ عمل صبر، ضد اور سرخوشی کے ساتھ کیا جاتا ہے۔ خالی صفحے پر الفاظ جوڑتے

ہوئے ہوئے، اپنی میز پر بیٹھے بیٹھے دن، مہینے اور سال گزارتے ہوئے مجھے یوں محسوس ہوتا تھا جیسے میں ایک نئی دنیا کو تخلیق کر رہا ہوں، جیسے اپنے اندر کے شخص کو وجود میں لا رہا ہوں، بالکل اس طرح جیسے کوئی ایک ایک پتھر رکھ کر پُل یا گنبد تعمیر کر رہا ہو۔ ہم ادیب جو پتھر استعمال کرتے ہیں، وہ لفظ ہیں۔ انھیں ہاتھوں میں تھام کر، اس بات کا اندازہ لگاتے ہوئے کہ ہر لفظ دوسرے لفظوں کے ساتھ کس کس طریقے سے جڑ سکتا ہے، کبھی انھیں فاصلے سے دیکھتے ہوئے، کبھی بہت قریب سے ان کو اپنی انگلیوں یا قلم کی نوک سے چھوتے ہوئے، ان کو تولتے ہوئے، انھیں ایک دوسرے پر جما جما کر، برسوں کے دوران، صبر، ضد اور امید کے ساتھ، ہم نئی دنیائیں تعمیر کرتے ہیں۔

میرے نزدیک کسی ادیب کا راز الہام میں نہیں؛ کیوں کہ کوئی یقین سے نہیں کہہ سکتا کہ الہام کہاں سے آتا ہے، بلکہ ادیب کی ضد اور اس کے صبر میں پوشیدہ ہے۔ ترکی زبان کی وہ خوب صورت کہاوت؛ 'سوئی سے کنواں کھودنا'، مجھے یوں محسوس ہوتا ہے جیسے ادیبوں ہی کے لیے وضع کی گئی تھی۔ پرانی حکایتوں میں مجھے فرہاد کا صبر بہت عزیز ہے جس نے عشق کی خاطر پہاڑ کریدا تھا، اور میں اسے سمجھتا بھی ہوں۔ اپنے ناول 'My Name is Red' میں جہاں میں نے ان قدیم ایرانی مینا تور سازوں (miniaturists) کا تذکرہ کیا ہے جو برسوں ایک ہی گھوڑے کا نقش کھینچنے کی مشق کیا کرتے تھے، مُوقلم کی ایک ایک جنبش کو ذہن نشیں کرتے رہتے تھے، یہاں تک کہ آنکھیں بند کر کے بھی اس خوب صورت گھوڑے کا نقش کھینچنے پر قادر ہو جائیں، وہاں میں جانتا تھا کہ میں لکھنے کے مسلک کی، خود اپنی زندگی کی بات کر رہا ہوں۔ اپنی زندگی کو، دوسرے انسانوں کی کہانی کی طرح، آہستہ آہستہ بیان کرنے، اس بیان کرنے کی قوت کو اپنے اندر محسوس کرنے، میز پر بیٹھ کر صبر کے ساتھ خود کو اپنے فن، اپنے ہنر کے سپرد کر دینے کے لیے کسی ادیب کو سب سے پہلے امید پرستی حاصل ہونا ضروری ہے۔ الہام کا فرشتہ بعض ادیبوں کے پاس اکثر آتا ہے اور بعض کے پاس نہیں، لیکن وہ ان ادیبوں کو پسند کرتا ہے جو امید اور اعتماد رکھتے ہیں، اور جس وقت کوئی ادیب خود کو سب سے زیادہ تنہا محسوس کر رہا ہو، جس وقت وہ اپنی کوششوں، اپنے خوابوں اور اپنی تحریر کی قدر و قیمت کے بارے میں سب سے زیادہ شبہے میں مبتلا ہو؛ جس وقت وہ اس خیال کا شکار ہو جائے کہ اس کی کہانی محض اس کی اپنی کہانی ہے، ٹھیک اسی لمحے الہام کا فرشتہ اس پر ایسی کہانیاں، مناظر اور خواب منکشف کر دیتا ہے جو اس دنیا کی تعمیر میں کام آ سکیں جسے وہ تخلیق کرنا چاہتا ہے۔ لکھنے کا کام جس میں، میں نے اپنی پوری عمر گزاری ہے، اس کے بارے میں سوچتے ہوئے میرا سب سے زیادہ متاثر کن احساس ہوتا ہے کہ یہ جملے، یہ خیالات اور صفحات جنھوں نے مجھے اس قدر سرشاری اور مسرت بخشی، دراصل میرے تخیل کی پیداوار نہیں تھے کہ انھیں کسی اور قوت نے تلاش کر کے دریادلی کے ساتھ مجھے عطا کر دیا تھا۔

میں ابا کا سوٹ کیس کھولنے اور ان کی ڈائریوں کو پڑھنے سے خوف زدہ رہا، کیوں کہ میں جانتا تھا کہ وہ ان دشواریوں کو برداشت نہ کرتے جو میں سہتا چلا آیا تھا کہ وہ تنہائی کے دلدادہ نہیں تھے بلکہ انھیں دوستوں کی محفلیں، ہجوم، صحبت گاہ، ہنسی مذاق اور رفیقوں کا ساتھ پسند تھا۔ لیکن بعد میں، میں اس بارے میں ایک مختلف انداز سے سوچنے لگا۔ دنیا کو تج کر گوشہ گیری اور صبر اختیار کرنے کے یہ خیالات اصل میں میرے تعصّبات ہو سکتے تھے جنھیں

میں نے ایک ادیب کے طور پر اپنی زندگی اور اپنے تجربات سے اخذ کیا تھا۔ ایسے بہت سے عمدہ ادیب رہے ہیں جو بھیڑ بھاڑ اور گھریلو زندگی کے درمیان رفاقت اور پُرمسرت گپ شپ کی چمک دمک میں رہتے ہوئے بھی لکھتے رہے۔ اس کے علاوہ ہمارے بچپن میں، ایک بار ابا گھریلو زندگی کی یکسانی سے اکتا کر ہمیں چھوڑ کر پیرس چلے گئے تھے، جہاں بہت سے ادیبوں کی طرح وہ اپنے ہوٹل کے کمرے میں بیٹھے ڈائریوں کے صفحات بھرنے میں مصروف رہے۔ میں یہ بھی جانتا تھا کہ ان میں سے بعض ڈائریاں سوٹ کیس میں اس لیے بھی رکھی ہیں کہ اسے میرے سپرد کرنے سے پہلے کے چند برسوں میں وہ آخر کار مجھ سے اپنی زندگی کے اس دور کے بارے میں بات کرنے لگے تھے۔ وہ ان برسوں کے بارے میں اس وقت بھی بات کرتے تھے جب میں کم عمر تھا، لیکن انھوں نے کبھی اپنی اس کشمکش، ادیب بننے کی آرزو اور شناخت سے متعلق ان سوالوں کا ذکر نہیں کیا تھا جو ہوٹل کے کمرے میں ان کو درپیش رہے تھے۔ اس کے بجائے وہ مجھے ان موقعوں کے بارے میں بتاتے جب انھوں نے سارتر کو پیرس کے فٹ پاتھوں پر گزرتے دیکھا، یا اپنی پڑھی ہوئی کتابوں یا دیکھی ہوئی فلموں کا ذکر کرتے، اور ان کی گفتگو سے کسی ایسے شخص کا خلوص ظاہر ہوتا جو کوئی نہایت اہم خبر سنا رہا ہو۔ جب میں نے لکھنا شروع کیا تو یہ بات میرے ذہن سے کبھی فراموش نہیں ہوئی کہ میرے ادیب بننے کی وجہ یہ بھی تھی کہ میرے ابا نے مجھ سے پاشاؤں اور بڑے مذہبی پیشواؤں سے کہیں زیادہ دنیا کے عظیم ادیبوں کا تذکرہ کیا تھا۔ شاید مجھے اس بات کو ذہن میں رکھتے ہوئے اپنے ابا کی ڈائریاں پڑھنی تھیں، اور ساتھ ہی یہ بھی یاد رکھنا تھا کہ میں ان کے وسیع کتب خانے کا کس قدر احسان مند تھا۔ مجھے یہ بات بھی ذہن میں رکھنی تھی کہ جن دنوں ابا ہمارے ساتھ رہتے تھے، ان کو میری ہی طرح اپنے کمرے میں اکیلے، صرف کتابوں کے ساتھ، وقت گزارنا اور اپنے خیالوں سے گتھم گتھا رہنا بہت پسند تھا؛ اور مجھے ان کی تحریروں کے ادبی معیار کو زیادہ اہمیت دیے بغیر ان پر توجہ دینی تھی۔

لیکن ابا کے سوٹ کیس پر بے چینی سے نظر ڈالتے ہوئے مجھے یہ بھی محسوس ہوا کہ یہی ایک کام ہے جو میں نہیں کر پاؤں گا۔ ابا کبھی کبھی اپنے کتب خانے کے سامنے کے دیوان پر لیٹ جاتے، اپنے ہاتھ میں تھامی ہوئی کتاب یا رسالے کو رکھ کر کسی خواب میں چلے جاتے یا خود کو طویل عرصے کے لیے اپنے خیالوں میں گم کر دیتے۔ جب میں ان کے چہرے پر ایک ایسا تاثر دیکھتا، جو گھریلو زندگی کے ہنسی مذاق، چھیڑ چھاڑ اور بحث و تکرار کے دوران ان کے چہرے کے تاثر سے مختلف ہوتا، جب مجھے ان کے چہرے پر اس دروں بیں نگاہ کے پہلے آثار دکھائی دیتے، خاص طور پر اپنے بچپن اور لڑکپن کے دنوں میں، میں سراسیمہ ہو کر یہ سمجھتا کہ وہ بے چین ہو رہے ہیں۔ اب، اتنے برس گزر جانے کے بعد میں جانتا ہوں کہ یہ بے چینی وہ پہلی خصوصیت ہے جو کسی شخص کو ادیب بناتی ہے۔ ادیب بننے کے لیے صرف صبر اور ریاضت ہی کافی نہیں؛ سب سے پہلے ہمیں ہجوم، رفاقت اور روزمرہ کی عام زندگی سے فرار ہونے اور خود کو کمرے میں بند کر لینے کی زبردست خواہش محسوس ہونی چاہیے۔ ہم صبر اور امید کی تمنا کرتے ہیں تاکہ اپنی تحریر میں ایک عمیق دنیا کو تخلیق کر سکیں۔ لیکن خود کو کمرے میں بند کر لینے کی خواہش ہی وہ شے ہے جو ہمیں عمل پر اکساتی ہے۔ کتابوں کے مطالعے سے کیف حاصل کرنے والے، صرف اپنے ضمیر کی

آواز پر کان دھر کر دوسروں کے کہے ہوئے لفظوں سے اختلاف کرنے والے، کتابوں سے مکالمہ کرنے کے ذریعے اپنے خیالات اور اپنی دنیا کو وضع کرنے والے آزاد ادیب کی پہلی مثال، جدید ادب کے اولیں دنوں میں یقینی طور پر مونتین (Montaigne) میں دکھائی دیتی ہے۔ مونتین ایک ایسا ادیب تھا جس کی طرف ابا اکثر لوٹتے تھے اور جسے پڑھنے کی مجھ سے سفارش کرتے تھے۔ میں خود کو بھی ادیبوں کی اس روایت سے منسلک کرنے کا خواہش مند ہوں جو دنیا میں کسی بھی جگہ؛ مغرب میں یا مشرق میں، خود کو معاشرے سے کاٹ کر، کتابوں کے ساتھ کمرے میں بند کر لیتے ہیں۔ میرے نزدیک اصل ادب کا نقطۂ آغاز یہی ہے کہ کوئی شخص خود کو کتابوں کے ساتھ اپنے کمرے میں بند کر لے۔

لیکن سب سے الگ تھلگ، کمرے میں بند ہو کر ہم اتنے اکیلے نہیں ہوتے جتنا ہم نے سمجھ رکھا تھا۔ ہم ان ادیبوں کے لفظوں کی رفاقت میں ہوتے ہیں جو ہم سے پہلے گزر چکے ہیں، ہم دوسروں کی کہانیوں، دوسروں کی کتابوں، دوسرے کے لفظوں، یعنی اس شے کی رفاقت میں ہوتے ہیں جسے ہم روایت کہتے ہیں۔ میرے نزدیک ادب وہ سب سے زیادہ قابل قدر ذخیرہ ہے جو انسانیت نے خود کو سمجھنے کی کوشش کے دوران جمع کیا ہے۔ قومیں، قبیلے اور معاشرے جوں جوں اپنے لکھنے والوں کے لفظوں پر توجہ دیتے جاتے ہیں، اتنے ہی زیادہ ذکی، پُر مایہ اور ترقی یافتہ ہوتے جاتے ہیں، اور جیسا کہ ہم سب جانتے ہیں، کتابوں کو جلانا اور ادیبوں کو رسوا کرنا کسی قوم کو اس بات کی خبر دیتا ہے کہ ایک تاریک اور بے عقل دور اس پر مسلط ہونے کو ہے۔ لیکن ادب کبھی بھی محض قومی معاملہ نہیں ہوتا۔ ادیب جب خود کتابوں کے ساتھ کمرے میں بند کر کے اپنے اندر کے سفر پر نکلتا ہے تو رفتہ رفتہ ادب کے قدیم اور ناگزیر اصول کو دریافت کر لیتا ہے؛ اسے وہ ہنر حاصل ہونا چاہیے کہ اپنی کہانیاں یوں بیان کر سکے جیسے وہ دوسروں کی کہانیاں ہوں، اور دوسروں کی کہانیاں اس طرح سنا سکے جیسے وہ اس کی اپنی کہانیاں ہوں، کیوں کہ ادب اسی کا نام ہے۔ لیکن اس کے لیے ہمیں دوسرے لوگوں کی کہانیوں اور کتابوں میں سے گزرنا ہوتا ہے۔

ابا کا کتب خانہ بہت اچھا تھا۔ اس میں کل ڈیڑھ ہزار کتابیں تھیں جو کسی ادیب کے لیے کافی سے زیادہ ہیں۔ میں نے بائیس سال کی عمر کو پہنچنے تک شاید وہ تمام کتابیں نہیں پڑھیں، لیکن میں ان میں سے ہر کتاب سے مانوس تھا، میں جانتا تھا کہ ان میں سے کون سی اہم ہیں، کون سی ہلکی پھلکی، آسانی سے پڑھی جانے والی ہیں، کون سی کلاسیک ہیں، کون سی دنیا کی کسی بھی تعلیم کا ناگزیر حصہ ہیں، کون سی مقامی تاریخ کے قابل فراموش لیکن پُر لطف قصوں پر مشتمل ہیں اور کون سی ان فرانسیسی ادیبوں کی تحریر کی ہوئی ہیں جنھیں ابا بہت اونچا درجہ دیتے تھے۔ کبھی کبھی میں ان کے کتب خانے کو ذرا فاصلے سے دیکھتا اور یہ تصور کرتا کہ ایک دن، کسی اور مکان میں، میں اپنا ایسا ہی بلکہ اس سے بھی اچھا کتب خانہ بناؤں گا، اپنے لیے ایک دنیا تعمیر کروں گا۔ جب میں ابا کے کتب خانے کو فاصلے سے دیکھتا تو وہ مجھے پوری دنیا کی ایک چھوٹی سی تصویر معلوم ہوتا۔ لیکن یہ ایسی دنیا تھی جس کا مشاہدہ ہمارے اپنے گوشے سے، استنبول سے کیا جا رہا تھا۔ کتب خانہ اسی کی شہادت دیتا تھا۔ ابا نے یہ کتب خانہ اپنے غیر ملکی سفروں کے دوران، بیشتر پیرس اور امریکہ سے لائی گئی کتابوں سے بنایا تھا، لیکن اس میں استنبول کی ان دکانوں سے

خریدی ہوئی کتابیں بھی شامل تھیں جہاں ۱۹۴۰ءاور ۱۹۵۰ء کے عشروں میں غیر ملکی زبانوں کی کتابیں فروخت کی جاتی تھیں، اوران پرانی اورنئی کتابیں بیچنے والوں سے خریدی ہوئی کتابیں بھی، جن سے میں بھی واقف تھا۔ میری دنیا مقامی یا قومی دنیا اور مغربی دنیا کا آمیزہ ہے۔ ۱۹۷۰ء کے عشرے میں، میں نے کچھ زیادہ ہی بلند عزائم کے ساتھ اپنا کتب خانہ جمع کرنا شروع کیا۔ میں نے ادیب بننے کا پوری طرح فیصلہ نہیں کیا تھا، جیسا کہ میں نے اپنی کتاب Istanbul میں بیان کیا ہے، میں محسوس کر رہا تھا کہ میں مصور تو بہر حال نہیں بنوں گا لیکن مجھے ٹھیک سے معلوم نہیں تھا کہ میری زندگی کون سا راستہ اختیار کرے گی۔ میرے اندر ایک طرف ہر شے کے بارے میں پڑھنے اور سیکھنے کی ایک شدید اور ختم نہ ہونے والی جستجو اور امید پرستانہ، طاقتور خواہش موجود تھی، لیکن ساتھ ہی مجھے یہ بھی محسوس ہوتا تھا کہ میری زندگی میں کسی نہ کسی طرح کی کمی رہے گی کہ میں دوسروں کی طرح زندگی نہیں گزار سکوں گا۔ میرے اس احساس کا تعلق کسی حد تک اس خیال سے تھا جس کا تجربہ مجھے ابا کے کتب خانے کو دیکھ کر ہوتا تھا؛ مرکز سے دور، اضلاع میں زندگی گزارنے کا خیال، جو استنبول کے ہم سب رہنے والوں پر ان دنوں مسلط رہتا تھا۔ کسی چیز کے کم ہونے کے خیال اور اس سے محسوس ہونے والی تشویش کا ایک اور سبب بھی تھا؛ مجھے بہت اچھی طرح معلوم تھا کہ میں ایک ایسے ملک میں رہتا ہوں جسے فنکاروں سے؛ خواہ وہ مصور ہوں یا ادیب، کچھ زیادہ دلچسپی نہیں ہے اور جو اپنے فنکاروں کو بہت امید نہیں دلاتا۔ ۱۹۷۰ء کے عشرے میں، جب میں ابا کے دیے ہوئے پیسوں سے استنبول کے پرانی کتابیں بیچنے والوں سے مٹتے ہوئے حروف والی، گرد آلود کونے مڑی کتابیں خریدتا تو ان پرانی کتابوں کی دکانوں کی قابل رحم حالت سے، اور سڑک کے کنارے مسجدوں کے احاطوں میں اور شکستہ دیواروں کے سائے میں کتابیں بیچنے والے مفلس، شکن آلود کتب فروشوں کی افسوس ناک پریشان حالی سے بھی اتنا ہی متاثر ہوتا جتنا ان کتابوں سے۔

جہاں تک دنیا میں اپنے مقام کا تعلق ہے؛ زندگی میں بھی اسی طرح جیسے ادب میں، میرا بنیادی احساس یہی تھا کہ میں 'مرکز میں نہیں ہوں'۔ دنیا کے مرکز میں وہ زندگی تھی جو ہماری زندگیوں سے کہیں زیادہ پُر مایہ اور جوش انگیز تھی اور میں، استنبول اور ترکی کے سب رہنے والوں سمیت، اس سے باہر تھا۔ آج میں سوچتا ہوں کہ میرا یہ احساس دنیا کے بیشتر لوگوں میں مشترک ہے۔ اسی طرح ایک عالمی ادب تھا اور اس کا مرکز بھی مجھ سے بہت دور کہیں واقع تھا۔ دراصل میں جس ادب کے بارے میں سوچتا تھا، وہ عالمی نہیں بلکہ مغربی ادب تھا اور ہم ترکی کے رہنے والے اس سے باہر تھے۔ ابا کا کتب خانہ بھی اس بات کی شہادت دیتا تھا۔ ایک کنارے پر استنبول کی کتابیں تھیں؛ ہمارا ادب، ہماری مقامی دنیا، اپنی تمام محبوب تفصیلات سمیت اور دوسرے کنارے پر اس دوسری، مغربی دنیا کی کتابیں تھیں جس سے ہماری دنیا ذرا بھی مشابہت نہ رکھتی تھی جس سے مشابہت کی کمی ہمیں تکلیف بھی دیتی تھی اور امید بھی دلاتی تھی۔ لکھنا، پڑھنا دراصل ایک دنیا سے نکل کر دوسری دنیا کی اجنبیت، انوکھے پن اور حیرت انگیزی میں تسکین ڈھونڈنا تھا۔ مجھے محسوس ہوتا کہ ابا ناول اس لیے پڑھتے تھے تاکہ اپنی زندگی سے فرار ہو کر مغرب میں جا چھپیں، جیسا کہ بعد میں، میں نے بھی کیا۔ یا ان دنوں مجھے ایسا لگتا کہ کتابیں ان چیزوں کا نعم

البدل ہیں جن کی ہمیں اپنی ثقافت میں کمی محسوس ہوتی ہے۔ پڑھنا ہی نہیں، لکھنا بھی استنبول میں اپنی زندگیوں سے نکل کر مغرب کا سفر کر آنے کا ذریعہ تھا۔ سوٹ کیس میں رکھی ہوئی بیشتر ڈائریوں کے صفحات بھرنے کے لیے ابا پیرس گئے تھے جہاں انھوں نے خود ہوٹل کے کمرے میں بند کر لیا تھا اور پھر اپنی تحریریں لے کر ترکی لوٹ آئے تھے۔ مجھے محسوس ہوتا کہ ابا کے سوٹ کیس پر نظر ڈالتے ہوئے یہ بات بھی مجھے بے چین کرتی ہے۔ ترکی میں ایک ادیب کے طور پر زندہ رہنے کے لیے پچیس برس کمرے میں بند رہ کر کام کرنے کے بعد مجھے یہ بات ناقابل برداشت محسوس ہوتی تھی کہ ابا نے اپنے ان گہرے خیالات کو سوٹ کیس میں چھپائے رکھا، یوں ظاہر کیا جیسے لکھنا کوئی راز میں رکھا جانے والا عمل ہو، جسے معاشرے سے، ریاست سے، لوگوں سے پوشیدہ رکھنا ضروری ہو۔ شاید یہی اصل وجہ تھی کہ مجھے ابا پر غصہ آیا کہ انھوں نے میری طرح ادب کو اتنی سنجیدگی سے کیوں نہیں لیا۔

دراصل مجھے ابا پر غصہ تھا، کیوں کہ انھوں نے میری جیسی زندگی نہیں گزاری تھی، ان کی اپنی زندگی سے کبھی تنازع نہیں ہوا اور وہ ہمیشہ اپنے دوستوں اور عزیزوں کے درمیان خوش و خرم رہے۔ لیکن میں اپنے اندر یہ بات بھی جانتا تھا کہ مجھے اتنا 'غصہ' محسوس نہیں ہو رہا ہے، جتنا 'حسد'۔ شاید یہ موخرالذکر لفظ ہی زیادہ درست ہے، اور یہ بات بھی مجھے بے چینی میں مبتلا کر رہی تھی۔ ایسے موقعوں پر میں اپنی معمول کی ملامت آمیز، ناراض آواز میں خود سے سوال کرتا: ''خوشی کیا ہے؟'' کیا خوشی یہ سوچنے میں ہے کہ میں نے اپنے اس تنہا کمرے میں ایک عمیق زندگی گزاری ہے؟ یا اس کا مطلب معاشرے کے درمیان رہ کر، وہی کچھ مانتے ہوئے جو دوسرے لوگ مانتے ہیں، یا کم از کم اپنے عمل سے یہی ظاہر کرتے ہوئے، ایک آرام دہ زندگی گزارنا ہے؟ کیا یہ خوشی ہے یا ناخوشی کہ انسان زندگی کو پوشیدہ طور پر لکھنے میں بسر کرے، جب کہ عیاں طور پر وہ اپنے اردگرد کے لوگوں سے مطابقت میں رہ رہا ہو؟ لیکن یہ سب ضرورت سے زیادہ جھنجھلاہٹ پر مبنی سوالات تھے۔ مجھے یہ خیال کہاں سے سوجھ گیا کہ اچھی زندگی کا سب سے اہم پیمانہ خوشی ہے؟ لوگ، اخبارات، ہر شخص یہی ظاہر کیا کرتا کہ خوشی زندگی کا اہم ترین پیمانہ ہے۔ کیا یہی بات اس کے لیے کافی نہیں کہ پرکھ کر دیکھ لیا جائے، شاید حقیقت اس کے بالکل برعکس ہو؟ آخر اتنی بار ابا اپنے گھر سے فرار ہو کر دو چلے گئے تھے، میں انھیں کتنی اچھی طرح جانتا ہوں اور کتنے یقین سے کہہ سکتا ہوں کہ ان کی بے چینی میری سمجھ میں آتی ہے؟

چنانچہ جب میں نے ابا کا سوٹ کیس پہلی بار کھولا تو یہی بات مجھے تحریک دے رہی تھی۔ کیا ابا کی زندگی میں کوئی راز تھا، کوئی ناخوشی، جس سے میں بالکل ناواقف رہا تھا جس کو برداشت کرنے کا ان کے پاس یہ واحد طریقہ تھا کہ وہ اسے اپنی تحریر میں سمو دیں؟ سوٹ کیس کھولتے ہی مجھے سفر کی وہی مہک یاد آ گئی، میں نے اس میں رکھی کئی ڈائریوں کو پہچان لیا اور مجھے یاد آیا کہ ابا نے یہ برسوں پہلے مجھے دکھائی تھیں لیکن ان کے بارے میں زیادہ دیر بات نہیں کی تھی۔ زیادہ تر ڈائریاں جنھیں میں نے اپنے ہاتھ میں لیا وہ تھیں جن کے صفحات کو ابا نے اپنی جوانی کے دنوں میں اس وقت بھرا تھا جب وہ ہم سے دور، پیرس میں تھے۔ ان بہت سے ادیبوں کی طرح جو مجھے محبوب تھے، جن کی سوانح عمریاں میں نے پڑھ رکھی تھیں۔ میں جاننا چاہتا تھا کہ ابا، اس عمر میں جس عمر کا میں اب ہوں، کیا

لکھتے تھے، کیا سوچتے تھے۔ مجھے یہ بات جاننے میں زیادہ دیر نہیں لگی کہ ان ڈائریوں میں مجھے ایسی کوئی چیز ہاتھ نہیں آئے گی۔ مجھے سب سے زیادہ بے چینی اس وقت محسوس ہوتی جب ابا کی تحریریں، کہیں کہیں مجھے ایک ادیب کی سی آواز سنائی دیتی۔ یہ ابا کی آواز نہیں ہے، میں خود کو بتاتا، یہ ان کی اصل آواز نہیں ہے، کم از کم یہ اس شخص کی آواز نہیں ہے جس سے میں اپنے ابا کے طور پر واقف رہا ہوں۔ میرے اس خوف کی تہہ میں کہ ابا لکھتے وقت میرے ابا نہیں رہے ہوں گے، ایک اس سے زیادہ گہرا خوف پنہاں تھا؛ یہ کہ کہیں اپنے بہت اندر میں بھی حقیقی شخص نہیں ہوں کہ مجھے ابا کی تحریروں میں کوئی اچھی چیز ہاتھ نہیں آئے گی۔ اس خیال سے میرا یہ خوف اور بڑھ گیا کہ مجھے معلوم ہوگا کہ ابا پر دوسرے ادیبوں کا بہت زیادہ اثر رہا ہے، اور اس خیال نے مجھے اسی مایوسی میں مبتلا کر دیا جس نے نوجوانی کے دنوں میں مجھ پر اس بری طرح حملہ کر دیا تھا کہ میں اپنی زندگی، اپنے پورے وجود، اپنی لکھنے کی خواہش اور اپنی تحریر سب کے بارے میں شک میں پڑ گیا تھا۔ ناول نگاری کے پہلے دس برسوں کے دوران میں نے اس شک اور اضطراب کو انتہائی گہرائی میں محسوس کیا اور اس کا مقابلہ کرتے ہوئے بھی مجھے کبھی کبھی خوف ہوتا تھا کہ ایک دن مجھے شکست تسلیم کرنی ہی پڑے گی جیسے میں نے مصوری کے میدان میں ہار مان لی تھی اور خود کو اپنی بے اطمینانی کے حوالے کرتے ہوئے، ناول نگاری کو بھی خیر باد کہنا ہوگا۔

میں نے اپنے دو احساسات کو بیان کیا ہے جو ابا کا سوٹ کیس بند کر کے ایک کونے میں رکھتے ہوئے میرے اندر بیدار ہوئے تھے؛ یہ احساس کہ میں مرکز سے دور کسی غیر اہم جگہ رہ رہا ہوں، اور یہ خوف کہ میں حقیقی (authentic) ادیب نہیں ہوں۔ بلاشبہ ان مضطرب کن احساسات سے میرا پہلی بار سابقہ نہیں پڑ رہا تھا۔ میں برسوں، اپنی میز پر بیٹھ کر لکھنے اور پڑھنے کے دوران، ان احساسات کو ان کے ضمنی نتائج، حساس اعصابی ریشوں، ان کی اندرونی گرہوں اور بے شمار رنگوں سمیت بار بار دریافت کرتا رہا ہوں، ان کا مشاہدہ کرتا رہا ہوں، انھیں اور زیادہ گہرا کرتا رہا ہوں۔ بلاشبہ زندگی اور کتابوں سے جنم لینے والے اس مضطرب کن احساس اور آتے جاتے درد کے ہاتھوں میرا حوصلہ جواب دیتا رہا ہے، خاص طور پر ان دنوں جب میں جوان آدمی تھا۔ لیکن یہ کتابیں لکھنے ہی سے ممکن ہوا کہ میں حقیقی پن (authenticity) کی بابت تشویش کو زیادہ مکمل طور پر سمجھ سکا (مثلاً *My Name is Red* اور *The Black Book* میں) یا مرکز سے دور، حاشیے پر رہنے کے احساس کو زیادہ گہرائی میں جان سکا (مثلاً *Snow* یا *Istanbul* میں)۔ میرے نزدیک ادیب ہونے کا مطلب ان زخموں کو تسلیم کرنا ہے جو ہم اپنے وجود میں پوشیدہ رکھتے ہیں، جو اس قدر مستور ہوتے ہیں کہ خود ہمیں بھی ان کا بمشکل شعور ہوتا ہے، اور ادیب ہونے کا مطلب ان زخموں اور تکلیفوں کا صبر کے ساتھ متواتر مشاہدہ کرنا، انھیں جاننا، ان کو روشنی میں لانا، انھیں اپنانا اور اپنی شناخت اور تحریر کا شعوری جز بنانا ہے۔

ادیب ان چیزوں کا تذکرہ کرتا ہے جن کا سب لوگوں کا علم ہوتا ہے، لیکن انھیں اس علم کا ادراک نہیں ہوتا۔ اس علم کو کھوجنا، اسے بڑھتے ہوئے دیکھنا اور دوسروں کو اس میں شریک کرنا ایک پُر مسرت تجربہ ہے؛ پڑھنے والا حیرت کے ساتھ ایک ایسی اجنبی دنیا کی سیر کرتا ہے جو اس کے لیے مانوس بھی ہوتی ہے۔ یہ مسرت ہمیں اس علم

کی سچائی سے اور اس ہنر کے نتیجے میں حاصل ہوتی ہے جس کی مدد سے یہ علم چھلک کی تحریر میں شامل ہو جاتا ہے۔ جب کوئی ادیب خود کو برسوں کے لیے اپنے کمرے میں بند کر لیتا ہے تا کہ اپنے ہنر کو بہتر بنا سکے؛ ایک دنیا تخلیق کر سکے، تب، اپنے ان پوشیدہ زخموں کو اپنا نقطۂ آغاز کے طور پر استعمال کرتے ہوئے وہ دانستہ یا نادانستہ انسانیت پر گہرائی سے یقین کر رہا ہوتا ہے۔ میرے اعتماد کا منبع میرا یہ یقین ہے کہ تمام انسان ایک دوسرے سے مشابہ ہوتے ہیں، کہ دوسروں کے وجود میں بھی ویسے ہی زخم ہیں جیسے میرے وجود میں، اور یہ کہ یہی وجہ ہے کہ وہ میری بات سمجھ جائیں گے۔ تمام ادب اسی بچکانہ پُرامید یقین کا سہارا لیتا ہے کہ سارے انسان ایک دوسرے سے مشابہ ہوتے ہیں۔ جب کوئی ادیب خود کو برسوں کے لیے کمرے میں بند کر لیتا ہے تو اپنے اس عمل سے وہ اسی انسانیت، اور ایک بے مرکز دنیا تک اپنی آواز پہنچانا چاہتا ہے۔

لیکن جیسا کہ میرے ابا کے سوٹ کیس سے، اور بلاشبہ استنبول میں گزرنے والی ہماری زندگیوں کے ماند رنگوں سے ظاہر ہوتا ہے، دنیا کا ایک مرکز یقیناً تھا، اور وہ مرکز ہم سے بہت دور واقع تھا۔ اپنی کتابوں میں، میں نے خاصی تفصیل سے بیان کیا ہے کہ کس طرح زندگی کی سکھائی ہوئی اس بنیادی حقیقت نے صوبائیت (provinciality) کے ایک ایسے احساس کو ابھارا جو ہمیں چیخوف کی تحریروں میں دکھائی دیتا ہے، اور کس طرح ایک اور راستے سے ہو کر اس احساس نے مجھے خود اپنی اصلیت کے بارے میں تشویش میں مبتلا کیا۔ میں اپنے تجربے سے جانتا ہوں کہ اس زمین پر رہنے والے بیشتر انسان انھی احساسات کی پیدا کردہ گھٹن کے ساتھ زندگی گزارتے ہیں، اور یہ کہ بہت سے لوگ مجبور، غیر محفوظ اور بے توقیر ہونے کا شدید خوف رکھتے ہیں۔ ہاں، انسانیت کو درپیش سب سے بڑی تکالیف اب بھی بے زمینی، بے گھری اور بھوک کی تکالیف ہیں؛ لیکن آج ہمارے ٹیلی ویژن اور احبار ہمیں ان بنیادی مسائل کی اطلاع اس سے کہیں زیادہ تیز رفتاری اور سادگی سے پہنچا دیتے ہیں جتنا ادب سے ممکن ہو سکتا ہے۔ آج ادب کو جن مسائل کے بیان اور تجزیے کی ضرورت ہے، وہ انسانیت کی بنیادی تکالیف ہیں؛ الگ تھلگ رہ جانے کا خوف، بے قدر ہونے کا خوف، اور بے مصرف ہونے کا وہ احساس جو اس خوف کے ساتھ آتا ہے؛ اجتماعی تذلیل، خطرے کا احساس، تحقیر، محرومیت، حساسیت اور مفروضہ توہین، اور ان سب سے بہت قریبی طور پر منسلک قومی غرور اور مبالغہ آمیزی؛ جب کبھی ایسے جذبات سے اور اس غیر عقلی، ضرورت سے زیادہ شدید زبان سے جس میں ان کا اظہار کیا جاتا ہے، میرا سامنا ہوتا ہے، میں جان جاتا ہوں کہ یہ میرے اندر کی ایک تاریکی کو چھوتے ہیں۔ ہم نے مغرب سے باہر ایسے عوام، معاشروں اور قوموں کا اکثر مشاہدہ کیا ہے، اور میں آسانی سے خود کو ان کے ساتھ شناخت کر سکتا ہوں، جو ان احساسات کی تاب نہیں لا پاتے اور ان کے زیرِ اثر بعض اوقات حماقتیں کر بیٹھتے ہیں، صرف اس لیے کہ انھیں تذلیل کا ڈر ہوتا ہے اور وہ اس بارے میں بے حد حساس ہوتے ہیں۔ میں یہ بھی جانتا ہوں کہ مغرب میں، جس کے ساتھ بھی میں خود کو اتنی ہی آسانی سے شناخت کر سکتا ہوں؛ قومیں اور عوام اپنی مالی خوش حالی پر ضرورت سے زیادہ ناز کرتے ہیں، اور اس بات پر کہ انھوں نے ہمیں نشاۃ ثانیہ، روشن خیالی اور جدیدیت کا تحفہ دیا، اور وقتاً فوقتاً وہ ایک ایسی خود اطمینانی کا شکار ہو جاتے ہیں جو اتنی ہی احمقانہ ہوتی ہے۔

اس کے معنی یہ ہیں کہ میرے ابا اپنی قسم کے واحد شخص نہیں تھے، اور یہ کہ ہم سب ایک ایسی دنیا کو ضرورت سے زیادہ اہمیت دیتے ہیں جس کا ایک مرکز ہو، جب کہ وہ شے جو ہمیں خود کو برسوں تک کمرے میں بند کر کے لکھتے رہنے پر مجبور کرتی ہے، اس کے بالکل برعکس ہے؛ یہ یقین کہ ایک دن ہماری تحریروں کو پڑھا اور سمجھا جائے گا، کیوں کہ دنیا کے تمام لوگ ایک دوسرے سے مشابہ ہیں۔ لیکن جیسا کہ میں اپنی اور ابا کی تحریروں کے ذریعے سے جانتا ہوں، یہ ایک اذیت ناک امید پرستی ہے، اس غصے سے مجروح کہ ہمیں حاشیے پر زندگی گزارنے پر مجبور کر دیا گیا ہے، کہ ہم الگ تھلگ رہ گئے ہیں۔ مغرب کی بابت وہ محبت اور نفرت جسے دستوئیفسکی ساری عمر محسوس کرتا رہا، اسے میں نے بھی بہت سے موقعوں پر محسوس کیا ہے۔ لیکن اگر میں کسی بنیادی حقیقت کو دریافت کر پایا ہوں، اگر میرے پاس حقیقی امید پرستی کا کوئی جواز ہے، تو اس کی وجہ یہ ہے کہ میں اس عظیم ادیب کے مغرب سے نفرت اور محبت کے رشتے میں سے ہو کر گزرا ہوں، اور میں نے اس دنیا کی سیر کی ہے جسے اس نے، دوسرے کنارے پر تعمیر کیا تھا۔

تمام ادیب، جنھوں نے اپنی زندگیاں اس کام میں لگا دیں، اس حقیقت سے واقف ہیں: ہمارا اصل مقصد جو کچھ بھی ہو؛ برسوں تحریر کے امید پرستانہ عمل میں مشغول رہ کر ہم جو دنیا تخلیق کرتے ہیں، وہ آخرکار بہت سے مختلف مقامات پر جا بستی ہے۔ یہ ہمیں اس میز سے بہت دور لے جاتی ہے جس پر بیٹھ کر ہم غم یا غصے کے ساتھ کام کرتے رہے ہیں، یہ ہمیں اس غم اور غصے کے دوسری جانب، ایک اور دنیا میں لے جاتی ہے۔ کیا ابا خود اس قسم کی دنیا تک نہیں پہنچ سکتے تھے؟ جس طرح ایک طویل سمندری سفر کے بعد زمین رفتہ رفتہ کسی جزیرے کی طرح دھند میں سے نکل کر اپنے تمام رنگوں سمیت مجسم ہوتی جاتی ہے، یہ دوسری دنیا ہمیں اسی طرح مسحور کرتی ہے۔ اس دنیا کی بابت ہمارا احساس ان مغربی سیاحوں کی کیفیت سے ملتا جلتا ہے جو جنوب کی سمت سے جہاز میں آتے ہوئے استنبول شہر کو دھند میں سے برآمد ہوتا ہوا دیکھتے تھے۔ امید اور تجسس کے عالم میں شروع ہونے والے لمبے سفر کے اختتام پر ان کے سامنے مسجدوں اور میناروں سے بھرا ایک شہر، مکانوں، گلیوں، پہاڑیوں، پلوں اور ڈھلانوں کا ایک مجموعہ، یعنی ایک مکمل دنیا ہوتی تھی۔ ہم اپنی نظروں کے سامنے ظاہر ہوتی ہوئی اس دنیا کو دیکھ کر اس میں داخل ہونے، اس میں خود کو گم کر دینے کے لیے بے تاب ہو جاتے ہیں جیسے کوئی اچھا پڑھنے والا کسی کتاب میں گم ہو جاتا ہے۔ کسی میز پر اس وجہ سے بیٹھ کر کہ ہم مرکز سے دور، کسی صوبائی مقام پر، دنیا کے حاشیے پر ہیں، یا غصے یا گہری اداسی میں مبتلا ہیں، ہم نے ایک ایسی دنیا کو پا لیا جو ان تمام احساسات کو ذہن سے محو کر دینے کے لیے کافی ہے۔

میں اپنے بچپن اور جوانی میں جو محسوس کرتا تھا، اب اس کا بالکل الٹ محسوس کرتا ہوں؛ میرے لیے اب دنیا کا مرکز استنبول ہے۔ اس کی صرف یہ وجہ نہیں کہ میں نے اپنی پوری زندگی یہیں گزاری ہے، بلکہ یہ کہ پچھلے تینتیس سال سے میں اس کی گلیوں، اس کے پلوں، اس کے باسیوں، اس کے کتوں، اس کے مکانوں، اس کی مسجدوں، اس کے فواروں، اس کے عجیب سورماؤں، اس کی دکانوں، اس کے مشہور کرداروں، اس کے تاریک گوشوں، اس کے دنوں اور اس کی راتوں کو اپنے وجود کا حصہ بناتے ہوئے، ان سب کو اپنی آغوش میں سمیٹتے

ہوئے، بیان کرتا آیا ہوں۔ ایک مقام ایسا آیا جب یہ دنیا جسے میں نے اپنے ہاتھوں سے بنایا تھا، یہ دنیا جو صرف میرے سر میں آباد تھی، میرے نزدیک اس شہر سے کہیں زیادہ حقیقی ہوگئی جس میں، میں دراصل رہتا تھا۔ یہ اس وقت ہوا جب یوں لگا جیسے لوگ اور گلیاں، چیزیں اور عمارتیں، ابھی ایک دوسرے سے باتیں کرنے لگیں گی، آپس میں اس قسم کے عملی تعلق قائم کرلیں گی جس کی میں نے پیش گوئی نہیں کی تھی، جیسے وہ صرف میرے تخیل میں یا میری کتابوں میں آباد نہیں بلکہ خود اپنے لیے زندہ رہنے لگی ہوں۔ یہ دنیا جسے میں اس طرح تخلیق کیا تھا جیسے کوئی شخص سوئی سے کنواں کھودتا ہو، ہر دوسری چیز سے بڑھ کر سچی معلوم ہونے لگی۔

ان برسوں کے دوران جو ابا نے لکھنے میں گزارے، ممکن ہے انھوں نے بھی اس قسم کی خوشی دریافت کی ہو، میں نے ان کے سوٹ کیس کی طرف دیکھتے ہوئے سوچا: مجھے ان سے بدگمان نہیں ہونا چاہیے۔ آخر میں ان کا اس قدر احسان مند تھا: وہ کبھی حکم چلانے والے، پابندیاں لگانے والے، تسلط قائم کرنے والے، سزا دینے والے، رواجی باپ نہیں رہے بلکہ وہ ایسے باپ تھے جس نے مجھے ہمیشہ آزاد رہنے دیا، ہمیشہ مجھ سے نہایت احترام کا سلوک کیا۔ میں اکثر سوچا کرتا تھا کہ اگر میں وقتاً فوقتاً اپنے تخیل سے کچھ اخذ کرنے کے قابل ہوا ہوں، خواہ یہ آزادی ہو بچکانہ پن، تو اس کی وجہ یہ ہے کہ اپنے بچپن اور جوانی کے بہت سے دوستوں کے برخلاف مجھے اپنے باپ سے خوف محسوس نہیں ہوتا تھا اور میں نے اس بات پر ہمیشہ گہرا یقین رکھا ہے کہ اگر میں ادیب بن پایا ہوں تو اس کی وجہ یہ ہے کہ ابا نے بھی اپنی جوانی میں ادیب بننے کی آرزو کی تھی۔ مجھے ان کی تحریروں کو تحمل کے ساتھ پڑھنا ہوگا، ہوٹل کے ان کمروں میں انھوں نے جو کچھ لکھا ہے اسے سمجھنے کی کوشش کرنی ہوگی۔

ان پُر امید خیالات کے ساتھ میں چل کر اس سوٹ کیس تک گیا، جو اب تک اسی جگہ تھا جہاں ابا نے اسے رکھا تھا: اپنی پوری قوت ارادی سے کام لیتے ہوئے میں نے ان میں سے چند مسودوں اور ڈائریوں کا مطالعہ کیا۔ ابا نے کس بارے میں لکھا تھا؟ مجھے پیرس کے ہوٹلوں کی کھڑکیوں سے دیکھے ہوئے چند منظر یاد آتے ہیں، چند نظمیں، کچھ معمے، کچھ تجزیے۔ اس وقت یہ سطریں لکھتے ہوئے میں اس شخص کی طرح محسوس کر رہا ہوں جو ابھی ابھی ٹریفک کے کسی حادثے سے دوچار ہوا ہو اور ذہن پر زور ڈال کر یہ یاد کرنے کی کوشش کر رہا ہو کہ یہ حادثہ کس طرح پیش آیا تھا، اور اس کے ساتھ ساتھ زیادہ تفصیلات یاد کرنا بھی نہ چاہتا ہو۔ جب میں بچہ تھا، اور ابا اور امی آپس میں کسی جھگڑے کی کگر پر ہوتے تھے، جب وہ اس ہلاکت خیز خاموشی میں چلے جاتے تھے، تو ابا موڈ تبدیل کرنے کے لیے فوراً ریڈیو چلا دیتے تھے، اور موسیقی ہمیں یہ سب کچھ تیزی سے بھلا دینے میں بہت مدد دیتی تھی۔

آیئے میں بھی موڈ تبدیل کرنے کے لیے چند خوشگوار لفظ کہوں، جو مجھے امید ہے کہ وہی کام کریں گے جو موسیقی کرتی ہے۔ جیسا کہ آپ جانتے ہیں، ہم ادیبوں سے سب سے زیادہ موقعوں پر کیا جانے والا، سب کا پسندیدہ سوال یہ ہے: آپ کیوں لکھتے ہیں؟ میں اس لیے لکھتا ہوں کہ مجھے لکھنے کی ایک فطری خواہش محسوس ہوتی ہے۔ میں لکھتا ہوں کیوں کہ میں دوسرے لوگوں کی طرح کوئی نارمل کام نہیں کرسکتا۔ میں لکھتا ہوں کیوں کہ مجھے ویسی کتابیں پڑھنا اچھا لگتا ہے جیسی میں خود لکھتا ہوں۔ میں لکھتا ہوں، کیوں کہ مجھے آپ سب پر، ہر ایک پر بہت

غصہ آتا ہے۔ میں لکھتا ہوں، کیوں کہ مجھے دن بھر کمرے میں بیٹھ کر لکھنا بہت پسند ہے۔ میں لکھتا ہوں، کیوں کہ میں حقیقی زندگی کو تبدیل کیے بغیر سہار نہیں سکتا۔ میں لکھتا ہوں کیوں کہ میں چاہتا ہوں کہ دوسرے لوگ، ہم سب، پوری دنیا یہ جان لے کہ ہم استنبول میں، ترکی میں کس طرح کی زندگی گزارتے آئے ہیں اور گزار رہے ہیں۔ میں لکھتا ہوں کیوں کہ کاغذ، قلم اور روشنائی کی خوشبو مجھے بھاتی ہے۔ میں لکھتا ہوں کیوں کہ میں کسی بھی اور شے سے زیادہ ادب پر، ناول کے فن پر اعتقاد رکھتا ہوں۔ میں لکھتا ہوں کیوں کہ یہ ایک عادت، ایک شوق ہے۔ میں اس لیے لکھتا ہوں کہ مجھے بھلا دیے جانے سے خوف آتا ہے۔ میں لکھتا ہوں کیوں کہ مجھے وہ وقار اور توجہ پسند ہے جو لکھنے سے حاصل ہوتی ہے۔ میں تنہا ہونے کے لیے لکھتا ہوں۔ شاید میں اس لیے لکھتا ہوں کہ سمجھ سکوں کہ مجھے آپ سب پر اتنا زیادہ غصہ کیوں آتا ہے، ہر شخص پر اتنا زیادہ غصہ کیوں آتا ہے۔ میں لکھتا ہوں، کیوں کہ مجھے پڑھا جانا پسند ہے۔ میں لکھتا ہوں کیوں کہ ایک بار جب میں کوئی ناول، کوئی مضمون، کوئی صفحہ شروع کر دوں تو میں اسے مکمل کرنا چاہتا ہوں۔ میں لکھتا ہوں، کیوں کہ ہر شخص مجھ سے لکھنے کی توقع کرتا ہے۔ میں لکھتا ہوں، کیوں کہ میرا کتب خانوں کے لافانی ہونے پر، شیلفوں میں اپنی کتابوں کے رکھے ہونے کے انداز کے لافانی ہونے پر بچکانہ عقیدہ ہے۔ میں لکھتا ہوں، کیوں کہ زندگی اور دنیا کی ہر چیز ناقابل یقین حد تک خوب صورت اور حیران کن ہے۔ میں لکھتا ہوں، کیوں کہ زندگی کی تمام زیبائیوں اور خزانوں کو لفظوں میں ڈھالنا بے حد مسرور کن کام ہے۔ میں کوئی کہانی سنانے کے لیے نہیں لکھتا بلکہ اسے ترتیب دینے کے لیے لکھتا ہوں۔ میں لکھتا ہوں تا کہ اس احساس سے فرار حاصل کر سکوں کہ کوئی جگہ ہے جہاں مجھے پہنچنا ہے لیکن جیسا کہ خوابوں میں ہوتا ہے، میں وہاں پہنچ نہیں پاتا۔ میں لکھتا ہوں، کیوں کہ میں کبھی خوش نہیں ہو سکا۔ میں خوش ہونے کے لیے لکھتا ہوں۔

میری مطالعہ گاہ میں آ کر اپنا سوٹ کیس میرے سپرد کرنے کے ایک ہفتے بعد ابا ایک بار پھر مجھ سے ملنے آئے؛ ہمیشہ کی طرح وہ میرے لیے ایک چاکلیٹ کا پیکٹ لائے تھے (وہ بھول چکے تھے کہ میں اڑتالیس سال کا ہوں)۔ ہمیشہ کی طرح ہم زندگی، سیاست اور خاندانی قصوں کے بارے میں بات کرتے اور ہنستے رہے۔ ایک موقع ایسا آیا جب ابا کی نظریں کمرے کے اس گوشے کی طرف گئیں جہاں انھوں نے اپنا سوٹ کیس رکھا تھا، اور وہ سمجھ گئے کہ میں نے اسے سرکایا ہے۔ ہم نے ایک دوسرے سے آنکھیں ملائیں۔ اس کے بعد ایک خجالت بھری خاموشی چھا گئی۔ میں نے انھیں نہیں بتایا کہ میں نے سوٹ کیس کھولا تھا اور اس میں رکھی چیزوں کو پڑھنے کی کوشش کی تھی۔ اس کے بجائے میں نے نظریں چرا لیں۔ لیکن وہ سمجھ گئے۔ میں بھی سمجھ گیا کہ وہ سمجھ گئے ہیں۔ وہ یہ بات بھی سمجھ گئے۔ لیکن یہ سمجھنا اتنا ہی تھا جتنا چند سکنڈ میں ممکن ہو سکتا ہے، کیوں کہ ابا ایک مسرور، خوش باش آدمی تھے جسے خود پر اعتماد تھا؛ وہ میری طرف دیکھ کر اس طرح مسکرائے جیسے ہمیشہ مسکراتے تھے۔ گھر سے رخصت ہوتے ہوئے انھوں نے وہ ساری پیاری اور حوصلہ بڑھانے والی باتیں کہیں جو وہ، باپ کے طور پر، ہمیشہ کہتے تھے۔

ہمیشہ کی طرح میں ان کے مسرور، خوش باش اور اوسان بحال رکھنے والے مزاج پر رشک کرتا ہوا،

انھیں جاتے دیکھتا رہا۔ لیکن مجھے یاد ہے کہ اس دن میرے اندر خوشی کی ایک لہر بھی اٹھی جس نے مجھے شرمندہ سا کر دیا۔ یہ اس خیال سے اٹھی تھی کہ ممکن ہے میں ان کی طرح اتنا پُرسکون نہ رہا ہوں، ان کی طرح خوش باش یا پُر اعتماد نہ رہا ہوں لیکن میں نے اپنی زندگی لکھنے میں صرف کی ہے؛ آپ سمجھ ہی گئے ہوں گے، میں اپنے ابا کے خلاف ایسی باتیں سوچنے پر شرمندہ ہو رہا تھا۔ کوئی اور نہیں بلکہ میرے ابا، جو کبھی میرے لیے تکلیف کا باعث نہیں بنے، جنھوں نے مجھے ہمیشہ آزاد رہنے دیا۔ ان سب باتوں سے ہمیں اس بات کی یاددہانی ہوتی ہے کہ تحریر اور ادب کا بہت گہرا تعلق ہماری زندگیوں کے مرکز میں کسی شے کی کمی سے، اور ہمارے خوشی اور شرمندگی کے احساسات سے ہے۔

لیکن میری کہانی کی تعمیر میں ایک ایسا توازن (symmetry) ہے جس نے اس دن مجھے فوری طور پر ایک اور بات یاد دلا دی، اور مجھے اور بھی زیادہ شرمندگی میں مبتلا کر دیا۔ ابا کے اپنا سوٹ کیس میرے حوالے کرنے سے تیئیس سال پہلے، اور بائیس سال کی عمر میں مرے خود کو کمرے میں بند کر کے ناول لکھنے کے فیصلے کے چار سال بعد، میں نے اپنا پہلا ناول *Cevdet Bey and Sons* مکمل کیا؛ میں نے اس ناول کا، جو اس وقت تک غیر مطبوعہ تھا، ٹائپ کیا ہوا مسودہ کپکپاتے ہاتھوں سے ابا کو دیا تا کہ وہ اس کو پڑھ کر اپنی رائے دیں۔ اس کی وجہ صرف یہ نہیں تھی کہ مجھے ان کے ذوق اور ذکاوت پر اعتماد تھا، ان کی تائید میرے نزدیک بہت اہم تھی، کیوں کہ انھوں نے امی کے برعکس میری ادیب بننے کی خواہش کی مخالفت نہیں کی تھی۔ اس وقت ابا ہمارے ساتھ نہیں بلکہ بہت دور تھے۔ میں نے بے تابی سے ان کے لوٹنے کا انتظار کیا۔ دو ہفتے بعد جب وہ واپس آئے تو میں نے لپک کر دروازہ کھولا۔ ابا نے کچھ نہیں کہا، لیکن ایک دم مجھے یوں لپٹا لیا جس سے مجھے معلوم ہو گیا کہ میری کتاب انھیں بہت پسند آئی ہے۔ کچھ دیر تک ہم اس بے چین کر دینے والی خاموشی میں گم رہے جو اکثر شدید جذباتی لمحوں کے ہمراہ ہوتی ہے۔ کچھ دیر بعد، جب ہم پُرسکون ہوئے اور بات چیت کرنے لگے، تب ابا نے بہت پُرجوش اور مبالغہ آمیز زبان میں مجھ پر یا میری پہلی کتاب پر اپنے اعتماد کا اظہار کیا؛ ان کی زبان سے نکلا کہ ایک دن مجھے وہ اعزاز ملے گا جسے نہایت مسرت کے ساتھ وصول کرنے کے لیے میں آج یہاں موجود ہوں۔

انھوں نے یہ لفظ اس لیے نہیں کہے تھے کہ وہ مجھے اپنی بات کا قائل کرنے کی کوشش کر رہے تھے، یا اس اعزاز کو میرا ہدف بنانا چاہتے تھے؛ انھوں نے یہ لفظ اس انداز میں کہے تھے جیسے کوئی ترک باپ اپنے بیٹے کی حوصلہ افزائی کرنے کے لیے کہتا ہے کہ ایک دن تم پاشا بنو گے! برسوں بعد تک جب کبھی وہ مجھ سے ملتے تو اپنے انھی لفظوں سے میری حوصلہ افزائی کرتے۔

ابا نے دسمبر ۲۰۰۲ء میں وفات پائی۔

آج، جب میں یہ عظیم انعام، یہ عظیم اعزاز، عطا کرنے والی سویڈش اکیڈمی اور اس کے ممتاز ارکان کے سامنے، اور ان کے معزز مہمانوں کے سامنے کھڑا ہوں، میری دلی حسرت ہے کہ آج ابا ہمارے درمیان ہوتے۔

عقاب اور کائی

عبداللہ باقازی (سعودی عرب)

ترجمہ: عبداللہ جان عزیز

عقاب بلندی سے نیچے آنے لگا اور اس نے اپنی آنکھوں سے زمین کو جانچا۔ غور سے دیکھا زمین اس کی نظروں کے سامنے کچھ اس طرح تقسیم ہوگئی تھی جس میں سبزہ بھی تھا اور پانی بھی اور بلند پہاڑ بھی تھے۔ اس نے اپنی نظروں سے اوپر دیکھا تو اسے سفید بادل نظر آئے۔ اس کو بادل کے اطراف سے بارش کی خوشبو آئی۔ نیچے سبزہ اس کے سامنے بھرپور طور پر سبز تھا۔ اسے خوب صورت بلند و بالا پہاڑ اپنی آنکھوں کے سامنے دور و نزدیک بنے ہوئے نظر آئے۔ عقاب نے اپنے حسب خواہش فضا میں کچھ چکر لگائے۔ اس کی حرکات میں تموج پیدا ہوا اور شبنمی بارش کی خوشبوؤں سے جا ملا جو اس بادل سے آ رہی تھیں اور پھر وہ زمین پر اتر آیا۔

وہ اپنی تیز رفتاری کے ساتھ پانی کے چشمے کی طرف متوجہ ہوا اور اس کے قریب ہی جگہ بنائی۔ اس کی نظر کائی پر پڑی، بدبو اور سبز جو اس کے سامنے ایک حصہ پر پھیلی ہوئی تھی۔

عقاب نے کائی کو سوالیہ نظرں اور حیرت سے دیکھا اور کائی آہستہ آہستہ موجوں کے اوپر حرکت کرنے لگی اور اسے بوجہ حرکت بدبو پھوٹنے لگی۔ کائی کی حرکت بڑھنے لگی اور اس کے سبز کناروں سے بدبو آنے لگی۔ کائی اپنے تئیں یہ کوشش کر رہی تھی کہ عقاب کے سامنے کو پانی کو اپنے نیچے چھپا دے۔

عقاب ابھی تک حیران سوالیہ نظروں سے دیکھ رہا تھا۔ کائی کی اس عبث کھینچ تان میں عقاب پانی کو نہ دیکھ سکا اور قریب نہ ہوا۔ کائی بے فائدہ کھینچ تان میں رہی اور یہ عقاب حیرت واستعجاب سے اسے دیکھ رہا تھا۔

عقاب کا تعجب اور استغراق بڑھنے لگا۔ یہ دیکھتے ہوئے کہ کائی اپنی واضح بدبو کے باوجود اس چشمہ کے ایک حصہ کو بھی نہ بھر سکے گی اور اس کے باوجود وہ عبث کوشش کر رہی تھی کہ خود کو اس پر پھیلا دے۔ اور عفونت اور سڑاند لہر کے ابھرنے سے بڑھ جاتی ہے۔

عقاب نے کائی کو درد و اندوہ سے دیکھا اور وہ بھی یہ کوشش کر رہی تھی کہ پانی کے پھیلاؤ کے ایک حصہ کو اس کی نظروں سے چھپا دے تا کہ وہ اس کے قریب نہ ہو سکے۔ عقاب اس مایوسانہ اور عاجزانہ حرکت سے متعجب ہوا۔ اس نے سوچا کہ وہ پانی کے اس چشمہ کے ایک حصہ پر جا بیٹھے اور اپنے ان عظیم پروں کو پانی کے اوپر پھڑ پھڑائے۔ یہاں تک کہ کائی غائب ہو جائے اور وہ پھٹ جائے۔ اس نے غور کیا تو اسے معلوم ہوا کہ یہ حرکت اس کے بلند مرتبے کے خلاف ہے اور ایک بار پھر اس نے اس چڑیل کائی کو دیکھا۔

عقاب پانی سے قریب ہوا۔ کائی اپنی مایوس کن پیش قدمی سے پھٹ چکی تھی اور اس کے متفرق چھوٹے چھوٹے ٹکڑے ہو گئے تھے اور اس سے بدبو بھی زیادہ پھیل گئی تھی۔

عقاب نے پانی میں ڈبکی لگائی اور متعفن کائی چھوٹے چھوٹے ٹکڑوں میں بٹ کر دور ہو گئی۔

عقاب نے خیال کیا کہ وہ اپنے عظیم پروں کو زور سے جھاڑے۔ ایسے حال میں کہ اب وہ پانی سے اڑان بھرنا چاہتا تھا اور پانی بھی خاصا متعفن ہو گیا تھا۔ اس نے خیال کیا کہ اس کی اس حرکت سے اس کے نام کو بٹہ لگے گا اور اس کی بلند مکانی مذموم ہو گی تو وہ خاموشی سے اڑ گیا اور جوں ہی وہ اپنی اڑان میں بلند ہوا تو قریب کے سرسبز ٹیلے کی خوشبودار شبنمی گھاس پھوس نے اس کا استقبال کیا۔

عقاب اب اونچا اور اونچا اڑنے لگا۔ یہاں تک کہ بادلوں کے قریب جا پہنچا۔ اب سورج بادل کی اوٹ میں اپنی سنہری روشنی کے ساتھ جھانک رہا تھا۔ عقاب کے رگ و ریشہ میں سرور و سکون سما گیا اور سورج کی سنہری کرنیں اس کے پانی سے بھرے گیلے پروں پر پڑ کر انھیں چمکدار بنانے لگیں اور ایک میٹھا سکون جاری و ساری ہو گیا۔

عقاب نے اپنی بلندی پر خیال کیا اور سورج اپنی سنہری کرنوں سے اسے پُرسکون حرارت دے رہا تھا اور بادل نے اردگرد کی فضا کو اپنی چمکدار خوشبو سے بھر دیا تھا۔ بے چاری کائی جو چھوٹے چھوٹے ٹکڑوں میں بٹ چکی تھی، پھر سے اس کے سامنے ایک ہونے کی کوشش کر رہی تھی تو عقاب نے اس حالت پر خاصا افسوس کیا۔ اس کی چھٹی ہوئی حالت کو یاد کیا جس پر غبار کے ذرات چڑھے ہوئے تھے اور کائی پھر سے چشمے کے ایک کونے میں جا کر پھر نئی بدبودار کائی بننے کے لیے سرگرداں تھی۔

چکر

علوی طٰہٰ العبانی (سعودی عرب)

ترجمہ: عبداللہ جان عزیز

اس نے اپنے سوٹ کیس جمع کیے جن میں اس کے بچوں اور اہل خانہ کے لیے تحائف تھے۔ ہوٹل کے ملازم نے یہ سوٹ کیس اس کے امیر کبیر دوست کی گاڑی میں رکھنے کے لیے اٹھائے۔ یہ بڑی گاڑی پیرس کی گلیوں میں چل پڑی اور شائلیز یہ کے راستہ کی طرف بڑھنے لگی۔ جوں ہی وہ تاریخی قوس پر پہنچا جس کے نیچے سے عمائدین شہر، سپہ سالاروں اور لشکروں اور فوجوں کا گزرنا منسوب ہے تو اس کے دل نے ذرا تنگی محسوس کی۔

اس علاقے میں قوس کے اردگرد گاڑیاں بے ہنگم اور غیر منظم صورت میں تھیں اور ہر سمت میں چل رہی تھیں اور بہت سی سڑکوں پر آ رہی تھیں؛ اور بعض احمق ڈرائیوروں کی باتیں اور جملے ٹریفک کی بھیڑ کے باعث سمع خراشی کر رہے تھے۔

ہمارا دوست تیونسی ڈرائیور کو غیر منظم اور بلا ہدف بھیڑ سے جلد از جلد نکل جانے پر آمادہ کر رہا تھا تا کہ وہ ایئر پورٹ بروقت پہنچ کر فارغ ہو سکے جیسے ریزرویشن، وزن، کسٹم کلیئرنس اور مختلف جگہوں پر جہاں انسان کو کھڑا رہنا پڑتا ہے اور ہر انسان چاہتا ہے کہ اس کا کام جلدی سے ختم ہو جائے۔ جیسے کہ وہ عالمی کپ فٹ بال میچ دیکھنے جا رہا ہو یا وہ کسی اہم اور بڑے تاریخی میلہ پر جا رہا ہو۔

ڈرائیور نے پوری کوشش کی کہ وہ ٹریفک کی اس تنگ گردن کی بوتل سے نکل جائے، اور وہ چارلس ڈیگال ایئر پورٹ کی طرف گاڑی لیے چل دیا، اور ائیر پورٹ پر اس کے کام کاج بڑی مشکل سے ختم ہوئے، کیوں کہ نوع انسانی کی مختلف عادات اور اطوار ہیں اور ان میں سے ہر ایک اپنی جیب کے ساتھ پیرس کی مہنگائی اور گراں گوش زندگی سے بھاگنا چاہتا تھا۔

جب اس نے چاہا کہ جتنے کچھ فرینک اس کے پاس باقی بچے تھے، ڈرائیور کو دے دے تو ڈرائیور نے

اسے ایک چھوٹا سا کارٹن دیا کہ وہ اسے ریاض ایئر پورٹ پر فلاں شخص کو دے دے جو گاڑی کے مالک کا دوست ہے۔ وہ معذرت نہ کر سکا، بڑے آرام سے وہ چھوٹا سا کارٹن اس نے لے لیا، بغیر یہ سوچے کہ کارٹن کے اندر کیا ہے، سوائے اس کے کہ یہ گاڑی کے مالک کے دوست کا ہے۔

وہ ٹرانزٹ ہال میں داخل ہوا، وقت گزاری کے لیے وہ مختلف نمائشی اسٹالوں پر گھومتا رہا، اور یہ ڈھونڈنے کے لیے بھی کہ اچانک اسے ایسی کوئی چیز مل جائے جو اس کی بیوی کو گفٹ دینے کے لائق ہو۔ وہ اپنے ایک دوست سے ملا جو اپنا سامان لیے پھر رہا تھا اور اسے بڑی خوشی ہوئی کہ وہ بھی اس سفر میں ریاض جانے کے لیے اس کے ساتھ رفاقت کرے گا۔

وہ اس جہاز میں سوار ہوا جو کچھ وقت کے لیے روم ایئر پورٹ میں رکا، اور اسی وقت کے دوران اس کے دوست نے اسے اپنے شہر کی اہم شخصیت سے متعارف کرایا۔ اس شخصیت کے پاس مہمان داری کا پروٹوکول تھا ؛اور یہ بھی اچانک طور پر ہو سکتا تھا کہ ہمارے دوست کے ساتھ اس شخصیت کا کچھ پہلے سے بھی تعارف ہو کیوں کہ اس کی تصاویر اور باتیں اخبارات میں شائع ہوتی رہتی تھیں۔

وقت بڑی تیزی سے گزارا۔ سفر کے دوران بات چیت جاری ہو تو مسافت کی طوالت کا کسی کو پتہ نہیں چلتا، سفر کی تھکان اور جہاز کے کپتان اور ماتحت عملہ کے ارشادات کی مشکلات کے باوجود 'بیلٹ باندھو'، 'بیلٹ کھولو' میں سفر کا پتہ نہ چلا۔

طیارہ جوں ہی ریاض ایئر پورٹ پر پہنچا تو جہاز میں سوار تمام لوگ اترے۔ وہ جہاز کے اوپر کے حصہ میں سیڑھیوں سے نکلا، جب کہ دوسرے نے تھیلا پکڑا ہوا تھا۔

ہمارا دوست اس کے ساتھ بھجوائے جانے والے کارٹن سمیت نکلا۔ اس بڑی سماجی رتبے کی شخصیت نے، جس اسے اس کا تعارف جہاز میں ہوا، اس سے اس کارٹن کے اندر کے سامان کے متعلق دریافت کیا تو اس نے جواب دیا کہ اسے کچھ معلوم نہیں، کیوں کہ یہ کارٹن اس کے ہمراہ اس کے دوست نے اپنے ڈرائیور کے ذریعہ بھیجا تھا اور اس پر یہ پتہ درج تھا کہ وہ اسے اس کے دوست کو جو ائیر پورٹ سے باہر ہوگا، تھمائے گا۔

ہمارا دوست یہ نہ سمجھ سکا کہ اس سوال کے پیچھے کیا ہے اور کس لیے اس نے پوچھا تھا، تاہم اس نے جواباً کہا، ''کارٹن کا مالک میرا ایک گہرا دوست ہے جو پیرس میں مقیم ہے اور اسے انکار کرنا عیب کی بات تھی۔''

''لیکن تم نے یہ بتایا ہے کہ جس شخص نے تمھیں کارٹن دیا، وہ ڈرائیور تھا نہ کہ تمھارا دوست۔''

''ہاں۔ اس میں کون سی بات ہے۔''

''فرض کرو اس کے اندر کوئی ایسی چیز ہے جو ممنوعات میں شامل ہے تو پھر تو تم نے خود کو ایک بڑی مصیبت میں ڈال دیا ہے۔''

''آپ کا کیا خیال ہے، اس میں کیا ہے؟''

''منشیات مثلاً!''

جب اس نے یہ بات سنی تو اس کے ہوش و حواس اڑ گئے۔

اسے عجیب سے چکر آنے لگے۔ اسے ایسا معلوم ہوا کہ اس کی ٹانگیں اب اسے اٹھانے پر قادر نہیں ہیں۔

وہ جہاز کے دروازے سے نکلتے ہی ایئر پورٹ کے اندر آیا اور اس نے محسوس کیا کہ لوگ اسے ٹھیک طور سے نظر نہیں آ رہے۔ ان کے سر فرش اور پاؤں اوپر کو اٹھے ہوئے ہیں۔ اس بڑی شخصیت نے الوداع کہنے کے لیے اس کی طرف ہاتھ بڑھایا لیکن اس نے ہاتھ نہ بڑھایا، کیوں کہ اس نے خیال کیا کہ اس بڑی شخصیت نے اس کی طرف پاؤں بڑھایا ہے۔

اسے گرداب نگلنے لگا اور ہر سمت سے اسے گھیر لیا۔ اس نے محسوس کیا جیسے ایئر پورٹ میں موجود تمام لوگ اس کی طرف تہمت کی صورت میں اشارے کر رہے ہیں۔ بعض چہرے اس کی جانب دیکھ کے ہنس رہے تھے اور وہ گرداب میں محصور تھا اور اسے اس بات کی قدرت نہ تھی کہ وہ کچھ سوچ سکے یا اس کی تفصیل جان سکے جو اس کو آگے پیش آنے والا ہے۔

وہ پرواز سے آنے والے سامان کے ساتھ سر کے بل کھڑا ہو گیا۔ پہلے تو یہ نہ جانتا تھا کہ وہ کس طرح اس سامان کے 'سر' سے یہ پوچھے کہ یہ سامان کس پرواز کا ہے اور وہ کیسے اس جگہ گاڑی تک پہنچا جس میں تھیلے اور سوٹ کیس رکھے ہوئے تھے۔

اسے یاد آیا کہ اس نے ایک شخص سے یہ پوچھا تھا: ''اس پرواز کا کیا نمبر ہے؟''

اس شخص نے اسے اخلاقاً کہا تھا، ''اپنی جیب میں پڑے بورڈنگ کارڈ کو دیکھو۔''

بغیر اس کے کہ وہ کارڈ کو دیکھے، کارڈ کا کچھ حصہ اس کی جیب سے باہر نظر آ رہا تھا۔ اس نے اپنی تمام جیبیں ٹٹولیں۔ اس نے تمام کاغذ نکالے لیکن بورڈنگ کارڈ اسے نہ ملا۔

اس نے اپنے جی میں کہا، 'عجیب بات ہے۔ کیا یہ شخص مجھ سے مذاق کرتا ہے، وہ کیسے اس طرح کہہ سکتا ہے۔ اور کارڈ میری جیب میں نہیں۔ وہ یقیناً اندھا ہے۔'

اس نے تمام کاغذ پھر سے اپنی جیب میں ڈالے۔ ان میں سے ایک شخص نے اس کی طرف اس طرح دیکھا جیسے وہ اسے پاگل سمجھتا ہے لیکن اس نے اسے کچھ نہ کہا بلکہ اس سے پوچھا، ''یہ بھائی نابینا ہے؟''

اسے جواب دیتے ہوئے اس نے کہا، ''میں کیوں کر اندھا ہو سکتا ہوں، حالاں کہ میں تمھیں اپنے سامنے کھڑا دیکھ رہا ہوں تمھارے گوشت پوست کے ساتھ اور تمھاری چپٹی ناک کو بھی جو فوکس ویگن کی مانند ہے۔''

لیکن اس شخص نے کہا: ''اللہ کی مخلوق بھی عجیب ہے۔'' پھر فوراً کہنے لگا، ''تم اب ان گاڑیوں کے سامنے ہی کھڑے ہو۔''

ہمارا دوست اس شخص کے مذاق سے اپنی شرمندگی نہ جان سکا، کیوں کہ گرداب کی شدت نے اس پر مکمل طور پر گرفت کر لی تھی۔

کیا وہ جانتا ہے کہ اس پر منشیات لانے کا الزام لگ جائے اور وہ ایک بڑے سوشل مرکز میں ہے؟ اور اگر کسٹم والے فی الواقع یہ جان لیں کہ اس کے کارٹن کے اندر لازماً منشیات ہیں تو کیا وہ اسے پکڑ لیں گے اور اس کے مقام و مرتبے کا لحاظ کیے بغیر اسے جیل میں ڈال دیں گے؟

کیا اس مقام و مرتبہ، شخصیت اور مرکز اس تہمت والزام سے نہ بخشوا سکیں گے؟ تو پھر کیا ہوگا اگر یہ بات اخبارات میں چھپ جائے؟ پھر تو اس کی اور بھی بے عزتی ہوگی؟ بڑی مشکلات ہوں گی اور ہاں موت بھی ہو سکتی ہے۔

اور کیا وہ سمجھتا ہے کہ اس کا دوست اسے اس جیسی تاریخی تنگنائی میں اتار دے گا۔

یہ فرض کر لیتے ہیں کہ میرے اس دوست کو علم نہ تھا کیوں کہ وہ تو ڈرائیور ہی تھا جس نے اسے ائیر پورٹ پر کارٹن دیا تھا۔ اور کس لیے اس کے دوست نے سفر کی رات اس بات کی اسے خبر نہ دی۔ وہ اسے الوداع کہنے آیا تھا، کیا اسے اس بات کی شرم آتی تھی کہ وہ اپنے دوست کو کارٹن لے جانے کی زحمت دے۔ اور کس لیے اور کس بات پر اسے شرم آئے گی؟ ان موہوم خیالات نے ائیر پورٹ پر اسے گھیرے رکھا اور اسے دوزخ جیسی گہرائیوں میں ڈال دیا۔ اسے ایسے جنگلوں میں دھکیل دیا تھا جہاں وحشی جانور رہتے ہیں۔ ایفل ٹاور جیسے اونچے برج سے نیچے زمین پر دھکا دے دیا۔

وہ اپنے اس دوست سے قریب ہوا جس سے اس کی ملاقات ٹرانزٹ روم میں ڈیگال ائیر پورٹ پر ہوئی تھی اور اسے وہ بھید کی بات بتا دی جس کی وجہ سے وہ اس تاریکی، وحشت اور اضطراب میں تھا، یہ بھولتے ہوئے کہ اس کا دوست مذاق پسند کرتا ہے اور مجھ میں وسوسے ڈالنے اور خوف پیدا کرنے کی طرف مائل ہے۔

یہ یقیناً شرمندگی، رسوائی اور اجتماعی مصیبت ہے۔ میرا رسالہ ہی سب سے پہلے اس خبر کو شائع کرے گا اور تمھاری تصویر سرورق پر چھاپے گا کہ اس شخص نے ڈرگ ٹریفکنگ کی، لوگ سرورق پر میری تصویر کو گھیرے ہوئے ہوں گے اور میری طرف اشارہ کر رہے ہوں گے۔ اس کے دوست نے اسے جواب دیا۔

مذاق چھوڑو اور حل میں مدد کرو، کیوں کہ مجھ سے اب عقل وارادہ سلب ہو چکا ہے۔ میں اس گرداب اندر ہوں جو رحم نہیں کرتا ہے۔ ریتیلے بگولے نے میرے سامنے تمام راستے مسدود کر دیے ہیں۔

میرے سامنے دو راستے ہیں: یا تو تم اتنے بہادر بن جاؤ اور دوست کی خاطر جیسے بھی کچھ ہو اپنے سر لے لو، اور یا میز کے سامنے یہ کارٹن چھوڑ دو اور نجات پا لو۔ یہ طریقہ کار عدم وفا کا ہے۔ اور پھر تمھیں کیا خبر کہ کارٹن میں ضروری چیزیں ہوں اور تمھارے دوست کے لیے قیمتی ہوں۔ اسے تم سے زیادہ امانت دار کوئی اور نظر نہ آیا اور تمھارے ساتھ تعلقات کی وجہ سے اس اطمینان کے ساتھ کارٹن بھیج دیا کہ منزل مقصود پر صحیح وسالم ملے گا۔

ہمارے دوست نے پھر اسے کہا کہ یہ حل اسے کچھ مناسب نظر نہ آیا۔

''کیا تمھارے پاس کوئی تیسرا راستہ ہے؟''

''تمام راستے رسوائی، عیب و ملامت اور قید کی طرف جاتے ہیں۔'' اس کے دوست نے اسے مسکراتے

ہوئے کہا۔

''کیا ہم ہی تمھارے نامناسب مذاق اور گراں ٹھٹھوں کے لیے باقی رہ گئے ہیں؟''

''یہ تمھارا معاملہ ہے، جو چاہو کرو۔ اپنے لیے وہ حل اختیار کرو جو تمھیں بہتر لگے۔''

''لیکن میں تو اب شل ہوں۔ عقلی اور نفسی سوجھ بوجھ سے عاری جن کا کوئی علاج نہیں، یہاں تک کہ میں اطمینان سے سوچوں، بلا شبہ میں ایسے میں تو مصیبت میں گھر جاؤں گا۔''

جب ہمارا دوست اس نکتہ پر پہنچا تو اس کا دوست اسے چھوڑ کر جا چکا تھا اور اس سے دور چلا گیا تھا۔ بریف کیس گاڑی میں رکھنے کے بعد تو وہ چلا ہی گیا، پھر اس نے اسے نہ دیکھا۔

اس نے مجھے بلا میں ڈال دیا۔ میری نرگسیت! اور اس میں کوئی بھلائی نہیں۔ کیا وہ یوں ہی چلا جائے گا اور مجھے اس حالت میں چھوڑ دے گا؟

اس نے اپنے دل میں آیت الکرسی پڑھی اور وہ چھوٹی سورتیں بھی جو اسے یاد تھیں۔ پھر اس نے اپنے سوٹ کیس گاڑی پر رکھے اور کسٹم کے اہلکاروں کی طرف چل دیا۔ اس نے چاہا کہ وہ تفتیش سے پہلے یہ قصہ بتا دے اور اپنے حسن نیت کا بھی اظہار کر دے۔ اس نے ایسا ہی کیا۔ کسٹم کے عملے میں سے ایک شخص نے کہا: ''تم لوگ یہی کہتے ہیں جب وہ ذمے دار لوگوں کے ہتھے چڑھ جاتے ہیں۔''

''لیکن میں ہمیشہ ایسا کرنے والا آدمی نہیں ہوں۔ میرا ایک سماجی مقام و مرتبہ ہے۔''

''قانون کی نظروں میں سب برابر ہیں۔ کسی کے لیے کوئی خصوصی بچاؤ نہیں ہے۔''

''میرا مطلب یہ نہیں بلکہ میں نے چاہا کہ آپ کو سچی بات بتا دوں۔''

کسٹم کے لوگوں نے اسے چھوڑ دیا۔ پھر وہ آیا تو اس کے ساتھ اس کے اور بھی کئی کارکن رفیق تھے جن میں کسی نے ہتھوڑا اٹھا رکھا اور کسی نے چاقو۔

دیکھیں اس سے ان کا کیا مطلب ہے! اس نے اپنے جی میں کہا۔ جس وقت ان تمام لوگوں نے کارٹن کھولنا شروع کیا جیسے وہ کسی خزانے کی کھوج لگانا چاہتے ہوں۔ ہتھوڑے ڈبہ پر پڑنے سے ایسی آواز آ رہی تھی جیسے گولیاں اس کے کانوں میں چل رہی ہیں۔

جب چاقو کی مدد سے کارٹن کے ٹکڑے ٹکڑے کیا جا رہا تھا تو اس نے ایسی آوازیں سنیں۔ پھر کیا۔ پھر کیا۔ کارٹن کے اندر تو کچھ بھی نہ تھا جس کا اسے بڑی شخصیت نے وہم دلایا تھا جس سے وہ جہاز کے اندر متعارف ہوا تھا۔ لیکن وہ کسٹم کے اہلکار کی سرزنش سے نہ بچ سکا جس نے اس سے کہا: ''مجھے تمھاری حالت پر رحم آتا ہے۔ تم بہت زیادہ اضطراب میں ہو۔ آئندہ اس بات کا خیال رکھنا کہ آپ وہ چیز کبھی نہ اٹھائیں جس کے متعلق آپ کو کچھ معلوم نہ ہو اور اپنی سلامتی پر اللہ کا شکریہ ادا کرو۔''

ہوسکتا تھا کہ کسٹم کے اس شخص کو جواب دیتا لیکن اس کی زبان اس کا ساتھ نہ دے رہی تھی۔ اس نے اپنے سوٹ کیس پھر گاڑی پر رکھے اور جلدی سے ائیر پورٹ سے باہر نکل گیا تاکہ تازہ ہوا لے سکے جو اسے گھٹن کی

حالت سے نجات دلائے اور گرداب اور بگولے سے نجات پائے۔

ریاض شہر کو جانے کے لیے وہ سے پہلی ٹیکسی پر سوار ہوا اور اس نے اپنا بھاری سر سیٹ پر ٹیکا اور اس سب کچھ کو سوچنے لگا جو اسے پیش آیا تھا جیسے کہ وہ ایک مکروہ خواب میں تھا جس میں قاتل ہی قاتل تھے، پھر اس نے اپنی آنکھیں بند کر لیں۔

رات کے آخری پہر کی برف

زکریا تامر (شام)

ترجمہ: محمد صادق

زکریا تامر دمشق میں ۱۹۳۱ء میں پیدا ہوئے۔ زکریا عرب دنیا میں سب سے زیادہ پڑھے جانے والے ادیب ہیں۔ انھوں نے عربی میں بچوں کا ادب بھی لکھا اور اخباروں کے لیے طنزیہ کالم بھی تحریر کیے۔

اس کہانی کے مترجم محمد صادق جواہر لال نہرو یونیورسٹی (نئی دہلی) کے مرکز برائے عربی وافریقی مطالعات میں ریسرچ اسکالر ہیں۔ عربی کے علاقائی ادب کے حوالے سے بھوپال میں عربی زبان وادب کے ارتقا پر ایم فل کا مقالہ جمع کیا۔ فی الحال عربی زبان وادب میں سبالٹرن مطالعات کے حوالے سے تحقیقی کام جاری ہے۔ انھوں نے زیر نظر کہانی کا ترجمہ براہ راست عربی زبان سے کیا ہے۔

یوسف راستے پر کھلنے والی کھڑکی کے شیشے پر اپنی پیشانی کو ٹکائے کھڑا تھا۔ کمرے کے باہر رات میں گلابی جاڑے کا احساس تھا اور آسمان کی مدھم سی روشنی سے برف آہستہ آہستہ نیچے گر رہی تھی۔ یوسف کی ماں اس وقت چائے کی کیتلی انگیٹھی پر رکھ رہی تھی لیکن اس کا باپ خاموش بیٹھا تھا۔ اس کے پژمردہ چہرے پر غموں کا پہاڑ نمایاں تھا، آنکھوں میں ایک اندرونی غصہ عیاں تھا اور اس کے ہاتھ شدت غم میں دو بوڑھے تھکے ہوئے دوستوں کی مانند زانو پر پڑے ہوئے تھے۔

بلی کے مسلسل چلنے پھرنے اور پیروں کے بیچ سے بار بار گزرنے کی وجہ سے یوسف کو شدید غصہ آ رہا تھا۔ اس نے پریشان ہو کر بلی کو لات ماری۔ بلی درد سے دبک گئی اور انگیٹھی کے پاس جا بیٹھی۔ بلی نے عاجزی

سے اپنی آنکھیں بند کر لیں اور ایک ایسے باغ میں پہنچنے کے خواب میں گم ہو گئی جس کی دیواریں بلند ہوں اور جس کے اندر بغیر پروں والی گوریوں کا ایک جھنڈ ہو، جس میں سے وہ ایک فربہ گوریا کا انتخاب کرے اور اس کو شکار کے مقصد سے گھور کر دیکھے۔ گوریا یہ دیکھ کر ڈر جائے اور بے چینی و اضطراب کی کیفیت میں پیچھے بھاگنے لگے۔ گوریا ٹوٹتی ہوئی بلند آواز میں کہے: ''میں کمزور گوریا ہوں۔''

''میں بھوکی ہوں!''

''میں تم کو سب فراہم کر دوں گی!''

''میں بھوکی ہوں۔''

بلی ایک خونخوار چھلانگ کے ساتھ گوریا کو دبوچ لے اور اپنے چھوٹے نوکیلے دانت اس کی گردن میں دھنسا دے جو اس کے نرم و نازک گلے کو بوٹی بوٹی کر دے اور اس سے تازہ گرم خون بہہ نکلے۔

یوسف اپنی پیشانی کو کھڑکی کے شیشے پر دبائے کھڑا تھا جو اوس کی وجہ سے نم تھا۔ اس کے خیالوں میں اس کی بہن کا چہرہ تھا جو گھر سے بھاگ گئی تھی۔ ایک نہایت ہی شریف لڑکی جس کے چہرے پر ہلکی سی مسکراہٹ چھائی رہتی تھی۔ وہ خود سے کہہ رہا تھا: ''اگر وہ مجھے مل گئی تو میں اس کو جان سے مار دوں گا اور اس کا سر دھڑ سے الگ کر دوں گا۔''

اسی دوران اس نے اپنے باپ کو یہ کہتے ہوئے سنا: ''تم کھڑے کھڑے تھکتے نہیں ہو؟''

یوسف نے کوئی حرکت نہیں کی اور خاموش رہا۔ اس کی ماں نے فوراً مداخلت کی: ''میں تم دونوں کو یہ بتانا بھول گئی کہ میں نے اس کو کل دیکھا تھا۔۔۔ میں نے اس کو دیکھا۔''

یوسف چونک اٹھا اور تیزی سے پلٹا۔ جب اس کی نظریں اپنی ماں کے چہرے پر پڑیں تو اس وقت اس کو لگا کہ اس کی ماں نے پھر سے وہ سانپ دیکھ لیا تھا جو ان کی مٹی کے دیواروں والے پرانے گھر میں چھپ کر رہتا ہے۔ یوسف کا خیال تھا کہ سانپ کالا اور نرم و ملائم سا ہے اور سکون سے گھر کے آنگن میں گزشتہ کل کے جیسی چاند کی روشنی میں رینگ رہا تھا۔

ماں نے کہا: ''کتنی خوبصورت تھی! بالکل ملکہ لگ رہی تھی۔''

یوسف کا خیال تھا کہ سانپ ایک عجیب و غریب حقیقی ملکہ جیسا ہے جس کے سارے نوکر چاکر مر چکے ہوں اور وہ اس تباہ و برباد زمین پر تنہا رہ گئی ہو۔ اس کے اندر کا پرانا غصہ جاگ اٹھا اور اس نے اپنے باپ کو مخاطب کرتے ہوئے کہا: ''یہ ہم کو نقصان پہنچا سکتا ہے، لازم ہے کہ ہم اس سانپ سے چھٹکارا حاصل کریں۔''

ایک خفیہ سی خوشی اس کے باپ کی آنکھوں میں چمک اٹھی اور اس نے کہا: ''سانپ فقط اسی کو نقصان پہنچاتا ہے جو سانپ کو نقصان پہنچاتا ہے۔ وہ میری پیدائش کے پہلے سے ہی اس گھر میں رہتا ہے اور اس نے کبھی بھی کسی کو نقصان نہیں پہنچایا۔''

یوسف کو اس بات کا یقین تھا کہ سانپ کو اس بات کا علم ہے کہ وہ اس کو ناپسند کرتا ہے اور اس لیے وہ

ایک ایسے وقت کی گھات میں بیٹھا ہے جب وہ رینگتا ہوا آئے گا اور اس کے لیے باعث ہلاکت بنے گا۔ کئی دفعہ اس نے اپنے باپ سے گزارش کی تھی کہ وہ سیمنٹ، لوہے اور پتھروں سے بنے نئے گھر میں رہنے کے لیے منتقل ہو جائیں۔

یوسف کے خیالات میں سفید عمارتوں کی شکل آنے لگی، گویا کہ وہ دلکش شعر سے بنے قصیدے ہوں اور کبھی نہ غروب ہونے والے سورج کی روشنی کے مانند تابناک ہوں۔

اس کا باپ سخت لہجے میں انکار کر رہا تھا: ''میں یہیں پیدا ہوا اور یہیں مروں گا۔''

یوسف اپنے باپ کو غصے سے دیکھ رہا تھا۔ اس کے باپ نے کھانستے ہوئے مذاقیہ انداز میں کہا: ''جب بھی ممکن ہو، اپنی بہن کو پکڑ و اور قتل کر دو!''

یوسف بھی خود سے کہہ رہا تھا: ''میں اس کو پکڑ لوں گا اور پھر وہ مجھ سے بچ کے نہیں نکل پائے گی۔''

کھڑکی کے نزدیک بیٹھنے کی جگہ خالی تھی۔ یوسف کافی دیر تک، غصے سے اس جگہ کو دیکھتا رہا۔ اس کی بہن شام کے وقت اس پر بیٹھی رہتی تھی، ہنستی تھی، بات کرتی تھی اور اپنی بلی سے کھیلتی رہتی تھی۔ لیکن اب وہ کہاں ہوگی؟

یوسف کو سگریٹ کی طلب ہوئی۔ سگریٹ اس کی جیب میں تھی لیکن اپنے باپ کے سامنے سگریٹ جلانے کی ہمت نہیں تھی، سو وہ کمرے کی طرف بڑھا اور اس کا باپ اس کے پیچھے سوال کرتے ہوئے بڑھا: ''کہاں جا رہے ہو؟''

یوسف نے کہا: ''میں تھک گیا ہوں اور سونا چاہتا ہوں۔''

باپ نے کہا: ''ارے نامراد! تمھارے پاس کام ہی تو بہت زیادہ ہیں۔ کیا دن میں پتھر توڑتے ہو؟ تم تھک کیوں جاتے ہو جب کہ کرتے تو کچھ بھی نہیں ہو؟ کیا جماہی نے تم کو تھکا دیا ہے؟ بتاؤ! کیا تم کو کوئی کام نہیں ملا؟''

ماں نے اعتراض جتاتے ہوئے کہا: ''وہ بیمار ہے۔ اس کو دیکھو! وہ کمزور اور پیلا پڑ گیا ہے۔''

یوسف کو احساس ہو گیا کہ وہ لمحہ جس کا اسے اندیشہ تھا، وہ بس آنے ہی والا ہے۔

باپ جھنجلاتے ہوئے چیخا: ''میں تمھارے علاوہ کسی اور کو ملامت نہیں کروں گا۔ تم نے ہی بچوں کو خراب کیا ہے۔ جوان بیٹا پڑے پڑے کھاتا ہے اور خالی سوتا ہے۔۔۔ بیٹی بھاگ گئی ہے۔۔۔ بیوی پڑوسیوں کے ساتھ بس باتیں کرتی رہتی ہے۔۔۔ اور باپ گدھوں کی طرح کھٹتا رہتا ہے۔''

ماں نے التجا کرتے ہوئے کہا: ''اس طرح مت چیخو! پڑوسی تمھاری آواز سن لیں گے۔''

"میں ویسے ہی چیخوں گا جیسا مجھ کو ٹھیک لگتا ہے۔''

باپ نے اپنا سر گھمایا اور غمگین لہجے میں کہا: ''یا اللہ! میں نے ایسا کیا کر دیا ہے کہ تو مجھے زندگی کے آخری دنوں میں ذلت و رسوائی سے دوچار کر رہا ہے؟''

ماں نے کہا؛ ''کیا میں نے تم سے نہیں کہا تھا کہ اس کے غائب ہونے کی خبر پولیس کو دے دو؟''

"تم کو چاہیے تھا کہ اس کو تنہا نہ چھوڑتیں، اگر تم گھر سے نہ نکلتیں اور پڑوسیوں کے یہاں نہ جاتیں تو وہ وہ بھاگ نہ پاتی۔ کیوں تم اس کو اپنے ساتھ نہیں لے گئیں؟''

''بے چاری پورے گھر کی صفائی کے بعد تھک گئی تھی۔''

''بے چاری؟ بے چاری کو ذبح کر دینا چاہیے۔ ہم اپنے رشتے داروں سے کیا کہیں گے جب وہ ہمارے یہاں آئیں گے اور اس کو گھر میں موجود نہیں پائیں گے؟ کیا ہم ان سے کہیں گے کہ اس کی ماں پڑوسیوں کے یہاں تھی، اسی اثناء وہ اپنے سارے کپڑے لے کر فرار ہو گئی اور ہم اب نہیں جانتے کہ وہ کہاں ہے؟

باپ یوسف کی جانب متوجہ ہوا اور سختی سے دہرایا؛ ''میں چاہتا ہوں کہ تم اس کو تلاش کرو اور اس کو کسی بھی طرح پکڑ لو، پھر کتے کی طرح مار ڈالو!''

یوسف کو اپنے بچپن کے دن یاد آ گئے۔ میمنے عید کی صبح میں قصائیوں کی دو کانوں کے چبوترے پر ذبح کیے جاتے تھے۔ قصائی کے وزن کے نیچے میمنے سہمے ہوئے چلاتے تھے لیکن وہ بچ نہیں پاتے تھے۔ قصائی کا چاقو بہت بڑا اور نوکیلا ہوتا تھا اور میمنے کی گردن میں گہرا سوراخ کر دیتا تھا اور اس گہرے گھاؤ سے خون بہہ نکلتا تھا۔

ماں پھوٹ پھوٹ کر رونے لگی اور کہنے لگی؛ ''وہ میری بیٹی ہے لیکن تم دونوں کو نہ اس کا خیال ہے، نہ ہی میرا۔''

یوسف نے دروازہ کھولا اور باہر نکل گیا۔ جب اس نے اپنے کمرے کا دروازہ بند کیا تو ایک عجیب سکون بھری سانس لی اور جلدی سے سگریٹ جلائی جس کا دھواں آہستہ آہستہ پھیلنے لگا۔ وہ کمرے میں طیش کھائے انداز میں چہل قدمی کر رہا تھا اور فرش پر اپنے جوتے کی آواز سن رہا تھا، پھر تھوڑی دیر بعد لکڑی کی ایک میز کے پاس ٹھہرا اور اس کو حسرت بھری نگاہوں سے دیکھا۔ یہاں پر اس کا ایک چھوٹا سا ریڈیو ہوا کرتا تھا جس کو اس کے باپ نے جبراً بیچنے پر مجبور کر دیا تھا۔

ریڈیو ہی یوسف کا وفادار دوست تھا لیکن اب وہ اس سے بہت دور تھا جس کو ایک نوجوان نے بلا موسیقی کے ہی کھو دیا۔ اس کو اپنے اردگرد ٹھنڈ بڑھنے کا احساس ہوا، اس نے کپڑے اتارے اور بلب روشن کیا پھر اپنے سر کو تکیہ پر رکھ کر لحاف میں گھس گیا۔

اس کو یقین تھا کہ سانپ ضرور گھر کے کسی حصے میں چھپا بیٹھا ہے یا ایک کمرے سے دوسرے کمرے میں بڑے اطمینان سے رینگ رہا ہے۔

یوسف نے اپنی پلکیں موند لیں۔ موسیقی کا شوق اس کے اندر اس بادل کی طرح بڑھ رہا تھا جو کسی سخت مٹی پر موسلا دھار بارش بن کر برسنے کو بیتاب ہو جائے۔ وہ اپنے دل سے آ رہی جادوئی موسیقی میں گم تھا جہاں ایک مبہم اور متحرک چیز رہتی ہے جو موسیقی پیدا کرتی ہے۔ وہ روتا تو ہے لیکن اپنے آنسو نہیں پونچھتا ہے۔

یوسف کو یوں محسوس ہوا کہ وہ تھوڑی دیر بعد بڑی زور سے رو سکتا ہے اور وہ ایک ہی لمحے میں بارش اور

سوکھی مٹی کی مانند ہو گیا ہے۔ یوسف نے محسوس کیا کہ اس کے دل میں کسی مبہم سے دانا شخص کا بسیرا ہے اور صرف شیشے کا ایک پل ہی ان دونوں کے درمیان میں حائل ہے۔ وہ خود سے بولا؛ ''میں بیمار ہوں!''

یوسف جوش میں آ گیا اور تیزی سے شیشے کے پل کو پار کر گیا۔ اس کو اس مبہم سے دانا شخص نے ہمدردی سے گلے لگا لیا جو گہری تاریکی میں پناہ گزیں تھا۔

یوسف شہروں کی بربادیوں کے بارے میں سوچنے لگا؛ منہدم عمارتیں! وہ بلا آواز چلایا؛ ''میری زندگی بے سود ہے! میں دوسری زندگی بغیر باپ کے جینا چاہتا ہوں۔''

وہ اپنی ہلکی ہلکی سسکیوں پر ضبط نہ رکھ سکا اور پھپھک پڑا؛ ''درخت سبز ستارے ہیں۔ میرا دل ایک بند دروازے پر دستک دے رہا ہے۔ میرے آنسو ان بچوں کے مانند ہیں جو عرصۂ دراز سے غمگین ہوں۔ سورج کس کے لیے تاریک ہو جاتا ہے؟ رات ایک تکیہ ہے جو تھکے ماندے لوگوں کو پناہ دیتی ہے۔ میرا خون بہہ رہا ہے اور ایک عورت کی گمشدگی نے اس دھار کو مزید تیز کر دیا ہے جو خود نیلے بستر پر سو رہی ہے اور آدمیوں کے شہر کا خواب دیکھ رہی ہے۔''

یوسف کو لحاف کے اندر کپکپاہٹ کا احساس ہوا اور وہ پوری طرح مان لیتا ہے کہ وہ بیمار ہے۔ وہ ستاروں کی دنیا میں گھوم رہا ہے اور کہتا ہے کہ کاش! زخم نہ روتے اور پھر دعا کرتا ہے اے غم و غصے کے آفتاب، تم اب طلوع ہو جاؤ!

موت بادبان کی شکل میں اس کے پاس آتی ہے تو یوسف اس سے کہتا ہے کہ تم مجھ کو اپنی کشتی سے کنارے تک پہنچا دو!

دوسرا کنارہ ایک دلکش آواز ہے جس کو یوسف بڑے اشتیاق سے آواز دیتا ہے لیکن موت سے اس کو کوئی جواب موصول نہیں ہوتا اور وہ اپنی کشتی کو لے کر گزر جاتی ہے۔ یوسف اپنے ہاتھ سے زرد آلود چہرے والے مسافروں کو اشارہ کرتا رہ جاتا ہے۔

وہ لوگ جو موسیقی سے محبت کرتے ہیں اس کے قریب آئے، ان کے پاس ان کے ڈھول باجے تھے اور وہ اجڑے ہوئے باغوں میں گھومتے رہے۔

رات عورت کے بال کی مانند ہے۔ نہیں نہیں!! رات سانپ کی مانند ہے جو اس دنیا میں پوری طرح سرایت کر کے رینگتی رہتی ہے۔

موسیقی کے شیدائیوں میں سے ایک شخص آہ و زاری کرتا ہے، پھر اپنا باجا اپنے منہ کے قریب لے جاتا ہے، اس پر لگی پیتل کی دھات ایک لمحے کے لیے چمکتی ہے، پھر اس سے ایک لمبی اور توانا چیخ نکلتی ہے جس پر شرم و حیا کا کوئی سایہ نہیں ہے اور وہ آہ و زاری کرتا ہے گویا کہ یہ ان کمزور لوگوں کی آواز ہے جو اس سخت سرزمین پر ذلت و رسوائی کی زندگی بسر کرتے ہیں۔

یوسف اب تلوار ہے، ایک لبادہ ہے جس سے ہوا کھیلتی ہے، ایک گھوڑا ہے جو صحراؤں کی ریت پر دوڑ

رہا ہے۔ وہ ایک عورت کی آواز سنتا ہے جو مدد کے لیے گوہار لگا رہی ہے۔ میری بہن مجھے آواز دے رہی ہے۔

یوسف دعا کر رہا تھا کہ کاش! سانپ اسی لمحے آجاتا۔ وہ اس کے زہر سے فنا نہیں ہونا چاہتا، اسے صرف یہ خواہش ہے کہ سانپ اس کی گردن کو اپنے ٹھنڈے جسم سے جکڑ لے اور اس پر مسلسل دباؤ ڈالتا رہے حتی کہ اس کا دم گھٹ جائے اور دل کی دھڑکن بند ہو جائے۔ پھر اسے اپنے باپ، ماں، بہن اور خون کی پیاسی چھری سے ہمیشہ کے لیے آزادی مل جائے گی۔

یوسف نے اپنے خشک ہونٹوں پر زبان پھیری۔ وہ سونا نہیں چاہتا تھا کیوں کہ اسے اس بات کا بخوبی علم تھا کہ وہ نیند میں غمگین آواز والی سات دبلی پتلی گایوں کو دیکھے گا جو بنا گھاس کے میدانوں میں چر رہی ہوں گی اور ان کے اوپر آسمان ٹڈوں اور مکھیوں سے بھری ایک چھت کی مانند ہوگا۔

یوسف ہرگز مایوسی کا شکار نہیں ہوگا۔ وہ اپنی بہن کو پورے موسم سرما، باراں اور برفباری سے بھری ہواؤں کے بیچ منجمد ہونے کی پرواہ کیے بغیر تلاش کرتا رہے گا لیکن وہ اسے مل نہیں پائے گی۔ وہ سوکھے پیڑوں کے رنج وغم کا زمانہ بھی دیکھے گا جب وہ بھکاریوں کے مانند ہو جائیں گے لیکن اس کی انگلیاں اس کی جیب میں پڑے ہوئے خنجر کے قبضے کو نہیں چھوڑیں گی۔

یوسف کو ایک ایسا دن یاد آ گیا، جب اس کی بہن نے اپنے باپ سے اپنی خالہ کی لڑکیوں کے ساتھ سینما جانے کی اجازت مانگی تھی مگر اس کے باپ نے بڑی بے رحمی سے اس کو ایک تھپڑ رسید کر دیا تھا۔ یوسف اس کی ذلت آمیز آنکھوں اور دھیمی سسکیوں کو کبھی نہیں بھولے گا۔

جب بہار کا موسم پھر سے آئے گا، آسمان پھر سے صاف وشفاف نظر آئے گا اور آفتاب پوری تمازت کے ساتھ چمکے گا، درخت پھر سے سرسبز وشاداب ہو جائیں گے تو وہ سبزی منڈی میں جائے گا اور سبزی فروشوں کی آواز کو سنتے ہوئے آہستہ آہستہ چہل قدمی کرے گا۔ اچانک اس کی نظر ایک لڑکی پر پڑے گی جس کے ہاتھ میں کپڑے کا ایک تھیلا ہوگا اور وہ ایک سبزی فروش کے ساتھ مول بھاؤ کر رہی ہوگی۔ یوسف بے چینی میں پیچھے ہٹ جائے گا: یہ تو میری بہن ہے!

وہ اپنی انگلیوں سے خنجر کے قبضے کو پکڑے گا اور اپنی بہن کو بغور دیکھتا رہے گا۔ یہ ایک تھکی ہوئی کمسن عورت ہے جو بیک وقت غمگین بھی ہے اور خوش بھی۔ یوسف کو اس دن کی یاد آئے گی جب وہ بیمار تھا اور پیٹ کے بل لیٹا درد سے کراہ رہا تھا۔ جب اس نے اپنی آنکھیں کھولیں تو اپنی بہن کو آہستہ آہستہ روتے دیکھا۔

اس کی بہن سبزیوں سے بھرے اپنے تھیلے کو اٹھا کر چل دے گی۔ ایک مزدور تھیلا اٹھانے کے لیے اس کے پاس جائے گا لیکن وہ منع کر دے گی۔ یوسف خود سے کہے گا: ''چھوٹی مالکن کو پیسوں کی ضرورت ہے۔'' یوسف اس کا پیچھا کرے گا اور جب وہ کسی سنسان سڑک پر پہنچے گی تو وہ اس کے اتنے قریب پہنچ جائے گا کہ شانہ بہ شانہ ٹکرا جائیں۔ جب وہ نظر اٹھائے گی تو اپنے بھائی کو دیکھ کر چونک جائے گی اور اسی جگہ منجمد ہو جائے گی، سبزیوں کا تھیلا اس کی انگلیوں سے پھسل جائے گا اور وہ ذلت، غم اور ہمدردی بھری نگاہ سے اس کو دیکھ رہی ہوگی۔ پھر وہ اپنا

ہاتھ اس کی طرف بڑھائے گی اور یوسف محسوس کرے گا کہ وہ اس کی بہن نہیں ہے۔ یہ محض ایک عورت ہے، اس کی دوست ہے جس نے لمبا سفر طے کیا ہے اور بس اب جدا ہونے سے پہلے صرف مصافحہ کرنے کے لیے ہاتھ آگے بڑھا رہی ہے۔ یوسف حیرت زدہ ہو کر اپنا ہاتھ آگے کرے گا پھر وہ دونوں بغیر کچھ کہے وہاں کھڑے رہیں گے۔ ایک نوجوان ان پر ایسی گندی نگاہ ڈالتے گزرے گا جو گویا کہہ رہی ہوں کہ یہ دونوں عاشق و معشوق ہیں۔ یوسف جھک کر سبزیوں کا تھیلا اٹھائے گا اور بہن سے سخت لہجے میں پوچھے گا: ''کہاں رہتی ہو؟''

''میں نے ایک غریب لڑکے سے شادی کر لی ہے۔''

یوسف کے سارے الفاظ ختم ہو جائیں گے لیکن وہ ساری باتیں سمجھ جائے گا؛ غریب نوجوان، نرم دل، ایک لڑکی جو جینا چاہتی ہے اور ایک باپ جو اپنی بیٹی ایک غریب لڑکے سے کبھی نہیں بیاہے گا۔ وہ دونوں ساتھ چلتے چلتے ایک عمارت کے دروازے کے پاس رک جائیں گے اور بہن کہے گی کہ ہم پہنچ گئے۔ یوسف کو اس وقت پتہ چلے گا کہ وہ ایک چھوٹے سے گھر میں رہتی ہے۔ وہ سبزیوں کے تھیلے کو زمین پر رکھ دے گا جب کہ بہن دروازہ کھولے گی اور وہ پھر سے سبزیوں کا تھیلا اٹھا لے گا اور اندر داخل ہوگا۔ ٹھیک اسی وقت دو انسانوں کی مہک اس کا استقبال کرے گی جو ایک بستر پر سوتے ہیں، ہنستے ہیں، لڑتے ہیں لیکن افسردہ نہیں سوتے ہیں۔

یوسف ایک کرسی پر بیٹھ جائے گا اور وہ کتنی آرام دہ ہوگی۔

اس کی انگلیاں پھر سے خنجر کو تلاش رہی ہوں گی۔ وہ اب اٹھے گا اور تیز دھار والا خنجر باہر کھینچے گا، اپنی بہن کے بال کو پکڑے گا اور زمین پر پٹک کر ذبح کرے گا جب کہ بہن دھیمی اور خوفزدہ آواز میں بول رہی ہوگی: ''میرے بھائی! میرے بھائی!!''

یوسف اپنے اور اپنی بہن کے بچپن کے دنوں کو یاد کرے گا۔ وہ اپنی بہن سے کچھ ہی سال بڑا تھا۔ ایک بار وہ اس کے پاس روتے ہوئے آئی اور بتایا کہ پڑوس کے بچے نے اس کو مارا ہے تو وہ اسی وقت محلے میں گیا اور پڑوسی کے لڑکے کو رکھ کر کوٹ دیا تھا۔

یوسف خنجر سے کہے گا: ''مجھے موت آئے۔ میرا سایہ بھی خون خرابے سے دور رہا ہے۔''

بہن اپنا لمبا کوٹ اتار کر آئے گی اور سامنے کھڑی رہے گی۔ کیا ہی خوبصورت اور نفیس کپڑا پہن رکھا ہو گا؛ بالکل مالکن جیسا کپڑا! وہ یوسف سے پوچھے گی: ''ماں کیسی ہے؟''

یوسف خاموشی سے اس کو دیکھتا رہے گا، اچانک وہ ماتم کرتے ہوئے آہ و بکا کرنے لگے گی: ''میرے باپ پر ساری لعنتیں ہوں! میں اس کو کبھی معاف نہیں کروں گی۔ اس نے ہم کو بہت تکلیف دی ہے، بہت تکلیف دی۔''

یوسف اپنا ہاتھ خنجر سے دور کرے گا اور اس کو اپنی جیب سے نکالے گا۔ اسے بہن کی ٹھوڑی کے نیچے رکھ کر چہرہ اپنی طرف اٹھائے گا جو آنسوؤں سے بھیگا ہوگا۔ وہ اسے رومال سے پونچھے گا اور محبت و الفت بھرے لہجے میں کہے گا کہ مت رو!

وہ تھوڑا سا غیر محتاط ہو جائے گی اور اس کے گالوں کو چوم لے گی، اس وقت اس کی رگوں میں بے تحاشا خوشی کے نغمے دوڑنے لگیں گے اور وہ اس سے کہہ رہا ہوگا: ''مسکراؤ!''

جب وہ گھر لوٹے گا تو سانپ کو آنگن میں بالکل ٹھنڈا اور مرا ہوا پائے گا اور اپنے غمگین و افسردہ باپ پر فتح حاصل کر چکا ہوگا۔

یوسف کا جسم اکڑ گیا اور وہ بستر پر پڑا تھا۔ وہ دعا کر رہا تھا کہ کاش! وہ اٹھ پائے اور بلب روشن کرے اور آئینے میں خود کو دیکھ سکے۔

موسیقی کے شیدائی لوگ قریب آ رہے تھے اور ان کے پاس ڈھول تھے نہ باجے مگر ان کی سریلی آواز لامحدود سرسبز و شاداب میدانوں سے ملتی جلتی تھی۔

یوسف گہری نیند کی آغوش میں جا چکا تھا جب کہ بلی کی غمگین آواز گھر کے آنگن میں بلند ہو رہی تھی گویا یہ کسی فریادی کی صدا ہے جو کسی مخلوق کی واپسی کی دعا کر رہی ہے۔

کمرے کے باہر برف عمارتوں، لوگوں اور سڑکوں کو سفید چادر اڑھاتے ہوئے اب بھی گر رہی تھی۔

ریل سے نظارہ

اوٹیا آئوسیلیانی (جارجیا)

ترجمہ: خلیل باور

اوٹیا آئوسیلیانی، Otia Ioseliani (۱۶ جون ۱۹۳۰ء- ۱۴ جولائی ۲۰۱۱ء) جارجیا کے نثر نگار اور ڈرامہ نگار تھے۔ انھوں نے پچاس کی دہائی کے وسط میں لکھنا شروع کیا، ان کی کہانیوں کا پہلا مجموعہ ۱۹۵۷ء میں شائع ہوا۔ ان کے پہلے ناول 'The Falling Stars' (۱۹۶۲ء) کو قومی سطح پر مقبولیت حاصل ہوئی۔ انھوں مختلف موضوعات کے ساتھ مختلف تخلیقی اسلوب کا تجربہ کیا۔ ساٹھ اور ستر کی دہائیوں میں ان کے دو اہم ناول؛ 'Once There Was a Woman' اور 'Taken Prisoner by Prisoners' کے ساتھ کئی کہانیاں بھی شائع ہوئیں۔

میرا گھر ریلوے اسٹیشن کے قریب ہی تھا۔ میری چاہت تھی کہ ریل گاڑی کا ڈرائیور بنوں۔ سترہ سال کی عمر میں انجن ڈرائیور کے ساتھ بطور مددگار کام شروع کیا اور اس دن سے آج تک ریل گاڑی میرا دوسرا گھر ہے۔ آپ تو جانتے ہی ہوں گے کہ ریل گاڑی بھاگ دوڑ کے لیے بنی ہے۔ اس وقت اگر Khashuri پر ہے تو ایک گھنٹے کے بعد Moliti کے ڈھلانوں میں سے گزرتی ہوگی۔ آپ کے خیال میں وہ Zestophani میں ہوگی لیکن ممکن ہے کہ وہ ہوا کو چیرتی ہوئی کسی سرنگ میں سے نکلتی رہی ہو۔ چھک چھک کرتی ہوئی ایک پہاڑی کو عبور کر کے دوسری پہاڑی کی جانب اُڑ رہی ہو۔ ریل، ہر سو بھاگنے والی کبھی نہ رکنے والی گاڑی۔

ہم ہر چھوٹے اسٹیشن پر لمحہ بھر کے لیے رک جاتے ہیں۔ اسٹیشن کے قریب چرنے والے سفید دھبوں سے مزین بیل خوف کے مارے کھائیوں کو عبور کرتے ہوئے پہاڑیوں کے اندر چھپ جاتے ہیں۔

ہم مشرق کی طرف جا رہے تھے۔ ہمارا اژدھا ہوا سے ٹکراتے، سرسراتے ہوئے اپنی لمبی دُم کو کھینچ رہا تھا۔ میں اندر کھڑا پیچھا کرنے والی بگھیوں کو اتنا ہلکا محسوس کر رہا تھا جیسے خود ان سب کو کھینچ رہا ہوں۔ مجھے خیال آیا کہ اس طرح تو میں اپنے اسٹیشن کو بھی کھینچ سکتا ہوں اور کسی پہاڑی کو بھی۔ ایسا محسوس ہو رہا تھا جیسے اس وقت پہلے دریا کو بھی روکنے کی ہمت مجھ میں ہو۔ اگر آسمان کی طرف ہاتھ اٹھاؤں تو آسمان کو بھی ایک ہاتھ پر اٹھا لوں۔ اس وقت پوری دنیا میرے لیے کستوری کی مانند تھی۔

انجن ایک لمبی قطار کو کھینچتے ہوئے تیزی سے آگے بڑھ رہا تھا، میں نے وِسل کرڈ دبایا تو انجن نے جواباً ایک افسردہ چیخ ماری جس سے ہر جاندار خوفزدہ ہوا۔ چھوٹے چھوٹے پرندے پھڑ پھڑاتے ہوئے اوپر کی طرف نکلے۔ بچوں نے کانوں میں انگلیاں دیں۔ جانوروں کے بچے لپک لپک کر آنکھوں سے اوجھل ہوئے۔ قریب بندھی ہوئی بکریاں رسی کی لمبائی تک بھاگ سکیں اور انجن ان سب سے بے نیاز پلوں پر سے کڑ کڑ کرتا ہوا وادیوں میں سے گزرتا ہوا آگے بڑھا۔

دیہات، دریا، میدان، انگور کے باغات، شاہ بلوط اور چنار۔۔۔ مرد عورت، زمین آسمان سب کے سب میری دسترس میں تھے۔

پل تجھے سلام!

ہلو بچو!

انگور کے بیل اور چنار تمھیں سلام!

پہاڑیو!

لوگو! تم سب کو بھی سلام!

نزدیکی پہاڑی کے ساتھ ایک مکان نظر آیا۔ لکڑی کا بنا ہوا بغیر باڑھ کا مکان۔ مکان کی کھڑکی میں سے سرخ رنگ کی کوئی چیز نظر آئی۔ یہ کیا ہو سکتی ہے؟ پہاڑی اونچی ہوتی جا رہی تھی اور مکان پیچھے اوجھل ہوتا گیا۔ پہلے کمرہ، پھر کھڑکی اور پھر پورا مکان۔ بلیک بیری کے درخت جس پر سبز رنگت غالب تھی، ہمارے اتنے قریب تھے کہ ان تک میرا ہاتھ آسانی سے پہنچ رہا تھا۔

بلیک بیری تمھیں سلام!

پہاڑی پھر آہستہ آہستہ نیچے کو بیٹھتی گئی اور مکان بھی آہستہ آہستہ نمودار ہونے لگا۔ اب مکان کو پورا دیکھ سکتا تھا، کھڑکی کھلی ہوئی تھی، ایک لڑکی کھڑکی کے کنارے سرخ لباس میں لپٹی ہوئی ہاتھ میں نیلی جلد والی کتاب پکڑے بیٹھی تھی۔

ہیلو!

میں نے ہاتھ ہلا کر لڑکی کو محبت بھری مسکراہٹ دی، لڑکی نے کتاب والا ہاتھ ہلا کر میرے سلام کا جواب دیا اور مسکراتی ہوئی کھڑکی سے باہر جھانکی اور دوبارہ ہاتھ ہلایا۔

گاڑی اپنی رفتار سے چل رہی تھی، مکان ایک دم گزر گیا۔لڑکی نے بھی آنکھوں سے اوجھل ہونا تھا مگر ایسا نہیں ہوا۔ وہ بالکونی کی طرف نکل گئی۔ کونے والے ستون سے لپٹ کر آگے کی طرف جھک گئی اور میری طرف ہاتھ اٹھا کر ہلاتی رہی۔ ٹرین برابر آگے بڑھتی گئی۔

خدا حافظ!

ریل پہاڑی کے نکلے ہوئے حصے پر چکر کاٹ رہی تھی جس کی وجہ سے لڑکی چھپتی گئی۔ پہلے لڑکی پھر مکان اور آخر میں آنگن؛ میں پنجوں پر کھڑے اسے ایک بار پھر دیکھنے کے لیے پیچھے مڑا۔ گاڑی بہت جلدی میں تھی۔ سوسو کرتی ہوئی بہت سے مکانوں، پلوں، دریاؤں اور درختوں میں سے گزر گئی۔

ہم ایک چھوٹے سے اسٹیشن پر پہنچے تو گاڑی کی رفتار کم ہوئی مگر دوبارہ تیز ہوئی اور تیز ہوتی گئی۔ اونچے پہاڑ، گہری وادیاں، جھاگ بھری ندیا؛ ہاتھوں کا ہلانا، مویشیوں کا بدحواس ہونا، دلکش سبز گھاس سے ڈھکے ہوئے ڈھلان، خوب صورت پھولوں سے لدے ہوئے مرغزار۔

سورج غروب ہو رہا تھا، رات کی سیاہی بڑھ رہی تھی۔ بھاری بھر کم ٹینک کھینچتی ہوئی ٹرین، پٹریوں کو روند رہی تھی۔ پٹری بھی اندھیرے میں غائب ہوتی جا رہی تھی۔ میں بہت جلدی میں تھا۔ کوئی مجھے اپنی طرف کھینچ رہا تھا۔ نہ جانے کون تھا، کیا تھا؟ بس وہاں تک پہنچنا چاہ رہا تھا، لیکن مجھے یہ ڈر بھی تھا کہ اب اندھیرا ہو جائے گا۔ کوئی چیز دکھائی نہیں دے گی۔ یہاں اسٹیشن تھا، پتھر تھے لیکن سب بے جان۔ میں نے کھڑکی سے باہر جھانکا، بے جان پتھر پیچھے دوڑتے ہوئے اندھیرے میں گم ہو رہے تھے۔ پہاڑیاں، مکانات، آنگن اور کھلی کھڑکیاں سب کچھ۔ یہ ڈھلان اس وادی کا خوب صورت ڈھلان تھا، اور اب تو خوب صورت ترین، پھولوں سے بھرا ہوا ناقابل فراموش۔ پٹری کے ساتھ سبزہ زار میں ایک آنگن تھا۔ قریب میں اس جیسا کوئی آنگن نہ تھا، نہ اس جیسا مکان، نہ کھڑکی۔

میں نے اٹھ کر وِسل کارڈ دبایا۔ گاڑی چیخ اٹھی۔ کھڑکی کھلی ہوئی تھی مگر اس میں کوئی نہ تھا۔ میں نے دونوں ہاتھ ہلائے اس توقع سے کہ لڑکی کہیں آنگن میں ہوگی اور مجھے دیکھ لے گی۔ وہ اندر بچھڑے کو سبز گھاس کھلا رہی تھی، گاڑی کی پکار سنتے ہی پیچھے مڑی اور مڑتے ہی دونوں ہاتھ ہلانے لگی، جب کہ گھاس ابھی تک اس کے ہاتھوں میں تھی۔ گاڑی سائیں سائیں اور کڑکڑ کرتی ہوئی ایسے مقام پر پہنچی کہ میرے اور اس کے درمیان ایک پہاڑی حائل ہوئی اور بلیک بیری کے درخت جو بالکل قریب تھے۔

یہ دن بھی انتہا کو پہنچا۔ میں ایک روشن ماحول والے دفتر میں داخل ہوا۔ کوئی شخص اندھیرے میں چل رہا تھا، جسے میں کھڑکی کے شیشے میں دیکھ سکتا تھا۔ کیا یہ میں ہوں؟ اتنا دھواں آلود؟ میں نے ایک احمقانہ قہقہہ لگایا۔ کھڑکی کے شیشے میں صرف اپنے دانت دیکھ سکا تھا اور کچھ نہیں۔ کیا میں ہمیشہ اتنا میلا ہوتا ہوں۔ کیا میرے چہرے پر اتنا دھواں جما ہوا ہے کہ دانتوں کے سوا کچھ دکھائی نہیں دیتا؟ کیا کوئی لڑکی مجھ سے ملنا پسند کرے گی؟ جب سے گھر پہنچا ہوں، میں اس کے علاوہ اور کچھ نہیں سوچ سکا۔

اگلے روز پھر اپنی ڈیوٹی پر حاضر ہوا۔ تمام مسافر اپنے اپنے معاملات میں مصروف تھے۔ بکنگ اسٹال پر کافی رش تھا۔ گاڑی کا انجن آگے پیچھے کھسک رہا تھا۔ بھاری جسامت والا اسٹیشن ماسٹر جو سرخ ٹوپی پہنے ہوئے تھا، اِدھر اُدھر ٹہل رہا تھا۔ ٹہلتے ٹہلتے ٹیلی فون کے قریب بیٹھ گیا۔ وقت مشکل سے گزر رہا تھا۔ گھڑی کی سوئی جیسے ڈائل کے سات جمی ہوئی تھی۔

اسی دوران انجینئر بھی نظر آیا۔ اس کے آنے سے میں کھل اٹھا تھا اور آخر کار گاڑی نے بھی اپنے لمبے سفر کا آغاز کیا جو آہستہ آہستہ رینگتی ہوئی تیز ہونے کی کوشش کر رہی تھی اور پھر تیز سے تیز تر ہوگئی۔ پھر معمول کے مطابق زبان درازی اور کھلبلی پر آگئی۔ درخت، پہاڑیاں، ندی، نالیاں، دریا، جانور، بچے، ٹیلی فون کے کھمبے اور باغات۔۔۔

پھر گھر، اسٹیشن، پہاڑ، پل اور پھول۔۔۔ میں گاڑی کے ساتھ اپنی نظریں دوڑانے کی سخت کوشش کرتا رہا، جب کہ مجھے اندازہ تھا کہ ڈھلان، پہاڑی، مکان، کھڑی ابھی کافی آگے ہیں، لیکن بار بار ایسا محسوس ہوتا کہ اب یہ پہاڑی سلسلہ ختم ہوگا تو سب کچھ نظر آجائے گا، بس اس موڑ کے گزر جانے کے بعد۔ ایک سلسلہ ختم ہوا، دوسرا شروع ہوا، وہ ختم ہوا، تیسرا، چوتھا۔۔۔

اُف۔ آخر کار اس ڈھلان پر بھی پہنچ گیا۔ وہی مکان، وہی کمرہ، وہی کھڑکی اور وہی سرخ لباس۔ کیا یہ وہی؟ ہاں ہاں، یہ وہی ہے لیکن پھر وہی پہاڑی حائل ہوئی۔ وہی بلیک بیری کے درخت جسے میں تقریباً چھو سکتا تھا اور پھر دوبارہ وہی سب کچھ۔ مگر وہ لڑکی کہاں ہے؟ دیکھا تو سفید رومال ہاتھ میں لیے بالکونی میں انتظار کر رہی تھی۔ اس نے خوش آمدید کہنے کے لیے ہاتھ ہلایا اور میں نے بھی جواباً۔

میں سمجھ گیا کہ وہ میرے سفید دانتوں کا کیا تاثر لے رہی ہے۔ میں اپنی ٹوپی اتار کر ہلانے لگا، گاڑی تیزی سے چل رہی تھی بگھیاں ان کے پیچھے۔ لڑکی ستون سے لپٹی ہوئی ہاتھ ہلاتی رہی۔

گاڑی مزید آگے بڑھی۔

خدا حافظ محبوبہ!

واپسی پر بھر اس ستون سے چپکی ہوئی بایاں ہاتھ ہلا رہی تھی۔ اس مرتبہ کوئی سبز رنگ کی شے ہاتھ میں تھی، شاید رومال تھا۔

دن یہ دن گزرتے گئے، صبح پھر کھڑکی کھلی تھی، وہ میرے انتظار میں تھی، شام کو بھی میرا انتظار کرتی رہی۔ وہ ہاتھ ہلا ہلا کر مجھے خوش آمدید کہتی تھی، ستون سے لپٹی، مسکراتی اور رومال ہلاتی۔

گاڑی نے اپنی سرسراہٹ اور چھک چھک میں مزید زور پیدا کیا۔ زرد پتے گر رہے تھے اور ریل کی ہوا انھیں گھما رہی تھی۔

گاڑی نشیب و فراز کاٹتی ہوئی خزاں زدہ باغوں، مرجھائے پھولوں، مکانات، کمرے، کھلی کھڑکیاں، نیلے رنگ کی جیکٹ پہنی ہوئی لڑکی، ہاتھ میں کتاب، رومال یا کسی اور چیز کا لہرانا۔

میں سوچتا کہ اس کی آنکھیں کتنی پیاری ہیں۔ لمبی لمبی پلکیں، ہنس مکھ چہرہ، ہمارے درمیان حائل فاصلے کے باوجود میں یہ اندازہ کر سکتا تھا۔ کوئی بات اگر میں اپنے بارے میں دریافت نہیں کر سکتا، وہ حیرت انگیز لڑکی، طالع آزمائی کی دلدادہ اور جلدی ہراساں نہ ہونے والی، وہ میرے بارے میں کیا سوچتی ہوگی۔ یہ لڑکا سراپا، دھواں آلود، کالا سیاہ گاڑی کی سیٹیاں بجاتا ہے۔ ہاتھ ہلاتا، ٹوپی لہراتا، سفید دانت دکھاتا اور آگے بڑھ جاتا ہے۔

برف گر رہی تھی، زمین سفید چادر اوڑھے ہوئے تھی۔ پل سفید، پہاڑی سفید، درخت سفید، ڈھلانیں سفید، مکانات سفید، بند کمرے، بند کھڑکیاں۔۔۔

کھڑکی میں سے سرخ کپڑا دکھائی دے رہا تھا۔ لڑکی اندر میرے انتظار میں تھی۔ وِسل کارڈ دباتا ہوں، کھڑکی کھلتی ہے، لڑکی ہاتھ ہلاتی ہوئی پھر بالکونی کی طرف نکل جاتی ہے، ستون کے گرد لپٹ کر ہاتھ ہلاتی اور ٹرین آگے بڑھتی ہے۔ میں سوچتا ہوں، نہیں میں بول لیتا ہوں بلکہ گنگنا لیتا ہوں۔

لڑکی کا نام مایا ہے۔

اس کی آنکھیں پیاری ہیں۔

اس کی پلکیں لمبی ہیں۔

موقع پاتے ہی ہنس لیتی ہے۔

اور رخساروں میں گڑھے پڑ جاتے ہیں۔

وہ سردی سے خوفزدہ نہیں ہوتی۔ متواتر انتظار کرتی ہے۔

وہ میرے بارے میں کیا سوچتی ہوگی، یہی کہ دھویں سے سیاہ اور سفید دانتوں والا لڑکا۔

برف پگھل گئی۔ بسنی اور بنفشی پھولوں میں پھر زندگی کے آثار نمودار ہوئے۔ بہار آئی، موسم گرما آیا۔ وقت بھی اسی رفتار سے گزر رہا تھا جس رفتار سے میری ریل لیکن بے آواز۔

ریل باقاعدگی سے چل رہی تھی۔

لڑکی انتظار کرتی تھی۔ کھڑکی کھولتی اور رومال ہلاتی۔

میری ترقی ہوئی، انجینئر بنا لیکن میرا سفر وہی مغرب سے مشرق اور مغرب کی طرف لوٹتا تھا۔

میری چھٹیاں ہوگئیں جن کے لیے میں نے پہلے سے پیسے بچا رکھے تھے، میرے پاس فیشنی کوٹ تھا، ایک ٹوپی (ہیٹ) جو میرے سوٹ کے ساتھ میچ کرتی تھی اور ایک ٹائی، ایک جوڑا چرچراہٹ والے بوٹ بھی۔

میں ریل گاڑی پر سوار ہوا، مگر اس مرتبہ ڈرائیور نہیں بلکہ ایک عام سواری کی حیثیت سے۔ ہمیشہ کی طرح پھر پہاڑیوں کو دیکھنا شروع کیا، دریاؤں، پلوں، درختوں اور انگوروں کے باغات کو۔۔۔

یہ وہی ڈھلان ہے۔ لکڑیوں کا بنا ہوا گھر، کمرہ، کھڑکی لیکن وہ لڑکی کہاں ہے؟

لڑکی میرا انتظار نہیں کر رہی تھی اور نہ ریل گاڑی کا۔

گاڑی قریب ہی ایک اسٹیشن پر رکی۔ ایک پگڈنڈی جو پہاڑی کے نشیب وفراز سے ہوتی ہوئی اس

مکان کے رخ پر بچھی ہوئی تھی، میں اسی پر روانہ ہوا۔ اس کے دونوں کناروں پر پھول کھلے ہوئے تھے، میں وہاں بھی اس ملاقات کے بارے میں سوچ رہا تھا جس کے لیے مدتوں سے سوچتے آیا ہوں۔

اس آنگن میں ایک خطرناک کتا بھی تھا، لڑکی مجھے دیکھ کر حواس باختہ دوڑتی ہوئی سیڑھیوں سے نیچے اتری۔

''اندر تشریف لائیں!''

''تم کیسی ہو مایا؟''

''میں آپ کو نہیں جانتی۔''

''نہیں جانتی؟''

''نہیں۔ تم کون ہو؟''

''میں۔۔۔ میں۔۔۔ تم نہیں۔۔۔ میں ویسے ہی یہاں سے گزر رہا تھا، تو پانی پینے کی غرض سے آپ کی طرف آیا۔''

''پانی؟ ہاں، آپ تشریف لائیے۔''

میں معذرت کیے بغیر اندر داخل ہوا، وہاں کی ہر چیز مانوس لگ رہی تھی اور مجھے کہہ رہی تھی کہ معذرت کی ضرورت نہیں۔

''میں ایک منٹ میں آپ کے لیے ٹھنڈا پانی لے آتی ہوں۔'' وہ دوڑتی ہوئی اندر چلی گئی اور ایک جگ اٹھا کر واپس نکل آئی۔ وہ پانی کے لیے روانہ ہوئی کہ۔۔۔ ہلکا سا دھواں نمودار ہوا۔ گاڑی کسی گہری کھائی میں سرسر کرتی ہوئی آ رہی تھی۔ لڑکی مجھے بھول گئی، پانی اور اپنی میزبانی کو بھی۔ گاڑی مسلسل چھک چھک کرتی ہوئی قریب آ رہی تھی۔

وہ بھاگتی ہوئی سیڑھیاں چڑھی۔ کھڑکی کھولی، پھر بالکونی کی طرف گئی، ایک قدم آگے بڑھایا اور گاڑی کے آنے تک راہ تکتی رہی۔ گاڑی پہنچ تو گئی مگر صرف ایک جھلک نظر آئی، کیوں کہ اوپر کو اٹھتی ہوئی پہاڑی درمیان میں حائل ہوئی اور بلیک بیری کے درخت جو ہاتھ کی رسائی کے فاصلے پر تھے۔

گاڑی حسب معمول دوبارہ نظر آئی، لڑکی دوڑتی ہوئی اندر آئی اور ایک سفید رومال اٹھا کر نکل گئی، پھر دونوں ہاتھ ہلانے کے لیے اٹھائے، مگر اس کے ہاتھ ہمیشہ کی طرح نہیں ہل سکے اور واپس نیچے ہو گئے۔ انجن ڈرائیور کھڑکی کے ساتھ سر لگائے ہوئے میدانوں کی طرف دیکھ رہا تھا، نہ جانے کیا سوچ رہا تھا۔ ہر آدمی کی سوچ الگ ہی ہوتی ہے۔ لڑکی کے ہاتھ سے رومال گر گیا۔ وہ دوڑتی ہوئی کمرے میں داخل ہوئی۔ غالباً سرہانے کے نیچے سر دبا کر رو رہی تھی۔ میں نے رونے کی آواز سنی تو بہت احتیاط سے قدم اٹھاتے ہوئے آنگن سے باہر نکل گیا۔ اس کو خبر کیے بغیر پہاڑی سے جلدی جلدی اترا۔ گاڑی کا انتظار کیے بغیر پاسنگ کار لے کر سیدھا اسٹیشن کی طرف روانہ ہوا اور اسٹیشن پہنچ کر اسٹیشن ماسٹر سے کسی تمہید کے بغیر کہا، ''میں اپنی چھٹیاں منسوخ کر کے واپس اپنی ڈیوٹی پر آنا چاہتا ہوں۔''

بند کھڑکی کے پیچھے سے

فاطمہ یوسف العلی (کویت)

ترجمہ: قیصر نذیر خاور

فاطمہ ۱۹۵۳ء میں پیدا ہوئیں۔ قاہرہ یونیورسٹی کی تعلیم یافتہ ہیں۔ عربی میں لکھتی ہیں۔ کویت کی پہلی خاتون ناول نگار اور افسانہ نگار مانی جاتی ہیں۔ ان کی کہانیوں کا مرکزی موضوع کویتی خواتین ہوتی ہیں۔ ان کا ناول 'Faces in the Crowd' کسی کویتی خاتون کا پہلا ناول گردانا جاتا ہے۔ ان کی کہانیوں کے کئی مجموعے بھی شائع ہو چکے ہیں۔ چونکہ وہ ایک کٹر معاشرے میں رہتی ہیں، لہٰذا انھیں اپنی چھپوانے کے لیے خاصی دشواریوں کا سامنا رہتا ہے۔ اس سب کے باوجود، وہ پیچیدہ عرب معاشرے کی جنسی زندگی کو کھل کر صاف گوئی سے بیان کرنے کی ہمت بھی رکھتی ہیں۔ وہ اس علاقے میں امریکی مداخلت کی حامی نہیں ہیں اور حکایاتی انداز اختیار کرتے ہوئے اس کو تنقید کا نشانہ بناتی ہے۔

۲ اگست ۱۹۹۰ء کو عراق نے کویت پر حملہ کر کے دو دن میں اس پر قبضہ کر لیا تھا جو سات ماہ تک جاری رہا لیکن اس دوران جنوری ۱۹۹۱ء کے وسط میں امریکی سربراہی میں اقوام متحدہ کی اتحادی فوج نے عراق پر حملے شروع کر دیے جو ایک ماہ سے زیادہ جاری رہے اور بالآخر ۲۵ فروری ۱۹۹۱ء کو اس اتحادی فوج نے امریکی سربراہی میں کویت کو عراقی قبضے سے آزاد کرا لیا تھا۔ کویتی عوام نے اس غاصبانہ قبضے کے خلاف مزاحمتی تحریک بھی شروع کی تھی۔ اس تحریک کی وجہ سے بہت سے کویتی سویلین مارے گئے۔ فاطمہ یوسف العلی کی یہ کہانی اسی تناظر میں لکھی گئی ہے جو ان کے افسانوی مجموعے 'Blood on the Moon' میں شامل ہے۔ اس مجموعے میں شامل تمام کہانیوں کا پس منظر یہی جنگ ہے۔

اس افسانے کے مترجم قیصر نذیر خاور یکم اگست ۱۹۵۳ء کو لاہور، پاکستان میں پیدا ہوئے۔ سرکار کی نوکری سے بطور ڈی جی ایجوکیشن، او پی ایف، وزارت ہیومن ریسورس، پاکستان، ریٹائر ہوئے۔ افسانہ نگار، انشا پرداز اور مترجم ہیں۔ اب تک آٹھ نصابی کتب (کمپیوٹر سائنس) لکھ چکے ہیں۔ سیاست پر ایک کتاب 'انگولا سے زائر تک' بھی لکھی۔ مورا کامی کے افسانوں کے ان کے ترجموں کا انتخاب 'یک سِنگھے' (بارہ افسانے) کے نام سے شائع ہو چکا ہے۔ اس کے علاوہ نوبل انعام یافتہ ادیبہ ایلس منرو کے دس افسانوں کا ترجمہ 'جولیٹ اور دیگر کہانیاں' بھی آپ کی تصنیفات کی فہرست میں موجود ہے۔

یہ ساتویں رات تھی۔ ولی عہد اور اس سرکار کے وزیر کے درمیان ہونے والی ملاقات کسی معاہدے کے بغیر ختم ہوگئی اور اس نے پریشانی و تشویش کی انتہا کو چھولیا، بلکہ یہ کہنا زیادہ مناسب ہوگا کہ اس نے ہم سب کو پریشانی سے بھی کہیں آگے جا کر خوف میں مبتلا ہونے کا خدشہ پیدا کر دیا تھا۔ جمعرات کی صبح دوستانہ نشریات، معاندانہ، امید بھری نشریات اور بار بار کیے جانے والے اعلامیوں نے ہمیں گزشتہ سیاہ رات کے سارے واقعات یاد دلا دیے۔ یہ پہلی بار ہوا تھا کہ کویت کا نام ایسے الفاظ کے ساتھ جوڑا گیا تھا جو ہم برے خوابوں یا بخار کی بے سدھی کیفیت میں بھی نہیں سوچ سکتے تھے؛ 'دراندازی'، 'غاصب' اور 'تسلط'۔ مجھے تو یقینی طور پر ان اصطلاحوں کا درست مطلب بھی پتہ نہ تھا البتہ کسی دوسرے کے علاقے پر اچانک چڑھائی، 'غاصبانہ قبضہ' اور 'عراقی فوج کی دراندازی' جیسے الفاظ کی مجھے سمجھ تھی، کیوں کہ یہ عام خبریں پڑھنے والوں کے عمومی ذخیرۂ الفاظ کا حصہ تھے۔

میں نے جو کچھ خبروں میں سنا تھا، اس کا خلاصہ کیا اور اس کے کان میں چلا کر بتایا تا کہ وہ سمجھ سکے۔ اس کی آنکھوں میں بدحواسی اور خوف کو دیکھ کر یہ احساس ہوتا تھا جیسے اس پر بجلی گری ہو۔ میں نے اس کی جانب حرکت کی اور جب میں نے دیکھا کہ اس کی آنکھیں مجھ پر گڑی ہوئی ہیں تو میں نے اس کی گردن کو اس زور سے جھنجھوڑا جیسے کسی جانور کو ذبح کیا جا رہا ہو۔ اس کا خوف اور بڑھ گیا۔ میں یہی چاہتی تھی کہ وہ اتنی خوفزدہ ہو جائے کہ چاہے کچھ بھی ہو، اسے گھر چھوڑنے کا خیال بھی نہ آ سکے۔ میں نے اشاروں اور کچھ الفاظ کی مدد سے اسے یہ بتایا کہ ہمارے پاس زندہ رہنے کو کئی دنوں کے لیے خوراک موجود تھی اور یہ کہ اس صورت حال کا کوئی نہ کوئی حل یقینی طور پر نکل آئے گا، کیوں کہ یہ لوگ ہمارے ملک پر یوں قابض نہیں رہ سکتے اور جھوٹ موٹ یہ ظاہر نہیں کر سکتے کہ ہم لوگ موجود ہی نہیں ہیں۔ ہم دونوں کو بس انتظار ہی کرنا تھا۔ میں نے آوازوں، جو اس کی بھاری، سوجی ہوئی زبان نے منہ سے نکالی تھیں، یہ اندازہ لگایا کہ اسے اس بات کا خدشہ ہے کہ ہمارے پاس پیسے نہیں ہیں اور یہ کہ میں اپنی تنخواہ بھی وصول نہیں کر پاؤں گی، کیوں کہ مجھے کام پر جاتے ہوئے خطرہ محسوس ہوگا۔

میں نے اشاروں اور الفاظ کے سہارے اسے بتایا کہ خدا کا یقین کرو، میں جو ایک اسکول میں 'اسٹاف اسسٹنٹ' کے طور پر ایک اسکول میں کام کرتی ہوں، وہاں چھٹیاں ہیں اور یہ کہ میں پچھلے ماہ کی تنخواہ گزشتہ ہفتے

وصول کر چکی ہوں اور اگلے مہینے کے شروع ہونے پر اور اگلی تنخواہ ملنے کے دن خدا یقینی طور پر ہمارے لیے تن آسانی پیدا کرے گا۔اس کے مرجھائے ہونٹوں پر ایک ٹیڑھی مسکراہٹ کا سایہ سا آیا۔ وہ چوکڑی مار کر بیٹھی اپنی رانوں کا تکنے لگی اور متوازن آہنگ وتواتر سے خدا کی حمد وثنا میں مصروف ہوگئی گو اس کے الفاظ کی کچھ سمجھ نہیں آ رہی تھی۔لگتا تھا کہ وہ کچھ ایسے مخصوص الفاظ استعمال کر رہی تھی جو وہ خود اور اس کا خالق ہی سمجھ سکتا تھا۔

سیدھی بات ہے کہ میں نے بھی ویسا ہی کیا، جیسا میں نے اپنی ماں کو کرنے کی ہدایت کی تھی، تا کہ وہ میری ہدایات کو نظر انداز نہ کر پائے۔ میں اس کے ساتھ بیٹھ گئی اور میں کبھی ریڈیو اور کبھی ٹیلی ویژن لگاتی اور ساتھ ہی ساتھ اس نزدیکی کھڑکی سے باہر بھی دیکھتی جو مرکزی سڑک پر کھلتی تھی۔ گو کہ ریڈیو اور ٹیلی ویژن پر الفاظ کی ندیاں بہے جا رہی تھیں لیکن مرکزی سڑک اور اس سے آ کر ملنے والی ساری ثانوی سڑکیں مکمل طور پر سنسان تھیں۔ کبھی کبھار، البتہ ایک پولیس کار، فوجی گاڑی یا ایک آدھ عام گاڑی تیزی سے وہاں سے گزر جاتی لیکن مجھے وہاں کوئی عراقی نظر نہیں آیا۔ میں سوچتی کہ وہ کیسے ہوں گے؟ میں نے پہلے کچھ کو دیکھا تھا لیکن وہ حالات کچھ اور تھے۔ ان میں سے کچھ کی بچیاں بغداد اسکول، جہاں میں کام کرتی تھی، میں پڑھتی تھیں۔ یہ عراقی آدمی اسکول کے گیٹ کے پاس کھڑے اپنی بچیوں کا انتظار کرتے، ان میں سے کچھ اپنی کاروں، جن کے شیشے نیچے ہوتے، سے ٹیک لگائے بھی کھڑے ہوتے۔ یہ بالکل ویسے ہی والدین تھے جیسے کے کویتی۔ مجھے ان میں کوئی فرق نظر نہیں آتا تھا۔ اپنے عبا میں لپٹی جب کبھی کوئی عورت آ کر اپنی بیٹی کے لیے درخواست کرتی تو وہ نرم مزاجی اور انکسار کے ساتھ وہاں کھڑی ہوتی۔ جب وہ لفظ 'آئنی' برتتی تو مجھے پتہ چل جاتا کہ وہ عراقی ہے اور میں اس کی بیٹی اسے لا دیتی۔ لیکن موجودہ دست اندازی کے بعد، جب کہ مجھے اس لفظ کا صحیح مطلب بھی معلوم نہ تھا، میں سوچتی کہ کاروں سے ٹیک لگائے عراقی مرد یا عورتیں اب بھی میرے لئے 'آئنی' کا لفظ استعمال کریں گی۔

میں تقریباً ساری رات جاگتی رہی اور کھڑکی سے سڑک کو دیکھتی رہی۔ میں نے سینکڑوں بار گھڑی کو دیکھا کہ فجر کی نماز کا وقت ہوا کہ نہیں اور میں سوچتی کہ کیا کوئی یہ جرأت کرے گا کہ نزدیکی مینار پر چڑھ کر اذان دے۔ رات میں، میں نے کسی 'غاصب' کو نہیں دیکھا۔ چنانچہ میں اپنی یادداشت کے سہارے یہ جاننے کی کوشش کرتی رہی کہ ایک عراقی کی کیا خصوصیات ہوں گی لیکن میں کوئی خصوصی فرق تلاش نہ کر پائی سوائے اس کے کہ وہ کچھ الفاظ کا انتخاب مختلف طور پر کرتے تھے اور یہ الفاظ بھی خوشگواری اور اچھا اخلاق لیے ہوتے جیسے کہ 'آغاتی'، 'آئنی' اور 'بابا'۔ اگر چہ سورج کے لال تھال کا آتشیں کنارہ، جو ایک پگھلے برقی آرے کی مانند تھا، نمودار ہو چکا تھا لیکن فجر کی اذان دینے کے لیے موذن مینار پر نہیں چڑھا۔ میری ماں جہاں بیٹھی تھی وہیں سو گئی تھی اور میں نے اس پر چادر ڈالنے کو ضروری نہ سمجھا کیوں کہ موسم ناخوشگوار حد تک گرم تھا۔ میں نے اپنے گھر میں لگے اکلوتے ائیر کنڈیشنر کو بند کرنے کا فیصلہ کیا، کیوں کہ مجھے اندازہ تھا کہ میں اتنے دینار اکٹھے نہ کر پاؤں گی کہ اگلے ماہ بجلی کا بل ادا کر سکوں۔ مجھے یہ بھی خدشہ تھا کہ حکومت کو بھی شاید بجلی کی مسلسل فراہمی میں مشکلات کا سامنا ہو۔ چاہے وہ عراقیوں سے کتنے ہی خوفزدہ کیوں نہ ہوں لیکن ہر کویتی کا یہ فرض تھا کہ وہ اپنی سرکار کے ساتھ کھڑے ہوں۔ اگر چہ

کسی کو پتہ بھی نہ چلنا تھا کہ میں نے 'اے سی' بند کر دیا تھا۔ ایسا تب ہی ممکن تھا جب وہ گھر گھر تلاشی لیتے لیکن ایسا نہیں ہونا تھا۔ حقیقت تو یہ ہے کہ میں نے اب تک کسی کو بھی نہیں دیکھا تھا۔ مجھے سوچ آئی کہ اب جمعہ کی نماز کیسی ہو گی؟ مجھے ہمیشہ پتہ چل جاتا تھا کہ جمعہ کی نماز کا وقت ہوا چاہتا ہے، ایسے میں بھی جب میں نے کپڑے دھونے کی مشین لگائی ہوتی یا پھر میں اپنی بوڑھی ماں کو نہلا رہی ہوتی۔ اس کا آغاز ایک طرف سے آتی 'اللہ وا کبر' کی صدا سے ہوتا جب کہ دوسرے سمت سے 'تعریف اسی خدا کی ہے' کی آواز ابھرتی۔ پھر مختلف موذن آگے پیچھے یہی وِرد کرتے ہوئے قرانی آیات پڑھنے لگتے۔ ایسے لگتا جیسے جنت کے دروازے کھل گئے ہیں اور فرشتے حمد وثنا میں مصروف ہیں۔ اس سمے، میں، مختلف لاؤڈ سپیکروں سے ابھرتی آوازوں کو سمجھ نہ پاتی کہ ان کا مطلب کیا ہے لیکن مجھے محسوس ہوتا جیسے میرے جسم کی کثافت لطافت میں بدل گئی ہے اور میرا جسم ہوا میں تیرنے لگا ہے، اڑنے لگا ہے اور اس میں اوپر، اور اوپر اٹھتا جا رہا ہے۔ مجھے لگتا کہ میں اور بھی بہتر طور پر دیکھ اور جان سکتی ہوں اور۔۔۔ اور ان لوگوں سے بھی محبت کر سکتی ہوں جنھیں میں نے پہلے نہ تو کبھی دیکھا اور نہ ہی ان سے ملی۔ میرا یہ احساس ہر لحہ تقویت پکڑتا جاتا۔ اس جمعے کو، البتہ، علاقے میں زندگی کی وہ عمومی چہل پہل نہ تھی۔ وقفوں وقفوں سے، البتہ کچھ آوازیں ابھرتیں جیسے شہد کی مکھی کے چھتوں سے بھنبھناہٹ ابھرتی ہے۔ ان میں تال میل بھی نہ تھا۔ یہ کچھ ایسی تھیں جیسے کسی عمارت کے کھنڈر سے ابھر رہی ہوں، جس کے سوئے ہوئے مکینوں پر یہ دھم سے گر پڑی ہو۔

اور پھر ایک ہولناک آواز ایک دم سے میرے کانوں سے ٹکرائی، مجھے ایسے لگا کہ کسی نے ہتھوڑے سے میری کھوپڑی کو چیر دیا ہے۔ سارا گھر لرز اٹھا اور میرا خوف بھی بڑھ گیا۔ میں کھڑکی کی طرف لپکی۔ اوہ! یہ ایک ٹینک تھا۔ غلطی کا کوئی امکان نہ تھا۔ یہ بالکل ویسا ہی تھا جیسا کہ بہت سی فلموں میں ہوتا ہے۔ ہاں، البتہ اس پر عراقی جھنڈا بنا ہوا تھا اور ایک اس پر لہرا بھی رہا تھا۔ یہ ویسا ہی تھا جیسا میں نے ٹی وی کی اسکرین پر دیکھا تھا۔ میں پردے کے پیچھے چھپ کر آنکھ بھینچے باہر جھانکنے لگی؛ کیا اس ٹینک سے ایک عراقی باہر کودے گا؟ اگر ایسا ہوتا ہے تو کیا وہ 'بابا'، 'آغاتی' اور 'آئینی' کہے گا؟ یا پھر وہ ٹینک کی توپ سے لوگوں پر گولا داغے گا؟ کیا وہ کویتیوں کو نماز سے روکنے کے لیے آیا ہے؟ کیا خدا اس بات پر خوش ہو گا کہ کویتیوں کو جمعہ کی نماز نہ پڑھنے دی جائے؟ کیا خدا اس پر خاموش رہے گا؟ اگر وہ مسجدوں پر حملہ کرتے ہیں اور نماز ادا کرتے مردوں پر گولے برساتے ہیں تو کیا خدا ان سے 'حساب کتاب' کرے گا؟ لیکن ہمیں معلوم تھا کہ کوئی بتانے والا نہیں ہے کہ اگر خدا نے ہی کسی بندے، چاہے وہ کوئی بھی ہو، سے 'حساب کتاب' کرنا ہے تو کیا ہو گا۔

گھر ابھی تک لرز رہا تھا اور ٹینک اس چھوٹے سے چوراہے پر اپنے پیچھے کالے دھویں کے بادل بناتا چکر کاٹے جا رہا تھا۔ اس کی توپ اوپر کی طرف ابھری ہوئی تھی اور یوں گھوم رہی تھی جیسے چاروں اطراف کے لوگوں کو ہراساں کرنا چاہتی ہو۔ جب اس کی گرجدار آواز بند ہوئی اور دھویں کے بادل چھٹے تو ایک چھوٹی کار نظر آئی جو ٹینک کے پیچھے تھی۔ ٹینک کا ڈھکن اوپر اٹھا اور اس میں ایک آدمی چھلانگ لگا کر باہر نکلا۔ وہ تیزی سے کار کی جانب گیا اور فوجی انداز میں سلام کیا۔ میں نے اس کے جثے، نقش اور کپڑوں کا جائزہ لیا، وہ لازماً ایک عراقی ہی ہونا

چاہیے تھا۔ کیا وہ غاصبوں کے ٹینک سے نہیں نکلا تھا؟ لیکن میں یہ کہہ سکتی تھی کہ وہ صالح تھا جس نے ہماری سابقہ آبادی میں پرورش پائی تھی اور اب وہ ہمارا ہمسایہ ہونے کے ساتھ ساتھ کویتی انفنٹری فوج میں ایڈ جوٹنٹ تھا۔ مجھے ایسا تب بتایا گیا تھا جب دس سال پہلے وہ مجھ سے شادی کا خواہاں تھا۔ پھر میری ماں بیمار پڑ گئی اور میں نے شادی کے بارے میں سوچنا بند کر دیا تاکہ کوئی مرد اس کے لیے پریشانی کا باعث نہ بنے۔ فوجی نے ایک بار پھر سلام کیا۔ کار میں سے دو فوجی باہر نکلے اور ٹینک کے سامنے کھڑے ہو گئے۔ کار مڑی اور وہاں سے چلی گئی۔ تب پہلا فوجی ٹینک پر چڑھا اور اس نے خود کو اس کے اندر یوں اتارا جیسے وہ کسی کنویں میں اتر رہا ہو۔

مجھے حیرانی تھی کہ صالح کہاں تھا۔ کیا اس نے اب غائب ہو جانا تھا اور ہمیں ٹینکوں کا سامنا کرنے لیے چھوڑ جانا تھا؟ میں نے اسے آخری بار ایک روز قبل سورج غروب ہونے سے قبل دیکھا تھا۔ وہ سفید 'دشداشہ' پہنے دبے پاؤں جا رہا تھا۔ اس کا دشداشہ استری بھی نہیں ہوا تھا اور اس نے سر پر رومال بھی نہیں باندھا ہوا تھا۔ میں نے پہلی بار یہ جانا کہ وہ سر سے گنجا تھا۔ میں اسے یوں دیکھ کر خوفزدہ ہو گئی تھی کہ اگر ایک فوجی یوں شہری لمبے لبادے، سر کے رومال بنا بھاگا جا رہا ہو تو ہمارا دفاع کون کرے گا؟ میرے دل میں یہ سوال اٹھا کہ کیا وہ اسی کام کے لئے بھاری ماہانہ تنخواہ لیتا رہا اور رنگ برنگے اور چمکیلے تمغے کندھوں اور بازوؤں پر سجائے رہتا، جو وہ اس وقت کر رہا تھا۔

چوراہے کی طرف سے ایک لڑکا نمودار ہوا۔ اس نے، حتی الواسع کوشش کی کہ ٹینک سے دور رہے۔ اس نے چوراہے کا چکر کاٹا۔ وہ عراقیوں کو یہ بتانا چاہتا تھا کہ ان سے ممکنہ حد تک دور رہتے ہوئے مسجد جانا چاہتا تھا۔ فوجیوں میں سے ایک نے اس کی جانب دو قدم بڑھائے۔ لڑکا چلتے رہنا چاہتا تھا یا اس کا خیال تھا کہ وہ اسی طرف واپس بھاگ جائے جدھر سے وہ آیا تھا کہ فوجی نے اسے آواز دی۔ میں نے اس کی آواز سنی لیکن مجھے یہ سمجھ نہ آیا کہ اس نے کیا کہا تھا۔ بہر حال لڑکا تذبذب کے عالم میں چھوٹے چھوٹے قدم اٹھاتا فوجی کی طرف بڑھا۔ جب فوجی بھی اس کی طرف آگے بڑھا تو میں نے یہ دیکھا کہ اس کی پیٹی کے ساتھ ایک طرف ایک ریوالور اور دوسری طرف ایک بڑا سا چاقو لٹکا ہوا تھا۔ لڑکا رک گیا۔ اس نے باتوں اور ہاتھ کے اشاروں سے کچھ کہا۔ فوجی واپس ٹینک کی طرف مڑا جب کہ لڑکا اپنی جگہ ساکت کھڑا رہا۔ فوجی نے اپنے ساتھی، جو ٹینک میں گھات لگائے بیٹھا تھا، سے بات چیت کی۔ لڑکے کے دونوں ہاتھ سر پر تھے۔ فوجی اس کے پاس واپس گیا، اس نے ہاتھ میں کچھ پکڑ رکھا تھا، کیا؟ مجھے اندازہ نہ ہوا۔ جب وہ اور لڑکا ایک دوسرے کے قریب ہوئے تو فوجی نے اسے کچھ تھمایا، کیا؟ مجھے پھر بھی پتہ نہ چلا۔ لڑکے نے شکریے کے طور پر ہاتھ ہلایا۔ اس کا چہرہ زرد تھا۔ وہ مشکور بھی تھا اور اسی حالت میں وہ ایسے پیچھے ہٹا کہ گرتے گرتے بچا۔ فوجی ہنس رہا تھا۔ اس نے لڑکے کو نظر انداز کیا اور اپنے ساتھی کی طرف بڑھ گیا اور اس کے ساتھ کوئی شے آدھی آدھی بانٹی۔ وہ اسے کھاتے ہوئے ہنستے بھی رہے۔

تب مجھ یاد آیا کہ وہ لڑکا کون تھا۔ میں نے یہ سوچا بھی نہ تھا کہ وہ اتنی بزدلی کا مظاہرہ کرے گا۔ ایک دن میں ہی ہمارے مرد کیا سے کیا ہو گئے تھے؟ صالح گنجا تھا لیکن اس کا بھیجا ایسے بھوسہ بن گیا تھا جیسے وہ دھوئیں سے بھرے تہہ خانے میں نوکر ہو۔ میں اس لڑکے کی ماں کو جانتی تھی۔ وہ اس کا اکلوتا بیٹا تھا۔ وہ اسے پیدا کرنے

کے لیے لندن گئی تھی، کیوں کہ اسے خدشہ تھا کہ وہ کویت میں زندہ پیدا نہیں ہوگا۔ اس کا باپ کوآپریٹو ایسوسی ایشن کا اہلکار تھا اور اس کی ماں میونسپلٹی میں ایک وکیل تھی۔ جب وہ دوسرے لڑکوں کے ساتھ باہر نکلتا تو خود کو مور سمجھتا اور اکڑ اکڑ کر چلتا۔ جب انھیں گیند سے کھیلنا ہوتا تو اسے ہر بار کپتان ہی بننا ہوتا تھا۔ اب وہ ایک ایسی بلی کی مانند تھا جو بیت الخلا میں پھسل گئی ہو۔ جمعے کی نماز کا وقت ہوا اور جنت کے دروازوں سے آتی صداؤں کے امتزاج کے بغیر ہی گزر گیا۔ جو لوگ نماز کے لیے آئے بھی، انھوں نے مسجدوں کے دروازوں یا گلیوں میں مجمع نہ لگایا اور یوں خاموشی سے نظریں بچا کر نکل لیے جیسے کسی کے جنازے سے گھروں کو لوٹ رہے ہوں۔ اس دوران ٹینک وہیں جما رہا۔

جب رات ڈھلی تو میں ماں کے لیے کھانا بنانے میں مصروف ہوگئی۔ میں یہ بھی سوچ رہی تھی کہ آنے والے دنوں کے لیے خوراک کیسے حاصل کی جائے۔ اچانک فضا میں ایک گونج پیدا ہوئی جس کے ساتھ دھمک بھی پیدا ہوئی، ایسے جیسے کوئی شے ملبہ بنی ہو۔ ہماری کھڑکی پر سرخ شعلوں چمکے اور ان کے عکس اس کے سامنے والی دیوار پر ابھرے۔ اس سے پہلے کہ میں باہر دیکھتی، مجھے دور سے آتی فائرنگ کی آواز کے جواب میں تین گولیوں کے چلنے کی آواز آئی۔ ٹینک کے ماتھے پر لگی سرچ لائٹ جل اٹھی، جس نے رات کو دن میں بدل دیا۔ لوگ 'واکی ٹاکیز' استعمال کر رہے تھے اور اس سے پہلے کہ سکوت طاری ہوتا، بہت شور شرابا برپا ہوا۔ میں نے دیکھا کہ دوپہر کو نماز سے پہلے جہاں لڑکا کھڑا تھا، وہاں ایک سفید ڈھیر پڑا تھا۔ یہ وہیں موجود رہا لیکن کوئی اس کے پاس نہ گیا۔ ایک گاڑی آئی اور چلی گئی۔ ایک اور بھی آئی اور چلی گئی اور پھر ایک اور بھی۔ اس کے بعد سامان اور فوجیوں سے لدا ہوا ایک ٹرک آیا۔ وہ سب ٹینک کے گرد جمع ہوئے۔ ویلڈنگ والی مشعلوں کے منہ سے لال اور سبز زبانیں باہر نکلیں۔ وہ کٹائی اور ویلڈنگ کرتے رہے لیکن یہ بات واضح تھی کہ ٹینک ناکارہ ہو چکا تھا اور اسے بڑے پیمانے پر مرمت کی ضرورت تھی۔ اگلی صبح سورج نکلنے سے پہلے ہی ٹینک کے جلے ہوئے حصے اور ویلڈ کیے ہوئے حصے واضح طور پر نظر آنے لگے لیکن وہ لڑکا، نوجوان مور، اپنی ٹیم کا کپتان، اکلوتا بچہ، وہ بچہ جو لندن میں پیدا ہوا تھا، ٹینک کی ایک طرف مصلوب ہوا پڑا تھا؛ جس کے نیچے بچوں کی گیم کے ڈبے کے گتے کے ایک ٹکڑے پر آڑی ترچھی لکھائی میں لکھا تھا: ''جو بھی مقابلے کے لیے ہاتھ اٹھانے کا سوچے گا اس کا یہی حشر ہوگا۔''

سورج نکلنے سے پہلے ہی وہاں ایک اور ٹینک پہنچ گیا اور اس نے ناکارہ ٹینک کے پیچھے ذرا پرے جگہ سنبھال لی۔ یوں دونوں کے درمیان ہوا کے لیے اک راہداری سی بن گئی تھی۔

میں نے اس نئے ٹینک پر کچھ زیادہ توجہ نہ دی، کیوں کہ میرا دھیان تو لڑکے کے سر پر تھا جو ناکارہ ٹینک پر الٹا لٹک رہا تھا اور ہوا اس کے بالوں کے ساتھ اٹکھیلیاں کر رہی تھی۔ میں نے محسوس کیا کہ اس کی آنکھیں مجھے حقارت سے گھور رہی ہیں، شاید اس لیے کہ میں نے اسے مور کہا تھا۔ میں یہ سوچتی ہی رہی کہ اس کے ساتھ مزید کیا ہونے والا تھا اور یہ کہ اس کی ماں اور باپ کہاں تھے۔

دونوں ٹینکوں کا درمیانی حصہ ایک ایسی آرام گاہ بن گیا تھا جس میں فوجی کھانا کھاتے اور چائے پیتے۔ انھوں نے وہاں ایک ٹوٹا پھوٹا جال تان کر سائبان سا کھڑا کر لیا تھا۔ میں نے ان پر نظر رکھی اور میں حیران تھی کہ وہ

لڑکے کی گلتی سڑتی لاش کے پاس بیٹھے کیسے چائے کے گھونٹ بھر رہے تھے اور کھانا بھی کھا رہے تھے۔ میں نے خود سے سوال کیا کہ اگلے روز اس لڑکے کی لاش کی حالت کیا ہوگی، اور اس سے اگلے روز اس کا کیا ہوگا؟ کیا میرے اندر اسے دیکھنے کی ہمت ہوگی؟

اگلے روز میں نے اس جگہ کی طرف دیکھنے سے گریز کیا جہاں لڑکے کو مصلوب کیا گیا تھا، خاص طور پر اس وجہ سے بھی کہ فوجی اب قہقہے لگا رہے تھے، لطیفہ گوئی میں مصروف تھے اور اپنے سامنے پڑی چیزوں کو دیکھ رہے تھے۔ یہ فوجی ایک روز قبل چاق و چوبند انداز میں گھبرائے اور بوکھلائے ہوئے ادھر اُدھر دیکھ رہے تھے۔ وہ اپنے سامنے لگے ڈھیر میں سے کوئی شے اٹھاتے، اسے کھولتے اور پسند نہ آنے پر ایک طرف پھینک دیتے۔ وہ اشیا کو دیکھنے کے لیے اکٹھے ہوتے، کچھ پر حیرانی کا اظہار کرتے اور پھر ایک طرف رکھ دیتے تا کہ انھیں دوسرے والے ٹینک میں لے جاسکیں۔ لیکن پہلے والے ٹینک کا کیا بننا تھا؟ اور انھوں نے یہ ڈھیروں اشیا کہاں سے حاصل کی تھیں؟ تب میں خود کو نہ روک پائی اور میں نے اپنی گردن پہلے والے ٹینک کی طرف گھما دی۔ اس سے پیشتر کہ میں دیکھ پاتی، میرا گلا خشک ہو چکا تھا، میرا دل دھک دھک کر رہا تھا اور میرا جسم سکڑ گیا تھا۔ حیرانی کی بات یہ تھی کہ جہاں لڑکے کی لاش لٹکی ہوئی تھی، وہاں اب ایک سبز رنگ کا پرندہ الٹا لٹکا ہوا تھا جس کی گردن چاک تھی اور اس کے پَر ناکارہ ٹینک کی ایک طرف کیلوں سے جڑے ہوئے تھے۔ مجھے اپنی آنکھوں پر اعتبار نہ آیا۔ میں نے انھیں زور سے رگڑا اور اپنا سر کھڑکی کے شیشے پر دے مارا کہ یقین کروں کہ جاگ رہی ہوں اور کوئی سپنا نہیں دیکھ رہی۔ میں جاگ رہی تھی اور لڑکا اب ایک سبز پرندہ تھا جس کے پروں میں کیل جڑے تھے جو اس تغیر سے پہلے اس کے بازو تھے۔ میں نے بار بار خود سے کہا کہ میں یہ سب تصور میں دیکھ رہی ہوں؛ ایک لڑکا ایک سبز پرندے میں کیسے بدل سکتا ہے جس کی آنکھیں ویسی ہی عاجزانہ اور حقارت سے بھری ہوں جیسی میں نے ایک روز قبل اس کی لاش میں دیکھی تھیں جو ٹینک کے ساتھ ٹنگی ہوئی تھی؟ ایسا تو نہ تھا کہ مجھے بھوک لگ رہی تھی کیوں کہ میں اپنی عمومی خوراک کا ایک چوتھائی کھا کر خود کو تسلی دے لی تھی اور باقی اس لیے بچا لی تھی کہ میں اپنی ماں کو زیادہ کھانا دے سکوں۔ ایسا بھی نہ تھا کہ میں خوفزدہ تھی کہ وہ گھر میں گھس آئیں گے اور مجھ پر چڑھ دوڑتے ہوئے، سر پر ضربیں لگاتے، سیڑھیوں سے گھسیٹتے ہوئے نیچے لے جائیں گے اور مجھے تار تار کر دیں گے۔ میں نے پوری طاقت سے چلا کر اپنی ماں کو بتایا کہ ڈرنے کی کوئی ضرورت نہیں، کیوں کہ یہ تو مٹھی بھر عراقی تھے جو ان کے گھر کے باہر چوراہے پر تعینات تھے اور یہ کہ ایسا کہیں بھی ہو سکتا تھا۔ ایسا بھی نہ تھا کہ میں اس لڑکے کے لیے اداس تھی جو گزشتہ روز محتاط اور ندامت کے ساتھ جمعہ کی نماز پڑھنے کے لیے جا رہا تھا۔ اصل حقیقت تو یہ تھی کہ میں جاگ رہی تھی اور اپنے ہوش و حواس میں تھی۔ میں نے پرندہ دیکھا تھا اس کی آنکھیں دیکھی تھیں، اس کی کٹی ہوئی گردن دیکھی تھی، اس کا ایک طرف کو لٹکتا سر دیکھا تھا اور یہ سب اسی جگہ تھا جہاں لڑکا الٹا ٹنگا تھا۔ تب مجھے ایک اور جھٹکا محسوس ہوا لیکن مجھے اس پر کوئی حیرت نہ ہوئی۔

ناکارہ ٹینک کا رنگ دوسرے والے سے مختلف ہونے لگا۔ دونوں کو پیلے، سبز اور بھورے رنگوں سے

اس طرح مسخ کیا گیا تھا کہ وہ ٹینک نہ لگیں۔ دوسرے والا ٹینک تو اپنے انھی رنگوں میں تھا لیکن دوسرا جس پر سبز پرندہ ٹنگا تھا اپنے رنگ چھوڑ رہا تھا اور اُبلتی پیپ کا رنگ اختیار کر رہا تھا جس سے مجھے متلی محسوس ہونے لگی۔ میں چلمچی کے پاس گئی اور تھوکا۔ پھر میں نے ریفریجریٹر کا دروازہ کھولا اور کچھ ایسا تلاش کرنے لگی جس سے میرے منھ کا ذائقہ بدل سکے۔ مجھے انگور کے تین دانے ہی مل پائے جو خالی ہوتی ایک دراز کے کونے میں پڑے ہوئے تھے۔

مجھے احساس ہوا کہ جیسے میں بھی کھڑکی کے ساتھ جڑ دی گئی ہوں۔ میں سبز پرندے اور پیپ رنگے گلتے سڑتے ٹینک سے اپنی آنکھیں ہٹا نہ پائی۔ مجھے معلوم نہیں کہ میں کب سوئی، میں نے اپنی آنکھیں کس طرح بند کیں یا مجھے کس نے کھڑکی سے ہٹایا اور رہائشی کمرے کے ایک کونے میں ماں کے پاس اوندھے منھ لٹا دیا۔ مجھے یہ بھی نہیں معلوم کہ میں کب تک سوئی رہی۔ میں تو اس وقت تشنج کا شکار ہوئی جب دھماکوں کی لہروں نے سب کچھ ہلا کر رکھ دیا۔ ایسا لگتا تھا جیسے آسمان سے پتھروں کی بارش ہو رہی ہو جو چھت پر لگی ٹنکی سے ٹکرا رہے تھے۔ اس سے پہلے کہ میں اٹھ کر دیکھتی کہ کیا ہو رہا تھا، ایک یا دو منٹ کے لیے سب شور تھم گیا۔ پھر یک دم فوجی سائرن اور ایمبولینسوں کے ہارن بج اٹھے۔ انجنوں کا شور ہوا اور چند کاریں ایک قطار میں آ کھڑی ہوئیں۔ سپاہی جلتے ہوئے ٹینک کے گرد جمع ہو گئے۔ ان کے ہاتھوں میں آگ بجھانے والے آلات تھے جن کی کالی نالیوں سے بخارات اور کیچڑ جیسا 'فوم' مکروہ انداز میں ٹینک کے ڈھانچے کو لت پت کر رہا تھا لیکن ٹینک کو لگی آگ کسی طرح بھی قابو میں نہ آ رہی تھی۔ فوجیوں کو اپنی جانوں کا بھی خطرہ تھا، کیوں کہ ٹینک میں موجود بارود بھی پھٹ سکتا تھا۔ مجھے اس بات کی سمجھ تب آئی جب ٹینک کے اندر کا بارود پھٹ چکا تھا۔ گو کہ میں کانپ رہی تھی لیکن جب میں نے ان فوجیوں کو خوفزدگی کے عالم میں آگ بجھانے والے آلات چھوڑ کر بھاگتے ہوئے دیکھا تو میری ہنسی چھوٹ گئی۔ وہ تیزی سے خطرے والی جگہ سے دور بھاگ رہے تھے۔ وہ اس وقت تک واپس نہ لوٹے جب تک بارود کا پھٹنا بند نہ ہوا۔ اس وقت تک آگ کی شدت میں کمی آ چکی تھی اور دوسرا ٹینک بھی سیاہ ہو چکا تھا۔ وہ اپنی ہی جگہ پر بدشکل ہوا، زمین بوس ہوا، ایسے کھڑا تھا جیسے ایک بھیانک بھوت ہو۔ مجھے معلوم نہ تھا کہ ہوا کیا تھا لیکن یہ کالا بے ڈول ڈھیر بتا رہا تھا کہ اسے تاک کر کتنے طاقتور بارود سے اڑایا گیا تھا۔ میں نے خوشی کے ساتھ دعائیہ انداز میں سرگوشی کی: ''تمھارے ہاتھ سلامت رہیں۔'' کیا وہ ہاتھ ذخمی ہونے سے بچ گئے تھے یا ان کا بھی وہی حشر کیا گیا جیسا انھوں نے لڑکے کا کیا تھا؟ یہ کون ہو سکتا تھا؟ زیادہ انتظار کی ضرورت نہ تھی کیوں کہ جیسے ہی سورج نے اپنے آتشیں تنبو کو ہم پر تانا تو میرے لیے یہ جاننا آسان ہو گیا کہ یہ صالح خود تھا۔ میں نے اسے اس کے گنجے سر سے پہچان لیا تھا جسے میں زندگی میں پہلی بار دو تین دن پہلے ہی، جب وہ وردی میں نہ تھا اور سر جھکائے سست چال سے اپنے گھر کی جانب بڑھ رہا تھا، دیکھا تھا۔ میں اس کے چہرے کے نین نقش نہ دیکھ سکی کیوں کہ یہ سب برابر ہو چکے تھے۔ اس کا شکنوں بھرا سفید 'دشداشہ' خون کے لال دھبوں سے اٹا پڑا تھا۔ اس کا ہتھیار اس کی گردن سے لٹک رہا تھا اور اس کا جسم جلے ہوئے ٹینک کی توپ پر بازوؤں کے بل ٹنگا ہوا تھا۔ اس گرم دن آندھیاں کچھ کچھ وقفوں سے چل رہی تھیں۔ گو صحرا میں گرد کا کوئی طوفان نہیں تھا لیکن آسمان بھی صاف نہ تھا اور جب گرد ملی تیز ہوا چلتی تو توپ سے لٹکا ہوا یہ جسم

بسا اوقات ہوا میں آگے پیچھے ڈولتا جیسے کھیلتے ہوئے بچے درخت سے جھول رہے ہوتے ہیں۔ جب کہ باقی وقت میں جب گرد اس کے گرد بگولا بناتی تو وہ ایسا شخص لگتا جو آگ اور دھویں میں گھرا ہو اور جو اس حصار سے نکلنے کی کوشش میں تو ہو لیکن نکل نہ پا رہا ہو۔ ایک تیسرا ٹینک آیا اور وہاں کھڑا ہو گیا۔ انھوں نے دوسرے جلے ہوئے ٹینک کی مرمت کرنے کی کوشش بھی نہ کی۔ یہ مکمل طور پر تباہ ہو چکا تھا۔ تیسرا ٹینک بھی دوسرے سے ہٹ کر کچھ ایسی جگہ پر کھڑا تھا کہ فوجیوں کو بیٹھنے کے لیے جگہ مل سکے۔ انھوں نے وہاں بیٹھ کر پہلے کی طرح ہی چائے پی اور خوراک کے ڈبے نگلے جو اب وافر مقدار میں وہاں موجود تھے کیوں کہ کوآپریٹو ایسوسی ایشن کا گودام لوٹا جا چکا تھا۔ میں نے اب یہ توقع کرنا چھوڑ دیا تھا کہ وہ ایسے عراقی الفاظ، جیسے آغاتی یا آئینی جیسے شائستہ الفاظ برتتے ہوں گے۔ وہ ایسا کیسے کر سکتے تھے، جب کہ وہ میری خوراک نگلے جا رہے تھے اور میں کھڑکی کے پیچھے انھیں دیکھتے ہوئے اپنی بھوک کو مٹھی بھر چاولوں سے خاموش رکھنے کی کوشش کر رہی تھی۔ یہ وہ چاول تھے جو مجھے ایک ڈبے میں رکھے ہوئے ملے تھے جنھیں میں وہاں رکھ کر بھول چکی تھی۔ میں نے اس ڈبے کو برسوں سے نہیں کھولا تھا، کم از کم اس وقت سے نہیں جب سے ہم اس گھر میں آئے تھے۔ شاید میں نے پرانے گھر میں انھیں اس لیے بچا کر رکھا تھا کہ یہ کسی آڑے وقت میں اس وقت کام آئیں گے جب خدا چاہے گا اور مجھے ہدایت دے گا۔

میں نے اسی روز سورج ڈھلنے سے پہلے یہ بھی دیکھ لیا تھا کہ جلے ہوئے ٹینک کا رنگ بھی کالے سے، پیپ جیسے قابل نفرت زردی مائل سبز رنگ میں تبدیل ہو رہا ہے۔ مجھے اپنی آنکھوں پر یقین نہ آیا اور میں نے کہا: ''یہ ناممکن ہے۔ شاید یہ مجھے ایسا اس لیے دکھ رہا ہے کہ سیاہ ہوئے ٹینک کی جگہ بدل گئی ہے اور غروب ہوتے سورج کی شعاعیں اس سے اس رنگ میں منعکس ہو رہی ہیں۔''

اس خیال نے مجھے کچھ دیر اور کھڑکی میں کھڑا رہنے دیا تاکہ میں اس کا مشاہدہ غور سے کر سکوں۔ میں نے ہر شے کو بخوبی جائزہ لیا اور خود سے کہا: ''شاید یہ آگ بجھانے والے آلات کے بچے کھچے فوم کی وجہ سے ہے۔''

بہر حال یہ بات واضح ہو گئی کہ ٹینک کے رنگ بدلنے کا عمل ویسا ہی عمل ہے جس کے تحت صالح کا جسم بھی پروں والے اس سبز پرندے میں بدل گیا ہے جو ٹینک کی توپ پر لٹکا ہوا تھا۔ مجھے یہ یقین ہو گیا کہ وہ صالح ہی تھا کیوں کہ اس کے پر خون کے دھبوں سے بھرے ہوئے تھے، جب کہ اس کے سر کے بال یوں نُچے ہوئے تھے کہ سر گنجا لگتا تھا۔

میری توجہ سامنے والی کھڑکی کی طرف سے اس وقت ہٹی جب میں نے پچھلی طرف والی کھڑکی پر وقفے وقفے سے دستک کی آواز سنی۔ ایک نظر نہ آنے والے بندے کا ہاتھ کھڑکی میں سے کبھی روٹی لیے ابھرتا اور کبھی اس ہاتھ میں کچھ دینار ہوتے یا چینی یا پھر کھانا پکانے والا تیل کا ڈبہ۔ مجھے تعجب ہوا کہ میں بدلے میں انھیں کیا دے سکتی ہوں۔ انھوں نے مجھے بتایا کہ ان کا ایک ساتھی زخمی ہے جسے چھپنے کے لیے جگہ اور تیمارداری کی ضرورت ہے اور چونکہ ہمارے گھر سے چیک پوسٹ واضح طور پر نظر آتی ہے، اس لیے یہ ان کے مقصد کے لیے موزوں ہے۔ ان کا یہ بھی خیال تھا کہ عراقی فوجی اپنے ادر گرد کے نزدیکی گھروں کو اپنے لیے خطرناک نہیں سمجھتے تھے۔ مجھے معلوم نہ تھا کہ

میں کیا کروں۔ وہ مجھ سے صرف یہ چاہ رہے تھے کہ میں مغرب اور عشا کی نمازوں کے درمیانی عرصے میں گھر کے پچھلے دروازے کا تالا کھلا رکھوں۔

مجھے یہ کچھ زیادہ مشکل نہ لگا۔ میں نے دروازے کا تالا کھول دیا اور واپس ماں کے پاس آ گئی تا کہ اسے بانہوں میں لے کر جھلا سکوں۔ میں، اگرچہ کانپ رہی تھی لیکن مجھے ایک بار بھی یہ خیال نہ آیا کہ میں دروازے کو دوبارہ تالا لگا دوں۔ جیسے ہی موذن نے مغرب کی اذان دینے کے لیے 'اللہ ہو اکبر' کہا، دو لڑکیاں بھاری بھرکم کپڑے پہنے اندر داخل ہوئیں۔ اس سے پہلے کہ میں اٹھ کر انھیں خوش آمدید کہتی، ان کے لبادے فرش پر گر چکے تھے اور دو جوان آدمی میرے سامنے تھے۔ ان میں سے ایک جوان کے جسم پر کئی جگہیں خون آلود پٹیوں میں جکڑی ہوئی تھیں۔ اس نے کہا کہ میں اسے اَل حکم کہہ سکتی ہوں، گو یہ اس کا اصلی نام نہ تھا۔ اور یہ کہ وہ صفائی کرنے والے ایک ادارے کا مالک تھا اور وہ اس وقت زخمی ہو گیا تھا جب اس نے اپنی کمیونٹی سے چوہوں اور آوارہ بلیوں سے پاک کرنا اپنا فرض جانا۔ مجھے اس کے لیے صرف یہ کرنا تھا کہ اسے ایک کمرے میں رکھوں اور اس کی کمر اور گردن کے ان جلے ہوئے حصوں پر دن میں دو بار مرہم لگاؤں جہاں اس کا اپنا ہاتھ نہیں پہنچ پاتا۔ میں نے یہ ذمہ داری قبول کر لی۔ اس ذمہ داری کی وجہ سے میں نے خود کو آزادی کے لیے لڑنے والی سمجھ لیا تھا اور میں سخت ذہنی دباؤ کے باوجود خوش بھی تھی۔ مجھے یہ قبول کرنے میں کوئی عار نہیں کہ میں نے زندگی میں پہلی بار کسی مرد کی پشت دیکھی۔ پہلے کچھ دن تو میں جھجکی، ڈری بھی اور میرے ہاتھ اس وقت کانپے بھی جب میں روئی کو مرہم میں بھگو کر اس کی جلد پر لگاتی۔ وہ، لیکن میرے حوصلے کو بڑھاتا اور کہتا کہ زخم کو زور سے دبانے سے مت ڈرو، یوں اس سے پیپ نکل جائے گی۔ اس کے اس جملے سے مجھے چوراہے پر کھڑے رنگ بدلتے اور گلتے سڑتے ٹینک یاد آ جاتے۔ یہ ہمارے گھر سے پچاس میٹر کی دوری پر ہی تو تھے لیکن اب مجھے انھیں دیکھنے کی فرصت ہی نہ تھی کیوں کہ میں نے ایک اہم ذمہ داری سنبھال لی تھی۔

مجھے معلوم نہیں کہ کتنا عرصہ لگا تھا لیکن اَل حکم کے زخم بالآخر بھر گئے۔ اب وہ چلنے پھرنے کے قابل ہو گیا تھا اور اس کی ساری پٹیاں بھی اتر چکی تھیں۔ اس نے اپنے ساتھیوں کے پاس واپس جانے کا فیصلہ کیا۔ جانے سے پہلے اس نے مجھے ایک تحفہ دیا تا کہ میں اسے یاد رکھ سکوں۔ یہ اب بھی میرے پاس ہے اور میں اسے اپنا سب سے قیمتی اثاثہ سمجھتی ہوں۔

یہ وہ دستانے تھے جو وہ اس وقت استعمال کرتا تھا جب وہ مزاحمت کاروں میں تقسیم کرنے کے لیے بارود تیار کرنے کے لیے مختلف کیمیاوی اجزا کو آپس میں ملاتا تھا۔ ان سے ہولناک کیمیاوی بو آتی تھی لیکن میرے لئے یہ عنبر اور کستوری جیسی خوشبو تھی۔

گھر میں ایک بار پھر صرف میں اور میری ماں رہ گئے تھے۔ میں نے ایک بار پھر سوچنا شروع کر دیا کہ میں چٹخنی لگی کھڑکی کے پیچھے سے باہر جھانکنا شروع کر کے اپنا وقت گزاروں لیکن مجھ میں یہ احساس جاگا کہ مجھے باہر جانا چاہیے اور اَل حکم اور اس کے جھتے کو ڈھونڈنا چاہیے اور ان سے کوئی نئی ذمہ داری، جسے وہ مناسب گردانیں،

لینی چاہیے۔

تب میں نے دیکھا اور میں یہ نظارہ کبھی نہیں بھول سکتی جس نے ، ساری ابدیت کے ساتھ ، مجھ میں گلیوں میں نکل جانے ، خوشی سے گانے اور رقص کرنے کا سماں باندھ دیا تھا۔ جب میں نے احتیاط کے ساتھ کھڑکی میں سے جھانکا تو میں یہ دیکھ کر حیران رہ گئی کہ چوراہے پر تباہ شدہ ٹینکوں کی قطار میں واضح طور پر اضافہ ہو چکا ہے۔ شاید وہ سات تھے، یا شاید ستر، میں انھیں گن نہ پائی کیوں کہ کھڑکی ایسی جگہ پر نہ تھی کہ میں قطار کے آخر تک دیکھ سکتی۔ وہ سب پیپ زدہ تھے اور ان پر سبز رنگ کے مختلف النوع پرندے بندھے ہوئے تھے؛ جن میں کچھ نر اور کچھ مادہ تھے۔ ان میں سے کچھ تو ابھی بچے ہی تھے۔ یہ جنوری کا ایک سرد دن تھا۔ تازہ ہوا کا ایک جھونکا آیا اور اس نے پہلے سے موجود ہوا کو تر و تازہ کر دیا جب یہ ٹینکوں کی قطار پر پہنچا تو وہ آپس میں مدغم ہو کر ایک بڑے ، خوفناک ٹڈے میں بدل چکے تھے جو گل سڑ رہا تھا اور جسے دیکھ کر تے آتی تھی۔ اس کی ہیت فریبی اور قابل نفرت تھی جس نے ہم میں خوف پھیلا دیا تھا۔ ٹھنڈی باد نسیم نے اس کے پھولے ہوئے ڈھانچے کو تباہ کر دیا تھا اور اس کی جلد وہیں الگ ہو کر نیچے گر رہی تھی ، جہاں وہ کھڑا تھا۔ یہ کچھ ایسا ہی تھا جیسے سانپ کی کینچلی زمین پر پڑی ہو جس سے صحرائی ہوا کھلواڑ کرتی ہے اور اسے جھاڑیوں کے درمیان آگے پیچھے اچھالتی رہتی ہے۔ اسی دوران سبز پرندے بھی اڑ کر آسمان سے باتیں کرنے لگے۔ ان کی فردوسی چہچہاہٹ ہر طرف گونجنے لگی جسے میں تو سن ہی رہی تھی ، ہماری کمیونٹی کے ہر کونے میں بھی ان کی چہک کی بازگشت لہرانے لگی۔

بڑھیا

مریم الساعدی (ابوظہبی)

ترجمہ: ابوفہد

مریم الساعدی ۴ نومبر ۱۹۷۴ء کو ابوظہبی (متحدہ عرب امارات) کے شہر العین میں پیدا ہوئیں۔ انھوں نے جامعۃ الامارات سے انگریزی ادب میں گریجویشن کیا اور شارجہ امریکن یونیورسٹی سے شہری منصوبہ بندی میں پوسٹ گریجویشن کیا۔ اس کے علاوہ انھوں نے اسکاٹ لینڈ میں ابردین یونیورسٹی سے القدس مطالعات میں پوسٹ گریجویشن کیا۔ مریم الساعدی فی الحال شعبۂ ٹرانسپورٹ ابوظہبی سے وابستہ ہیں۔ وہ ایک ابھرتی ہوئی جواں سال قلم کار کی حیثیت سے جانی جاتی ہیں۔ اب تک ان کے دو افسانوی مجموعے شائع ہو چکے ہیں۔ پہلا مجموعہ 'مریم والحظ السعید' (مریم اور خوش بختی) ہے جو ۲۰۰۹ء میں ابوظہبی کلچر اینڈ ہیریٹیج اتھارٹی کی جانب سے قلم پروجیکٹ کے تحت شائع ہوا، اس کا ترجمہ جرمن زبان میں بھی ہو چکا ہے۔ دوسرا مجموعہ 'ابدو ذکیۃ' (میں اسمارٹ دکھتی ہوں) ۲۰۰۹ء ہی میں محمد بن راشد فاؤنڈیشن نے اکتب پروجیکٹ کے تحت شائع کیا۔ زیرِ نظر ترجمہ ان کی کہانی 'السیدۃ العجوز' کا ہے جو قدیم اور جدید دنیا کے دعووں اور حاصلات کی حقیقی تلاش سے عبارت ہے، جہاں ایک بوڑھی عورت اپنے جدید تہذیب یافتہ بچوں کے لیے شرمندگی کا سبب بن جاتی ہے۔

سب اسے 'بڑھیا' کہہ کے ہی بلاتے تھے، یہاں تک یہ اس کی اپنی اولاد بھی اسے اسی نام سے پکارتی تھی۔ وہ عمر دراز عورت تھی، اگلے وقتوں کی عورت۔ اس کے کپڑوں میں بکریوں کی بُو بسی رہتی تھی اور پرانے صندوق کا زنگ بھی۔ اس نے اس طرف کبھی دھیان ہی نہیں دیا تھا کہ اس کو خوب صورت بھی نظر آنا چاہیے۔ اس کی

ظاہری حالت بدنما لگتی ہے یا خوش نما لگتی ہے، اس نے اس طرح کبھی سوچا ہی نہیں تھا بلکہ اسے تو اس بات ہی میں شک تھا کہ اس کا اپنا کوئی ظاہر ہے بھی۔ وہ ان عورتوں میں سے تھی جو زیادہ بچے پیدا کرتی ہیں، اپنے شوہروں کو اپنا چہرہ دکھائے بغیر؛ کیوں کہ چہرہ بھی تو عورت (چھپانے کی چیز) ہے۔ وہ ان عورتوں میں سے تھی جو اپنے خاوند کو ان کے نام سے نہیں پکارتیں، ان کے لیے اتنا جاننا ہی کافی ہوتا ہے کہ وہ مرد ہیں اور ان کے خاوند۔ ان کے ذہن میں ایک لمحہ کو بھی یہ خیال نہیں گزرتا کہ اس کے علاوہ بھی ان کی کوئی حیثیت ہے کہ وہ کسی کی بیویاں ہیں اور کسی کی مائیں یا پھر نشان زد بکریوں کے ریوڑ کی مالکن۔ وہ دیہی علاقے میں رہتی تھی جہاں تا حد نگاہ صحرا کا دامن پھیلا ہوا تھا، جہاں ریت اور پیاس کے سوا کچھ نہ تھا۔ اس کے خیمہ میں چھوٹے چھوٹے بچے ہر دم دھما چوکڑی مچائے رکھتے تھے۔ گلی گلیاروں میں چھاؤں اترنے سے پہلے وہ بکریوں کا دودھ نکال کر فارغ ہو جایا کرتی تھی۔ اس کی روٹیوں میں چولھے کی راکھ کی بُو ہوتی تھی۔ شام کے جھٹ پٹے میں یہ اس کا دل پسند مشغلہ تھا؛ گرم، سخت اور بار بار لوٹ کر آنے والے ہر دن کے بعد۔۔۔ نہیں۔۔۔ یہ کچھ ایسا سخت بھی نہیں تھا اور بار بار لوٹ کر بھی نہیں آتا تھا۔ یہ بس ایک ہی دن تھا، صرف اور صرف ایک دن۔ وہ صرف اتنا ہی جانتی تھی کہ سب دن ایسے ہی ہوتے ہیں؛ سخت اور گرم۔ اس کی بکریاں اس کی بیٹیوں کی مانند تھیں بکرے بیٹوں کی طرح، جنھیں وہ ان کے ناموں سے جانتی تھی، رنگوں سے بھی اور شکلوں سے بھی۔ وہ اس کے لیے اس کے اپنے بال بچوں سے بھی زیادہ پیاری تھیں۔ ان دنوں اس کی مکمل شناخت اور تعارف یہ تھا کہ وہ 'بیوی' تھی۔ اس کے بچوں کو بھی اس کا نام تبھی معلوم ہو سکا جب انھیں اس کی موت کے دستاویزات بنوانے کی ضرورت پیش آئی۔ 'خاوند' سے اس کا تعلق بس بے نام سا ہی رہ گیا تھا۔ زیادہ تر دنوں کے درمیان اپنی اپنی بکریوں کو لے کر چپقلش رہتی تھی لیکن آخر میں اس کی حیثیت یہ تھی کہ وہ ایک 'خاوند' تھا اور اس کی یہ، کہ یہ ایک 'بیوی' تھی۔ دونوں ایک دوسرے الگ نہ رہ سکتے تھے۔

جب بچے بڑے ہوئے تو انھوں نے اسے ایک 'بڑھیا' کی حیثیت سے پہچانا۔ خاوند کی عرصہ ہوا موت ہو چکی تھی۔ اب اس کے لیے ایک گھر ہونا ضروری تھا۔ لڑکے سب کے سب بڑے ہو گئے تھے اور اتنی دور چلے گئے تھے کہ اس کے لیے ان کی خیر خبر لینا بھی آسان نہ تھا۔

بڑا بیٹا فوج میں اعلیٰ عہدے پر تھا، اس سے چھوٹا محکمۂ پولیس میں بڑے منصب پر فائز تھا، منجھلا سرکاری ادارے میں قابل قدر عہدے پر تھا، اس سے چھوٹا یونیورسٹی میں استاد تھا اور سب سے چھوٹا تعلیمی دورے پر گیا ہوا تھا اور ابھی تک واپس نہیں لوٹا تھا۔ لڑکیاں سب اپنے اپنے گھروں کی ہو گئی تھیں۔ وہ بھی عالیشان گھروں میں تھیں۔ بڑھیا نے اپنا خیمہ چھوڑنے سے انکار کر دیا تھا۔ لوگ اس کے بیٹوں کو نام دیتے تھے کہ وہ اپنی ماں کی دیکھ بھال نہیں کرتے۔ ان کے سامنے جب بھی اس کا ذکر آتا، وہ پسینہ پسینہ ہو جاتے۔ انھیں ہر دم یہ خیال ستاتا تھا کہ وہ اس سے کس طرح بری الذمہ ہو سکیں گے اور بدنامی کے داغ کو کس طرح دھو پائیں گے۔ وہ اس کو اپنے ساتھ رکھنے پر اصرار کرتے رہے، شہری زندگی کی آسائشیں گنا گنا کر اسے رغبت دلاتے رہے؛ ٹھنڈا پانی، ایئر کنڈیشن کمرے، نرم بستر اور عالیشان مکان۔۔۔ اور فرمانبردار بیٹے جو اس کی برسوں کی حرماں نصیبی کا بدلہ چکائیں

گے۔۔۔اور۔۔۔اوراس کے اپنے پوتے پوتیاں جو ہمیشہ اس کے اِرد گرد ٹھمکتے پھریں گے۔ انھوں نے یہ وعدہ بھی کیا تھا کہ وہ ہر ہفتہ گاؤں جا کر اپنی بکریاں دیکھ آیا کرے گی۔

آخر کار وہ ان کی ترغیبات کے سامنے جھک گئی۔

سب سے بڑے بیٹے کا گھر ساکت تھا۔ کمرہ بھی ساکت تھا، بستر بھی اور در و دیوار بھی ساکت تھے۔ ٹھنڈے اور خاموش؛ یہاں تو ہر شے پر جیسے سکوت طاری تھا، اسے لگا کہ اس کی اپنی بھی آواز ختم ہوگئی ہے۔ یہاں اس کی بکریاں بھی نہیں آنے والی تھیں کہ وہ ان کے ساتھ بات کر سکے، پوتے پوتیوں کی تو وہ شکلیں بھی نہیں پہچان پائی تھی، کیوں کہ وہ سب مدرسے چلے گئے تھے اور پھر واپس نہیں لوٹے تھے۔ اسے خادمہ پر گمان ہوتا کہ وہ اس کی بہو ہے، تاہم اس کو تعجب ہوتا تھا کہ وہ عربی کیوں نہیں جانتی۔

جب سردی بڑھ گئی تو اس نے دوسرے بیٹے کے گھر جانے کی خواہش ظاہر کی۔ اس کے بعد منجھلے کے گھر، پھر چوتھے اور پھر پانچویں بیٹے کے گھر، پھر بڑی بیٹی کے گھر، پھر دوسری اور پھر تیسری بیٹی کے گھر۔ یہ سب گھر ایک جیسے تھے، ٹھنڈے اور خاموش، نہ حرکت نہ زندگی۔ اس نے اپنی بکریوں کے پاس جانا چاہا لیکن وہ سب ایک ایک کر کے مر چکی تھیں۔ وہ انھیں ہفتے میں ایک بار دیکھ سکی نہ مہینے میں اور نہ ہی سال بھر میں، جیسا کہ اس کے بیٹوں نے وعدہ کیا تھا۔ ایک بوڑھی عورت جس سے راستے میں اچانک ملاقات ہوگئی تھی، اس نے اسے بتایا کہ تمام بکریاں مرگئی ہیں۔ ظاہر ہے کہ اسے یقین نہ ہوا، اسے خیال گزرا کہ بکریاں اس نے چوری کر لی ہوں گی۔ وہ خود جا کر تحقیق کرنا چاہتی تھی۔ وہ سڑک پر نکل آئی۔ وہ اپنے خیمہ میں جانا چاہتی تھی، اپنی بکریوں کے پاس۔ لال والی بکری بچہ دینے والی تھی، وہ دیکھنا چاہتی تھی کہ اس نے کیسا بچہ جنا ہے، بکرا یا بکری؟ ہوسکتا ہے کہ دو بچے جنے ہوں، سرخ سرخ یا کالے کالے یا پھر بالکل سفید۔ ہوسکتا ہے کہ دونوں ہی رنگ کے ہوں۔ ان کو دیکھنا ضروری تھا۔ چھوٹی بکریوں کو کئی طرح سے تکلیف پہنچتی ہے، بڑی بکریاں بھی توجہ چاہتی ہیں۔ وہ ایک عرصے سے ان سے دور ہے، اس نے کچھ بھی تو نہیں دیکھا ہے۔

اب لوٹنا ضروری ہے۔ اس نے اپنا وہی پھٹا پرانا عبا پہن لیا، وہ بکریوں کو دیکھنا چاہتی تھی۔ راستے کے درمیان جب وہ لوگوں کے ہجوم سے گزر رہی تھی، اس کی بیٹی کی پڑوسن نے اسے پہچان لیا اور اسے اس کی بیٹی کے گھر لے گئی۔ اس نے کہا: ''یہ راستے کے درمیان اس طرح کھڑی تھی جیسے ہوا کے دوش پر تنکا۔''

پڑوس کے بچے زور زور سے ہنسنے لگے۔ وہ چڑانے لگے: ''ایسے دکھ رہی تھی جیسے گپھاؤں میں رہنے والی ڈراؤنی چڑیل۔''

جدید تہذیب کی پروردہ بہو نے اس کے کپڑوں پر ایک طائرانہ نظر ڈالی، اس کے کپڑوں میں پیوند لگے ہوئے تھا، اس کا عبا چھن چکا تھا۔

''استغفر اللہ! تمھاری ماں کا تو پورا جسم نظر آرہا ہے، بڑھیا کو ذرا بھی شرم نہیں آتی۔''

اس کے متعلق ہر کسی کی مختلف رائے تھی، تاہم ایک بات سب کہتے تھے۔ ''تو نے ہمیں لوگوں میں رسوا

کر دیا۔ اے بوڑھی عورت، اللہ تجھے معاف کرے۔''

بڑھیا اپنے کمرے میں آ گئی جو مکان کے عقبی حصے میں تھا۔ اس کی بہو نے نئے کپڑے لا کر دیے اور بیٹے نے نئے جوتے، بیٹی نے ایک خوب صورت سا عبا لا کر دیا، جب کہ دوسرے بیٹے کی بیوی نے قسم قسم کے عطر اور ایک عدد نیا برقعہ خرید کر دیا۔ انھوں نے خادمہ سے کہا کہ اس کو تازہ کھانا کھلائے، اس کے کمرے کی صفائی کرے اور سردی سے بچنے کا انتظام کرے۔ انھوں نے اس کے لیے اصلی شہد بھی خرید کر دیا تا کہ اس کو پیے اور صحت مند دکھائی دے۔ اس کے لیے ایک خاص خادمہ کا بھی انتظام کر دیا گیا جو رات دن کے شش پہر اس کی ضروریات کا خیال رکھے۔ بڑھیا نے تمام چیزیں پاس میں پڑے خالی صندوق میں ٹھونس دیں اور اپنے وہی پیوند لگے کپڑے اور پھٹے پرانے جوتے نکال لیے اور انھیں سینے بیٹھ گئی۔ اور عبا اپنے اسی پرانے صندوق میں رکھ دیا، جس میں زنگ کی مہک، بکریوں اور پرانے خیمے کی بُو اور اس کے خاوند کی خوشبو رچی بسی تھی۔

لوگوں کو یقین ہو گیا کہ اس کے بیٹوں نے اس کا خیال رکھنے میں کوئی کمی نہیں کی ہے، بڑھیا خود ہی پراگندہ طبیعت کی ہے۔ جب لوگ اس طرح کے خیالات کا اظہار کرنے لگے تو اس کے بچوں کو ذرا راحت کا احساس ہوا اور دل کا بوجھ ہلکا ہو گیا۔

بڑھیا اپنے کمرے میں محصور ہو کر رہ گئی، اب وہ بہت کم ہی باہر نکلتی تھی، اس کی خلوت میں اب کوئی مخل نہیں ہوتا تھا سوائے اس خادمہ کے جو اس کے لیے کھانا لاتی تھی اور وہ اس کو ہر مرتبہ واپس دیا کرتی تھی، اس نے ان کا کھانا کبھی نہیں کھایا تھا۔

''منحوس بڑھیا! اللہ اس کے بچوں کو صبر دے۔'' خادمہ زیر لب بڑبڑاتی اور پیر پٹختی ہوئی کمرے سے نکل جاتی ہے۔

''بڑھیا کیا کھاتی ہے؟'' ایک دفعہ اس کے بیٹے کو دوپہر کے کھانے پر خیال آیا تو اس نے خادمہ سے یوں ہی پوچھ لیا۔

''سوکھا دودھ پیتی ہے اور سوکھی روٹیاں کھاتی ہے جو اس کے بوسیدہ صندوق میں جمع ہیں۔''

بیٹے نے تعجب خیز انداز میں سر کو جنبش دی اور کھانے میں مصروف ہو گیا۔ بہو دل ہی دل میں اللہ سے دعا مانگنے لگی کہ اللہ اس کو اس عمر تک نہ پہنچائے کہ وہ اپنے بیٹوں کے لیے عذاب بن جائے اور انھیں عوام الناس میں رسوا کرے۔

خادمہ نے بھی بڑھیا کے ساتھ سونا چھوڑ دیا تھا، وہ ہر وقت بولتی رہتی تھی، نیند میں بھی بڑبڑاتی تھی، معلوم نہیں کیا کیا بکتی رہتی تھی، کبھی اپنی بکریوں کو پکارتی، کبھی اپنے خاوند کے ساتھ لڑتی جھگڑتی اور کبھی بچوں کو آواز دینے لگتی کہ وہ شام ہونے سے پہلے پہلے گھر آ جائیں۔

بڑھیا اللہ کو پیاری ہو گئی۔ تجہیز و تکفین کا سارا سامان تیار تھا، تعزیت گاہ کا دروازہ لوگوں کے لیے کھول دیا گیا تھا۔ بہت سارے لوگ جمع ہو چکے تھے، بڑے بڑے گھرانوں سے تعلق رکھنے والے بچوں کے متعلقین،

پڑوسی، آفس کے ساتھی، پڑوس کی عورتیں، سہیلیاں، پوتیوں کی سہیلیاں اور پوتوں کے دوست جواب اپنے اپنے مدرسوں سے واپس آ چکے تھے۔ یہاں تک کہ وہ بیٹا بھی جو تعلیمی دورے پر گیا ہوا تھا، لوٹ آیا تھا تا کہ اپنے بھائیوں کے ساتھ مل کر وہ بھی میت میں آنے والوں کا استقبال کر سکے۔

''اگر وہ والدہ کے دفن میں شریک نہ ہوا تو لوگ ہمارا چہرہ نوچ لیں گے۔'' اس کے بھائیوں نے سوچا۔

مگر ایسا کچھ نہیں ہوا۔ سب کچھ ٹھیک ٹھاک اور من مطابق ہوتا رہا۔ لوگوں نے کسی کا بھی چہرہ نہیں نوچا اور بڑھیا کو منوں مٹی کے نیچے بڑے اہتمام اور عز و شان کے ساتھ دفنا دیا گیا۔

مہرسکوت

ابرہام یہوشوا (اسرائیل)

ترجمہ: زینت حسام

ابرہام یہوشوا (A.B. Yehoshua) عبرانی زبان کے جدید فکشن کے اہم ترین نمائندوں میں سے ایک ہیں۔ ان کے ناولوں اور کہانیوں کو کہانی کے فن پر ان کی بے پناہ گرفت اور انسانی نفسیات کے گہرے ادراک کے باعث مغربی قارئین اور نقادوں کی متفقہ تحسین حاصل ہوئی ہے۔ لیکن یہوشوا کی کہانیاں محض کرداروں کے نفسیاتی مطالعے سے کہیں بڑھ کر ہے۔ ان میں روزمرہ کی تفصیلوں کا فنکارانہ استعمال، لفظوں کا محتاط اور حساس انتخاب اور جملوں کی ساخت کا شاعرانہ ہنر ان کہانیوں کو پڑھنے والے کے لیے ایک بھرپور جمالیاتی تجربے میں تبدیل کر دیتا ہے۔

یہوشوا حیفہ یونیورسٹی میں ادبیات کے استاد ہیں۔ ان کے کئی ناول اور کہانیوں کے مجموعے انگریزی زبان میں شائع ہو چکے ہیں۔

زینت حسام کراچی میں رہتی ہیں۔ 'پاکستان انسٹی ٹیوٹ آف لیبر ایجوکیشن اور ریسرچ' میں سینئر ریسرچ ایسوسی ایٹ ہیں۔ روزنامہ 'ڈان' اور 'دی نیوز' سے وابستہ رہ چکی ہیں۔ فارسی زبان پر اچھی خاصی دسترس رکھتی ہیں۔ انھوں نے عربی اور فارسی فکشن کے ترجموں پر زیادہ توجہ دی ہے۔ اجمل کمال کے ساتھ وہ انگریزی میں 'City' نام کا ایک مجلہ بھی شائع کرتی تھیں جو غالباً چار شمارے آنے کے بعد بند ہو گیا۔

کل وہ پھر رات گئے لوٹا اور میری نیند کا خیال کیے بغیر کھٹ پٹ کرتا اندر داخل ہوا۔ خالی مکان اس

کے قدموں کی آہٹ سے گونجتا رہا۔ ہال کی بتیاں روشن کیے، وہ دیر تک کاغذات الٹ پلٹ کرتا رہا۔ لگتا تھا یہ ہنگامہ کبھی ختم نہ ہوگا۔ بالآخر خاموشی چھا گئی اور میں بڑھاپے کی کچی اور مبہم نیند میں لوٹنے کی کوشش کرنے لگا۔ اور پھر یہ بارش — تین ہفتے ہو چکے ہیں اس بارش کو برستے ہوئے۔ پانی کی برستی ہوئی چادریں کھڑکی سے مسلسل رگڑ کھاتی رہتی ہیں۔

وہ رات کو کہاں جاتا ہے؟ معلوم نہیں۔ ایک دفعہ میں نے دور تک اس کا پیچھا کیا۔ لیکن ایک پرانا واقف کار — ایک لاعلاج قسم کا نثر نگار — گلی کے نکڑ پر ٹکرا گیا اور اس نے مجھے دیر تک اٹکائے رکھا۔ لڑکا اس اثنا میں گلیوں کی بھول بھلیوں میں گم ہو چکا تھا۔

بارشیں اس میدان کو کولتار، ریت اور پانی کی دلدل میں تبدیل کرتی جا رہی ہیں۔ سردیوں میں تل ابیب: شہر جس میں پانی کی نکاسی کا کوئی انتظام نہیں، کوئی راستہ نہیں۔ جگہ جگہ جھیلیں ابھر آئی ہیں۔ اور دور گندا، مٹیالا، گرجتا ہوا سمندر، بڑھتے ہوئے شہر سے پسپائی اختیار کرتا ہوا، صرف ایک پس منظر میں بدل گیا ہے۔

ابھی شام کے پانچ بھی نہیں بجے اور کھڑکیاں سرمئی دھند میں ڈوبی چلی جا رہی ہیں۔ وہ کیا تھا؟ واہمہ؟ خواب؟ ساحل سے کچھ فاصلے پر، وہ میری نظروں کے عین سامنے کھڑا تھا۔ اس کا سراپا بالکل واضح تھا۔ میرا خیال ہے اس کی آغوش میں سیاہ پرندے تھے، جن کی پھڑ پھڑاہٹ کو وہ نرم ہاتھوں سے دبانے کی کوشش کر رہا تھا۔ اس کے چہرے پر مسکراہٹ دیکھ کر میں حیران تھا۔ اس نے مجھ پر ایک گہری نظر ڈالی اور دھیمے سے مسکرایا۔

دوسرے کمرے سے اس کی خراٹوں کی آواز آ رہی ہے، اور میں جانتا ہوں اب مجھے نیند نہیں آئے گی۔ کل ایک اور کشتی کی روانگی ہے، یا شاید پرسوں، اور مجھے امید ہے آخر کار میں اس پر سوار ہو جاؤں گا اور پھر یہ درد زائل ہو جائے گا۔ میں جانتا ہوں، مجھے صرف اس لمحے تک اپنا وقار، اپنا ضبط برقرار رکھنا ہے۔ صرف بیس گھنٹے اور۔

گو کہ وہ اس وقت میری نظروں کے سامنے نہیں ہے، لیکن مجھے معلوم ہے وہ سو رہا ہے۔ دل پر ہاتھ، بند آنکھیں، کھلا دہانہ، ہموار سانسیں۔

پہلے میں بتاتا چلوں کہ وہ دیکھنے میں کیسا ہے۔ میں اس کا نقشہ کھینچ سکتا ہوں کیوں کہ گو وہ ابھی سترہ برس کا نہیں ہوا، اس کے نقوش میں ٹھہراؤ آ گیا ہے۔ کافی عرصہ پہلے ہی مجھے احساس ہو گیا تھا کہ اس کے خط و خال ساکن ہو گئے ہیں جیسے ان میں اب کوئی تبدیلی نہیں آئے گی — وہ اب کبھی نہ بدلے گا۔

اس کے خفیف سے ڈھلکے ہوئے کندھے، عجز سے آگے کو جھکا ہوا خشم آلود جسم، سپاٹ سر۔ اس کا چہرہ: کھردرا، موٹا، بھدا؛ رخسار اور پیشانی پر نکلتے ہوئے مہاسے، ڈاڑھی کی آمد کا پتہ دیتی ہوئی سیاہ روئیدگی، چھوٹے، گھٹے ہوئے بال اور اس کی عینک۔

مجھے اچھی طرح معلوم ہے — بلکہ میں پہلے ہی سے یہ اعلان کیے دیتا ہوں — کہ لوگوں کا خیال ہے

کہ وہ غبی ہے، کند ذہن ہے۔ یہ اس کے بارے میں عام رائے ہے، اور میری بیٹیاں اس سے متفق ہیں۔ جہاں تک میرا تعلق ہے میں اس حقیقت کو تسلیم کرتا ہوں کیوں کہ اس میں ایسی کوئی بات نہیں جس سے میرے بارے میں انکشاف ہوتا ہو، یا میرے حواس کی صحت پر کوئی شک پیدا ہوتا ہو۔ میں نے اس موضوع پر کافی سائنسی مواد پڑھا ہے، اور میں تم کو یقین دلاتا ہوں کہ یہ محض ایک حادثہ ہے۔ اور پھر وہ مجھ سے قطعی مشابہت نہیں رکھتا، سوائے ایک خاص وحشی پن کے، ہم دونوں میں کوئی قدر مشترک نہیں۔ لہٰذا مجھے کوئی خوف نہیں۔ اور مجھے اس بات پر اصرار ہے کہ وہ ایک بورڈر لائن کیس ہے۔ وہ خرد و جنوں کی مبہم سرحد پر منڈلا رہا ہے۔ ثبوت؟ اس کی آنکھیں۔ میں وہ واحد شخص ہوں جسے اس کی آنکھوں میں آنکھیں ڈالنے کے کئی مواقع پیش آئے ہیں، اور میں کہہ سکتا ہوں کہ اس کی آنکھوں میں کبھی کبھی (شاذ و نادر، مجھے اقرار ہے) ایک الاؤ سا روشن ہو جاتا ہے۔ اور اس لمحے اس کی آنکھوں میں ایک ایک پُرتاثیر چمک، ایک گمبھیر قوت سی لپک جاتی ہے۔

اور، صرف اس کی آنکھیں ہی نہیں۔

وہ میری زندگی میں بڑی دیر بعد پیدا ہوا۔ حادثاتی طور پر، غلطی سے، کسی ملعون معجزے کے تحت۔ کیوں کہ ہم دونوں — میں اور اس کی ماں — اس وقت بڑھاپے کی دہلیز پر تھے۔

وہ وقت مجھے اچھی طرح یاد ہے، اس کی پیدائش سے پہلے کا وقت۔ وہ ایک نرم و نازک سی بہار تھی، طویل، مسحور کن بہار۔ اور میں ایک شاعر، جس کے پانچ مجموعے چھپ چکے تھے، اور جس نے کبھی نظمیں نہ کہنے کا عہد کر لیا تھا۔ ایک قطعی فیصلہ۔ یقین کامل کے ساتھ، گہری مایوسی میں کیا گیا ایک اٹل فیصلہ۔ یہ میری زندگی کی وہ بہار تھی جب میں نے اپنے آپ سے اس حقیقت کا اعتراف کیا کہ اب مجھے خاموش ہو جانا چاہیے۔

میں دھن بھول چکا تھا۔

میرے قریب ترین دوستوں نے پہلے ہی مجھے طعنے دینے شروع کر دیے تھے۔ میری ہمتیں پست کر دی تھیں۔ میں جو نظم کہتا وہ رد کر دیتے۔ نوجوان شاعروں اور ان کی جدید شاعری نے مجھے پریشان کر دیا تھا، پاگل بنا دیا تھا۔ میں نے چوری چھپے ان کی نقل کرنے کی کوشش کی اور بدترین نظمیں کہیں۔ ''ٹھیک ہے،'' میں نے خود سے کہا، ''میں اب خاموش ہو جاتا ہوں۔۔۔'' اور پھر کیا ہوا؟ اس کا نتیجہ یہ نکلا کہ ہمارے روزمرہ کے معمولات میں فرق آ گیا۔ کبھی ہم سرِ شام ہی سونے کے لیے لیٹ جاتے، اور کبھی پُرہجوم کیفوں میں رات گئے بیٹھے رہتے! فضول تقریریں، بے معنی بحثیں؛ یا پھر عمر رسیدہ فنکاروں کے ساتھ شامیں مناتے، فنکار جو عزت اور شہرت کی آس لگائے موت کی دہلیز پر بیٹھے تھے۔

وہ طویل، خوشگوار بہار، وہ سبک ہوائیں، وہ کھلے ہوئے غنچے۔ اور میں سڑکوں پر آوارہ پھرتا، بے چین روح کی طرح بھٹکتا۔ نشے میں دُھت ہونے کی کوشش کرتا، اور سب کے سامنے اپنے ہمیشہ کے لیے خاموش ہو جانے کے عہد کو دہراتا۔ شاعری کو برا بھلا کہتا، کہتا اب تو مشینوں کے ذریعے نظمیں تیار کرنے کا زمانہ آ گیا ہے، پُرتضحیک لہجے میں دیر تک ہنستا، اور اپنی کمزوریوں کا اعتراف کرتا۔ اور رات میں اخبارات کے مدیروں کو پبلک

ٹرانسپورٹ جیسے غیر اہم موضوعات پر خط لکھا کرتا، الفاظ کے موتی بٹھاتا، جملوں کو سجاتا بناتا۔

اور پھر اچانک یہ غیر متوقع حمل۔

شرمناک بات۔

گرمی کے اوائل میں ہمیں اس کا پتہ چلا۔ پہلے کافی دن تو ہم نے شام ڈھلے تک چہل قدمی کر کے گزارے۔ پھر خود کو گھر میں قید کرلیا۔ اور پھر اس بات پر شرمندہ ہونے لگے۔ پہلے ہم نے اپنی بیٹیوں سے معذرت چاہی جو اپنی عمر رسیدہ ماں کے بڑھتے ہوئے پیٹ کی طرف خوف سے دیکھتیں؛ اور پھر رشتے داروں سے، جو نظریں نیچی کیے نوزائیدہ بچے کو دیکھنے آئے۔

(اس کی پیدائش وسط سرما میں ایک منجمد کر دینے والے دن وقوع پذیر ہوئی۔ باغ کی گھاس برف سے ڈھکی ہوئی تھی۔)

اب ہم بچے کے ساتھ قید ہو گئے۔ (لڑکیاں بچے کا ایک کام نہ کرتیں اور جان بوجھ کر زیادہ وقت گھر سے باہر گزارتیں۔) ہم دونوں ایک دوسرے سے بات کرنا چاہتے تھے، ایک دوسرے سے کہنا چاہتے تھے کہ "دیکھو، یہ کتنی خوشگوار بات ہوئی ہے۔ یہ بچے کی پیدائش۔۔۔" لیکن اس میں کوئی شک نہیں کہ ہمارے دل اس میں نہ تھے۔ اور پھر دوبارہ وہی معمول، نیند اور نشے میں چور، رات گئے گھر آنا۔ گھر کی دیوار پر چنار کے لپٹتے ہوئے سائے، اور کمروں میں بندھی الگنیوں پر لٹکے ہوئے گیلے اور بھاری پوتڑے! کتنا پژمردہ کر دینے والا ماحول تھا۔ ہم جی رہے تھے یا جیسے خود کو پیروں پر گھسیٹ رہے تھے۔

آہستہ آہستہ بچہ بڑا ہونا شروع ہوا، نشوونما کے ہر مرحلے میں سست۔ وہ میرے بستر کے ساتھ لگے جھولے میں بے حس پڑا رہتا۔ جب میں وہ دن یاد کرتا ہوں تو اس کی سرمئی، چڑیا کے بچے کی سی پتلی، کپکپاتی ٹانگیں نظروں کے سامنے گھومنے لگتی ہیں۔

پہلی دفعہ اس وقت شک ہوا جب وہ تین سال کا ہونے کو تھا۔ پہلے پہل لڑکیوں نے اس موضوع کو اٹھایا، میں نے نہیں۔ اس کی جسمانی حرکات سست تھیں، وہ بری طرح ہکلاتا تھا، لہٰذا میری بیٹیوں نے اسے ذہنی پس ماندہ قرار دیا۔ دوست احباب آتے، اس کو دیکھتے اور اس میں ان نشانیوں کو تلاش کرتے تاکہ اس بات کی تصدیق کر سکیں جو آج تک ہمارے منہ سے نہ نکل پائی تھی۔

مجھے اس کی زندگی کا وہ حصہ اچھی طرح یاد نہیں۔ میں اس تمام عرصے میں اس کی ماں کی بیماری میں الجھا رہا۔ وہ تیزی سے گھلتی جا رہی تھی۔ بچے کی پیدائش کے بعد اب اس میں جان باقی نہ رہی تھی، صرف کھوکھلا خول رہ گیا تھا۔ وہ ہم سے دور صحرا میں اتر جاتی، ویران، بنجر ٹیلوں میں بھٹکتی اور افق کی دھند میں گم ہو جاتی، اور ہم بے بسی سے دیکھتے رہنے کے سوا کچھ نہ کر سکتے تھے۔

ہر دن اس پر تبدیلی کا نشان چھوڑ جاتا۔

بچہ چھ برس کا تھا جب اس کی ماں کا انتقال ہوا۔ بھاری، ڈھل مل سا بچہ۔ وہ گھر میں کسی سے مانوس نہ

ہوا تھا، اپنی ذات میں سمٹ کر رہ گیا تھا۔ لیکن وہ کبھی خوابوں کی دنیا میں گم نہیں رہتا تھا، وہ خوابوں میں رہنے والا بچہ تھا ہی نہیں۔ مضطرب اور بے چین، وہ ہر وقت تناؤ کا شکار رہتا۔ جب کبھی میں اس کے بالوں میں انگلیاں پھیرتا تو وہ کانپنے لگتا۔

کاش میں اس پر ترس کھا کر کہہ سکتا: یتیم بچہ۔ لیکن یہ لفظ میرے حلق میں اٹک سا جاتا ہے۔ ماں کی موت نے اس پر کسی قسم کا تاثر نہ چھوڑا، گو کہ میری بوکھلاہٹ کی وجہ سے وہ جنازے میں ہمارے پیچھے پیچھے گھسٹتا چلا آیا تھا۔ اس نے کبھی اپنی ماں کے بارے میں نہ پوچھا: گویا اسے علم تھا کہ اب وہ کبھی واپس نہ آئے گی۔ موت کے چند ماہ بعد اس کی تمام تصویریں گھر سے غائب ہو گئیں، اور جب کچھ دنوں کے بعد ہمیں اس کا احساس ہوا تو ہمارے ذہنوں میں کہیں یہ خیال نہ آیا کہ اس سے بھی پوچھا جا سکتا ہے۔ جب بالآخر ہم نے اس سے گمشدہ تصویروں کے بارے میں پوچھا تو بہت دیر ہو چکی تھی۔ شام کا اندھیرا ہو چلا تھا جب اس نے ہمیں دفینے کی جگہ دکھائی: باغ کے آخری کونے میں، چنار کے درخت کے نیچے، بوسیدہ، کسی قدیم وقت کے گڑھے کے نشانوں کے درمیان، ایک چیتھڑے میں لپٹی ہوئی، کٹی پھٹی تصویریں۔

وہ دیر تک ہمارے سامنے کھڑا، شدت جذبات سے آگ بگولا سا بنا، ہکلا ہکلا کر کچھ کہتا رہا۔ اس کی چھوٹی چھوٹی آنکھیں اضطراب سے گھوم رہی تھیں۔

زندگی میں پہلی دفعہ ہماری آنکھیں کھلیں۔ ہمارے سامنے ایک ننھا منا، جیتا جاگتا انسان تھا۔

میں اپنے آپ پر قابو نہ پا سکا، اور اس کو خوب مارا، زندگی میں پہلی بار۔ میں نے اس کی کلائی پکڑی اور اس کے رخسار پر زور زور سے چانٹے لگائے۔ اور پھر میری بیٹیوں نے بھی اس کی پٹائی کی۔ (لڑکیوں نے اسے کیوں مارا؟)

اس کی سمجھ میں کچھ نہ آیا۔۔۔

وہ حیرت زدہ سا ہمیں دیکھتا رہا، اور پھر زمین پر گر کر مٹی میں لوٹنے لگا، اور خوب رویا۔ ہم نے اسے گھسیٹ کر کھڑا کیا اور گھر کے اندر لے آئے۔

اس سے پہلے مجھے کبھی احساس تک نہ ہوا تھا کہ وہ گھر کے چپے چپے سے اس حد تک واقف ہوگا، ہر کونے کھدرے کا اسے علم ہوگا۔ اس نے اپنی ماں کی تصویریں بوسیدہ البموں سے نکالی تھیں، پرانے لفافوں کی تلاشی لی تھی، اور اسے باغ کے اس خفیہ گوشے کا بھی علم تھا جس سے میں آج تک لاعلم رہا۔ ہم اس گھر میں برسوں سے رہ رہے تھے، اور میں نے کتنی ہی بے قرار راتیں باغ میں ٹہل ٹہل کر گزاری تھیں، لیکن مجھے آج تک چونے کے اس پرانے گڑھے کا نشان تک نظر نہ آیا تھا جو سرمئی کائی سے ڈھکا ہوا تھا۔

کیا وہ ابتدائی علامتیں تھیں؟ مجھے نہیں معلوم۔ نہ میں، اور نہ میری بیٹیاں اس وقت یہ بات سمجھنے کے لیے تیار تھیں۔ ہمیں صرف اس کی وجہ سے پیش آنے والی رسوائی کا خوف تھا۔ اس کو لوگوں کی نظروں سے چھپانا ناممکن تھا، لیکن کم از کم ہم اس کی حفاظت تو کرنا چاہتے تھے۔

اس وقت تک، دراصل، میری بیٹیوں کی شادی نہیں ہوئی تھی۔۔۔

ستمبر میں میں نے اس کو شہر کے مضافات میں ایک اسکول کی پہلی جماعت میں داخل کرا دیا۔ ہفتہ بھر میں دفتر سے جلد اٹھتا رہا۔ میں چھٹی ہونے سے پہلے اسکول کے گیٹ کے سامنے پہنچ کر اس کا انتظار کرتا۔ مجھے خطرہ تھا کہ بچے اس کا مذاق اڑائیں گے۔

دوپہر میں وہ اپنا ہاتھ میرے ہاتھ میں دیے، ستمبر کے جھلسا دینے والے آسمان کے نیچے میرے ساتھ ساتھ چلتا۔ بستہ اس کی پیٹھ پر جھول رہا ہوتا، ٹوپی اس کے ماتھے پہ اتری ہوئی ہوتی، ہونٹ نیم وا ہوتے۔ اس کی سانسوں کی مدھم آواز۔ اور اپنی داخلی بصیرت کے زاویے کو تبدیل کیے بغیر، عدم معروضیت سے، دنیا کا جائزہ لیتی ہوئی اس کی وہ شفاف نگاہیں۔

واقف کار اپنے ہیٹ اتار کر ہلاتے، میرے پاس آتے، مجھ سے ہاتھ ملاتے، جھک کر اس کا ننھا سا ہاتھ تھام کر نرمی سے دباتے، مسکرانے کی کوشش کرتے۔ اس کی اوپر اٹھی ہوئی، خالی، بے رونق نگاہیں ان کو منجمد کر دیتیں۔ احمق، بالکل احمق، ضعیف العقل۔

ایک ہفتے بعد میں نے اس کو خود سے گھر پہنچنے دیا۔ میرا خوف بے جا تھا۔ بچوں کو اسے اپنے گروہوں سے دور رکھنے کی زحمت ہی نہیں اٹھانی پڑی۔ وہ تھا ہی الگ تھلگ، تنہا۔

اس سال میری لڑکیوں کی شادیاں ہوگئیں۔ دونوں کی ایک ہی دن، جیسے کسی عجلت میں۔ گویا کسی مجبوری کے تحت وہ گھر سے فرار ہونے پر تلی بیٹھی ہوں۔ وہ دونوں اس وقت کتنی کم عمر تھیں۔

وہ سال کیسی کشمکش میں گزرا۔ کوئی ہفتہ نہ جاتا تھا کہ گھر میں طرب و نشاط کی محفل نہ ہو۔ آنکھوں میں آنسو لیے، لڑکیاں مجھ سے تقاضا کرتیں کہ میں اسے مہمانوں سے چھپا کر رکھوں، اور میں اپنی کمزوری میں ان کی بات مان لیتا۔ میں اس کو لے کر باہر نکل جاتا، اور ہم دونوں گلیوں میں، میدانوں میں بھٹکتے، ساحل کے کنارے کنارے چلتے۔

ہم دونوں خاموش رہتے۔ ڈوبتے سورج اور شام کے پہلے ستاروں کو ابھرتا ہوا دیکھتے۔ بلکہ، میں دیکھتا اور وہ میرے ساتھ کھڑا ہوتا، ساکت، زمین پر نظریں گاڑے۔ لیکن پھر برسات شروع ہوگئی، میدان کیچڑ میں تبدیل ہوگیا؛ اور ہم دونوں گھر کے اندر قید ہو کر رہ گئے۔ لڑکیوں سے شادی کے طلب گار دو نوجوان ہمارے زندگی میں داخل ہوگئے تھے۔ پھر ان کے دوست، اور ان کے دوستوں کے دوست۔ گھر قہقہوں اور دھویں سے بھرا رہتا۔ شروع میں ہم نے اس کو ملازمہ کے کمرے میں چھپانے کی کوشش کی، لیکن جب اس کو وہاں نیند نہ آتی تو ہم خاموشی سے اس کو باورچی خانے میں پہنچا دیتے۔ وہ شب خوابی کے لباس میں بیٹھا رہتا اور لوگوں کو آتے جاتے دیکھا کرتا۔ اور پھر اٹھ کر برتن دھونے لگتا۔ پہلے تو اس نے صرف چمچے دھوئے، لیکن پھر ان لوگوں نے اس سے چُھریاں بھی دھلوانا شروع کر دیں۔

آہستہ آہستہ اس کو ڈرائنگ روم میں داخل ہونے کی اجازت مل گئی، جہاں یہ سارا ہنگامہ بپا ہوتا۔ شروع

شروع میں وہ مہمانوں کو بسکٹ اور مٹھائی پیش کرتا رہا۔ رفتہ رفتہ جام انڈیلنے اور سگریٹ سلگانے کی پیشکش کرنے لگا۔ ابتدا میں لوگ اس کو دیکھ کر سمٹ سے جاتے۔ کمرے میں اچانک خاموشی چھا جاتی، ایک میٹھا سا خوف طاری ہو جاتا۔ ایک بیٹی کا منگیتر غصے میں اٹھ کر کھڑکی سے باہر اندھیرے میں تکنے لگتا۔ کمرے میں کوئی آواز سنائی نہ دیتی، جیسے سب کو سانپ سونگھ گیا ہو۔ صرف بچے کی تیز، مضطرب سانسیں خاموشی کو چیرا کرتیں، اور وہ ایک درد بھری سنجیدگی کے ساتھ ہاتھوں میں ٹرے اٹھائے ایک مہمان سے دوسرے مہمان کے پاس جاتا۔ کوئی اس کے ہاتھ سے بسکٹ یا مٹھائی لینے سے انکار نہ کرتا۔

آہستہ آہستہ لوگوں کو اس کی عادت ہو گئی۔ لڑکیوں کے دل پگھل گئے، اور وہ مہمانوں کے سامنے اس کی موجودگی کو برداشت کرنے لگیں۔ اس کی چھوٹی چھوٹی خدمات روزمرہ کا معمول بن گئیں۔ اور شام ڈھلے، جب مہمان تھک سے جاتے، اس کے چہرے پر ایک نئی دمک آ جاتی۔ کوئی مہمان، نشے میں مخمور، اس میں اچانک دلچسپی کا اظہار کرتا۔ اس کو اپنے قریب کھینچ کر بٹھا لیتا، اور دیر تک اس سے باتیں کرتا۔ بچہ اس کے بازوؤں میں گھبراہٹ اور تناؤ سے لکڑی کی طرح اینٹھ جاتا، اس کی آنکھیں ویران ہو جاتیں۔ پھر وہ اٹھ کر راکھ دان خالی کرنے لگتا۔

ان گرمیوں کے آخر میں ہم دونوں گھر میں تنہا رہ گئے۔

اگست کے وسط کی ایک سہ پہر لڑکیوں کی شادی ہو گئی۔ نیلے آسمان تلے ہمارے باغ میں ایک بڑا سا چھتر لگا۔ مہمانوں کے قدموں کے نیچے کٹی ہوئی گھاس سرسرا رہی تھی۔ جذبات کی شدت سے میری سانس رکنے لگی تھی۔ میرے اندر کچھ ٹوٹ سا گیا تھا۔ پُرنم آنکھوں اور رُندھے ہوئے گلے کے ساتھ میں ہر ایک کو سینے سے لگاتا پھر رہا تھا، بوسے دے رہا تھا۔ بچہ شادی کی تقریب میں موجود نہ تھا۔ غالباً دولھا والوں میں سے کسی نے اس بات کا انتظام کر رکھا تھا کہ وہ وہاں موجود نہ رہے۔ اسے شام کو واپس گھر لایا گیا۔ جب آخری مہمان مجھ سے گلے ملنے کے بعد رخصت ہو رہے تھے تو اچانک میری نظر اس پر پڑی۔ وہ ایک لمبی میز کے قریب بیٹھا تھا۔ روزمرہ کے کپڑوں میں ملبوس، سوائے ایک سرخ ٹائی کے جو کسی نے اس کے گلے میں لٹکا دی تھی۔ کیک کا ایک بڑا سا ٹکڑا اس کے ہاتھوں میں تھما دیا گیا تھا۔ سنا ہوا میز پوش سرک کر اس کے گھٹنوں تک آ پہنچا تھا۔ وہ آہستہ آہستہ منھ چلا رہا تھا، اور اس کی نظریں چنار کی شاخوں میں الجھے ہوئے زرد چاند پر منجمد تھیں۔

میں اس کے قریب گیا اور آہستگی سے اس کے سر پر ہاتھ پھیرا۔

گھبراہٹ میں اس کے ہاتھوں سے کیک کا ٹکڑا چھوٹ گیا۔

میں نے کہا، "چاند! کتنا خوبصورت چاند ہے۔۔۔"

اس نے نگاہیں اٹھا کر چاند کی طرف یوں دیکھا جیسے زندگی میں پہلی بار چاند دیکھ رہا ہو۔

اور پھر ہم دونوں کی ایک دوسرے کی رفاقت میں زندگی کا آغاز ہوا۔ اس لمحے، اس ویران، خاموش گھر میں، بکھری ہوئی خوشبوؤں کی شیشیوں اور رومالوں کے سرسراتے ہوئے ٹکڑوں کے درمیان۔ میں ایک شاعر،

جس کے لبوں پر مہر ثبت ہو چکی تھی، اور وہ ایک ضعیف العقل، تنہا، بچہ۔

کیوں کہ یہ اس کی تنہائی ہی تھی جس کے ساتھ اس نے میرا سامنا کیا۔

یہ بات میں اب سمجھ پایا ہوں۔

یہ کہنے کی ضرورت نہیں کہ وہ اسکول میں بالکل تنہا تھا۔ پہلے ہی ہفتے میں اس نے کلاس روم کی آخری بنچ میں پناہ ڈھونڈ لی تھی۔ کلاس سے الگ تھلگ، وہ ہمیشہ کونے میں خاموش بیٹھا رہتا۔ استاد پہلے ہی اس کو لاعلاج قرار دے چکے تھے۔

اس کی تمام رپورٹوں میں درج ہوتا: ''جانچ ممکن نہیں''، اور صفحے کے کونے پر استاد کی جھجکتی ہوئی تحریر میں گھسیٹا ہوا دستخط ہوتا۔ مجھے آج تک حیرت ہے کہ وہ لوگ اسے ایک جماعت سے دوسری جماعت میں کیسے چڑھاتے رہے۔ کبھی کبھار وہ ایک ہی جماعت میں دو تین سال گزار دیتا، لیکن آخر کار اگلی جماعت میں پہنچ ہی جاتا۔ ہوسکتا ہے وہ مجھ پر عنایت کر رہے ہوں۔ ہوسکتا ہے ان میں کچھ استاد ایسے ہوں جنھیں میری پرانی نظمیں پسند ہوں۔

میں ان کا سامنا کرنے سے عموماً کتراتا۔

ان کی بھی پوری کوشش ہوتی کہ مجھ سے نظریں نہ ملنے پائیں۔

میں انھیں کوئی الزام نہیں دیتا۔

اگر ہمیں زبردستی ملنا ہی پڑتا، مثلاً یوم والدین کے موقعے پر، تو میں ہمیشہ دیر سے اور سب سے آخر میں پہنچتا۔ اس وقت اسکول کی عمارت اندھیرے میں ڈوب چکی ہوتی، اور اندر ننگے بلبوں سے روشن خالی کمروں کے سامنے پڑی ہوئی کرسیوں میں تھکن سے چور استاد نیم دراز ہوتے۔

تب میں ہیٹ ہاتھ میں دبائے، چور کی طرح دروازے میں داخل ہوتا۔ اگر وہاں اس وقت کوئی نوجوان ماں باپ بیٹھے ہوتے، تو میری سفید چوٹی دیکھتے ہی اٹھ کھڑے ہوتے۔ (میں نے اب تک چوٹی رکھی ہوئی تھی۔) استاد مجھے دیکھ کر مریل سا ہاتھ مصافحے کے لیے بڑھاتے اور ایک کمزور سی مسکراہٹ چہرے پر لاتے۔

میں بیٹھ جاتا اور ان کا سامنا کرتا۔

وہ مجھے کیا بتا سکتے تھے جو میں پہلے ہی سے نہ جانتا تھا؟

کبھی وہ بھول جاتے کہ میں کون ہوں۔

''جی جناب؟ آپ کس بچے کے والد ہیں؟''

اور میں اس کا نام لیتا۔ میرے سینے میں اچانک ایک ٹیس سی اٹھتی۔

وہ اپنے کاغذات الٹتے، اس کی خالی رپورٹ نکالتے۔ آنکھیں بند کر کے اپنا سر ہاتھوں میں تھام لیتے اور مجھ سے سخت لہجے میں سوال کرتے: ''کب تک؟''

ان کا مطلب ہوتا کہ آخر وہ اسے کب تک اسکول میں رکھیں؟

میں خاموش رہتا۔

انھیں غصہ آجاتا۔ شاید باہر پھیلتا ہوا اندھیرا ان کی بے صبری میں اضافہ کر دیتا۔ وہ اصرار کرتے کہ میں اسے اسکول سے اٹھالوں۔ اب وہ مزید یہ ذمے داری نہیں اٹھا سکتے۔ اٹھا کر کہاں لے جاؤں؟ انھیں نہیں معلوم۔ کہیں اور۔۔۔ شاید کوئی ادارہ اسے لے سکے۔

لیکن رفتہ رفتہ ان کے طیش میں کمی آجاتی۔ وہ اقرار کرتے کہ وہ خطرناک نہیں ہے۔ بے ضرر ہے۔ کلاس میں کسی کو پریشان نہیں کرتا۔ بلکہ حقیقت تو یہ ہے کہ وہ کلاس میں بالکل خاموشی سے بیٹھتا ہے اور توجہ سے استاد کی ہر بات سنتا ہے بلکہ وہ ہوم ورک بھی کرنے کی کوشش کرتا ہے۔

میرے ہاتھوں میں ہیٹ چرمرا کر ادھ موا ہو چکا ہوتا ہے۔ میں کن انکھیوں سے کلاس روم کی طرف دیکھتا ہوں۔ چھلکوں، پھٹے کاغذوں، اور چھلی ہوئی پنسلوں کے ٹکڑوں سے اٹا فرش، تختۂ سیاہ پر چاکوں سے بنائے ہوئے گل بوٹے اور تصویریں۔ آنسوؤں کے ننھے ننھے قطرے میری آنکھوں میں چُبھنے لگتے ہیں۔ میں ان سے وعدہ کرتا ہوں کہ میں بچے کی مدد کروں گا، ہر شام اس کو پڑھاؤں گا، کیوں کہ ہمیں ہمت نہیں ہارنی چاہیے۔ کیوں کہ بچہ آخر بورڈر لائن کیس ہی تو ہے۔

لیکن ہر شام گھر میں مجھ پر یاسیت چھا جاتی ہے۔ میں گھنٹوں کتابیں کھول کر اس کے ساتھ بیٹھا رہتا ہوں اور کچھ حاصل نہیں ہوتا۔ وہ میرے قریب جنبش کیے بغیر، اکڑا بیٹھا رہتا ہے۔ میرے منھ سے نکلے الفاظ پانی میں مٹی کے تیل کی طرح تیرتے ہیں۔ آخر کار جب میں اس کو اٹھنے دیتا ہوں، وہ اپنے کمرے میں جا کر آدھ گھنٹہ خود سے ہوم ورک کرنے میں گزار دیتا ہے۔ پھر وہ اپنی کتابیں بند کر کے بستے میں رکھ دیتا ہے۔

کبھی کبھی صبح کے وقت، جب وہ سو رہا ہوتا ہے، میں بستہ کھول کر اس کی کاپیاں دیکھتا ہوں۔ اس کے جوابات مجھے حواس باختہ کر دیتے ہیں: عقل سے بعید خیالات۔ حساب کی کاپی دیکھ کر میں بھونچکا رہ جاتا ہوں: جوش و خروش سے لکھے ہوئے عجیب و غریب اور غیر منطقی اعداد۔

لیکن میں کچھ نہیں کہتا۔ مجھے اس سے کوئی شکایت نہیں۔ جب تک وہ صبح اٹھ کر خاموشی سے اسکول جاتا ہے، کلاس کی آخری بنچ پر بیٹھنے کے لیے، مجھے اس سے کوئی شکایت نہیں۔

اسکول میں کیا ہوتا ہے، اس نے آج تک مجھے نہیں بتایا۔ اور نہ ہی میں نے پوچھا۔ وہ منھ سے ایک لفظ نکالے بغیر اسکول جاتا ہے، اور واپس آجاتا ہے۔ پانچویں یا چھٹی جماعت میں ایک مختصر سا وقفہ آیا تھا جب بچوں نے اسے تنگ کرنا شروع کر دیا۔ ایسا لگتا تھا گویا بچوں نے اسے اچانک دریافت کیا ہو، اور وہ مستعدی کے ساتھ اس کی دل آزاری میں لگ گئے۔ اس کی کلاس کے تمام بچے، لڑکیوں سمیت، وقفے کے دوران اس کے گرد گھیرا ڈال لیتے اور اس کے ہاتھ پیروں میں چٹکیاں کاٹتے، گویا اطمینان کرنا چاہتے ہوں کہ وہ گوشت پوست کا جسم رکھتا ہے، انسانی وجود رکھتا ہے۔ لیکن وہ اس کے باوجود اسکول جاتا رہا۔ واقعتاً میں مصر رہا کہ وہ برابر جاتا رہے۔

کچھ ہفتوں بعد بچوں نے اسے تنگ کرنا ترک کر دیا، اسے اس کے حال پر چھوڑ دیا۔

ایک دن جب وہ اسکول سے لوٹا تو شدتِ جذبات سے اس کا چہرہ تمتما رہا تھا۔ اس کے ہاتھ چاک سے اٹے ہوئے تھے۔ میں نے سوچا، شاید اسے بلیک بورڈ کے سامنے بلایا گیا ہوگا، لیکن اس نے کہا، ''نہیں۔'' اس شام وہ خود میرے پاس آیا اور مجھے بتایا کہ اسے کلاس کے مانیٹر مقرر کیا گیا ہے۔

کچھ دن گزر گئے۔ میں نے اس سے پوچھا کیا وہ اب تک مانیٹر ہے؟ اس نے اثبات میں جواب دیا۔ دو ہفتے بعد بھی اس کی تقرری برقرار تھی۔ میں نے اس سے پوچھا کہ یہ ذمے داری نبھانے میں اسے مزہ آ رہا ہے یا مشکل ہو رہی ہے۔ وہ بے حد مطمئن تھا۔ اس کی آنکھوں میں چمک آ گئی تھی۔ اس کے چہرے کے تاثرات گمبھیر ہو چلے تھے۔ صبح اس کے بستے کی تلاش لیتے ہوئے مجھے اکثر اس کے عجیب و غریب ہوم ورک کے علاوہ، چاک کے ٹکڑے اور بورڈ صاف کرنے والا کپڑا نظر آتا۔

میرا خیال ہے تب سے لے کر وہ اسکول کے آخری دن تک کلاس کا مانیٹر رہا، اور اسکول کے چوکیدار کے ساتھ کافی مانوس ہو گیا۔ آخری سالوں میں تو ان کی آپس میں ایک طرح سے دوستی بھی ہو گئی تھی۔ اکثر چوکیدار اسے اپنی کوٹھری میں بلاتا اور کسی استاد کا چھوڑا ہوا چائے کا کپ پیش کرتا۔ اس کا تو امکان کم ہی ہے کہ ان میں واقعی کبھی کوئی بات چیت ہوئی ہو، لیکن ایک طرح کا تعلق سا پیدا ہو گیا تھا۔

گرمیوں کی ایک شام میں اتفاقاً اس کے اسکول کے قریب آ نکلا۔ میرے دل میں خواہش پیدا ہوئی کہ چوکیدار سے سلام دعا کرتا چلوں۔ گیٹ بند تھا۔ میں باڑھ کے ایک سوراخ سے راستہ بناتا اندر داخل ہوا، اور تاریک سنسان برآمدوں سے ہوتا ہوا چوکیدار کی کوٹھری تک جا پہنچا۔ یہ کوٹھری سیڑھیوں کے نیچے تھی۔ میں کوٹھری کو جانے والے زینے پر اترا تو وہ نظر آیا۔

وہ بستر پر ٹانگیں اوپر کیے بیٹھا تھا۔ کوٹھری کا باقی حصہ اندھیرا میں ڈوبا ہوا تھا۔ پستہ قد، موٹا سا آدمی۔ وہ گھٹنوں پر رکھی ہوئی تانبے کی ٹرے کو پالش سے چمکا رہا تھا۔ میں ہیٹ اتار کر کوٹھری میں سکڑتا ہوا داخل ہوا اور بچے کا نام بدبدایا۔ وہ اپنی جگہ سے ہلا تک نہیں، اور نہ میرے آنے پر کسی حیرت کا اظہار کیا۔ گویا اسے یقین تھا کہ میں ایک نہ ایک شام اس کے پاس ضرور آؤں گا۔ اس نے نظریں اٹھا کر مجھے دیکھا اور اچانک منھ سے ایک لفظ نکالے بغیر مسکرانے لگا۔ ایک خاموش مسکراہٹ اس کے چہرے پر پھیل گئی۔

''تم میرے بیٹے کو جانتے ہو؟'' میں نے کہا۔

اس نے اثبات میں سر ہلایا۔ اس کے چہرے پہ اب تک مسکراہٹ تھی اور وہ ٹرے کو چمکائے جا رہا تھا۔

''کیسا لڑکا ہے وہ؟ اچھا بچہ۔۔۔''

اس کی مسکراہٹ سرد پڑ گئی۔ اس کے ہاتھ رک گئے۔ وہ کچھ بڑبڑایا اور اپنے سر کی طرف اشارے میں انگلی ہلائی۔

''بے چارہ بچہ۔۔۔ پاگل۔۔۔'' اور میرے چہرے کو غور سے دیکھتا رہا۔

میں اس کے سامنے خاموش کھڑا رہا۔ میرا دل منجمد ہو چکا تھا۔ اس سے پہلے کبھی مجھے اتنی شدید مایوسی نہ ہوئی تھی جتنی اس لمحے ہوئی۔ چوکیدار دوبارہ پالش میں جٹ گیا۔ میں ایک لفظ کہے بغیر باہر نکل آیا۔

ان سب باتوں کا یہ مطلب نہیں کہ شروع ہی سے بچے کا خیال میرے دل و دماغ پر مسلط تھا۔ شاید معاملہ اس کے برعکس تھا۔ میں اس سے الگ تھلگ رہتا، غائب ذہن، دوسری چیزوں کے بارے میں سوچتا رہتا۔۔۔

اپنے بارے میں۔۔۔

اس سے پہلے میں اپنی ذات میں کبھی اس حد تک گم نہ ہوا تھا۔

پہلی چیز تو میری خاموشی تھی۔ میری ابدی خاموشی۔ ہاں، میں نے اسے برقرار رکھا تھا۔ اور یہ کوئی مشکل کام نہ تھا۔ میں نے ایک سطر تک نہ لکھی تھی۔ یہ سچ ہے کہ کبھی ایک مبہم سی آرزو میرے اندر انگڑائی لیتی کہ میں کچھ کہوں۔ اور میں خود سے سرگوشی کرتا، مثلاً خزاں۔ اور پھر، خزاں۔

بس، اس سے زیادہ کچھ نہیں۔

دوست میری سن گن لیتے۔ ''ناممکن'' وہ کہتے، ''تم چپکے چپکے کچھ لکھ رہے ہو۔ کچھ کہتے رہتے ہو۔ تم ہم سب کو اپنی تخلیق سے اچانک حیران کرنا چاہتے ہو۔۔۔''

اور میں جذباتی سا ہو جاتا۔ مسکراتا، اور کہتا، ''نہیں ایسی کوئی بات نہیں۔ میں جو کچھ کہنا چاہتا تھا، کہہ چکا۔''

پہلے تو انھیں میری بات پر شبہ رہا۔ لیکن رفتہ رفتہ یقین آ گیا۔ اور میری خاموشی کو لوگوں نے بالآخر خاموشی سے قبول کر لیا۔ صرف ایک دفعہ اس کا ذکر آیا۔ کسی نے (ایک نوجوان نے) ایک اخبار کے لیے شاعری پر ایک طرح کا جائزہ لکھا جس میں میرا نام بھی یونہی لے دیا، اور حقارت سے میری خاموشی کو بانجھ پن پر محمول کیا۔ ایک پیراگراف میں اس نے دو دفعہ میرے لیے یہ لفظ استعمال کیا: 'بانجھ'

اور اس پر میرا تذکرہ ختم کر دیا۔

لیکن میں نے پروا نہ کی۔ میں پُرسکون رہا۔

میرے اطراف یہ ویرانہ۔۔۔

بنجر صحرا۔۔۔

چٹانیں اور راکھ۔۔۔

دوسری چیز یہ کہ مجھے بڑھاپے نے آ لیا تھا۔ میں نے کبھی نہ سوچا تھا کہ یہ حال ہو جائے گا۔ جب تک میں شہر میں گھومتا ہوں سکون سے رہتا ہوں۔ لیکن شام کو کھانے کے بعد جب ہاتھ میں کتاب یا اخبار تھامے، آرام کرسی میں دھنس جاتا ہوں تو کچھ دیر بعد مجھے یوں محسوس ہوتا ہے جیسے مجھ پر فالج گر پڑا ہو، جیسے میں تقریباً ختم

ہو چکا ہوں۔ میں کوشش کر کے کرسی سے اٹھتا ہوں، بڑی مشکل سے لباس تبدیل کر پاتا ہوں۔ میری بوڑھی ٹانگیں کپکپاتی ہیں۔ اپنی بے جان ٹانگوں کو گھسیٹتا، بستر میں آ گرتا ہوں، لحاف میں دبک کر گول مول ہو جاتا ہوں۔ اس تمام جدوجہد میں کتابیں گر کر اِدھر اُدھر بکھر جاتی ہیں۔ یہ وہ جاسوسی ناول ہیں جن کو میں پچھلے دنوں سے بے حد دلچسپی کے ساتھ پڑھنے لگا ہوں۔

گھر خاموشی میں ڈوبا ہوتا ہے۔ ایک بھولا بھٹکا نغمہ ریڈیو سے پھوٹتا ہے۔ میں کتاب پڑھتا ہوں۔ اور آہستہ آہستہ، انجانے میں، کائی جمی چٹان میں تبدیل ہو جاتا ہوں۔ آدھی رات کو ریڈیو خاموش ہو جاتا ہے اور کتابیں میرے گھٹنوں سے پھسل کر نیچے گر جاتی ہیں۔ مجھے ریڈیو بند کرنا ہے اور بتی بجھانی ہے۔ تب وہ بھیانک لمحہ آتا ہے، خوف کا وقت۔ میں بستر سے ایک بے جان لاش کی طرح نیچے گر جاتا ہوں۔ درد سے ادھ موا، گھسٹتا ہوا، جسم میں بچی کھچی طاقت کے ساتھ سوئچ تلاش کرتا ہوں۔

ایک مرتبہ، آدھی رات کو میں نے ہال میں اس کے قدموں کی چاپ سنی۔ میں یہ بتاتا چلوں کہ اس کو بڑی بے سکون نیند آتی تھی۔ اس کو ڈراؤنے خواب نظر آتے تھے۔ خواب، جنھیں وہ بیان نہ کر سکتا تھا۔ رات کو مدھم سی روشنی اس کے بستر کے قریب جلتی رہتی، اور جب اس کی آنکھ کھلتی، وہ سیدھا باورچی خانے کے نل کے قریب جاتا اور کئی گلاس پانی کے چڑھا جاتا جس سے اس کے خوف میں کمی آتی۔

اس رات جب وہ پانی پی کر واپس جا رہا تھا تو میں نے اسے آواز دے کر کمرے میں بلایا اور بتی بجھانے اور ریڈیو بند کرنے کے لیے کہا۔ مجھے آج بھی تاریک گزرگاہ میں کھڑا اس کا وہ ہیولا یاد ہے۔ اس لمحے اچانک مجھے احساس ہوا تھا کہ وہ بڑا ہو گیا ہے۔ اس کے جسم پر گوشت چڑھ چکا تھا۔ پشت پر پڑتی ہوئی روشنی اس کے نیم وا دہانے کے سائے کو واضح کر رہی تھی۔

میں نے اس کا شکریہ ادا کیا۔

اگلی رات اس نے پھر آدھی رات کے قریب گھر میں ٹہلنا شروع کر دیا۔ مجھے اس کے قدموں کی آہٹ کا انتظار تھا۔ میں نے ایک دفعہ پھر بتی بجھانے کے لیے اسے اندر بلایا۔

اور اس کے بعد ہر رات۔۔۔

اس طرح اس کی خدمتوں نے مجھے گھیرنا شروع کر دیا۔ میں ان پر انحصار کرنے لگا۔ یہ سلسلہ رات کو بتی بجھانے اور ریڈیو بند کرنے سے شروع ہوا اور دوسرے کئی کاموں تک پھیل گیا۔ کیا عمر تھی اس کی؟ تیرہ سال کا ہوگا، میرا خیال ہے۔۔۔

ہاں، اب مجھے یاد آیا۔ اس کی تیرھویں سالگرہ انھی دنوں پڑنے والی تھی اور میں نے فیصلہ کیا تھا کہ اس دفعہ اس کی سالگرہ مناؤں گا۔ کیوں کہ اب تک میں اس کی سالگرہ پر خاموشی اختیار کرتا چلا آیا تھا۔ میں نے ایک عمدہ، فیاضانہ سی پارٹی دینے کا تہیہ کیا۔ میں نے اس کے کلاس ٹیچر سے بات کی اور دوسرے اساتذہ کو بھی مدعو کیا۔ اس کی جماعت کے سارے بچوں کو دعوت نامے بھیجے۔

یہ سچ ہے کہ اس کی کلاس میں تمام بچے عمر میں اس سے چھوٹے تھے؛ بہ مشکل گیارہ سال کے ہوں گے۔

سالگرہ کے دن، ہفتے کے روز صبح بڑی دیر سے، ایک کٹھن انتظار کے بعد، دس کھسر پھسر کرتے لڑکوں کا ایک گروہ ہمارے گھر میں نمودار ہوا۔ ہر لڑکے کے ہاتھ میں سفید کاغذ بندھا ایک چھوٹا سا پیکٹ تھا۔ ایک بھی استاد نے آنے کی زحمت نہ کی تھی اور نہ کلاس کی کوئی لڑکی آئی تھی۔

بے حد بوکھلاہٹ میں ان سب نے مجھ سے ہاتھ ملایا۔ وہ میرے سفید بالوں کو حیرت سے دیکھ رہے تھے۔ (ایک لڑکے نے سرگوشی میں پوچھا: ''کیا یہ اس کا دادا ہے؟'') خائف سے وہ ہمارے گھر کے اندر داخل ہوئے جہاں وہ پہلے کبھی نہ آئے تھے۔ انھوں نے مجھے غور سے دیکھا اور دیر تک میری حرکات کا مشاہدہ کرتے رہے۔ اور جب انھوں نے مجھے بظاہر صحیح العقل پایا تو اطمینان کا سانس لیا۔

تحفے کھولے گئے۔

معلوم ہوا سب ایک ہی چیز تحفے میں لائے تھے۔ پنسلوں کا سستا سا ڈبا۔ تمام پیکٹوں سے یہی نکلا سوائے ایک کے۔ وہ گھونگھریالے بالوں والا، کمزور، شاعر قسم کا بچہ ایک پرانا زنگ آلود جیبی چاقو لایا تھا۔ وہ ایک بڑا سا چاقو تھا جس کے کئی پھل تھے۔ تمام بچوں نے اس چاقو کو تحسین آمیز نظروں سے دیکھا۔

سارے تحفے روایتی مبارک باد کے رقعوں کے ساتھ پیش کیے گئے تھے۔ جیبی چاقو والے شاعر بچے نے چند دلچسپ اشعار بھی لکھے تھے۔

شدید اضطراب میں، اس نے خاموشی سے تحفے قبول کیے۔

مجھے حیرت تھی کہ ایک بچہ بھی کتاب تحفے میں نہ لایا تھا۔

جیسے انھیں خوف ہو کہ وہ پڑھ نہ سکے گا۔

میں نے ہر ایک کی آؤ بھگت کی۔ سب کو کیک، سینڈوچ، ٹافیاں، شربت اور اور آئس کریم پیش کی۔ وہ ڈرائنگ روم میں بکھرے ہوئے بیٹھے تھے، آرام کرسیوں اور صوفیوں میں دھنسے ہوئے، خاموشی سے ٹافیاں چباتے ہوئے۔ ان کی آنکھیں مسلسل گردوپیش کا جائزہ لیتی رہیں، جیسے انھیں کچھ شبہ ہو۔ کبھی کبھار اچانک دو تین بچے ٹھی ٹھی کرنے لگتے، بغیر کسی وجہ کے۔

میرا بیٹا کمرے کے کونے میں تنہا بیٹھا تھا۔ جس کے اعزاز میں وہ تقریب منعقد کی گئی تھی، اس تقریب میں وہ ایک ملاقاتی کی طرح الگ تھلگ بیٹھا تھا۔ اس کے بھی منھ میں کچھ تھا، لیکن اس کی نظریں نیچی تھیں۔

میں نے سوچا شاید میری موجودگی سے بچے جھجک رہے ہوں، لہٰذا کمرے سے باہر نکل آیا۔ اور واقعی جیسے ہی میں باہر آیا، کمرے میں قہقہے ابلنے لگے۔ جب میں تھوڑی دیر بعد واپس آیا تو دیکھا وہ سب جوتے اتارے ہوئے، قالین اور صوفوں پر اچھل کود رہے تھے، وہ وہاں موجود نہ تھا۔ میں اس کی تلاش میں کمرے سے نکلا۔ وہ باورچی خانے کی بالکنی میں بیٹھا لڑکوں کے جوتے صاف کر رہا تھا۔

''میں مانیٹر ہوں،'' اس نے کہا۔ اور اس طرح اس کی سالگرہ کی تقریب اختتام کو پہنچی۔ ان کے کپڑے کھیل کود سے گندے ہو چکے تھے۔ ہنسی دباتے ہوے، انھوں نے جوتے پہنے، ایک ایک کر کے مجھ سے ہاتھ ملائے اور رخصت ہوئے۔ اپنے پیچھے پنسلوں کے نو ڈبے چھوڑ گئے۔ جہاں تک جیبی چاقو کا تعلق ہے، جو سب کو اتنا پسند آیا تھا، وہ ننھے شاعر نے میرے بیٹے سے ایک ہفتے کے لیے ادھار مانگ لیا۔ اور کبھی واپس نہ کیا۔

میں اپنے دفاع میں یہ تمام تفصیلات بتا رہا ہوں۔ کیوں کہ چند ہفتوں بعد وہ میرے بھی جوتوں پر پالش کرنے لگا۔ میں جوتے بالکنی میں چھوڑ دیتا، اور ان پر پالش ہوئی ہوتی۔ وہ بڑے شوق سے یہ کام کرتا تھا، بغیر کسی تردد کے۔ یہ ایک معمول بن گیا، میرا اور اس کا معمول۔ اور پھر اسی طرح کئی معمول بنتے چلے گئے۔

مثلاً میرے جوتے اتارنا۔ میں سہ پہر کے بعد دفتر سے گھر لوٹتا ہوں۔ ہال میں رکھی ہوئی بنچ پر بیٹھ کر اپنی ڈاک کھولتا ہوں۔ وہ کمرے سے نمودار ہوتا ہے، میرے قدموں میں بیٹھ جاتا ہے، فیتے کھولتا ہے، جوتے اتارتا ہے اور میرے پیروں میں سلیپر ڈالتا ہے۔

اس سے مجھے آرام ملتا ہے۔

اچانک مجھ پر انکشاف ہوتا ہے کہ میری ڈھلتی ہوئی طاقت کے مقابلے میں اس کے بازوؤں میں قوت ہے۔ جب بھی مجھ سے کسی مرتبان کا ڈھکن نہیں کھلتا، دیوار سے کیل نہیں نکلتی، میں اس کو بلاتا ہوں۔ اس سے کہتا ہوں ''تم جوان ہو، طاقتور ہو، میں کمزور ہوتا جا رہا ہوں، بہت جلد میں ختم ہو جاؤں گا۔''

لیکن مجھے اس سے مذاق نہیں کرنا چاہیے۔ وہ ٹھٹھول کا متحمل نہیں ہو سکتا۔ وہ ششدر کھڑا رہ جاتا ہے۔

اس کا چہرہ ویران ہو جاتا ہے۔

وہ کوڑے کی بالٹی خالی کرنے کا عادی ہے۔ یہ وہ آٹھ سال کی عمر سے کرتا چلا آ رہا ہے۔ وہ میرے چھوٹے موٹے کام کرتا ہے، سگریٹ لانا، اخبار خریدنا۔ اس کے پاس کافی وقت ہوتا ہے۔ وہ ہوم ورک میں آدھے گھنٹے سے زیادہ نہیں لگاتا۔ اس کا کوئی دوست نہیں۔ وہ کچھ نہیں پڑھتا۔ بس کرسی میں دھنسا، گھنٹوں دیوار کو گھورتا رہتا ہے۔ ہم ایک خاموش سے محلے میں رہتے ہیں۔ کھڑکی میں سے صرف درخت نظر آتے ہیں اور ایک باڑھ۔ یہ ایک پرسکون سی گلی ہے۔ اس کے لیے کرنے کو ہے ہی کیا؟ جانوروں سے اسے دلچسپی نہیں۔ میں نے اسے ایک مرتبہ کتے کا پلا لا کر دیا لیکن وہ ایک ہفتے کے اندر ہی اسے کھو بیٹھا، اور کسی افسوس کا اظہار نہ کیا۔ اس کے لیے کرنے کو ہے ہی کیا؟ میں اسے گھر کی صفائی کرنا سکھاتا ہوں۔ اسے بتاتا ہوں کہ کون سی چیز کہاں رکھنی چاہیے۔ وہ آہستہ آہستہ سمجھ جاتا ہے اور الماری میں میرے کپڑے تہہ کر کے سلیقے سے رکھنا سیکھ لیتا ہے۔ فرش پر بکھرے ہوئے اخبار اور کتابیں اکٹھا کرتا ہے۔ صبح جاتے ہوئے میں شب خوابی کا لباس بستر پر چھوڑ جاتا ہوں۔ جب واپس آتا ہوں تو ہر چیز قاعدے قرینے سے اپنی جگہ رکھی ملتی ہے۔

کبھی مجھے یوں لگتا ہے جیسے کسی سفر کے لیے میری تمام چیزیں تیار رکھی ہوں۔ بس صرف ایک سوٹ کیس کھولنے کی دیر ہے، اس میں محنت سے تہہ کیے ہوے کپڑے ڈالوں اور چل پڑوں۔ ایک دن مجھے ایک مختصر

سے سفر پر شمال جانا پڑ گیا۔ اس کو بتانے کے آدھ گھنٹے کے اندر اندر اس نے میرا سوٹ کیس تیار کر کے دروازے پر رکھ دیا تھا۔ اور میری چھڑی بھی تیار تھی۔

ہاں، پچھلے چند دنوں سے میں چھڑی استعمال کرنے لگا ہوں، گو کہ ابھی مجھے اس کی ضرورت نہیں۔ جب میں گلی میں لوگوں سے باتیں کرنے کے لیے رکتا ہوں تو زمین میں کسی مناسب درز میں چھڑی اٹکا کر اپنا پورا وزن ڈال کر کھڑا ہوتا ہوں۔ وہ وقتاً فوقتاً چھڑی کی نوک تیز کرتا رہتا ہے تاکہ مجھے اس کام میں آسانی رہے۔

میرے آرام کے لیے وہ اتنی باریکیوں میں جاتا ہے۔

ان دنوں اس نے کھانا پکانا سیکھ لیا تھا۔ اس کام نے عمر رسیدہ ملازمہ سے سیکھا تھا جو کبھی کبھار صفائی کے لیے آتی تھی۔ شروع میں تو اس نے صرف اپنے لیے پکانا شروع کیا جو وہ میرے آنے سے پہلے ہی اکیلے بیٹھ کر کھا لیتا تھا۔ لیکن کچھ عرصے بعد اس نے میرے لیے بھی پکانا شروع کر دیا۔

مختصر، سادہ سا کھانا؛ اتنا خوش ذائقہ تو نہیں لیکن سلیقے سے پیش کیا ہوا۔ اس نے دوچھتی سے ایک پرانا ڈنر سیٹ ڈھونڈ نکالا تھا۔ وہ شادی کا تحفہ تھا۔ یہ کافی بڑا سیٹ تھا جس میں مختلف سائز اور انواع واقسام کے سنہری کناروں والے ڈونگے اور قابیں تھیں جن میں خوشنما پھول، تتلیاں، اور پروں والے ننھے منے بچے بنے ہوئے تھے۔ وہ یہ سیٹ استعمال میں لانے لگا۔ وہ میرے سامنے پانچ مختلف سائز کی پلیٹیں رکھتا، بہت سارے چھری کانٹے سجاتا اور مصری انداز میں میرے سامنے بیٹھ کر مجھے کھانا کھاتے دیکھتا۔

اس نے یہ سب کہاں سے سیکھا تھا؟

معلوم ہوا، ایک بادشاہ کی ضیافت کی کہانی کلاس میں پڑھ کر سنائی گئی تھی۔

میں چونک پڑتا ہوں۔ ''کون سا بادشاہ؟''

اسے نام یاد نہیں۔

''کہانی کے دوسرے ہیرو؟''

اسے یاد نہیں۔

میں اس سے کہتا ہوں کہ کم از کم کہانی ہی سنا دے۔

وہ شروع کرتا ہے لیکن پھر ایک دم خاموش ہو جاتا ہے جیسے کہانی اس کے ذہن میں گڈ مڈ ہو گئی ہو۔

اس کی آنکھوں میں آنسو آ جاتے ہیں۔ اس کے رخساروں پر بلوغت کے پہلے مہاسے نکل رہے ہیں۔

مجھے خیال آتا ہے، اس کو اگر اس وقت دوسرے زاویے سے دیکھا جائے تو دیکھنے والے کو اس کا چہرہ دیکھ کر خوف آ جائے۔

رات میں وہ مجھے ٹب کا غسل لینے میں مدد دیتا ہے۔ میں بیٹھ کر صابن ملوانے کے لیے اسے آواز دیتا ہوں، اور وہ دبے پاؤں غسل خانے میں داخل ہوتا ہے۔ پانی میں میری برہنگی سے ہیبت زدہ، وہ اسفنج اٹھاتا ہے اور احتیاط سے میری گردن پر ملنا شروع کرتا ہے۔

جب میں اس کی کوئی خدمت کرنا چاہتا ہوں تو مجھے کبھی کامیابی نہیں ہوتی۔ دفتر سے واپسی پر میں اعلان کرتا ہوں: ''آج کھانا میں پکاؤں گا!'' مگر کھانا تیار ہو چکا ہوتا ہے۔ میں اسے غسل میں مدد دینا چاہتا ہوں۔ پتہ چلتا ہے وہ پہلے ہی نہا دھو چکا ہے۔

لہٰذا میں رات کو اسے اپنے دوستوں کے پاس لے چلتا ہوں، فنکاروں کے جلسوں اور ادبی محفلوں میں لے جاتا ہوں، کیوں کہ میں اب تک کئی انجمنوں کا ممبر ہوں۔ اس طرح میں نے لوگوں کو اس کی موجودگی کی عادت ڈلوادی ہے اور اب وہ اس کا کوئی نوٹس نہیں لیتے، جیسے اب میں ان کے سایوں کو نوٹ نہیں کرتا۔

وہ ہمیشہ آخری صف میں بیٹھتا ہے، دیر سے آنے والوں کے لیے دروازہ کھولتا ہے، کوٹ اتارنے میں ان کی مدد کرتا ہے اور کوٹوں کو ٹانکتا ہے۔ لوگ اسے خدمت گار سمجھتے ہیں۔ اور واقعتاً وہ خدمت گاروں ہی کے ساتھ رہتا ہے۔ میں اکثر اسے گیٹ کیپروں کے نزدیک، سنجیدگی سے ان کی باتیں سنتے ہوئے، کھڑا پاتا ہوں۔ ایک آدھ دفعہ میں نے اسے صفائی کرنے والی عورت سے بات کرتے دیکھا جو اپنی جھاڑو اٹھائے کھڑی تھی۔

وہ اس سے کیا بات کرتا ہے؟ میں آج تک نہیں بوجھ پایا ہوں۔

کیا وہ مجھ سے محبت کرتا ہے؟ کون کہہ سکتا ہے۔ لگتا ہے میرے رویے میں کوئی ایسی بات ہے جو اسے خوف زدہ کر دیتی ہے۔ شاید میری عمر، یا میری خاموشی۔ جو کچھ بھی ہو، وہ میری موجودگی میں یوں سہما رہتا ہے جیسے اسے کسی بھی وقت چانٹا پڑنے کی توقع ہو۔

حیرت ہے۔ کیوں کہ ہم دونوں کے درمیاں صلح و امن ہے۔ دن سکون سے گزر رہے ہیں۔ اور میرا خیال تھا یہ سکون، یہ خاموشی زندگی بھر رہے گی۔ میرا مطلب ہے جب تک ہم دونوں کا ساتھ ہے۔ میں سوچتا تھا میں کتنا خوش نصیب ہوں کہ اپنی اس خاموشی کے دوران میرا واسطہ ایک کند ذہن لڑکے سے ہے، وہ جو خرد و جنوں کی سرحد پر ہے، مجھ سے دور۔

یہ سچ ہے کہ کبھی کبھی میرے اندر ایک خواہش جاگتی ہے کہ میں کسی سے چمٹ جاؤں۔ اور پھر میں یروشلم بھاگتا ہوں، گھنٹے دو گھنٹے کے لیے بیٹیوں کے پاس چلا جاتا ہوں۔ وہ میری اچانک آمد سے حیران رہ جاتی ہیں۔

وہ مجھ سے محبت سے ملتی ہیں، میری گردن میں جھول جاتی ہیں، مجھ سے بغل گیر ہوتی ہیں۔ اور جب ہم ایک دوسرے سے لپٹے ہوئے کھڑے ہوتے ہیں، ان کے شوہر یہ منظر دیکھتے ہیں۔ ان کی نگاہوں میں ہلکی سی حقارت ہوتی ہے۔ پھر ہم بیٹھ کر گپ شپ کرتے ہیں، لفظوں سے کھیلتے اور شگوفے چھوڑتے ہیں۔ بذلہ سنجی کے اس مظاہرے سے ان کے شوہروں کو سخت بیزاری ہوتی ہے، لیکن وہ اس بیزاری کا اظہار لفظوں میں نہیں کرتے، شکایت کا ایک لفظ بھی زبان پر نہیں لاتے، کیوں کہ انھیں اچھی طرح معلوم ہے کہ میں زیادہ دیر نہیں ٹھہروں گا۔ اگر میں ہوا کے گھوڑے پر سوار آتا ہوں تو رخصت بھی اسی طرح ہوتا ہوں۔ ایک دو گھنٹے بعد میں اٹھ کھڑا ہوتا ہوں، اپنی آرزو کی تلچھٹ دل میں لیے۔ وہ سب مجھ سے کچھ دیر اور رکنے کو کہتے ہیں، رات گزارنے پر اصرار کرتے ہیں

،لیکن میں کبھی نہیں ٹھہرتا۔ مجھے بیٹے کے پاس جانا ہے، میں دلیل دیتا ہوں؛ گویا اس کے وجود کا انحصار میری موجودگی پر ہو۔ ہم ایک دوسرے سے دوبارہ لپٹ کر پیار کرتے ہیں۔ پھر ان کے شوہر مجھے اسٹیشن تک چھوڑنے آتے ہیں۔ اس وقفے میں ہمارے درمیان شاذونادر ہی بات ہوتی ہے۔ ہمارے پاس ایک دوسرے سے کہنے کو کچھ نہیں ہوتا۔ اور پھر میں ان کی نظروں میں مشکوک ہوں۔ میری پشت پر بل کھاتی ہوئی یہ سفید چوٹی، اور میرے ہاتھوں میں لہراتی ہوئی یہ چھڑی۔ میں اب تک ان کی نظروں میں ایک شاعر ہوں۔ میرے مجموعے، مجھے معلوم ہے، ان کے ڈرائنگ روم کی الماری میں نمایاں جگہ پر رکھے ہوئے ہیں۔ میں کیا کر سکتا ہوں؟

ایسے موقعوں پر مجھے اپنے بیٹے کا بے وقوف سا چہرہ ہی پسند ہے۔

سردیوں میں اکثر میں گھر کی چٹخنیاں شام چھ بجے ہی چڑھا لیتا ہوں۔ اور پھر سونے کے وقت تک کیا کرتا ہوں؟ اخبار پڑھتا ہوں، ریڈیو سنتا ہوں، کتابوں کی ورق گردانی کرتا ہوں۔ وقت گزرتا جاتا ہے اور میں خلوت میں بوریت سے مول تول کرتا رہتا ہوں۔

گرمیوں میں میں ساحل پر ٹہلتا ہوں، یا سڑکوں پر آوارہ گردی کرتا ہوں۔ اکثر میں کسی تعمیر ہوتی ہوئی عمارت کے سامنے رک جاتا ہوں اور سوچ میں ڈوبا گھنٹوں کھڑا رہتا ہوں۔

فضول خیالوں میں گم۔۔۔

برسوں پہلے، میں جہاں کہیں بھی جاتا اپنے ساتھ ایک چھوٹی سی بیاض رکھتا۔ پاگلوں کی طرح، جیسے کسی بخار میں پھنکتا ہوا، تخلیق کے شعلوں کو ہوا دیا کرتا۔ شعر جوڑتا، قافیے ملاتا، لفظوں کو الٹا پلٹتا۔ اور آج کل۔۔۔ کوئی ہوک نہیں اٹھتی۔

وہ کہاں ہے؟

میں کھڑکی سے باہر جھانکتا ہوں۔ وہ باغ میں ہے۔ ایک سونی خزاں کے آسمان کے نیچے، وہ درختوں اور جھاڑیوں کی وحشیانہ طریقے سے کاٹ چھانٹ کر رہا ہے، پوری پوری شاخیں اڑا رہا ہے، پتوں کو نوچ رہا ہے۔ سب سے زیادہ جھنجھلاہٹ اسے پرانے چنار کے درخت پر ہے۔ اس کے تنے کے قریب پھوٹتی شاخوں کو وہ بے رحمی سے اڑا رہا ہے، درخت پر چڑھ کر اس کی پھیلتی ہوئی سب شاخوں کو کاٹ رہا ہے۔ درخت اس کے بوجھ سے جھکتا ہے، اور کراہتا ہے۔

کبھی کبھی میری آنکھیں گھنٹوں اس پر لگی رہتی ہیں، اور میں کوشش کے باوجود اس پر سے نظریں نہیں ہٹا پاتا۔ اس کی پُرعزم گمبھیرتا، اس کی تندی۔ شام کے سائے اس کے چہرے پڑ رہے ہیں۔ اور وہ احمقانہ حد تک بڑھا کو لگ رہا ہے، اس موٹے شیشوں کی عینک کی وجہ سے، جو اس نے حال ہی پہننا شروع کی ہے۔ اس کی دور کی نظر کمزور ہے۔

مجھے معلوم ہے وہ ضرورت سے زیادہ کاٹ چھانٹ کر رہا ہے، اپنی تندی میں پودے جڑوں سمیت اکھاڑ کر پھینک رہا ہے۔ لیکن میں پھر بھی اس کو نہیں روکتا۔ کھڑکی میں خاموش کھڑا دیکھتا رہتا ہوں۔ اپنے آپ سے

کہتا ہوں: ''جو پودے بچیں گے، وہ بہار میں پھول دیں گے اور اس نقصان کا ازالہ ہو جائے گا۔''

پہلی دفعہ اسے کب پتہ چلا تھا کہ میں شاعر ہوں؟ میرا مطلب ہے یہ جو پاگل پن ہے جس نے ہم دونوں کو پچھلے ایک سال سے اپنی لپیٹ میں لے رکھا ہے۔

پچھلی سردیوں کے آخر میں میں بیمار پڑ گیا۔ میں نے اسکول سے کچھ دنوں کے لیے اس کی چھٹی کروادی تاکہ وہ میری تیمارداری کر سکے۔ کئی دنوں تک ہم تمام وقت مسلسل ایک ساتھ رہے۔ وہ میرے پاس سے ہلا تک نہیں۔ اس سے پہلے کبھی ایسا نہ ہوا تھا؛ کوئی دن نہ جاتا تھا جب میں شام کو باہر نہ نکلتا، آوارہ گردی کے لیے، لوگوں سے ملنے کے لیے، کیفے میں بیٹھنے کے لیے۔

میں بستر میں پڑا بخار میں پھنک رہا تھا۔ وہ گھر میں ٹہلتا یا اپنی نظریں مجھ پر جمائے، میرے کمرے کے دروازے پر بیٹھا رہتا۔ کبھی میں اس سے چائے مانگتا، اور وہ اٹھ کر باورچی خانے جاتا اور میرے لیے گرم گرم چائے کا کپ لاتا۔

شام کے سائے گہرے ہو رہے تھے۔ سرمئی آسمان نے کھڑکیوں کو ڈھانپ دیا تھا۔ ہم نے گھر کی بتیاں روشن نہیں کی تھیں کیوں کہ بیماری سے میری آنکھیں بے حد حساس ہو گئی تھیں۔

ہمارے درمیان بے پایاں خاموشی تھی۔ کیا میں اس سے کوئی بات کر سکتا تھا؟

کیا اس نے ہوم ورک کر لیا ہے؟

اس نے کمرے کے دوسرے کنارے سے اثبات میں سر ہلا دیا۔

میں اس سے کیا بات کر سکتا تھا؟

میں نے اس سے پوچھا، کیا وہ اب تک کلاس کا مانیٹر ہے؟ اس نے گردن کی جنبشوں سے ہاں اور نہیں میں جواب دیا۔

آخر میں تھک گیا اور اپنا سر تکیے پر گرا کر آنکھیں موندلیں۔ کمرہ اندھیرے میں ڈوب گیا۔ باہر پھوار پڑنے لگی۔ ان دنوں بیماری کے دوران میرے ذہن نے اِدھر اُدھر بھٹکنا شروع کر دیا تھا۔ عجیب وغریب خیالات آیا کرتے۔ میں بستر کے بارے میں تصور کرتا کہ وہ سفید، وسیع پہاڑوں اور تند دریاؤں کی ایک ہیبت ناک سرزمین ہے، اور میں اس کی کھوج میں ہوں۔

اور پھر گمبھیر سکوت۔ میرے جسم کے ہر خلیے کو اپنی لپیٹ میں لیتی ہوئی بستر کی وہ گرمی۔

اور اس رِستی ہوئی خاموشی میں اس کی کھردری آواز نے مجھے چونکا دیا۔

''بابا، تم کیا کرتے ہو؟''

میں نے آنکھیں کھولیں۔ وہ دروازے کے پاس بیٹھا تھا۔ اس کی آنکھیں مجھ پر تھیں۔

حیرت زدہ، میں نے تکیے کے سہارے اٹھنے کی کوشش کی۔

”کیا؟ کیا مطلب ہے تمھارا؟ کیا کرتا ہوں؟ ابھی؟ میں اونگھ رہا ہوں۔“

”نہیں۔ عام طور پر۔“ اور اس نے دوسری طرف منھ پھیر لیا، جیسے یہ سوال کر کے شرمندہ ہو۔

مجھے اس کا سوال سمجھنے میں کچھ دیر لگی۔ وہ میرے کام کے بارے میں پوچھ رہا تھا۔

کیا کلاس میں پیشوں کے بارے میں گفتگو ہوئی تھی؟

اسے معلوم نہیں۔

میں اسے اپنے کام کے بارے میں بتاتا ہوں۔ (میں اخبار کے تراشے جمع کرنے والے ایک دفتر میں ملازم ہوں۔) اس کی سمجھ میں نہیں آتا۔ میں تفصیل سے اس کو اپنے کام کے بارے میں بتاتا ہوں۔ لیکن اچانک وہ میرے کام کی نوعیت کو سمجھ جاتا ہے۔ اس پر کوئی ردعمل نہیں ہوتا۔ یوں لگتا ہے جیسے وہ کچھ مایوس ہوا ہو۔ میں سمجھ نہیں پاتا کیوں۔ اس کے کمزور ذہن میں یہ خیال تو نہیں آسکتا تھا کہ میں پائلٹ یا جہاز کا کپتان ہوں۔ کیا اس کا خیال تھا میں ہوائی جہاز اڑاتا ہوں؟ جہاز رانی سے متعلق ہوں؟

نہیں۔

پھر، اس نے کیا سوچا تھا؟

اس نے کچھ نہیں سوچا تھا۔

دوبارہ سکوت ہو جاتا ہے۔ وہ کونے میں گم سم، اداس بیٹھا ہے۔ اس کی عینک شام کے دھندلکے میں چمک رہی ہے۔ بارش اب تیز ہوگئی ہے۔ بوڑھا چنار باغ میں سہا کھڑا ہے، آنسوؤں میں بھیگا ہوا۔ اچانک مجھ سے اس کا غم برداشت نہیں ہو پاتا۔ میں بستر میں اٹھ کر بیٹھتا ہوں۔ اندھیرے میں میری آنکھیں پوری کھل جاتی ہیں، اور میں اس سے سرگوشی میں کہتا ہوں: ”درحقیقت میں کچھ اور بھی کرتا تھا۔ میں شاعری کرتا تھا۔ تمھارا باپ کبھی ایک شاعر تھا۔“ میں ہیجانی کیفیت میں پلنگ سے اٹھ کھڑا ہوتا ہوں۔ کتابوں کے طاقچے کے پاس جاتا ہوں اور ایک ایک کر کے اپنے مجموعے نکالتا ہوں۔

وہ مجھے خاموشی سے دیکھتا ہے۔ اس کی عینک ناک پر کھسکی ہوئی، اس کے بازو کرسی کے ہتھے پر بے جان سے پڑے ہوئے۔

میں اس کی کلائی پکڑ کر، گھسیٹ کر اپنے سامنے کھڑا کرتا ہوں۔ میں خشک ہاتھوں سے اپنی کتابوں کے صفحے کھولتا ہوں۔ چھوٹے چھوٹے خشک صفحات، جن کو مدتوں سے چھوا نہ گیا تھا، میرے ہاتھوں میں ہلکے سے سرسراتے ہیں۔ بوسیدہ کاغذ پر الفاظ کی سیاہ لکیریں سامنے لہراتی ہیں۔ الفاظ: خزاں، بارش، ترکاری۔

اس پر کوئی اثر نہیں ہوتا۔ وہ ساکت ہے، نظریں جھکائے، خاموش۔ بالکل غبی۔

میں نے اسے کمرے سے باہر بھیج دیا، اور اپنی کتابوں کو بانہوں میں بھر کر پلنگ پر لے آیا۔ رات گئے تک میرے کمرے کی بتی روشن رہی، اور میں تمام رات چاہت کے اس میٹھے درد کو محسوس کرنے کی سعی ناکام کرتا رہا جو کبھی میں نے ان قدیم نظموں میں انڈیلا تھا۔ الفاظ: روٹی، راہگزر، رسوائی۔

دوسرے دن میرا بخار کچھ کم ہو گیا تھا۔ میں نے اس کو اسکول بھیجا، اور اپنے مجموعوں کو دوسری کتابوں کے بیچ میں ٹھونس دیا۔ مجھے یقین تھا اس کی کچھ سمجھ میں نہیں آیا۔ دوسرے دن میں نے دیکھا میرے پانچوں مجموعے سلیقے سے ایک قطار میں لگے تھے۔ مجھے احساس ہوا کہ کسی چیز نے اس پر اثر کیا ہے۔ لیکن بس اتنا ہی۔

وہ اس کے اسکول کا آخری سال تھا۔ گو کہ اس حقیقت سے اس کی عادتوں میں کوئی فرق نہ آیا تھا۔ وہ اب بھی روزانہ شام کو آدھ گھنٹہ ہوم ورک کرنے میں گزارتا، کاپیوں میں جھکا کچھ لکھتا رہتا؛ اور پھر کاپیاں بند کر کے بستے میں رکھ دیتا اور گھر کے کام کاج میں لگ جاتا۔ کلاس میں وہ اب بھی اسی طرح کونے میں بیٹھتا، لیکن اب وہ کلاس میں حاضری کم دیتا تھا۔ چوکیدار اکثر اس کو اپنے پاس بلا لیتا، اور دوچھتی میں پرانے چولھے رکھوانے، اور تہہ خانے میں ٹوٹے فرنیچر کی مرمت میں اس کی مدد لیتا۔

جب وہ کلاس میں ہوتا تو ہمیشہ کی طرح مگن بیٹھا رہتا اور اس کی آنکھیں استاد پر مرکوز رہتیں۔

اسکول کے آخری دنوں کا وہ بجھا بجھا ماحول۔۔۔

کلاسیں ختم ہونے سے دو تین ہفتے پہلے اس کی کلاس میں میری ایک نظم پڑھائی گئی۔ نصابی کتاب کے آخری صفحوں میں چند نظمیں شامل تھیں، غالباً کسی خالی گھنٹے میں پڑھانے کے لیے۔ ان میں میری بھی نظم تھی، برسوں پہلے لکھی گئی نظم۔ وہ میں نے نوعمروں کے لیے نہیں لکھی تھی، لیکن لوگ غالباً یہی سمجھے تھے اور اسی لیے اسے نصاب میں شامل کیا گیا تھا۔

استاد نے وہ نظم کلاس میں پڑھ کر سنائی، اور مشکل الفاظ کے معنی بتائے۔ پھر ایک طالب علم سے نظم بہ آواز بلند پڑھنے کو کہا۔ شاید میرا بیٹا اس واقعے پر کوئی توجہ نہ دیتا اگر استاد نے اس کی طرف اشارہ کر کے کہا نہ ہوتا! ''لیکن ہاں۔۔۔ یہ اس کے والد کی نظم ہے۔''

اس انکشاف سے نہ تو کلاس میں میرے لڑکے کی حیثیت پر کوئی اثر پڑا اور نہ نظم کی اہمیت بڑھی۔ بہرحال، کلاس ختم ہوتے ہی یقیناً نظم اور شاعر دونوں بھلائے جا چکے تھے۔

لیکن میرا بیٹا شاید اس بات کو نہ بھولا۔ اس کا چہرہ دمکتا رہا۔ غالباً وہ کلاس روم خالی ہونے کے بعد دیر تک وہاں منڈلاتا رہا، ہیجانی کیفیت میں فرش سے چھلکے چنتا رہا، بلیک بورڈ صاف کرتا رہا۔

میں جب شام کو لوٹا تو گھر میں اندھیرا تھا۔ میں نے دروازہ کھولا تو اس کو اندھیرے میں منتظر پایا۔ وہ اپنے جذبات پر قابو نہ پا سکا۔ مجھ سے لپٹ گیا اور ایک وحشیانہ قسم کا واویلا شروع کر دیا۔ میرا دم گھٹنے لگا۔ اس نے مجھے نہ جیکٹ اتارنے کی مہلت دی اور نہ ٹائی ڈھیلی کرنے کا موقع دیا، اور مجھے بازوؤں سے گھسیٹتا ہوا ایک کمرے میں لے آیا۔ بتی جلائی، اپنی کتاب کھولی اور بھرائی ہوئی آواز میں میری نظم پڑھنے لگا۔ غلط سلط تلفظ، لفظوں کو کھاتا ہوا، آواز کو غلط جگہوں پر اٹھاتا ہو۔

اس کی پر آشوب کیفیت دیکھ کر میں چکرا گیا۔ رحم سے میرا دل پھٹنے لگا۔ میں نے اس کو سینے سے چمٹا لیا اور اس کے بالوں کو سہلانے لگا۔ یہ بات واضح تھی کہ وہ نظم کو سمجھ نہ سکا تھا، گو کہ نظم میں کوئی ایسے گہرے معنی نہ تھے۔

اس نے میری آستین پکڑلی اور پوچھا کہ میں نے یہ نظم کب لکھی تھی۔

میں نے اسے بتایا۔

میری دوسری نظمیں کہاں ہیں؟

میں نے اپنے مجموعوں کی طرف اشارہ کیا۔

بس صرف یہ پانچ مجموعے یا کچھ اور بھی؟ اس نے پوچھا چاہا۔

میں مسکرا دیا اور اپنی الماری کی ایک دراز کھول کر اسے دکھائی۔ دراز میں کاغذوں کے ٹکڑے، میری ادھوری نظمیں بیاضوں کے اوراق بکھرے پڑے تھے۔

کیا آج میں نے کوئی نئی نظم لکھی ہے؟ اس نے سوال کیا۔ میں اپنی ہنسی پر قابو نہ رکھ سکا۔ اس کا بے وقوف سا چہرہ اوپر اٹھا ہوا تھا اور وہ رشک و فخر سے مجھے تک رہا تھا۔ شام کا وقت تھا اور میں اب تک جیکٹ اور ٹائی میں ملبوس تھا۔

میں نے اسے بتایا کہ اس کی پیدائش سے پہلے نظمیں لکھنا میں نے چھوڑ دی تھیں، اور دراز میں جو کچھ کباڑ جمع ہے وہ مجھے کبھی کا پھینک دینا چاہیے تھا۔

میں نے جیکٹ اتاری، ٹائی کو ڈھیلا کیا اور بیٹھ کر جوتوں کے تسمے کھولنے لگا۔

وہ دوڑ کر میری چپلیں لے آیا۔

اس کے چہرے پر اداسی چھا گئی تھی۔

گویا اس نے کوئی بری خبر سن لی ہو۔

میں پھر ہنس پڑا۔

میں نے اس کے بال محبت سے پکڑے اور اس کا سر ہلایا۔

میں، جو اس کو چھونے سے گھبراتا تھا۔

چند دنوں بعد میں نے دیکھا کہ میری دراز کھلی ہوئی تھی۔ اس میں سے سارے کاغذ غائب تھے۔ ایک پرزہ تک نہ بچا تھا۔ میں نے اس کو باغ میں جا پکڑا۔ وہ ہاتھ میں کدال لیے درخت کے قریب خودرو جھاڑیاں صاف کر رہا تھا۔ اس نے ایسا کیوں کیا؟ اس کا خیال تھا مجھے ان کاغذات کی ضرورت نہ رہی تھی۔ اس نے دراز کی صفائی کر دی۔ کیا میں نے خود نہیں کہا تھا کہ میں لکھنا چھوڑ چکا ہوں؟

وہ سارے کاغذات کہاں چلے گئے؟

اس نے وہ سارے کاغذات پھینک دیے تھے جن پر کچھ لکھا ہوا تھا۔ چھوٹی چھوٹی بیاضیں اس نے ردی میں بیچ ڈالی تھی۔

میں نے اس کی خوب پٹائی کی۔ زندگی میں دوسری دفعہ، اور اس دفعہ بھی چنار کے نیچے۔ میں نے اپنے بوڑھے ہاتھوں کی پوری طاقت سے اس کے کھردرے رخساروں پر چانٹے لگائے۔

وہ بری طرح کانپنے لگا۔

اس کی مٹھیاں بھنچ گئیں۔ بیلچے میں اس کی انگلیاں گڑی رہ گئیں۔ وہ پلٹ کر مجھے مار سکتا تھا۔ اس میں اتنی قوت تھی کہ وہ مجھے مار گراتا۔

لیکن اچانک میرا غصہ جھاگ کی طرح بیٹھ گیا۔ تمام قصہ کتنا غیر اہم تھا۔ پرانی نظموں کے نشانات۔ نظمیں جو کب کی گم ہو چکیں۔ یہ لرزش کیسی؟

کیوں؟ جب کہ میری خاموشی پر مہر ثبت ہو چکی ہے۔

اور پھر میں نے سوچا کہ چلو، قصہ ہمیشہ کے لیے تمام ہوا۔ میرے وہم وگمان میں بھی نہ تھا کہ یہ تو آغاز تھا۔

گرمیوں کے طویل اکتا دینے والے دن۔ شفاف، نیلا آسمان، کبھی کوئی بھولا بھٹکا بادل کا ٹکڑا کسی خواب آگیں سفر پر آسمان کے ایک سرے سے تیرتا ہوا دوسری سمت نکل جاتا۔ تمام دن ہمارے چنار پر چڑیوں کے جھنڈ شور مچاتے۔

شامیں، سرخ، کھا جانے والی۔

بچے کا اسکول میں آخری دن۔

اور ایک دن بعد، سالانہ تقریب، اسناد کی تقسیم۔

اس کو ڈپلوما نہیں ملا، ظاہر ہے۔ بہر حال، وہ دوسرے لڑکوں کے ساتھ تقریب میں شریک ہوا۔ سفید قمیص اور خاکی پتلون پہن کر اسٹیج پر چڑھا (وہ کوئی سترہ سال کا ہو چکا تھا) اور دوپہر کی تیز دھوپ تلے بیٹھ کر تقریریں سنتا رہا۔ پرنسپل نے اساتذہ اور اسکول کے منتظمین کا شکریہ ادا کیا۔ جب چوکیدار کا نام آیا تو میں نے دیکھا میرے بیٹے کی نظریں مجموعے میں اس کو تلاش کرنے لگیں۔ میں ہال کے آخری سرے پر کرسیوں کے انبار کے پیچھے چھپا بیٹھا تھا۔ میرا ہیٹ میرے ٹخنوں پر دھرا تھا۔ تقریریں ختم ہو گئیں اور ورائٹی پروگرام شروع ہوا۔

دو موٹی تازی لڑکیاں اسٹیج پر چڑھیں اور کپکپاتی جذباتی آواز میں اعلان کیا کہ وہ پیانو پر ایک دھن سنائیں گی جو کسی نامعلوم موسیقار نے کئی سو سال پہلے ترتیب دی تھی۔ وہ ایک پرانے پیانو کے پیچھے بیٹھ گئیں اور چار ہاتھوں سے اس میں سے اداس سے سر نکالنے لگیں۔

والدین نے خوشی سے تالیاں بجائیں۔

ایک چھوٹا سا، گھونگھریالے بالوں والا لڑکا، ایک بڑا سا بربط اٹھائے اسٹیج پر آیا اور کسی دوسرے گمنام موسیقار کی دھن بجائی۔

میں نے آنکھیں بند کر لیں۔

مجھے یہ گمنامی کا خیال اچھا لگا۔

والدین نے پھر والہانہ انداز میں تالیاں بجائیں۔

اچانک مجھے کسی کی نگاہوں میں گرمی محسوس ہوئی۔ میں نے ادھر ادھر نظریں دوڑائیں۔ مجھ سے کچھ فاصلے پر چوکیدار بیٹھا تھا۔ اس نے مجھے دیکھ کر نرمی سے سر ہلایا۔

دو لڑکے اور دو لڑکیاں اسٹیج پر آئے اور کچھ پڑھنا شروع کیا۔ ایک کہانی، ایک مزاحیہ خاکہ، دو تین نظمیں۔

نظموں کی آواز کانوں میں پڑتے ہی میرا بیٹا اپنی سیٹ سے اٹھ کھڑا ہوا اور پریشان نظروں سے مجھے تلاش کرنے لگا۔ حاضرین کی سمجھ میں نہ آیا کہ وہ معنک، بے وقوف سالڑکا اسٹیج کے نیچے لوگوں کے سامنے کھڑا کس کو تلاش کر رہا ہے۔ اس کے ساتھیوں نے کھینچ کر اسے کرسی پر بٹھانا چاہا، لیکن وہ کھڑا رہا۔ اس کی نظریں میری تلاش میں ہال کے چاروں اطراف بھٹکتی رہیں۔ نظمیں اس کے کانوں میں گونج رہی تھیں اور وہ دھیمے دھیمے ان کے سُروں پر سر ہلا رہا تھا۔ اس نے چیخنا چاہا۔ لیکن وہ مجھے نہ پا سکا؛ میں نے خود کو کرسیوں کے بالکل نیچے تقریباً کبڑا کر لیا تھا۔

جیسے ہی تقریب اختتام کو پہنچی میں تیزی سے باہر نکل آیا۔ وہ شام کو گھر پہنچا۔ مجھے بعد میں پتہ چلا کہ مہمانوں کے جانے کے بعد وہ چوکیدار کے ساتھ ہال میں کرسیوں کی ترتیب ٹھیک کرتا رہا تھا۔

وقت آ پہنچا تھا کہ اس کی قسمت کا فیصلہ کیا جاتا۔ میں اس بات کو دہراتا ہوں کہ وہ سرحد پر تھا، خرد و جنوں کی سرحد پر۔ کیا میں نے وقت کو یونہی گزرنے نہیں دیا؟ کیا وہ اب تک میرے قابو میں ہے؟

فی الحال وہ میرے ساتھ گھر میں رہنے لگا۔ وہ اپنے باپ کی دیکھ بھال کرتا۔ پھر وہ نظموں کی طرف متوجہ ہونے لگا۔

ہاں، وہ اب تک بندی کرنے لگا تھا۔

قصہ یوں تھا کہ میری ادھوری نظمیں، کاغذ کے وہ ٹکڑے، میری وہ بیاضیں، اس نے ضائع نہ کی تھیں اور نہ ہی ردی میں بیچی تھیں۔ وہ سب کچھ اب تک اس کے پاس محفوظ تھا۔ اس دن چنار کے درخت کے نیچے اس نے مجھ سے جھوٹ بولا تھا۔

مجھے وہ سارے کاغذات اکٹھے نہیں ملے۔ شروع میں اس نے یہ سب مجھ سے چھپانے کی کوشش کی۔ لیکن آہستہ آہستہ مجھے علم ہوتا گیا۔ کاغذ کے ننھے منے ٹکڑے گھر میں اِدھر اُدھر اڑتے پھرتے، اس کی پتلون کی جیبوں سے جھانکتے، اس کے تکیے کے نیچے نظر آتے، اس کی چادر کے اندر کھڑکھڑاتے۔ اس نے ایک نئی عادت اپنالی۔ میں جب اسے کسی کام سے باہر بھیجتا تو وہ کاغذ کا ایک ٹکڑا نکالتا اور کام کی نوعیت اپنی بچکانہ، بری بڑی ٹیڑھی میڑھی لکھائی میں درج کر لیتا، املا کی غلطیوں سے بھرپور۔

''میں گمنامی میں ڈوب چکا ہوں،'' ایک دن اچانک اس نے مجھے بتایا۔

میری چھتری ٹوٹ گئی تھی اور میں نے اس کی مرمت کے لیے کہا تھا۔ فوراً اس نے ایک چھوٹی سی بیاض نکالی، میری پرانی بیاضوں میں سے ایک جو کبھی میری زندگی کا اٹوٹ حصہ تھیں، جن کو میں کتنی چاہت سے ہر وقت اپنی جیبوں میں رکھتا تھا تاکہ نظم آتے ہی اسے لکھ ڈالوں۔ کوئی بند، کوئی خیال، کوئی سطر۔

میرا حلق خشک ہو گیا۔ پیشانی پر پسینے کے قطرے پھوٹ نکلے۔ میرا ہاتھ خود بخود آگے بڑھا۔ اس نے فوراً بیاض میرے حوالے کر دی۔ میں نے کمزور لرزتے ہاتھوں سے اس کے صفحے پلٹے۔ سفید صفحے، نکالے ہوئے صفحوں کے کٹے ہوئے حصے۔ اور پھر ایک ٹوٹی پھوٹی سطر، میرے گھسیٹے ہوئے خط میں: ''میں گمنامی میں ڈوب چکا ہوں''، اور پھر خالی صفحے، مڑے ہوئے کونے۔

مجھے سکون ہو گیا۔ اس نے بیاض مجھے لوٹانا چاہی، لیکن میں نے اصرار کیا کہ وہ اسے اپنے پاس رکھا۔

وہ چلا گیا۔

اوپر اس کے کمرے میں جا کر میں نے اس کی میز کی تلاشی لی، لیکن مجھے کچھ نہ ملا۔ پھر میں نے اس واقعے کو فراموش کر دیا۔ شام کو میں نے اپنی میز پر پیلا سا کاغذ کا ٹکڑا دیکھا۔ اس میں میرے ہی خط میں تحریر تھا:

''یہ نیلا آسمان، آدمیت کے مقابل۔۔۔''

اور ''نیلا آسمان'' ایک مدھم سی لکیر سے کٹا ہوا۔

میں اس کے کمرے کی طرف دوڑا۔ وہ وہاں بیٹھا تھا، میرے مبہم انتظار میں۔ میں نے اس کی آنکھوں کے سامنے وہ کاغذ کا ٹکڑا تہہ کیا، اس کی میز پر رکھا اور کمرے سے نکل آیا۔ اس شام کھانے کے بعد مجھے پھر اپنی دو بھولی بھٹکی سطریں نظر آئیں:

''بے وقعت پھر تمھارے سامنے۔

یہ طویل، سست رو سردیاں۔''

اور کاغذ میں نے اسی وقت پھاڑ دیا۔

اور دوسری دن میرے ٹیڑھے میڑھے، تکلیف دہ خط میں:

''میرا جنوں میرے کمزور بیچ میں۔۔۔''

اور اس کے گرد درشتی اور تیزی سے مٹائے ہوئے الفاظ۔

اور اس پھٹے ہوئے کاغذ کے پاس گلدان میں ایک سرخ پھول رکھا تھا۔

اب میں پھولوں کے بارے میں بتاتا ہوں۔

گھر اب پھولوں سے بھر گیا تھا۔ طاقچوں سے، کوٹھری سے، پرانے بوسیدہ گلدان برآمد ہوئے اور پھولوں سے بھر گئے۔ وہ راستے میں چمپا جمع کرتا، باغوں سے گلنار چراتا، اور گھروں سے چوری چھپے گلاب توڑ کر لاتا۔ گھر تیز خوشبوؤں سے بھر گیا۔ زرد شاخیں میز پر بکھری رہتیں۔ مرجھائے ہوئے پھولوں کی پتیاں قالین پر چرمراتیں۔

میری میز پر کورے کاغذ کے دستے سلیقے سے رکھے رہتے۔ تراشی ہوئی نوک دار پنسلیں قریب ہی رکھی ہوتیں۔

اور یوں اپنے غبی ذہن کی ضد میں وہ مجھے دوبارہ شاعری پر راغب کرنے کی کوشش میں لگ گیا۔

شروع میں میں کافی محظوظ ہوا۔ میں چھوٹے چھوٹے پرزے اٹھاتا، ادھوری سطریں پڑھتا اور ان کو پھاڑ کر پھینک دیتا۔ پھولوں کو سونگھتا۔ خالی بیاضوں پر نوک دار پنسلوں سے نقطے اور لکیریں بناتا اور ہزاروں دفعہ اپنے دستخط کرتا۔

لیکن جلد ہی اس کا یہ جنوں بڑھنے لگا۔ ناقابل برداشت ہوگیا۔

میری پرانی بیاضوں سے نکلے ہوے وہ کاغذ پورے گھر میں میرا پیچھا کرتے۔ مجھے اندازہ نہ تھا کہ میں نے اتنا کچھ لکھنا چاہا تھا۔ وہ ان کاغذ کے ٹکڑوں کو ان کتابوں کے اندر رکھ دیتا جن کو میں پڑھ رہا ہوتا، میرے بریف کیس میں، بستر کے قریب لیمپ پر، صبح کے اخبار کے نزدیک، چائے کی پیالی کے نیچے، ٹوتھ پیسٹ کے قریب، یہاں تک کہ جب میں اپنا بٹوا کھولتا تو کاغذ پھڑپھڑاتے ہوے نیچے گرتے۔

میں انھیں پڑھتا، پھاڑتا اور پھینک دیتا۔

تب تک میں نے کوئی احتجاج نہ کیا تھا۔ میں تجسس میں گھر چکا تھا۔ میں پڑھنا چاہتا تھا کہ برسوں پہلے میرے ذہن میں کون سے خیالات موجزن تھے۔ اور پھر کبھی تو یہ کاغذ کے ٹکڑے ختم ہونے ہی تھے۔ اتنا تو مجھے یقین تھا: یہ سلسلہ ایک نہ ایک دن ختم ہو جائے گا۔

رات گئے جب میں لحافوں کے بوجھ تلے لیٹا ہوتا، اس کے قدموں کی آواز آتی۔ وہ گھر میں گشت لگاتا، میری شکستہ تحریر لیے ننھے منے کاغذ ادھر ادھر اُگاتا پھرتا۔ مڑے تڑے ایک دوسرے سے پیوستہ حروف، الفاظ کے نیچے کھنچی ہوئی موٹی سیاہ لکیریں۔

ہم دونوں نے معمول کے مطابق خاموشی برقرار رکھی۔ اور وہ روزانہ میرے پھاڑے ہوے کاغذوں کے ننھے منے پرزے راکھ دانوں اور ردی کی ٹوکریوں میں سے چنتا رہا۔

سوائے اس کے کہ اب کاغذوں کی موجیں تھمتی جا رہی تھیں۔ ایک صبح میں نے اپنی میز پر ایک صفحہ پایا جس پر اس کے ہاتھ کی ایک سطر لکھی ہوئی تھی۔ اس نے میرے خط کی نقل کرنے کی کوشش کی تھی۔ اگلی صبح پھر خالی صفحے پر اس کے ہاتھ کی بھدی لکھائی۔

اور پھول، ہر کمرے میں۔۔۔

اور آسمان، بادلوں سے ڈھکا ہوا۔۔۔

میرے ضبط کا بندھن ٹوٹ گیا۔ میں غصے سے پاگل ہوگیا، اور اس کے کمرے میں دندناتا ہوا پہنچا۔ وہ میز پر بیٹھا کچھ لکھنے میں مصروف تھا۔ وہی میرے خط کی نقل۔ میں نے بچی کھچی بیاضیں سمیٹیں اور عین اس کی آنکھوں کے سامنے پرزے پرزے کرنے لگا۔ میں نے گھر کے تمام گلدانوں سے پھول نوچ ڈالے اور دروازے پر ڈھیر کر دیے، اور اس کو حکم دیا کہ انھیں باہر پھینک کر آئے۔

''اب کھیل ختم ہوا''، میں نے اس سے کہا۔

اس نے پھول سمیٹے اور گھر کے قریب میدان میں دفن کرنے چل دیا، اور پھر واپس نہیں آیا۔ وہ تین

دن گھر سے باہر رہا۔ دوسرے دن میں نے پورے شہر کی خاک چھان ڈالی۔ (اس اثنا میں گھر گرد سے اٹ گیا اور باورچی خانے میں جھوٹے برتنوں کا انبار لگ گیا۔)

تیسرے دن سہ پہر کو وہ واپس لوٹا۔ دھوپ کی تمازت سے اس کا رنگ جل گیا تھا، اور اس کے کپڑوں میں مٹی کی خوشبو تھی۔

میں نے غصے کو قابو میں کیا اور اس کو اپنے سامنے پکڑ کر بٹھایا۔

وہ کہاں گیا تھا؟ کیا ہوا تھا؟ وہ گھر سے کیوں بھاگا تھا؟

وہ گھر کے قریب ایک میدان میں سوتا رہا تھا۔ جب میں گھر سے باہر نکلتا تو وہ چپکے سے اپنے کمرے میں آ کر چھپ جاتا۔ ایک دفعہ میں اچانک گھر آ گیا تھا اور وہ اپنے کمرے میں موجود تھا۔ لیکن مجھے علم نہ ہو سکتا تھا۔ وہ کیوں بھاگ گیا تھا؟ وہ تسلی بخش جواب نہ دے سکا۔ اس کا خیال تھا کہ میں چاہتا ہوں وہ میری نظروں سے دور ہو جائے۔ اس کا خیال تھا میں تنہائی میں نظمیں لکھنا چاہتا ہوں کیوں کہ اسکول میں شاعروں کے بارے میں یہی بتایا گیا تھا۔ ان کی تنہائی کے بارے میں۔۔۔

وہ منحوس استاد۔

یا یہ سب اس کی مکاری تھی؟

اب وقت آ گیا ہے کہ میں اس کا فیصلہ کروں۔ وہ اب سرحد کے اس پار لڑکھڑانے لگا ہے۔

میں نے انتہائی صبر کے ساتھ اس سے دیر تک بات کی۔ تم اب کیا چاہتے ہو؟ میں نے اس سے کہا۔ مجھے جتنا کچھ لکھنا تھا، میں لکھ چکا۔ میں شاعری ترک کر چکا ہوں۔ آخر تم کیا چاہتے ہو مجھ سے؟

اس نے اپنی آنکھوں پر ہاتھ رکھ لیے۔ اور اس کے منھ سے شدت جذبات میں کچھ الفاظ نکلے جو میں بڑی مشکل سے سمجھ پایا۔ اس کا خیال تھا کہ میں دکھی ہوں، میں خوش نہیں ہوں۔

کاش اس لمحے تم نے اسے دیکھا ہوتا۔

وہ ضعیف العقل لڑکا، خرد و جنوں کی سرحد پر کھڑا ہوا، اس کی عینک آہستہ آہستہ اس کی ناک پر پھسلتی ہوئی، لمبا تڑنگا، اٹھارہ برس کا۔

خزاں کی دھوپ شام کے وقت خراماں خراماں کمروں سے گزرتی ہوئی۔ برابر والے گھر سے موسیقی کی آواز۔ کوئی وائلن کے سروں کی مشق کر رہا ہے، ایک ہی مشق کئی دفعہ، اور ہر دفعہ بے سری۔ ایک تار سے ہر دفعہ غمناک سی چیخ نکلتی ہے۔

اچانک مجھے اپنی موت کا یقین ہو گیا ہے۔ میں سوچ سکتا ہوں کہ باغ میں گھاس یوں ہی سرسراتی رہے گی۔

میں اس کو دیکھتا ہوں جیسا وہ حقیقتاً ہے: ایک نامکمل تخلیق۔

میں مسکراتا ہوں اور سرگوشی میں کہتا ہوں، ''میں تھک گیا ہوں۔ غالباً تم نے میرے لیے لکھ سکتے ہو۔''

وہ سکتے میں رہ جاتا ہے۔ اپنی عینک اتارتا ہے اور اسے قمیص سے صاف کر کے دوبارہ پہنتا ہے۔

''میں نہیں لکھ سکتا،'' وہ بھی سرگوشی کرتا ہے۔

اتنا کرب۔ یقیناً وہ نہیں لکھ سکتا۔ مجھے اب آزاد ہونا ہے۔ یہ زنجیریں توڑنی ہیں، یہ رشتے، یہ بندھن۔۔۔ برسوں کی اذیت۔ آدمی اس پر رو سکتا ہے۔ وہ سب مجھے اس کے ساتھ اکیلا چھوڑ گئے۔ اور پھر وہی بے سُری وائلن کی تان۔

''تم میری مدد کرو گے،'' وہ آہستہ سے کہتا ہے، گویا ہم دونوں میں یاری ہے۔

''میں تمھاری کوئی مدد نہیں کروں گا۔''

مجھ پر گہری تھکان طاری ہو گئی۔

میں اٹھ کر کھڑا ہوا، ہیٹ اٹھایا اور باہر نکل آیا۔ دو دفعہ نو آموز موسیقار کے گھر کا چکر لگایا اور شہر کی طرف چل پڑا۔

رات کو جب میں واپس آیا تو وہ جا چکا تھا۔ مجھے پھر اپنا کھانا خود تیار کرنا پڑا۔ اور جب میں سلائس کاٹ رہا تھا تو چھری میرے ہاتھ سے پھسل گئی۔ کئی سال بعد خون بہا تھا۔

میرا خیال تھا کہ وہ گھر سے بھاگ گیا ہے، لیکن وہ آدھی رات کو واپس آ گیا۔ اس وقت میں اپنے کمرے کی بتی گل کر چکا تھا۔ وہ گھر میں ٹہلنے لگا۔ کمرے کو اپنے قدموں سے ناپتا، بالکل جیسے میں ٹہلا کرتا تھا، جب لفظوں کا دریا میرا اندر تلاطم برپا کرتا، الفاظ جب نظموں کی صورت باہر نکلنے کی کوشش کرتے۔

میں اس کے گشت کرنے کی آواز سنتے سنتے سو گیا۔

دوسرے دن اس نے اپنا کمرہ خالی کیا۔ اسکول کی کتابیں، انسائیکلوپیڈیا جو اسے تحفے میں ملے تھے، کاپیاں، ڈبے، تمام چیزیں باہر نکال دیں۔ نئے کاغذوں کے دستے اور چھلی ہوئی پنسلیں اپنی میز پر منتقل کر لیں۔

خزاں کے آنے سے آسمان پھیکا پڑ گیا تھا۔

میں ریٹائرمنٹ کے بارے میں سوچنے لگا۔ کچھ رومانوی سے انداز میں۔ ملازمت چھوڑ دوں، گھر بیچ ڈالوں، پیسے سمیٹوں اور فرار ہو جاؤں، کہیں دور، کسی دور دراز مقام پر۔ کسی قدیم شکستہ بندرگاہ میں رہائش اختیار کرلوں، اور وہاں سے کسی بڑے شہر کی چھوٹی سی کھولی میں منتقل ہو جاؤں۔ مختصراً؛ ارادے، حماقتیں۔ میں نے ٹریول ایجنسیوں کے چکر لگانا شروع کر دیے۔ اور رنگ برنگے کتابچوں سے لدا پھندا گھر پہنچنے لگا۔ گھر کے باہر باڑھ پر 'برائے فروخت' کا تختہ لٹکا دیا۔

ہلکی سی بارش ہوئی۔

ایک جمعے کو میں اپنی بیٹیوں سے ملنے یروشلم گیا اور سبت کا دن وہاں گزارنے کا فیصلہ کیا۔

میرا بے حد گرم جوشی سے استقبال کیا گیا۔ انھوں نے میرے اعزاز میں موم بتیاں جلائیں اور گھر کو

پھولوں سے بھر دیا۔ نواسے نواسیاں میری چھڑی سے کھیلتے رہے۔ مجھے احساس ہوا اب تک میں ان لوگوں سے غفلت برتتا رہا تھا۔ کھانے کے وقت انھوں نے مجھے میز پر سب سے اہم جگہ بٹھایا۔

میں پوری شام اس کی باتیں کرتا رہا، کسی جنونی کی طرح۔ میں نے موضوع نہیں بدلا، کوئی اور بات کرنے پر تیار نہ ہوا۔ میں نے ان لوگوں سے اس کا حل طلب کیا، اصرار کیا کہ اسے کسی کام پر لگانا ضروری ہے۔ میں نے اعلان کیا، میں ملک سے باہر جا رہا ہوں، دنیا کی سیر کرنے۔ اب کوئی اور اس کی ذمے داری اٹھائے۔ وہ کارآمد ثابت ہوسکتا ہے۔ وہ کسی کی بھی خدمت کر سکتا ہے۔ کچھ بھی کرے، بس میں اب اس کی ذمے داری نہیں لے سکتا۔ اب مجھے آزادی چاہیے۔ اب وہ بالغ ہو چلا ہے۔

میں نے نظموں کے بارے میں ایک لفظ نہ کہا۔

پہلی بار میرے دامادوں نے مجھے بھرپور توجہ دی۔ لڑکیاں چکرا گئیں، پریشان ہوگئیں۔ تم دونوں کے درمیان کیا ہوا ہے؟ ہم سب میز سے اٹھ گئے اور کافی پینے کے لیے آرام کرسیوں میں بیٹھ گئے۔ بچے لباس تبدیل کر کے شب بخیر کہنے آئے۔ ننھے منے ہاتھوں کو ہلاتے انھوں نے ایک شاعرہ کے دو مصرے پڑھے، وہ شاعرہ جس کو مرے ہوئے ابھی زیادہ عرصہ نہ گزرا تھا۔ پھر انھوں نے ہونٹوں سے میرا چہرہ گیلا کر دیا اور سونے کے لیے چلے گئے۔ میں اس کی باتیں کرتا رہا۔ میری توجہ بٹانے کی تمام کوششیں ناکام ہو چکی تھیں۔ وہ جب بے حد تھک چکے تھے۔ وہ اب صرف سر ہلا رہے تھے۔ وقتاً فوقتاً وہ ایک دوسرے کی طرف یوں دیکھتے گویا میں پاگل ہو گیا ہوں۔

اور پھر وہ سب اچانک اٹھ کھڑے ہوئے، مجھ سے کچھ کہے بغیر۔ مجھے آہستگی سے پکڑ کر بستر تک لے گئے۔ مجھے بوسے دیے اور اپنے اپنے کمروں میں چلے گئے۔

تب مجھے پتہ چلا پوری شام باہر طوفان امنڈتا رہا تھا۔ ایک جواں سال درخت کی شاخیں کھڑکی سے ٹکراتی رہیں، شیشے پر منھ مارتی، فریم سے ٹکراتی۔ تمام رات وہ درخت میرے بستر تک پہنچنے کی کوشش کرتا رہا۔ جب میری آنکھ کھلی، ہر سو خاموشی تھی۔ طوفان تھم چکا تھا۔ آسمان صاف تھا، سوائے بادلوں کے چند ٹکڑوں کے۔ جواں سال درخت سورج کی طرف منھ کیے خاموش کھڑا تھا۔ صرف چند ٹوٹے ہوئے، چمکیلے پتے کھڑکی کی منڈیر پر پڑے تھے۔

میں دوپہر میں گھر واپس چلا گیا۔ میرے دامادوں نے اس کے لیے ملازمت تلاش کرنے کا وعدہ کیا۔ میری بیٹیوں نے کسی نیم معطل ادارے کا تذکرہ کیا۔

سردیاں گویا زمین سے پھوٹ پڑی تھیں۔ سڑک اور فٹ پاتھ کے درمیان ننھے منے تالاب بن گئے تھے۔ میرا عکس ہلکورے لیتا اور ہزار کرچیوں میں بکھر جاتا۔

وہ گھر پر نہیں تھا۔ اس کا کمرہ مقفل تھا۔ میں باہر باغ میں گیا اور کھڑکی سے اس کے کمرے میں جھانکنے کی کوشش کرنے لگا۔ کھڑکی کھلی تھی اور کمرہ بالکل صاف ستھرا تھا۔ سفید کاغذ اس کی میز پر چمک رہے تھے۔ ان پر

یقیناً کچھ لکھا ہوا تھا۔ میں واپس اندر آیا اور اس کا دروازہ کھولنے کی کوشش کی، لیکن کامیابی نہ ہوئی۔ دوبارہ باہر آیا اور ایک بڑا سا پتھر اس کی کھڑکی کے نیچے لڑھکا کر اس پر چڑھنے لگا۔ لیکن میری ٹانگیں کانپنے لگیں۔ میں بوڑھا ہو چلا تھا۔ اچانک میں نے سوچا: ''وہ میرا کیا لگتا ہے؟'' میں اندر گیا، ٹائی بدلی اور دوستوں کی تلاش میں کیفے کی طرف چل پڑا۔

ہفتے کی رات۔ سڑکوں پر شوروغل۔ ہم کیفے کے ایک کونے میں جمع ہیں۔ بوڑھے، تلخ، فنکار، کوٹوں میں لپٹے، بجھے ہوئے آتش فشاں۔ دھواں اگلتے ہوئے، جھریوں بھرے ہاتھوں سے دنیا کو مسلتے ہوئے۔ زمین سے منجمد کرنے والے بخارات اٹھ رہے ہیں اور کیفے کی شیشے کی دیوار دھندلا چکی ہے۔ میں کرسی میں بے سدھ پڑا ہوا ہوں، سگریٹ کا ٹکڑا انگلیوں میں دبائے مرغولے بناتا ہوا، پتھریلے فرش پر چھڑی کو رقص دیتا ہوا۔ میں جانتا ہوں، یہ شہر ریت پر بنا ہے، گم سم اور دشوار گزار، مکانوں اور فٹ پاتھ کی پتلی سطح کے نیچے جلی ہوئی ریت کا ایک وسیع صحرا ہے۔

اچانک چند لمبے بالوں والے، غلیظ لا ابالی نوجوانوں کا ایک گروہ باہر گلی میں نمودار ہوتا ہے۔ ہم ان کو دیکھ کر بھنویں چڑھاتے ہیں، ناکیں سکیڑتے ہیں۔ میرا بیٹا اس غول کے پیچھے پیچھے چلتا ہوا نظر آتا ہے۔ اس کے رخسار تمتمار ہے ہیں۔

وہ سب برابر والے کیفے کی خالی کرسیوں پر ڈھیر ہو جاتے ہیں۔ میرا لڑکا ان سے کچھ فاصلے پر ایک کرسی میں دبک گیا ہے۔ ان کے درمیان غل غپاڑے کی صورت میں کوئی گفتگو ہونے لگی ہے۔ میری نظریں اس پر جمی رہتی ہیں۔ کوئی اٹھتا ہے، جیب سے کاغذ کا ایک ٹکڑا نکالتا ہے اور ایک نظم پڑھنا شروع کرتا ہے۔ کوئی توجہ نہیں دے رہا، سوائے میرے بیٹے کے۔ وہ ایک ایک کے پاس آ کر رکتا ہے، اور پھر میرے لڑکے کے اوپر جھک جاتا ہے۔ کچھ لوگ ہنستے ہیں۔ کوئی جھک کر میرے بیٹے کے گالوں کو تھپتھپاتا ہے۔

مجھے یقین ہے کسی کو اس کا نام نہیں معلوم۔ اور نہ اس کے باپ کا۔

چند لمحوں بعد میں کھڑا ہوتا ہوں۔ چھڑی سنبھالتا ہوں اور ساحل کی طرف نکل جاتا ہوں، سیاہ سمندر کو دیکھنے۔ اور پھر گھر۔ میں صوفے پر لیٹ جاتا ہوں۔ اخبار اٹھاتا ہوں اور ورق گردانی کرنے لگتا ہوں۔ ادبی صفحے پر نظر ڈالتا ہوں۔ ایک نظم کی دو تین سطریں پڑھتا ہوں، افسانے کا ایک پیراگراف، اور رک جاتا ہوں۔ ادب مجھے بور کرتا ہے، رلا دینے کی حد تک۔ اور پھر میں سو جاتا ہوں، لباس تبدیل کیے بغیر۔ خواب دیکھتا ہوں کہ مجھے آپریشن کے لیے لے جایا جا رہا ہے۔ مجھے سُن کرنے کا انجکشن دیا جا رہا ہے اور پھر میری چیر پھاڑ شروع ہو جاتی ہے۔ لیکن مجھے درد کا احساس نہیں ہوتا۔ میری آنکھ کھل جاتی ہے۔ پھر بے ہوشی۔ بے جان گوشت کے لوتھڑے کی طرح۔ تب میری سمجھ میں آتا ہے؛ میرے چہرے پر روشنی پڑ رہی ہے۔

میں سردی سے کپکپاتا ہوا اٹھتا ہوں۔ میرے کپڑوں پر شکنیں ہیں۔ باہر ہلکی ہلکی بارش ہو رہی ہے۔ میں باورچی خانے میں جاتا ہوں، کیتلی چڑھاتا ہوں اور پانی کے ابلنے کا انتظار کرتا ہوں۔ جھوٹے برتنوں کا انبار لگا

ہوا ہے۔

ایک بڑی سی چھکڑا گاڑی، جس کی بتیاں گل ہیں، ہماری تنگ گلی میں رینگتی ہوئی آتی ہے۔ ہمارے گھر کے سامنے روشن کھمبے کے نیچے، بریک کی چرمراتی آواز کے ساتھ رکتی ہے۔ اندر سے شور وغل کی آوازیں آتی ہیں۔ پھر خاموشی کا ایک طویل وقفہ۔ ایک دروازہ کھلتا ہے اور کسی کو اتارا جاتا ہے۔ چہرہ ہیبت زدہ، حواس باختہ۔ یہ میرا بیٹا ہے۔ اس کے نقوش ساکن ہیں۔ اس کے چہرے پہ مسکراہٹ کا سایہ تک نہیں۔ ایک اور دروازہ کھلتا ہے، اور ایک شخص گھسٹ کر باہر نکلتا ہے، سڑک کے بیچوں بیچ، شراب کے نشے میں چور۔ وہ میرے لڑکے کی طرف بڑھتا ہے۔ اس کا ہاتھ تھامتا ہے اور جوش سے ہلا ہلا کر مصافحہ کرتا ہے۔ اور پھر کار میں واپس دھنس جاتا ہے۔

کار کے اندر مقید انسانی ہجوم کے چیخنے چلانے کی آوازیں۔ خاموشی کا ایک طویل وقفہ۔۔۔ پھر ایک جھٹکا اور گھڑ گھڑاہٹ۔ اور اندھی، ٹوٹی پھوٹی گاڑی ایک کالے کچھوے کی طرح سرکتی ہوئی گلی سے باہر نکل جاتی ہے۔

میرا بیٹا کھمبے کے نیچے کھڑا ہے، عین اسی جگہ جہاں اس کو اتارا گیا تھا۔ کافی دیر تک وہ ساکت کھڑا رہتا ہے۔ اس کا جسم ہلکا سا آگے کو جھکا ہوا ہے۔ اچانک وہ دُہرا ہو جاتا ہے اور قے کرتا ہے۔ ہتھیلی سے منھ صاف کرتا ہے اور لڑکھڑاتا ہوا گھر کے اندر داخل ہوتا ہے۔ باورچی خانے کی طرف سے ہوتا ہوا گزرتا ہے، میری موجودگی سے بے خبر، اور اپنے کمرے میں داخل ہو کر دروازہ بند کر لیتا ہے۔ شراب کی مدھم سی بو ہال میں تیرنے لگتی ہے۔

سرما۔ بارش کے پہلے چھینٹے کے ساتھ ہی یہ نشیبی علاقہ دلدل میں تبدیل ہونے کی سعی کرنے لگتا ہے۔

ایک بوڑھا شاعر، جو اب تقریباً اندھا ہو چلا ہے، جو مسلسل احمقانہ، ترحم آمیز نظمیں چھپوا کر نوجوان شاعروں کے دل جیتنے کی کوشش میں لگا رہتا ہے، سڑک پر مجھ سے ٹکراتا ہے۔ میری بانہوں میں بازو ڈال کر سرمئی آسمان کے نیچے، گیلی سڑکوں پر مجھے گھماتا ہے۔ بالآخر آنکھ کے خفیف سے اشارے کے ساتھ مجھے اطلاع دیتا ہے کہ نوجوان فنکاروں کے ساتھ وہ میرے بیٹے سے بھی مل چکا ہے۔

''اچھا نوجوان ہے۔ کیا وہ لکھتا ہے؟''

چاروں طرف سے افواہیں مجھے گھیر لیتی ہیں۔ کچھ لوگوں کا کہنا ہے وہ اسے ستاتے ہیں، چھیڑتے ہیں۔ دوسروں کا خیال ہے کہ بگڑے ہوئے نوجوانوں نے خوشی کے ساتھ اس کو اپنے گروہ میں شامل کر رکھا ہے۔ انھیں روز روز تو ایک بے زبان احمق نہیں مل سکتا۔ اس کے علاوہ وہ ایک نوجوان شاعر کا منظورِ نظر بن چکا ہے، اور ایک ادبی رسالے کے ایڈیٹر کا چپراسی بھی۔

میں اس کو سخت الفاظ میں برا بھلا کہتا ہوں۔ لیکن وہ نہیں سنتا۔ خالی الذہن، اس کی آنکھیں بادلوں سے ڈھکی دنیا کا جائزہ لیتی ہیں۔ وہ مجھے دیکھتا تک نہیں۔ اس کا چہرہ چند ہفتوں میں کچھ زرد پڑ گیا ہے۔ اس کے بھدے، غبی نقوش میں ایک راہبانہ، روحانی سی کیفیت پیدا ہو چکی ہے۔ مجھے معلوم ہے: اگر میں نے احتیاط نہ کی اور اگر میرے منھ سے کچھ نکل گیا تو وہ بھاگ جائے گا، پاگل ہو جائے گا، گلیوں میں آوارہ پھرے گا۔ مجھے بدنام

کرے گا۔ پہلے ہی وہ گھر کو نظر انداز کرنے لگا ہے۔ وہ کھانا باہر کھاتا ہے۔ باغ ایک جھنکاڑ میں تبدیل ہو گیا ہے۔ میرا خیال تھا اسے پودوں سے محبت تھی۔

جب وہ گھر میں ہوتا ہے، خود کو کمرے میں بند کر لیتا ہے اور کسی جنونی کی طرح لکھتا رہتا ہے۔ ہم نے اب تک اس کی ایک نظم بھی نہیں دیکھی، لیکن مجھے یقین ہے کہ وہ لکھتا ہے۔

میں بال میں اس کو جا لیتا ہوں۔ اس کی آستین پکڑ کر کھینچتا ہوں اور طنز بھرے لہجے میں کہتا ہوں ''محترم لکھتے ہیں! جی؟''

وہ میرے ہاتھ کی گرفت سے نکلنے کی کوشش کرتا ہے۔ میرا لہجہ اس کو پریشان کر دیتا ہے۔ اس کی کچھ سمجھ میں نہیں آتا، اور وہ مجھے خوف بھری نظروں سے دیکھتا ہے گویا میں لا علاج ہوں۔

اس میں گھنٹوں اپنے کمرے میں بند ہو کر توجہ مرکوز رکھنے کی حیرت انگیز صلاحیت ہے۔ کبھی کبھار وہ ڈرائنگ روم میں داخل ہوتا ہے، کتابوں کی الماری کی طرف جاتا ہے، نظموں کا کوئی مجموعہ اٹھاتا ہے اور گھنٹوں اس میں سر دیے کھڑا رہتا ہے۔ اس کا قاعدہ ہے کہ وہ صفحہ نہیں پلٹتا۔ پھر وہ خاموشی سے کتاب واپس رکھ کر کمرے سے نکل جاتا ہے۔ پچھلے دنوں سے وہ لغت استعمال کرنے لگا ہے۔ وہ اکثر لغت کھول کر دیر تک اندھوں کی طرح اس کے صفحے الٹتا پلٹتا ہے۔ مجھے یقین نہیں کہ اسے لغت کا استعمال آتا ہوگا۔

آخر مجھ سے رہا نہیں جاتا۔ میں اس سے پوچھتا ہوں وہ کون سا لفظ تلاش کر رہا ہے۔

وہ جاننا چاہتا ہے کہ آسمان کو کس طرح لکھا جاتا ہے۔

''آسمان؟''

''لفظ، آسمان۔۔۔''

''کیا مطلب ہے کس طرح لکھا جاتا ہے؟ جس طرح بولا جاتا ہے آسمان، اسی طرح لکھا جاتا ہے۔''

اس کی سمجھ میں نہیں آتا۔ وہ اسی طرح خوفناک حد تک سنجیدہ صورت لیے کھڑا ہے۔

''س سے یا ث سے؟'' وہ سرگوشی کرتا ہے۔

''ث سے؟'' میں غصے سے دہاڑتا ہوں۔ ''ث سے کیوں؟''

وہ اپنے ہونٹ کاٹنے لگتا ہے۔

''اور پھر تمھیں آسمان سے کیا کرنا ہے آخر؟''

وہ کوئی جواب نہیں دیتا۔ آہستگی سے لغت بند کرتا ہے اور اپنے کمرے میں چلا جاتا ہے۔ کچھ دیر بعد وہ پھر دبے پاؤں کمرے میں داخل ہو کر لغت اٹھاتا ہے اور تلاش شروع کر دیتا ہے۔ میں چونک پڑتا ہوں۔

''اب کیا؟''

''آزادی۔'' وہ ہکلاتا ہے۔

''آزادی؟ کیا مطلب؟''

”ز سے یا ذ سے؟“

ایک بار پھر وہی ناقابل فہم طیش کی لہر۔ اس لیے اور بھی کہ خود میں گڑبڑا رہا ہوں کہ آزادی کیسے لکھا جاتا ہے۔ میں اس کے ہاتھ سے لغت چھینتا ہوں اور جنونی کیفیت میں لفظ تلاش کرنے لگتا ہوں۔

اسی دوران میرے ریٹائرمنٹ کے منصوبے کی تیاری ہو رہی ہے۔ وقتاً فوقتاً لوگ گھر دیکھنے آتے ہیں جو کہ میں فروخت کرنا چاہتا ہوں۔ میں انھیں سارے کمرے دکھاتا ہوں؛ ان کو ہر کونے کھدرے میں جھانکنے کی اجازت دیتا ہوں؛ نیچے تہہ خانے میں لے جاتا ہوں؛ احاطے کے گرد، باغ میں اور بالکنی کے پیچھے لے جاتا ہوں؛ دھیمی آواز میں اس مکان کی خصوصیات گنواتا ہوں جس میں، میں نے تیس سال گزارے ہیں؛ اور پھر سرد مہری سے مکان کی قیمت بتاتا ہوں۔ میں ان کے نام پوچھتا ہوں اور جواب میں اپنا نام بتاتا ہوں۔ وہ کاغذ پر جھک کر میرا نام لکھتے ہیں، ایک نام جو ان کے لیے بالکل اجنبی ہے۔ ان کے چہروں پر اس نام سے مانوسیت کی کوئی رمق نظر نہیں آتی۔ کیا انھوں نے اپنی زندگی میں آج تک شاعری نہیں پڑھی؟ غالباً میں اس خطے سے گمنام ہی اٹھ جاؤں گا۔

گاہکوں کو البتہ باغ دیکھ کر شدید مایوسی ہوتی ہے۔ خودرو جھاڑیاں اور کیچڑ۔ میرا لڑکا بیلچہ اٹھانے سے قطعی انکاری ہے۔ آخر خود ہی باغبانی کے اوزار اٹھاتا ہوں اور ہر روز جھاڑیاں اکھاڑتا ہوں۔

آفس میں میرے لیے الوداعی پارٹی۔ تمام لوگ چھٹی سے ایک گھنٹہ پہلے، شام چار بجے، اکٹھے ہوئے۔ کیک پیش کیے گئے اور جام بلند ہوے۔ کافی دیر تک میری خدمات کو سراہا گیا۔ بعضوں کی آنکھوں میں، میں نے آنسو بھی دیکھے۔ کسی نے میری شاعری کا تذکرہ نہیں کیا۔ گویا میرے احساسات کو مجروح کرنا نہ چاہتے ہوں۔ اور تقریب کے اختتام پر ایک الوداعی تحفہ؛ ایک پینٹنگ، مٹیالا سمندر۔

میں اپنا سامان باندھتا ہوں۔ کتابوں کے سامنے تذبذب میں کھڑا ہوں۔ کسے ساتھ رکھوں، کسے چھوڑ جاؤں۔ میں اپنے دامادوں کو لڑکے کے مستقبل کے بارے میں تاکیدی خطوط ارسال کرتا ہوں۔ میں فون پر ان سے بات کرتا ہوں اور اصرار کرتا ہوں کہ کچھ کریں۔ بالآخر وہ مجھے ایک دن شہر کے ایک چھوٹے سے کیفے میں ملاقات کا وقت دیتے ہیں۔ میز کے گرد بیٹھ کر وہ مجھے اپنا منصوبہ بتاتے ہیں۔ انھوں نے معلومات کروائی ہیں۔ اور یروشلم کے نزدیک ایک بوڑھے جلد ساز نے لڑکے کو جلد سازی سکھانے کے لیے آمادگی کا اظہار کیا ہے۔ لڑکے کے کھانے پینے اور رہنے کا انتظام بھی وہیں ہوگا۔ بوڑھے جلد ساز کا ایک ایسا ہی بیٹا تھا جو کسی بیماری میں چل بسا۔ البتہ اس نے ایک شرط رکھی ہے۔ اگر لڑکا بیمار ہو جائے، مثلاً اگر اسے مرگی کے دورے پڑنے لگیں، یا کچھ اور۔۔۔ تو اس کو فوراً واپس لینا ہوگا۔ وہ لوگ ایسی صورت میں اس کی دیکھ بھال اور تیمارداری کا ذمہ ہرگز نہیں لے سکتے۔

لہٰذا میرے دامادوں نے مزید کھوج کے بعد ایک ایسی بوڑھی عورت تلاش کر لی ہے جو اس جلد ساز کے گھر کے قریب ہی رہتی ہے۔ وہ لڑکے کو بیماری کی حالت میں قبول کرنے کو تیار ہے۔ ظاہر ہے کچھ پیسوں کے عوض۔ اور بس۔ مجھے صرف ان دونوں انتظامات کے کاغذات پر رضامندی کے دستخط کرنے ہیں۔

وہ کاغذات نکالتے ہیں۔

میں فوراً دستخط کرتا ہوں۔ لیکن میں غصے سے آگ بگولا ہورہا ہوں۔

''جہاں تک مرگی کے دورے وغیرہ کا تعلق ہے، تم لوگوں کا تردد بے معنی ہے۔ تمھیں معلوم ہے وہ ان میں سے نہیں ہے۔ وہ بورڈر لائن کیس ہے۔ میں نے یہ ہزار دفعہ بتایا ہے، لیکن تم لوگ سمجھتے ہی نہیں۔ خیر، چھوڑو ان باتوں کو۔''

میرے داماد کاغذات سمیٹتے ہیں اور نقل میرے لیے چھوڑ دیتے ہیں۔ کافی کے آخری گھونٹ چڑھاتے ہیں اور شفقت آمیز مسکراہٹ سے مجھے دیکھتے ہیں۔

''دیکھا آپ نے۔ آپ سمجھتے تھے ہم آپ کا خیال نہیں رکھتے۔۔۔''

دوسرے دن میں پھر کاغذات پر دستخط کرتا ہوں۔ اس دفعہ مکان کی فروخت کے کاغذات پر۔ مجھے ایک مناسب گاہک مل ہی گیا۔ بہرحال مکان بیچ کے مجھے اچھی خاصی رقم مل گئی ہے جو کہ صرف زمین کی قیمت ہے۔ مکان کو مسمار کردیا جائے گا۔

گھر کی اشیا مکان کی قیمت میں شامل تھیں۔ تین مزدور شام کو آئے اور گھر خالی کرنا شروع کردیا۔ تمام چیزیں چلی گئیں سوائے دو عدد گدّوں کے۔ انھوں نے وہ میز تک اٹھالی جس پر وہ بیٹھ کر لکھ رہا تھا۔ وہ غصے سے پاگل ہوگیا۔ کاغذوں کو بازوؤں میں سمیٹے، وہ خالی مکان میں بھٹکتا رہا۔ چند کاغذات پھسل کر فرش پر گر گئے اور ایک مزدور نے انھیں اٹھا کر لیمپ ان میں لپیٹنا شروع کردیا۔ وہ اپنے بھاری بھرکم ڈیل ڈول کے ساتھ مزدور پر پل پڑا، اور اس کو دانت سے کاٹنے کی کوشش کی۔

مجھے احساس ہوا کہ شام کے وقت اس کے حواس بالکل کند ہوجاتے ہیں۔

نوٹوں سے میری درازیں بھر گئی ہیں۔ گو کہ مجھے جائیداد کی اصل قیمت کا ایک چوتھائی ہی ملا ہے لیکن پھر بھی نوٹوں کے انبار لگ گئے ہیں۔ میں سب کچھ بیچ دینا چاہتا ہوں۔ اور جو نہیں بیچ سکتا، اسے بانٹ دیتا ہوں۔ کتابوں کے انبار میں زبردستی دوستوں کے گھر پہنچاتا رہا ہوں۔ اگر میرے لڑکے کو ذرا بھی فرصت ہوتی تو شاید وہ میری نکالی ہوئی چیزیں ردی میں بیچ دیتا۔

ہم تہہ خانے کے پھیرے لگاتے ہیں اور پرانے کپڑے، جھاڑوئیں، مزید کتابیں، مسودے۔۔۔ میرے اپنے اور دوسروں کے۔۔۔ بے کار، فضول اشیا، ٹوٹی پھوٹی چیزیں نکالتے ہیں۔ تہہ خانے کے زینے پر تین دن تک گرد و غبار کا طوفان سا چھایا رہتا ہے۔

کیفے میں میں اپنے دوستوں سے کہتا ہوں: ''دیکھو، اس طرح آزاد ہوا جاتا ہے بندھنوں سے۔''

ساتھ ساتھ، میں باقاعدگی سے شہر کی چھوٹی سی بندرگاہ پر روز جاتا ہوں تاکہ سیاحت کے شوق کو ہوا دے سکوں، جہاں گردی کی چنگاری سلگا سکوں۔ اوورکوٹ پہنے، چھتری ہاتھ میں لیے، میں کرینوں کے درمیان گھومتا پھرتا ہوں، نمک اور زنگ کی بُو سونگھتا، جہازیوں سے بات چیت کرنے کی کوشش کرتا۔ میں ابھی تک یہ سوچ رہا ہوں

کہ کہاں جاؤں۔ پہلے میں نے سوچا تھا یوروپ میری منزل ہوگا۔ پھر خیال آیا کیوں نہ یونانی جزیروں پر جا کر رہ جاؤں۔ میری ایک ترک جہاز کے کپتان سے باسفورس کے سفر کی بات چیت چل رہی تھی کہ اس اثنا میں میں نے ایک احمقانہ قیمت پر قبرص تک آنے جانے کا جہاز کا ٹکٹ خرید لیا۔ میں نے جہاز میں چڑھ کر اپنی ہونے والی کیبن کے دروازے کو چھڑی سے تھپتھپایا۔

یہ سفر میری جہاں گردی کا نقطۂ آغاز ہوگا۔ اس کے بعد کوئی اور سفر، کوئی اور منزل۔

میرا بیٹا مسلسل لکھتا رہتا ہے، کھڑے کھڑے، گویا عبادت میں مصروف ہو۔ اس کے کاغذ کھڑکی کی منڈیر پر بکھرے رہتے ہیں، جس کو وہ میز کے طور پر استعمال کر رہا ہے۔ کاغذوں کے قریب ایک چھوٹی سی لغت رکھی رہتی ہے جس کو اس نے اس تمام ہنگامے میں کسی طرح بچا لیا ہے۔ میں جب اس کا ہیولا دیکھتا ہوں، مجھے خیال آتا ہے؛ یہ جیسا بھی ہے، کسی عورت کے ساتھ سو سکتا ہے۔ اور کیا معلوم؟ ہوسکتا ہے وہ یہ کر بھی چکا ہو۔ اس نے اب تک میری ریٹائرمنٹ کی حقیقت کو نہیں سمجھا ہے، میری متوقع روانگی کو۔ وہ اپنے مشغلے میں مصروف ہے۔ ایک دوپہر میں نے بڑی مشکلوں سے اسے اس جنون سے نکالا اور اپنے ساتھ بوڑھے جلد ساز سے ملاقات کرانے یروشلم لے گیا۔

وہ سردیوں کا ایک لطیف سا دن تھا۔ بادل چھائے ہوئے تھے لیکن بارش نہیں ہو رہی تھی۔ یروشلم کے بس اسٹیشن پر بوڑھا جلد ساز سامان ڈھونے والے پرانے، چھوٹے سے ٹرک میں ہمارا انتظار کر رہا تھا۔ ٹرک کے پچھلے حصے میں بغیر جلد کی کتابوں کے انبار ہچکولے کھا رہے تھے۔ وہ ہمیں شہر کے مضافات میں لے گیا۔ درختوں سے لدی پھندی وادی کے دامن میں، سرحد کے قریب کی آبادی میں اس کا گھر تھا۔ اس نے خاموشی سے ہمیں گھر میں داخل ہونے کا اشارہ کیا اور اس کی بیوی نے خاموشی سے ہمارا استقبال کیا۔ چائے اور کیک سے ہماری تواضع کی گئی اور ہمیں کھانے کی میز کے گرد بٹھایا گیا۔

میں ان لوگوں سے مل کر بہت خوش ہوا۔ انھوں نے نہایت غور سے میرے بیٹے کا جائزہ لیا۔ یہ تو نہیں کہا جا سکتا کہ وہ اسے دیکھ کر خوشی سے کھل اٹھے لیکن ان دونوں نے اطمینان کا سانس ضرور لیا۔ غالباً وہ بدتر حالت کی توقع کر رہے تھے۔ رفتہ رفتہ ہمارے درمیان بات چیت کا سلسلہ شروع ہوا۔ میں یہ جان کر حیران رہ گیا کہ جلد ساز میرے نام سے واقف تھا اور اسے یقین تھا کہ اس نے میری کوئی تحریر پڑھ رکھی تھی (گو نہ معلوم کیوں اس کا خیال تھا کہ میں نثر نگار ہوں) لیکن یہ بیس برس پہلے کی بات تھی۔

سچ تو یہ ہے کہ میں بے حد ممنون تھا۔ باہر ہوا سرسرا رہی تھی۔ میز پر رکھے سماوار میں چائے جوش کھا رہی تھی (عجیب وغریب قدیم عادتیں!)۔ جلد ساز کے گھر کے باغ میں ایک پرانا درخت بھی تھا، ہمارے درخت سے زیادہ بوڑھا اور پھیلا ہوا۔ اس کا تنا گٹھیلا اور گرہ دار تھا۔ سردیوں کی شفق کھڑکی سے پرے پھیکی پڑ رہی تھی۔ سرمئی آسمان میں ڈوبتے سورج کے شعلے لپک رہے تھے۔ دو وقتوں کی ملتی ہوئی سرحدیں۔ وہ میرے برابر بے حس بیٹھا تھا، بھاری ڈیل ڈول کا نوبالغ لڑکا۔ چائے کا بھرا ہوا پیالہ اس کے سامنے جوں کا توں رکھا تھا۔ کیک کو اس نے

ہاتھ تک نہ لگایا تھا۔ وہ جھکا ہوا بیٹھا تھا، اس کی نظریں اندھیری ہوتی کھڑکی پر جمی تھیں۔ وہ ہماری گفتگو نہیں سن رہا تھا، اپنی ہی دنیا میں گم تھا۔ اچانک وہ اپنی جیب سے ایک کاغذ نکالتا ہے، الفاظ سے سیاہ کاغذ۔ وہ اس کو کھول کر اپنے سامنے رکھتا ہے، اس پر ایک لفظ لکھتا ہے اور تہہ کر کے دوبارہ رکھ لیتا ہے۔

ہماری گفتگو تھم جاتی ہے۔ بوڑھا جلد ساز اور اس کی بیوی اس کو حیرت سے دیکھنے لگتے ہیں۔

''یہ لکھتا ہے۔'' میں مسکرانے کی کوشش کرتا ہوں۔

ان کی سمجھ میں نہیں آتا۔

''یہ شاعر ہے۔''

''شاعر!'' وہ سرگوشی میں دہراتے ہیں۔

اسی لمحے باہر بارش شروع ہو گئی۔ شام کی نارنجی روشنی کمرے میں بھر گئی۔ وہ کھڑکی کے پاس بیٹھا تھا۔ لگتا تھا جیسے اس کے بالوں سے شعلے اٹھ رہے ہوں۔

وہ مجھے غیر یقینی نظروں سے دیکھتے ہیں۔ اور وہ، قلم اس کی انگلیوں میں پھسلتا ہوا، ہم سب پر خاموش گمبھیر نظر ڈالتا ہے۔

''یہ نظموں کا مجموعہ چھپوائے گا۔ تم اس کی جلد بنا سکتے ہو۔'' میں جلد ساز سے کہتا ہوں۔

جلد ساز کی کچھ سمجھ میں نہیں آتا۔ کیا میں اس کا مذاق اڑا رہا ہوں؟ بالآخر ایک شک میں لپٹی ہوئی مسکراہٹ اس کے چہرے پر پھیل جاتی ہے۔

''یقیناً اس کی کتاب چھپے گی۔ ہم اس کی جلد بنائیں گے۔''

''مفت میں؟'' میں چھیڑتا ہوں۔

''ہاں، مفت میں۔''

میں اٹھتا ہوں۔

''ٹھیک ہے، وعدہ رہا۔ سنا تم نے۔'' میں اس سے مخاطب ہوتا ہوں۔

اس نے نہیں سنا۔

(باہر نکلنے سے پہلے جلد ساز اور اس کی بیوی مجھے ایک کونے میں لے گئے اور یاد دلایا کہ لڑکے کی بیماری کی صورت میں وہ اس کے ذمے دار نہ ہوں گے۔ میں نے انھیں تسلی دی کہ ایسی کوئی بات نہیں ہوگی اور یہ کہ اس صورت میں انتظام کر لیا گیا ہے۔)

ہم باہر نکل آئے۔ جلد ساز ہمیں بس اسٹیشن تک نہ چھوڑ سکتا تھا کیوں کہ اس کے ٹرک کی بتی خراب تھی۔ ہم نے ان دونوں کو خدا حافظ کہا، اور خاموش، برستے ہوئے آسمان کے نیچے سڑک پر چلنے لگے۔ وہ قطعی بے حسی کی حالت میں تھا۔ وہ کولتار کی سڑک پر اپنے پیر گھسیٹتا ہوا چل رہا تھا۔ ہم بس اسٹیشن پر پہنچے اور اسٹینڈ کے نیچے کھڑے ہو گئے۔ ہمارے اطراف زیرِ تعمیر رہائشی عمارتیں تھیں، ننگی چٹانیں اور خاکستر زمین۔ شہر اور ویرانے کا ملاپ۔

یروشلم کی اداس ترین صورت، ہمیشہ برباد۔ یروشلم کو جتنا بھی تعمیر کیا جائے، اس کی تباہی کی یاد باقی رہے گی۔

میں اس کی طرف مڑا اور میرے منھ سے صاف اور واضح الفاظ نکلے:

''جلد ساز اور اس کی بیوی بہت اچھے لوگ ہیں۔ لیکن تمھیں ان کے ساتھ تمیز کا مظاہرہ کرنا ہوگا۔''

وہ خاموش رہا۔ ایک سائیکل سوار قریب سے گزرا۔ اس کی نظر لڑکے پر پڑی اور اس نے چہرہ فوراً موڑ لیا۔

اب بالکل اندھیرا تھا۔ رہائشی علاقوں میں بتیاں ایک ایک کر کے روشن ہو رہی تھیں۔ ہم دونوں شیڈ کے نیچے تنہا کھڑے تھے۔ اچانک میں نے کہا، ''میں نے اس صفحے پر نظر ڈالی تھی۔ اس میں ایک نظم لکھی ہوئی تھی۔ دیکھا تم نے، تم خود سے لکھ سکتے ہو۔ تمھیں میری ضرورت نہیں ہے۔''

اس نے نظریں اٹھا کر مجھے دیکھا اور خاموش رہا۔

میں اس کے قریب ہو گیا، بہت قریب۔

''مجھے وہ نظم دکھاؤ۔''

''نہیں۔''

''کیوں؟''

''تم اسے پھاڑ دو گے۔''

''نہیں نہیں۔ میں نہیں پھاڑوں گا۔''

اور میں نے کاغذ لینے کے لیے ہاتھ آگے بڑھایا۔ لیکن وہ پیچھے ہٹ گیا۔ میں نے زبردستی اس سے کاغذ لینے کی کوشش کی لیکن وہ مدافعت کرنے لگا۔ اس دفعہ وہ مجھے یقیناً مار سکتا تھا۔

ایک اور سائیکل قریب سے گزری۔ دور سے آتی ہوئی بس کی آواز سنائی دی۔

یہ اس کی نظم کے بارے میں ہماری آخری بات چیت تھی۔

مجھے معلوم نہ تھا۔

یہ تین دن پہلے کی بات تھی۔

یہ موسم کتنا جان لیوا ہے۔ کھڑکیوں پر برف کے ذرے چمٹے رہتے ہیں یا دھند جمی رہتی ہے۔ اس سے شدید سردی پہلے کبھی نہیں پڑی۔ یہ کبھی نہ ختم ہونے والی سرمئی دھند، رات اور دن، صبح کے وقت مزید گہری ہوتی ہوئی۔ یہ آئینے میں کون ہے؟ میں، اب تک۔ ایک دراڑ پڑے پتھر کی طرح۔ صرف آنکھیں نمایاں ہیں، چمکتی ہوئی، حیرت انگیز طور پر زندہ۔

میں اب رخصت ہونے والا ہوں۔ ایک کشتی نکل چکی ہے۔ اس پر میں سوار نہ ہو پایا۔ دوسری کشتی میری منتظر ہے۔ مجھے صرف ضروری اشیا سوٹ کیس میں ٹھونسنی ہیں، تولیے تہہ کرنے ہیں، رقم اٹھانی ہے اور چل پڑنا

ہے۔ ہمیں ان دو گدوں پر گزارا کرتے ہوئے اب دو ہفتے سے زائد ہو چلے ہیں۔ نیا مالک مکان روز آتا ہے اور ہمیں وہیں پاتا ہے۔ اب اس کے ضبط کا بندھن ٹوٹنے ہی والا ہے۔ وہ میرے گرد منڈلاتا رہتا ہے، اس انتظار میں کہ اب میں اپنا بوریا بستر باندھ کر رخصت ہو جاؤں۔ کل اس نے دھمکی بھی دی کہ وہ مجھ پر مقدمہ کر دے گا۔ اس نے اس مکان پر زندگی بھر کی جمع پونجی لگا دی ہے۔ اس کے بھی کچھ خواب ہیں۔

بس اب مجھے اپنا بوریا بستر واقعی سمیٹنا ہے۔ لڑکے کو بوڑھے جلد ساز کے پاس یروشلم روانہ کرنا ہے سرحد کے قریب جو اس کا انتظار کر رہا ہے۔ اب اس کو مزید التوا میں نہیں ڈالنا چاہیے۔ کیوں کہ لڑکے نے روز رات کو آوارہ گردی شروع کر دی ہے۔ اس نے لکھنا بند کر دیا ہے۔ کل میں نے آدھی رات تک اس کا انتظار کیا لیکن وہ اس وقت تک نہ لوٹا تھا۔ وہ پو پھٹنے کے قریب واپس آیا۔ اس کے قدموں کی آہٹ سے میری آنکھ کھلی۔

بالکنی کا دروازہ میرے ہاتھوں کے نیچے چرچراتا ہے۔ فرش گیلا ہے۔ اس پر ٹوٹے ہوئے پتے اور ٹہنیاں بکھری ہوئی ہیں، گئے طوفان کے نشانات۔ آسمان سرد اور بے امید ہے۔ ہلکی ہلکی بارش اور صبح کی روشنی۔ یہ وسیع اور مانوس کائنات میرے سامنے یوں خاموشی سے قطرہ قطرہ ٹپکتی ہوئی۔ درخت کے پتے سرسراتے ہوئے۔

کیا میرے اندر لکھنے کی کوئی خواہش نہ رہی تھی؟ کیا میرا جی نہ چاہتا تھا کہ کچھ کہوں؟ لیکن کہنے کے لیے اب کیا باقی رہا تھا۔ میں بتاتا ہوں؛ یہ سب ایک دھوکا ہے، مایا ہے۔ دیکھو، ہمارا چنار تک گر رہا ہے۔ اس کی چھال تہہ بہ تہہ اترتی جا رہی ہے۔ باغ کے رنگ پھیکے پڑ گئے ہیں، پتھروں پر کائی جم رہی ہے۔

ایک سست رو تیر کی مانند آسمان کی جانب اٹھ جانا۔ روئی کے گالوں جیسے بادلوں میں لیٹ جانا۔ واپس زمین پر اترنا اور بے تغیر نیلاہٹ کو تکتے رہنا۔

میں شاعر ہوں جسے شاعری سے چھٹی مل گئی ہے۔ اب بارش ہو رہی ہے۔ قطرے میرے اوپر گر رہے ہیں۔ میں واپس اندر جاتا ہوں۔ مکان میں ایک اداس سی خاموشی چھائی ہوئی ہے۔ خراٹوں کی مدھم آواز اس میں تیر رہی ہے۔ میں اوپر اس کے کمرے میں جاتا ہوں، میرا گاؤن زمین پر گھسٹتا ہوا، میرا بھاری سایہ بند دروازوں پر پڑتا ہوا۔

وہ فرش پر بچھے گدے پر سو رہا ہے۔ فرش پر رکھا ایک چھوٹا سا لیمپ اس کے سرہانے روشن ہے۔ وہ اب تک بغیر اس ابدی روشنی کے نہیں سو سکتا۔ کھڑکی پہ پڑی چق سے صبح کی روشنی چھن چھن کے اندر آ رہی ہے۔

میں خاموشی سے اپنے قدموں میں اس کو سوتا ہوا دیکھتا ہوں۔ جب واپس جانے کے لیے مڑتا ہوں تو اچانک میری نظر اخبار کے چند صفحوں پر پڑتی ہے جو اس کے گدے کے پاس فرش پر بکھرے پڑے ہیں۔ مجھ پر دہشت طاری ہو جاتی ہے۔ میں فوراً جھک کر صفحے اٹھاتا ہوں۔ صفحے اب تک نم ہیں۔ ان کی سیاہی میری انگلیوں پر اتر آتی ہے۔ میں کھڑکی کے قریب جاتا ہوں جہاں صبح کی ہلکی سی روشنی ہے۔

کسی فضول سے ہفتہ وار اخبار کا ضمیمہ ہے۔ اور تاریخ۔۔۔ تاریخ آج کے دن کی ہے، دن جو ابھی شروع ہونے والا ہے۔ میں بے جان ہاتھوں سے صفحے پلٹتا ہوں۔ ایک صفحے کے حاشیے کے قریب ایک پاگل پنے کی نظم،

بغیر آہنگ کے، سطریں جو اچانک ختم ہو جاتی ہیں، ہبکانے والی تکرار، بے طور اوقاف۔

اچانک خاموشی گہری ہو جاتی ہے۔ اس کی سانسوں کی آواز رک گئی ہے۔ وہ آنکھیں کھولتا ہے، بوجھل، سرخ، نیند میں ڈوبی آنکھیں۔ اس کے ہاتھ گدے کے قریب رکھی ہوئی عینک کو تلاش کرتے ہیں۔ وہ عینک پہنتا ہے اور کھڑکی کی طرف مجھے دیکھتا ہے۔ ایک نرم، دل رُبا، کچھ اداس سی مسکراہٹ اس کے چہرے کو جگمگا دیتی ہے۔

اب میری نظر پڑتی ہے۔ وہ میرا نام ہے جو نظم کے اوپر شکستہ خط میں لکھا ہوا ہے۔

سنڈریلا

سعید کوشوا (اسرائیل)

ترجمہ: خورشید امام

اس کہانی کے مترجم ڈاکٹر خورشید امام صاحب نے جواہر لال یونیورسٹی ایشین اسٹڈیز (نئی دہلی) سے پی ایچ ڈی کی، پھر عبرانی سے ماسٹرز کرنے کے لیے 'ہبرو یونیورسٹی آف یروشلم' گئے۔ فی الحال جواہر لال یونیورسٹی میں ہی شعبۂ عربی وافریقی مطالعات میں عبرانی کے استاد ہیں۔ آپ ہندوستان میں عبرانی زبان کے واحد استاد ہیں۔ زیر نظر کہانی بھی براہ راست عبرانی زبان سے ترجمہ کی گئی ہے۔

ہرزل حلیوا نے ایک چیخ لگائی اور دہشت کے مارے جھٹکے سے اپنے سر کو تکیہ سے اٹھایا۔ یہ اس کے ساتھ کوئی پہلی بار نہیں ہوا تھا بلکہ پہلے بھی ہوتا رہا ہے۔ سکتے میں آہستہ آہستہ سانس لیتا اور چھوڑتا ہوا اپنے دھڑکتے دل کو خاموش کرنے کی کوشش کرتے ہوئے اس نے ساتھ پڑے ہوئے جسم کو تھوڑا سا خم دیا اور صبح کی گہری نیند کی طرف پھر سے لوٹ جاتا ہے۔ اس بات سے مطمئن ہونے کے بعد کہ اس شخص کا نام اینا وون اور پتہ نہیں 'سرنیم' جیسا کچھ تھا جو اس وقت اسے یاد نہیں آ رہا، وہ پھر سے سو جاتا ہے۔ وہ آہستہ سے بستر سے اٹھ کھڑا ہوا۔ اس نے اپنے ٹراؤزر کو اس انداز سے کھینچ کر پہنا مانو پینٹی ہوس پہن رہا ہو۔ آہستہ آہستہ صبر کے ساتھ بنا شور کیے پہلے دائیں پاؤں کو اور پھر بائیں۔ بیلٹ کے بکل کو تھامے ہوئے تاکہ آواز نہ کرے۔ اس نے اپنے آپ کو پتلون کی چین بند کرنے سے بھی روکے رکھا۔ اپنی بیلٹ بند کرنے کے بعد اس نے اپنی قمیص پہنی اور فرش سے اپنے جوتے اٹھائے۔ وہ پیروں کی انگلیوں کے بل دروازہ تک پہونچا اور آہستہ سے کنڈی کھولی۔ جرمنی سے اس خوبصورت رضا کا ۔ اس کا کیا نام ہے، کی طرف آخری نگاہ ڈالی اور کمرے سے باہر نکل گیا۔

یہ بالکل بھور کا وقت ہے اور ہاسٹل کا گلیارا خالی ہے جیسا کہ اس کا خیال تھا۔ جب وہ کمرے سے ایک

محفوظ فاصلے تک پہنچ گیا تو اس نے اپنا جوتا پہنا، اپنی پتلون کی چین بند کی، قمیص کے بٹن لگائے اور سیڑھی سے اتر کر نیچے لابی میں پہنچا۔ استقبالیہ پر وہی کلرک موجود تھا جس سے چند گھنٹے قبل اس سے وقت ملاقات ہوئی تھی جب وہ وون (یا اس جیسا ہی کوئی نام) کے ساتھ وہاں آیا تھا۔ وہ کلرک کے پاس سے گزرا جو بڑے اچھے انداز میں مسکرایا اور انگریزی میں اسے سلام کیا: ''گڈ مارننگ سر!'' کلرک کے برتاؤ میں دشمنی جیسا کچھ بھی نہ تھا جو چیک اِن کرتے وقت اس نے ہرزل کے ساتھ دیکھا تھا۔ شک بھری نگاہ کے ساتھ کلرک اس سے عربی میں مخاطب ہوا اور پراسرار طریقے سے رات کے لیے اس سے پیشگی ادائیگی کا مطالبہ کیا۔ اس وقت وہ اسے نہیں پہچانتا تھا اور اس کے خیال میں وہ شاید کوئی مقامی یا کوئی بھی سیاح ہے۔ اس بات پر حلیوا کو کوئی حیرانی نہیں ہوئی۔ حلیوا نے بھی انگریزی میں جواب دیتے ہوئے کہا: ''آپ کو بھی گڈ مارننگ!'' یہ اس نے اپنے الفاظ کو نگلتے ہوئے کہا تا کہ اس کا لہجہ ظاہر نہ ہونے پائے اور وہ ہاسٹل سے نکل کر پرانے یروشلم نامی خطے کی گلیوں میں داخل ہوتا ہے۔

سورج بس ابھی طلوع ہونا شروع ہی ہوا ہے، اور باہر کی روشنی بھی نیلی ہے۔ وہ بالکل سرد ہو جاتا ہے جس کی وجہ سے وہ اپنی ریڑھ کی ہڈی کے اندر تک کپکپی محسوس کرتا ہے۔ وہ اپنے ہاتھ کو تیزی سے ملتا ہوا آگے بڑھ جاتا ہے۔ وہ اس جگہ سے نکلنے کے لیے مختصر ترین راستہ یاد کرنے کی کوشش کرتا ہے۔ وہ اچانک ناک سڑک کر نگلنے لگتا ہے۔

اسے اندازہ نہیں کہ وہ کہاں جا رہا ہے، اس کے باوجود کہ اس نے گذشتہ رات ایک تجربے کار مقامی کی طرح ایک جرمن سیاح کی شیخ جراح کے ایک پب سے مشرقی یروشلم کے محفوظ عرب خطے تک رہنمائی کی۔ وہ اپنی قسمت آزماتا ہے اور اپنے آپ کو یہ یاد دلاتا ہے کہ اسے طلوع آفتاب سے مغرب کی جانب چلنا چاہیے جو زیادہ محفوظ ہے۔

جمعے کے روز صبح کے وقت دن کی پہلی ہلچل اور بند دروازوں کے پیچھے پوشیدہ صحن سے تمباکو نوشوں کے گلا صاف کرنے والوں، روتے ہوئے بچوں اور بیت الخلا میں بہتے پانی کی آواز اس کے کانوں کی تک پہنچنے لگیں تھیں۔ وہ اپنی رفتار تیز کر دیتا ہے، اس سے پہلے کوئی اسے پہچانے وہ وہاں سے نکل جانا چاہتا تھا۔ اس بات سے وہ اپنے اس اعتماد کو دوبارہ بے فائدہ حاصل کرنے کی کوشش کرتا ہے جو اس کے پاس اس وقت تھا جب وہ وہاں آیا تھا۔ وہ اب ہچکتے ہوئے دائیں جانب مڑنے کا فیصلہ کرتا ہے۔ وہ تقریباً دوڑ رہا تھا۔ چند دکانیں کھلی ہوئی تھیں، وہ انھیں پار کرتا ہوا نکل گیا۔ ان میں زیادہ تر بیکری کی دکانیں تھیں جن سے اٹھنے والی گرم اور تازہ خوشبو اس کے نتھنوں میں بھر جاتی ہے۔ اس وقت اسے روٹی اور زعتر (۱) کی طلب کیسے ہو سکتی تھی۔ اسے پیچھے سے شور وغل کی آواز آتی ہے تو وہ پاتا ہے کہ کالے لباس میں یشیوا (۲) کے طلبا کا ایک جھنڈ تیزی سے گزر رہا تھا۔ ان میں اس کے جیسی تیز رفتاری نہیں تھی۔ اسے ان سے دوری بنا کر رکھنا تھا، کیوں کہ اسے ڈر تھا کہ کہیں وہ ان کا نشانہ نہ بن جائے اور وہ ان کی زد میں نہیں آنا چاہتا تھا۔ وہ پرانے شہر سے باہر نکلنے کا راستہ کھو جتا ہے۔

دوڑنے سے کسی کو بھی شک ہو سکتا تھا، سو اس نے تیز تیز چلنے کا فیصلہ کیا اس امید پر کہ سامنے جافا گیٹ

(۳) ہے۔ وہ تیزی سے اسی سمت چلتا ہے اور اس بڑے دروازے، جس کے آر پار سب کچھ دکھتا ہے، کے پاس پہنچ کر کافی راحت کی سانس لیتا ہے۔ وہ آہستہ آہستہ آرام سے چلنے لگتا ہے۔ وہ اس بات سے کافی مطمئن تھا کہ اس کے پیچھے اسرائیلی پولیس کا حفاظتی دستہ موجود ہے۔ دن کے اس ابتدائی وقت میں پرانا شہر چھوڑنے والا وہ غالباً اکیلا شخص ہوگا جس سے اسرائیلی پولیس اہلکار ذاتی تفصیلات کے لیے پوچھ گچھ نہیں کریں گے۔ وہ اب کل رات کی کامیابی کو یاد کرتا ہے۔ اس نے اپنی پتلون کی جیب سے سگریٹ کا ایک پیکٹ نکالا اور ایک سگریٹ سلگالی۔ صبح کا پہلا لمبا کش اس کے پھیپھڑوں کو بھرنے لگتا ہے، وہ خوشی سے مسکرایا۔ حالاں کہ وہ اب امپیریل کا (۴) ذائقہ برداشت نہیں کرسکتا تھا۔ اپنی گلی یوسسکن میں چلنا کافی راحت کی بات ہے۔ ویکنڈ کا اخبار اس کے اپارٹمنٹ کے باہر اس کا انتظار کر رہا تھا، وہ دو دو کر کے سیڑھیاں اوپر چڑھتا گیا اور پھر اچانک ٹھٹھک کر رک گیا۔ اسے یوں لگا جیسے وہ برف میں جم گیا ہو۔

نوگا وہاں اپارٹمنٹ کے دروازے پر ٹیک لگائے ہوئے بیٹھی تھی۔ وہ اس کی طرف دیکھتی ہے، اس کی آنکھیں سرخ اور سوجی ہوئی تھیں۔ اس کے دل سے ساری خوشیاں پھر سے اڑ گئیں۔

''ارے!'' اس کے بالوں کو سہلانے کی غرض سے اس طرف وہ جھکتے ہوئے بولا۔

وہ اس کے ہاتھوں کو جھٹکتے ہوئے کہتی ہے: ''مجھے مت چھوؤ کمینے!'' وہ کہتے ہوئے کھڑی ہوگئی۔

''ارے'' وہ پُرجوش لہجے میں کہتا ہے۔ وہ پھر بدبداتا ہے: ''میں وضاحت کرسکتا ہوں۔''

وہ شاید بس کچھ ثابت کرنے کے لیے پوری رات وہاں بیٹھی رہی تھی۔ آنکھوں میں آنسو لیے وہ وہاں سے چل دیتی ہے۔ وہ پھر بڑبڑاتی ہے: ''کمینے! تم کمینے ہو!''

وہ اس کا پیچھا کرتے ہوئے سیڑھیوں سے نیچے بھاگتا ہے۔ اس کے بازو کو پکڑنے کی کوشش کرتا لیکن وہ دھکا دیتے ہوئے نیچے چلی جاتی ہے۔ ''تم جانتی ہو میں تم سے محبت کرتا ہوں!'' لیکن وہ بھاگتے ہوئے عمارت سے باہر نکل جاتی ہے۔

''بھاڑ میں جاؤ تم، بھاڑ میں جاؤ، بھاڑ میں جاؤ۔'' وہ واقعی اس سے بہت محبت کرتا تھا، صرف اسی سے۔ انھیں ایک دوسرے کے ساتھ رہتے ہوئے دو سال گزر گئے تھے۔ وہ ایک قانونی فرم میں انٹرن کے طور پر ملے تھے۔ وہاں موجود تمام عملے، خصوصاً سکریٹریوں کو پہلے دن سے ہی احساس تھا کہ وہ ایک دوجے کے لیے ہیں اور یہ بہت حد تک سچ بھی تھا۔ وہ اسے چھوڑ نہیں سکتا تھا۔

''تم کمینے ہو!'' وہ بیٹھتے ہوئے کہتی ہے۔ ''کیا تم مجھے بتا سکتے ہو کہ تم اب تک کہاں تھے؟''

حالیوا کوئی جواب نہیں دیتا ہے۔ وہ کار کا دروازہ بند کرتی ہے اور چلی جاتی ہے۔

وہ خود کلامی کے لہجے میں کہتا ہے: ''اسے سب کچھ بتانا پڑے گا، دو سال ساتھ رہنے کے بعد اسے یہ معلوم ہی ہونا چاہیے، لیکن کیا اس بات کی گنجائش ہے کہ وہ اسے تسلیم بھی کرلے گی؟'' اس کا سر چکرا رہا تھا، وہ بستر پر گر جاتا ہے۔ اس نے گزشتہ رات عرق (۵) پیا تھا اور اس سے ایک رات قبل بھی اس نے نوگا کے ساتھ ایک بوتل

شراب پی تھی۔ اسے شراب کو عرق کے ساتھ نہیں ملانا چاہیے تھا لیکن وہ جانتا ہے کہ آدھی رات کے بعد وہ عرق کے سوا کچھ پی بھی نہیں سکتا تھا۔ اس کا سر درد سے پھٹا جا رہا تھا۔ وہ جانتا تھا کہ وہ پلک جھپکنے کے برابر بھی نہیں سو پائے گا۔ تو آخر وہ اسے بتائے گا بھی تو کیا بتائے گا؟ ظاہر ہے کہ سچ اور سچ کے سوا کچھ بھی نہیں۔ لیکن اس کی شروعات وہ کہاں سے کرے، شاید اخیر سے کہ حقیقت میں آدھی رات کے بعد وہ ایک عرب میں تبدیل ہو جاتا ہے، بالکل سنڈریلا کی طرح، لیکن معاملہ ہو بہو ایسا بھی نہیں لیکن ایسا ہی ہے۔ اور ہاں کیا نوگا فوراً اس بات کا یقین کرلے گی، کیا وہ اتنی ناسمجھ ہے!

وہ کہاں سے شروع کرے، ہاں اسے شاید معاملے کی تہہ سے شروع کرنا چاہیے۔ اس روش ہاشنہ (۲) کے تقریباً اڑتیس سال پہلے جب وہ پیدا ہوا تھا یا یہ کہ گزشتہ روش ہاشنہ سے قبل جو جنگ سے پہلے آیا تھا۔ یا اس کی ابتدا وہ اپنی ماں، جو ایک مذہبی بے اولاد یہودن تھی، کے ساتھ کرے جو چالیس سال کی عمر میں اس وقت امید سے تھی، دیوار گریہ کے پاس عبادت کرتے ہوئے، جس مقام کی مذہبی یہودی سب سے زیادہ تعظیم کرتے ہیں۔ اس نے خدا سے ایک بیٹے کی دعا کی خواہ وہ آدھا عرب ہی کیوں نہ ہو۔ وہ نوگا کو کیا یہ بتانے جا رہا ہے کہ اس کی ماں کی دعا قبول ہوگئی تھی اور وہ ہر روز آدھی رات کے بعد عرب بن جاتا ہے۔ کیا اس بات کا امکان موجود ہے کہ نوگا اس پر یقین کرلے گی اور اگر اس پر یقین بھی کرلے گی تو اس بات کی کیا ضمانت ہے کہ وہ آئندہ بھی اس سے محبت کرتی رہے گی۔ اس نے اب تک اس سے یہ بات پردۂ راز میں رکھی تھی، کیوں کہ وہ اس سے بے پناہ محبت کرتا تھا۔ اسے ہمیشہ اس بات کا ڈر لگا رہا کہ وہ اگر یہ جان جاتی تو اسے چھوڑ دیتی۔ آدھی رات کو وہ پوری طرح بدل جاتا ہے، وہ اسے یہ نہیں بتا سکتا۔ اسے یہ جاننے کے لیے اس موقعے پر موجود رہنا پڑے گا۔ لیکن وہ اس حقیقت سے بخوبی واقف تھا کہ آدھی رات کو وہ اپنی جون بدل کر ایک بالکل مختلف شخص بن جاتا ہے جس کے احساسات بھی پوری طرح بدل جاتے ہیں، یہاں تک کہ اس کے تمام خوف اور امیدیں بھی بدل جاتی ہیں، لیکن جو ظاہری تبدیلی ہوتی ہے وہ صرف زبان تک ہی محدود رہتی ہے۔ آدھی رات سے طلوع آفتاب تک بصدر، شیکل، مخصوم (تمام عبرانی الفاظ) جیسے عبرانی الفاظ کے سوا شاید ہی کوئی ایسا لفظ ہو جو وہ جانتا ہو کیوں کہ عرب بھی ان الفاظ کو یوں استعمال کرتے ہیں گویا یہ انھی کے ہوں۔ ایک بے مروت سی گونج اس کے کانوں کو چیر رہی تھی۔ ہر پانچ منٹ کے بعد وہ نوگا کے نمبر پر فون کرنے کی کوشش کر رہا تھا، یہ جانتے ہوئے بھی کہ وہ جواب نہیں دے گی۔ اسے اس کے پاس جانا ہی ہوگا۔ لیکن وہ اس سے کیا کہے گا؟ وہ اس کے سیدھے سادے سوال کا کیا جواب دے گا: ''کیا تم مجھے بتا سکتے ہو کہ تم رات بھر کہاں تھے؟'' دونوں دو سال سے ساتھ میں تو تھے لیکن انھوں نے کبھی کوئی رات ساتھ نہیں گزاری تھی۔ وہ دونوں پیار کرتے ہوئے سارا دن تو ساتھ گزارتے تھے مگر آدھی رات سے پہلے پہلے وہ کسی نہ کسی بہانے سے وہاں سے بھاگ نکلتا تھا اور غائب ہو جاتا تھا۔

بلا شبہ وہ اسے یہ نہیں بتائے گا کہ اس نے ایک فلسطینی حامی جرمن سیاح کے ساتھ رات گزاری تھی یعنی ایک ایسی خاتون جس کا نام تک وہ بھول چکا تھا۔ وہ یہ بھی نہیں بتائے گا کہ جب وہ عرب بن جاتا ہے تو اس کے

ساتھ عام طور پر کیا ہوتا ہے یعنی اس وقت جب وہ اپنے دوستوں سے ملتا ہے جو اسرائیلی قبضے کے خلاف احتجاجی تحریکوں اور اقدامات کی منصوبہ بندی کرنے کی تحریکات سے وابستہ ہوتے ہیں۔آدھی رات اور طلوع آفتاب کے درمیان میں اس کی سب سے بڑی خواہش کسی عرب لڑکی سے ملنا ہی ہوتی ہے اور وہ نوگا سے اپنی محبت پوری طرح فراموش کر دیتا ہے۔لیکن آدھی رات کے بعد تو عرب لڑکیاں ملتی ہی نہیں ہیں۔شاذ و نادر ہی جب اسے کسی حد تک کامیابی ملتی ہے تو کسی یوروپی رضا کار سے ہی کام چلانا پڑتا ہے جو اپنے سیاسی نظریات کو لے کر پُرجوش ہوتی ہیں۔

وہ یوں ہی کسی عرب میں تبدیل نہیں ہوتا بلکہ ایک باخبر فنکار کی طرح ہوتا ہے جو مغربی یروشلم یعنی یہودی علاقے میں جانے سے انکار کر رہا ہو کیوں کہ وہ ذلت اور تفتیش سے گزرنے والے مراحل کا سامنا نہیں کرنا چاہتا ہے۔یہ بات واضح ہے کہ تبدیلی جسمانی نہیں ہے لیکن وہ اچھی طرح جانتا ہے کہ وہ ایک مختلف امتیازی شخص میں تبدیل ہو جاتا ہے۔وہ اسے پہچانتے ہیں، اس کا اسے پورا یقین ہے۔طلوع آفتاب سے پہلے اسسکن روڈ پر واقع اپنے گھر لوٹتے وقت اسرائیلی بارڈر پولیس نے اسے کبھی روکا نہیں۔یہ الگ بات ہے کہ آدھی رات اور طلوع آفتاب کے درمیان وہ جانتا ہے اور محسوس بھی کرتا ہے کہ اس پر بہت سی نظریں ٹھہرتی ہیں اور اسے یہ نظریں نفرت اور سفاکی سے بھری لگتی ہیں۔لیکن وہ نوگا سے محبت کرتا۔اس کے اور ان تمام بے معنی غیر ملکی لڑکیوں کے مابین کوئی موازنہ ہی نہیں ہے جو ہر چند ماہ اس کی زندگی میں ایک بار ٹکراتی ہیں۔وہ نوگا کو ابھی بھی چھوڑنے کے لیے تیار نہیں ہے۔اسے نوگا کو بتانا ہی پڑے گا۔اسے اس بات کا پکا یقین تھا کہ وہ ضرور سمجھے گی۔ایک بار وہ پھر اس کو فون کرنے کی کوشش کرتا ہے لیکن بے سود۔

وہ اسی شام اس کے گھر پہنچتا ہے۔اس کی فلیٹ میٹ نے دروازہ کھولا۔نوگا بستر پر اوندھے منہ پڑی تھی۔اس نے اپنے سر کو تکیے میں دھنسا رکھا تھا اور کمبل سے ڈھانپ رکھا تھا، لیونارڈ کوہین کی آواز میں موسیقی تیز آواز میں بج رہی تھی۔حالیوا نے اس کی آواز کو تھوڑا کم کیا اور بستر پر اس کے بغل میں بیٹھ گیا۔نوگا کمبل کو کھینچ کر مزید مضبوطی سے اپنا سر جکڑ لیتی ہے۔''اب وقت آ گیا ہے کہ تم سچ جان لو!'' وہ کمبل میں اس کا سر ٹٹول کر ہلاتے ہوئے کہتا ہے۔

''تم سن رہی ہو نا؟'' وہ بتانا شروع کرتا ہے۔''سب سے پہلے تو تم یہ جان لو کہ میں تم سے بے پناہ محبت کرتا ہوں، صرف تمھی سے اور میں تمہارے سامنے یہ وضاحت کرنے آیا ہوں کہ تمھیں اس کا حق ہے، میں جانتا ہوں کہ یہ تم کو مضحکہ خیز لگے گا لیکن اصلاً میں آدھا عرب ہوں۔'' جب اس نے یہ آخری جملہ ادا کیا تو اس نے محسوس کیا کہ نوگا کے جسم میں حرکت ہوئی ہے۔اس نے اندازہ لگایا کہ مانو اس نے اسے ہنسا دیا ہو۔آہ! وہ اس سے کتنی محبت کرتا ہے۔پھر اسے اچانک یہ خیال آیا کہ اس نے اپنے طنز و مزاح سے ہمیشہ ہی اسے اپنی جانب متوجہ کیا ہے۔اس نے کبھی خود کو مجھ سے الگ نہیں کیا، حالاں کہ دو سال ہونے کے باوجود بھی کبھی انھوں نے کوئی رات ساتھ نہیں گزاری تھی۔اور یہ آسان نہیں تھا۔وہ اسے روش ہاشنہ اور یوم کپور (۷) کے ان درمیانی دنوں کے بارے میں بتاتا ہے جب اس کی ماں دعائیں مانگا کرتی تھی۔وہ اسے اپنے بچپن اور ان راتوں کے بارے میں بھی بتاتا

ہے جب وہ خوفزدہ ہو کر جاگ اٹھتا تھا۔ اسے کچھ بالکل الگ سا محسوس ہوتا تھا۔ وہ اس بات سے واقف تھا کہ وہ ایک مختلف زبان میں خواب دیکھتا ہے جسے وہ رات میں ہی سمجھ سکتا تھا اور صبح تک پوری طرح بھول جاتا تھا۔ وہ اسے بتاتا ہے کہ کس طرح اس کی ماں نے اس کی کیفیت کو پوشیدہ رکھا اور مختلف عجیب وغریب کہانیاں سنا کر اسے تسلی دی۔ وہ اسے ربّیوں، جادوگروں، ڈاکٹروں یہاں تک کہ عربی علما کے پاس بھی لے کر گئی تا کہ اس پر پڑ چکے اس آسیب کا خاتمہ کر سکے مگر سب بے فائدہ رہا۔

نوگا بستر پر کروٹ بدلتی ہے۔ اپنے سر سے کمبل ہٹاتی ہے اور پلنگ کے سرہانے تکیے کو رکھ کر اس پر ٹیک لگا لیتی ہے۔ اس کی آنکھیں سرخ اور سوجی ہوئی تھیں، چہرے پر مایوسی تھی۔ وہ اپنا سر جھکاتی ہے، دراز سے ٹشو پیپر نکال کر اپنی ناک صاف کرتی ہے۔ اسے یہ کہانی مذاق لگتی ہے۔ وہ ہرزل کی عادت سے واقف تھی اور اپنی اس عادت پر نالاں بھی تھی کہ وہ ہر بار اس کی چال میں آجاتی ہے اور اس کا یقین کر لیتی ہے۔ ''اور ہاں! تمھیں تو رات میں مونچھیں بھی نکل آتی ہوں گی؟'' ۔ وہ ہنس کر پوچھتی ہے۔

''نہیں'' وہ جواب دیتا ہے۔ ''تبدیلیاں باطنی ہوتی ہیں، جب میں چھوٹا تھا تو میں نے محسوس کیا جب میں پیشاب کے لیے اٹھتا ہوں تو مجھے لگتا ہے وہاں نیچے کچھ ہے جو کافی بھاری اور دن کے مقابلے تھوڑا بڑا ہو چکا ہے۔''

نوگا زور سے ہنس پڑتی ہے اور جب اس نے ہرزل کے چہرے کی طرف دیکھا، جسے وہ سنجیدہ بنانے کی کوشش کر رہا تھا تو اس کی ہنسی اور بلند ہوگئی۔

''میں جانتا تھا کہ تم میرا یقین نہیں کرو گی۔'' وہ کہتا ہے، ''لیکن اگر تم میرے ساتھ رہنا چاہتی ہو تمھیں میرا یقین کرنا ہی پڑے گا، میں تمھارے ساتھ ہی رہوں گا۔'' اس نے بے سرے انداز میں گاتے ہوئے کہا۔

''ٹھیک ہے احمد!'' اور ایک بار پھر زور سے ہنس دیتی ہے کیوں کہ نوگا اب اس کھیل سے اوب چکی ہے، وہ ہرزل کو بس کرنے کو کہتی ہے۔ بالآخر وہ دونوں ایک پوری رات ساتھ گزارنے کا فیصلہ کرتے ہیں اور یوں وہ اسے اس بے وقوفانہ کھیل کے لیے اصرار کرتا ہے۔ ہرزل کو اس کا کہا ایک بھی لفظ سمجھ میں نہیں آ رہا تھا جو وہ کہہ رہی تھی اور وہ اس سے انگریزی میں بات کرنے کی گزارش کرتا ہے۔ یہ بات نوگا کو قدرے مضحکہ خیز لگی، وہ یہ کھیل نہیں کھیلنا چاہتی تھی۔ ہرزل نے اس سے انگریزی میں وعدہ کیا کہ وہ اسے اپنی رات کی جگہوں پر لے جائے گا، لہٰذا نوگا نے اسی کے مطابق کپڑے پہنے اور وہ دونوں راش باگ اسٹریٹ سے غزہ روڈ کی طرف چل پڑتے ہیں اور بس اسٹاپ پر پہنچ کر ٹیکسی کا انتظار کرنے لگتے ہیں۔ جب پہلی ٹیکسی آئی تو ہرزل نے کھڑکی میں سر گھسا کر ڈرائیور سے انگریزی میں کہا؛ ''نہیں، شکریہ!'' نوگا کو کچھ بھی پلے نہیں پڑا۔ پھر وہ اسے بتاتا ہے کہ اس ٹیکسی کمپنی نے عرب ڈرائیوروں کی خدمات نہیں لینے کی پالیسی بنا رکھی ہے، لہٰذا ان کا بائیکاٹ کر رہا ہے۔ اس نے انسانوں سے نفرت کرنے والے ان فسطائیوں پر لعنت بھیجی۔

ہرزل اس حقیقت سے پریشان تھا کہ وہ اس رات ایک اسرائیلی یہودی لڑکی کو لے کر آیا ہے۔ اگرچہ

پب میں عام طور پر آنے والی چند شدت پسند (ریڈیکل) کارکنان لڑکیاں جو تعایش (۸) کی رہنے والی ہیں، لیکن وہ ان سے نفرت کرتا ہے اور یہ محسوس کرتا ہے کہ ان کارکنان کے منشا کا لینا دینا اسرائیل کے اندرونی تنازع سے زیادہ ہے اور وہ کسی اچھی جگہ سے نہیں آتی ہیں۔ ان کے اپنے ایجنڈے ہیں۔

اس کے پاس دوسرا کوئی چارہ نہیں تھا۔ وہ نوگا کا تعارف انجمن برائے شہری حقوق سے وابستہ ایک وکیل کے طور پر کرواتا ہے۔ وہ بھی اس تعارف پر ہامی بھرتے ہوئے سر ہلا دیتی ہے اور پھر وہ اسے ان حرکتوں سے روکنے کے لیے اشارہ کرتی ہے، حالاں کہ دل ہی میں اسے یہ خیال آرہا تھا کہ مانو یہ اسے پروپوز کرنے کا اس کا کوئی انداز ہے۔ اسے یہ پورا یقین تھا کہ یہ آج رات ہی ہوگا اور شاید گزشتہ کل رات والی بات اسی کھیل کا حصہ تھی۔ اس کے پاس کوئی چارہ نہیں تھا کیوں کہ ہرزل کا معاملہ ہمیشہ تھوڑا ہٹ کر ہوتا ہے۔

پب کا دروازہ کھولنے کے لیے جب اس نے دھکا دیا تو نوگا کو لگ رہا تھا، اس کے تمام دوست وہاں 'سرپرائز' کہہ کر چلانے لگیں گے لیکن ایسا کچھ نہیں ہوا۔ وہ اس شخص کے پیچھے چل رہی تھی جو عربی ایسے بول رہا تھے جیسے یہ اس کی گھٹی میں ملی ہوئی ہو۔ دائیں اور بائیں لوگوں کو سلام کرتے ہوئے اور ان سے ہاتھ ملاتے ہوئے اپنی میز تک جا پہنچا۔ جب وہ مکمل طور پر عرب دکھنے والے چند نوجوانوں کو گلے لگا کر بوسہ دیتا ہے تو وہ یہ سب دیکھتی رہ جاتی ہے۔ نوگا کو لگا کہ اس کے اندر واقعی کچھ بدل گیا ہے، حالاں کہ ظاہری طور پر اس میں کوئی تبدیلی نہیں آئی تھی لیکن اس کے باوجود سب کچھ بدل گیا تھا اور یہ سب اس زبان میں ہو رہا تھا جسے وہ سمجھ نہیں پا رہی تھی۔ وہ اس شخص کو پار کرنے کی کوشش کر رہی تھی جو صرف ایک گھنٹہ پہلے اس کے ساتھ موجود تھا۔ وہ اسی کی طرف دیکھ رہی تھی جو عرق کی چسکی لیتے ہوئے اور سگریٹ پی رہا تھا۔ وہ اسے یوں دیکھ رہی تھی جیسے اس سے پہلی اس کا سابقہ پڑا ہو۔ ہرزل نے اس کو نظرانداز کرتے ہوئے اپنی نظریں اس کی جانب سے ہٹائے رکھیں اور جب ان کی نگاہیں اتفاقاً ٹکراتیں تو وہ ان میں شک اور بغاوت کی چنگاریاں محسوس کرتی۔ اب وہ ایک منٹ بھی وہاں رکنا نہیں چاہ رہی تھی اور نہ اس کی بات چیت میں مخل ہونا چاہتی تھی۔ کون جانتا تھا کہ اس کا ردعمل کیا ہوتا۔

وہ دونوں وہاں پر زیادہ دیر نہیں ٹھہرے، شاید یہی کوئی ڈیڑھ گھنٹے۔ معانقے اور بوسوں کے ساتھ وہ اپنے دوستوں سے رخصت لیتا ہے اور شیخ جراح سے ٹیکسی پکڑنے نکلتا ہے۔ ان دونوں نے اپاٹمنٹ پہنچنے تک راستے میں کوئی بات نہیں کی۔ پڑوسی کا کتا پراسرار طور پر بھونکتا ہے اور ہرزل عربی میں اس پر لعنت بھیجتا ہے۔ وہ چابی کا گچھا اٹھاتا ہے اور عربی کتابوں سے بھری ایک بند الماری کھولتا ہے۔ وہ اس میں سے ایک کتاب نکالتا ہے اور پڑھنے بیٹھ جاتا ہے۔ ''تو؟'' اس بار نوگا نے لرزتے ہوئے انگریزی میں پوچھا؛ ''کیا تم حماس سے ہو یا۔۔۔؟''

''تمہاری ہمت کیسے ہوئی؟'' اس نے ڈانٹتے ہوئے کہا، کیوں کہ ایک یہودی کے لیے حماس دہشت گردی کو ڈورڈ ہے۔ ''پاپولر فرنٹ،'' اس نے کتاب پڑھتے ہوئے جواب دیا۔ نوگا اس سے ایک محفوظ فاصلے پر بیٹھی رہی۔ اس نے ساری رات پلک تک نہیں جھپکائی اور اسے سوتے ہوئے دیکھتی رہی یہاں تک کہ وہ نیند میں بھی بدلا

بدلا سا تھا۔ وہ طلوع آفتاب کے وقت چونک کر بیدار ہوا اور اپنے آس پاس نظریں دوڑا کر خود کو مطمئن کیا کہ وہ محفوظ ماحول میں ہے۔ نوگا اسے محبت بھری نظروں سے دیکھتی ہے اور وہ بھی اسے ایسے ہی دیکھتا ہے؛ ''صبح بخیر میری جان!''

وہ کافی پرسکون لگ رہی تھی۔ یہ ہے وہ آدمی جس سے وہ واقف ہے۔ ''تو؟'' وہ مسکراتے ہوئے پوچھتی ہے۔

''کیا میری پیاری؟'' وہ جواب میں کہتا ہے۔

''اس پوری عرب کہانی کے ساتھ کیا ہونے والا ہے؟''

''اگر تم مجھ سے پوچھو تو،'' وہ غسل خانے کی طرف جاتے ہوئے کہتا ہے؛ ''وہ سب دھواں بن کر اڑ جائیں گے۔''

حاشیے از مترجم:

(۱) اس علاقے میں پایا جانے والا ایک مسالہ۔

(۲) یہودیوں کی دینی اور مذہبی درس گاہ۔

(۳) پرانے یروشلم سے اندر یا باہر آنے جانے کا راستہ۔

(۴) یہ ایک برطانوی سگریٹ کا برانڈ ہے جسے اسرائیل میں عموماً عرب پیتے ہیں۔ اسے کافی 'ہارڈ' مانا جاتا ہے۔

(۵) یہ اسرائیل کی دیسی شراب ہے، جسے عموماً عرب پیتے ہیں، جیسے برصغیر میں ٹھرّا۔ یہ نسبتاً سستی اور تیز ہوتی ہے۔

(۶) یہودیوں کا مذہبی نیا سال۔

(۷) یہودیوں کا اہم تہوار۔ یہ دراصل حضرت موسیٰ کے حصول تجلی سے پہلے صحرائے سینا میں بھٹکنے سے متعلق ہے اور اسی یاد میں منایا جاتا ہے، یہ یہودیوں کے نزدیک بہت مقدس ہے۔ اس روز وہ روزے بھی رکھتے ہیں۔

(۹) اسرائیل میں ایک جگہ، جہاں عرب اور یہودیوں کی ملی جلی آبادی رہتی ہے۔

ابوقاسم کی ہڑتال

اکرم ھنیہ (فلسطین)

ترجمہ: شمس الرب خان

اکرم ھنیہ شہر 'رام اللہ' میں ۱۹۵۳ء میں پیدا ہوئے۔ آپ کی تعلیم وہیں ہوئی. آپ میدان صحافت سے جڑے اور آگے چل کر بیت المقدس سے نکلنے والے اخبار 'الشعب' کے مدیر اعلی بنے۔ نومبر ۱۹۸۶ء میں قابض حکومت نے انھیں جلاوطن کر دیا۔

آپ کے افسانوں کا مجموعہ ۱۹۸۶ء میں 'طقوس لیوم آخر' ('کسی اور دن کی رسمیں') اور 'قصص قصیرۃ من الارض المحتلۃ' ('خطۂ مقبوضہ کے افسانے') کے نام سے شائع ہو چکا ہے۔

شمس الرب خان مہاراشٹر کالج، ممبئی کے شعبہ عربی و اسلامیات میں اسسٹنٹ پروفیسر کے عہدے پر فائز ہیں۔ انھوں نے عربی زبان وادب میں ایم اے کیا اور اب اسی پر پی ایچ ڈی کر رہے ہیں۔ زیر نظر کہانی کا ترجمہ انھوں نے براہ راست عربی زبان سے ہی کیا ہے۔

سڑک سنسان پڑی ہے۔ جب بھی ہوا چلتی ہے، درخت کے پتے جھڑنے لگتے ہیں۔ گھنا کہرا چھایا ہوا ہے، اتنا گھنا کہ دیکھنے میں پریشانی ہو رہی ہے۔ ابوقاسم اپنے جسم کے اردگرد اپنا بھاری بھرکم کوٹ لپیٹ لیتا ہے۔ وہ اسکول کی دوسری منزل کی کھڑکی سے سڑک پر نظریں گڑائے کھڑا رہتا ہے۔ شہر رات، ٹھنڈک اور گشت کی آواز کے سایے میں اونگھ رہا ہے۔

''کیا وہ لوگ آج کی رات آئیں گے؟'' وہ سگریٹ سلگا لیتا ہے۔ ''میں چاہتا ہوں کہ وہ آئیں۔''

ہفتوں پہلے جب پرنسپل نے اس سے اسکول کی باہری دیوار پر لکھے ہوئے نعرے مٹانے کو کہا تھا تو وہ جز بز ہوا تھا۔ اس نے پرنسپل کی جانب ہلکی سوالیہ نگاہوں سے دیکھا۔ پرنسپل پریشان دکھائی دے رہا تھا، اس نے

معاملے کی وضاحت کی؛ ''ابوقاسم! دیکھو، فوج نے ہم سے کہا ہے کہ یا تو ہم نعرے مٹا دیں، یا وہ طلبہ کو گرفتار کر لیں گے اور اسکول بند کر دیں گے۔'' اس کا تردد اب بھی نہیں گیا تو پرنسپل نے اس کے کندھے پر تھپکی دی اور کمزور آواز میں بولا؛ ''یہ معاملات ہمارے ہاتھ میں نہیں ہیں، طلبا اس مسئلہ کو سمجھتے ہیں۔''

جب وہ برش اور چونا پانی سے بھری ہوئی بالٹی لے کر اسکول کی دیوار پر لکھے ہوئے نعرے مٹانے جا رہا تھا، تو اسے لگا جیسے طلبا کی نگاہیں پھندا ہوں جس کا گھیرا اس کی گردن کے اردگرد تنگ ہی ہوتا جا رہا ہو۔ اس کا پورا جسم تھرتھرا رہا تھا جب وہ دیوار کے اس حصہ پر سفید لکیریں پھیر رہا تھا جس پر سرخ رنگ میں یہ الفاظ لکھے ہوئے تھے؛ ''ہڑتال... قبضہ تسلیم نہیں۔'' وہ اس کام کو جلد از جلد ختم کرنا چاہتا تھا، لیکن بوکھلاہٹ نے مزید دیر لگوا دی۔ جب وہ یہ کام ختم کر چکا تو میدان میں کھیلتے کودتے طلبا کے درمیان سے گزرتے ہوئے وہ شدید ذلت کے کرب میں پس رہا تھا۔

''وہ بہت دشوار صورتحال تھی۔'' ابوقاسم کھڑکی کے شیشے سے دیکھتا رہتا ہے۔ اس نے اسی دن پرنسپل سے کہا تھا کہ وہ اس سے یہ کام نہ لے، لیکن دو دنوں کے بعد ہی دیوار پر نعرے نظر آنے لگے۔ اب کی بار جب پرنسپل نے پھر اس سے وہی گزارش کی تو اس نے منت سماجت کرتے ہوئے کہا کہ وہ اسے یہ کام اسکول کی چھٹی ہونے کے بعد اس وقت کرنے دے، جب اسکول طلبا سے خالی ہو جاتا ہے۔

سڑک پر تیز آواز کے ساتھ ہوا چل رہی تھی۔ بارش کی نرم و نازک بوندیں گر رہی تھیں۔ ابوقاسم حرارت حاصل کرنے کے لیے اپنے ہاتھوں کو رگڑتا ہے۔ اس وقت اسے پہلی منزل پر واقع گارڈ روم میں آلہ حرارت کے پاس ہونا چاہیے لیکن کچھ دنوں سے وہ یہیں کھڑا کھڑا سڑک کو تاکتا رہتا ہے، اس انتظار میں کہ کوئی آئے اور نعرے لکھ جائے۔ ایک ہفتہ پہلے جب سے طلبا کی ایک بڑی جماعت کو گرفتار کیا گیا تھا، اسکول کی دیوار پر نعرے دکھائی دینے بند ہو گئے تھے۔ ابوقاسم اس بات کو لے کر شدید رنج و غم میں مبتلا تھا۔

اچانک اس کے حواس بیدار ہو گئے۔ اس نے اپنا چہرہ کھڑکی کے شیشہ سے لگا دیا۔ اسے بغل والی عمارت کی دیوار پر ایک سایہ حرکت کرتا ہوا دکھائی دیا تھا۔

''ضرور وہی ہوں گے۔ نعرے پھر نظر آئیں گے۔'' لیکن اس کی امیدوں پر پانی پھر گیا جب اسے پتہ چلا کہ وہ سایہ ایک چھوٹے سے درخت کا تھا جو ہوا کے جھونکوں کی وجہ سے ہل رہا تھا۔ ابوقاسم کے خیالات میں دور دراز واقع اس کا گاؤں آ دھمکا۔ اس کے پردۂ تصور پر اس کے نوعمر بیٹے کی تصویر ابھری جو بڑے جوش کے ساتھ یہ بتا رہا تھا کہ صبح صبح گاؤں کی مسجد کے مینارے پر انھوں نے جھنڈا لہراتے ہوئے دیکھا۔ ابوقاسم کے لاغر جسم میں شفقت پدری اور یادِ وطن موجیں مارنے لگے۔

طوفانی ہوا چل رہی تھی۔ شہر موسلا دھار بارش کے آگے سرنگوں تھا۔ صنوبر کے بلند و بالا درخت طویل سڑک پر بچھے سے جا رہے تھے۔ ''میں چاہتا ہوں کہ اب نہ آئیں۔'' لیکن وہ تیز آواز سے بڑبڑایا؛ ''لیکن نعروں کا ظاہر ہونا ضروری ہے۔''

اس نے اپنا بایاں ہاتھ کھڑکی سے قریب کیا۔ سڑک پر واقع بجلی کے کھمبے سے آنے والی روشنی اس کی گھڑی پر پڑی۔ آدھی رات ہونے کو تھی۔ اس نے پختہ ارادہ کرلیا تھا۔ کوٹ کو اچھے سے پہن لیا۔ اسکول کے گودام کی جانب چلا۔ ایک نیا پینٹ باکس نکال کر اسے کھولا۔ ایک برش لیا پھر چھتری لینے اساتذہ کے کمرے کی جانب بڑھا۔

باہر نکلتے ہی ہوا، بارش اور ٹھنڈک نے اس کا استقبال کیا۔ اس نے چھتری کو مضبوطی سے پکڑلیا۔ اسکول کے باہری گیٹ کو کھولا۔ اپنے اردگرد محتاط انداز میں دیکھا۔ ''اس وقت یہاں کوئی نہیں ہوسکتا۔'' وہ دیوار کی طرف لپکا۔ زمین پر پینٹ باکس رکھ کر اسے کھولا۔ ''یہ پینٹ بارش کے پانی سے نہیں اترے گا۔'' اس نے داہنے ہاتھ سے برش پکڑا، اسے پینٹ میں ڈبویا اور دھیرے دھیرے دیوار پر لکھنے لگا۔ تحریر خوبصورت تو نہیں تھی لیکن الفاظ واضح اور مربوط تھے۔ بارش ہورہی تھی، شہر سو رہا تھا اور دیوار پر آتشیں الفاظ رنگ بکھیر رہے تھے:

''ہڑتال... گرفتاروں کو رہا کرو.. قبضہ تسلیم نہیں۔''

رومان پسند کریم غسال

زیاد خداش (فلسطین)

ترجمہ: خان حسنین عاقب

زیاد خداش ایک فلسطینی مصنف اور افسانہ نگار ہیں۔ وہ ۱۹۶۴ء میں 'بیت نبالہ' نامی دیہات میں پیدا ہوئے۔ فی الحال وہ رملّہ کے نزدیک جلازون رفیوجی کیمپ میں رہتے ہیں۔ انھوں نے جارڈن یونیورسٹی سے عربی ادب میں گریجویشن کیا اور رملّہ کے اسکولوں میں تخلیقی تحریر نویسی Creative Writing پڑھاتے ہیں۔ اب تک ان کی کہانیوں کے گیارہ مجموعے شائع ہو چکے ہیں۔ انھیں 'بیرے کی غلطی' نامی کتاب پر ۲۰۱۵ء میں انعام بھی مل چکا ہے۔

مترجم کا مختصر تعارف گزشتہ صفحات میں پیش کیا جا چکا ہے۔

"میں رومان پسند ہوں، نادانو! اور مجھے 'نزار قبانی' کی شاعری سے عشق ہے۔"

لوگوں کے الزامات اور طعنوں کے جواب میں کریم کا یہی جواب ہوتا، اور اسی جواب کی بنیاد پر (رفیوجی) کیمپ کے لوگوں نے اس کے نام کے ساتھ 'رومان پسند' کا لاحقہ جوڑ دیا تھا۔ میں جب کبھی رومان پسند کریم کو اس راستے سے واپس لوٹتے دیکھتا جس سے دوسرے لوگ بھی گزرتے تو میں اسے زور سے آواز لگاتا، "کریم! راستے سے ہٹ جاؤ ورنہ لوگ پاگل ہو اٹھیں گے۔ کہیں وہ تمھیں کوئی نقصان نہ پہنچا دیں۔"

انجام کار کریم نے کیمپ سے اپنے گھر واپسی کے لیے دوسرے راستے تلاش کر لیے۔ یہ ایک ایسا حل تھا جسے کریم اور کیمپ کے دوسرے مکینوں نے تسلیم کر لیا تھا۔ اگر کیمپ کا کوئی مکین اپنا راستہ کھو بیٹھتا اور غلطی سے اس راستے کی طرف جا نکلتا جس سے کریم گزرتا تو وہ کافی فاصلے سے چلاتے ہوئے اسے متنبہ کرتا، "اے بھائی، ہوشیار! یہ رومان پسند کریم غسال ہے۔ بھاگ جاؤ۔ دور ہو جاؤ۔"

لوگوں کی نفرت، ناپسندیدگی اوران کی خوفزدگی سے بچنے کا یہ اس کا اپنا طریقہ تھا۔

کبھی کبھی نادانستگی میں یا پھر صورت حال سے تنگ آ کر کریم ہماری گزرگاہ پر ہمارے ساتھ شامل ہوجاتا اور جب کبھی ایسا ہوتا تو لوگوں میں افراتفری مچ جاتی۔ خوفزدہ ہوکر لوگ اس پر چیختے چلاتے اوراس سے دو رہ کراس کا پیچھا کرتے۔ ایسی صورت حال میں کریم کیمپ والوں، ان کے رشتے داروں، مُردوں اور فلسطین، سب کو بددعائیں دیتا اورانھیں بھیانک انجام کی دھمکیاں دیتا ہوا بہ عجلت وہاں سے نکل جاتا۔

ایسے موقع پر موت کے ڈر سے لوگ ایک دوسرے سے باہم رابطہ اور مشورہ کرتے۔

''کیا ہمیں کریم کے ساتھ تعلق استوار کرلینا چاہیے تاکہ وہ ہمارے اور ہمارے رشتے داروں کی نعشوں کا مثلہ نہ کرے؟ یا پھر پولس میں اس کے خلاف شکایت درج کروادینی چاہیے؟''

لوگ جانتے تھے کہ کریم واحد بندہ ہے جو شہر کے ہسپتال میں نعشوں کو غسل دیتا ہے اور جب وہ اپنا کام کررہا ہوتا ہے تو نعش کے کسی قریبی عزیز کو بھی اندر آنے کی اجازت نہیں ہوتی۔ اس صورت میں کیمپ کے مکینوں اور کریم کے درمیان اس 'سرد جنگ' میں کریم کی پوزیشن فاتحانہ ہوتی۔

کوئی نہیں جانتا تھا کہ کریم ان نعشوں کے ساتھ کیا سلوک کرتا ہے جنھیں وہ غسل دیتا ہے۔ کیا وہ، افواہ کے مطابق، نعش کے اعضا چراتا ہے؟ کیا وہ نعش کے کھلے حصوں مثلاً نتھنوں وغیرہ میں انجان چیزیں ٹھونستا ہے تاکہ نعش کا احترام پامال کیا جائے؟ کیا وہ نعشوں پر تھوکتا ہے؟ کیا وہ نعشوں کو ٹھوکریں لگاتا ہے؟ انھیں چاقو سے ضرب لگاتا ہے؟ خیر جو بھی ہو، کریم لوگوں کو ان کے تصورات اوران کے ذہنوں میں اس کی دھمکیوں سے متعلق شکوک و شبہات کی دنیا میں ان کے حال پر چھوڑ دیتا۔ وہ جو چاہیں سوچیں۔

کریم کے بارے میں خوفناک کہانیوں کا آغاز ہسپتال میں زیر علاج کیمپ کے ایک نوجوان کے ذریعے پھیلائی گئی افواہ سے ہوا تھا۔ اس نے کسی سے کہا، ''میں نے کریم کو ہسپتال کے کوریڈور سے ایک انسانی سر لے کر گزرتے ہوئے دیکھا ہے۔ لوگ اس سے دور بھاگ رہے تھے۔''

''کیا تم نے اپنی آنکھوں سے دیکھا ہے؟''

''ہاں بھائی! میں قسم کھا کر کہہ سکتا ہوں۔''

اس افواہ کے کچھ دن بعد کریم اپنے کندھوں پر نامانوس اشیا سے بھرا کالا بیگ لٹکائے کیمپ کی پیلے رنگ کی فورڈ میں سوار ہوا۔ یہ بات تو خدا ہی جانتا تھا یا کریم کہ اس بیگ میں کیا ہے۔ خیر، پھر یہ ہوا کہ اسی فورڈ کے دیگر مسافرین میں وہ نوجوان بھی شامل تھا جس نے کریم کو ہسپتال میں انسانی سر لے جاتے ہوئے دیکھا تھا۔ جیسے ہی کریم فورڈ میں سوار ہوا، یہ نوجوان اتنی زور سے چیخا کہ گاڑی ہل کر رہ گئی۔

''میں قسم کھا کر کہتا ہوں کہ میں نے اسے انسانی سر کے ساتھ دیکھا تھا۔'' وہ چیخ کر بولا۔

یہ سنتے ہی تمام مسافرین، بشمول ڈرائیور، اپنی نشستوں سے اُچھلے اور سیدھے گاڑی سے باہر نکل بھاگے۔ وہ ایک ٹریفک پولس مین کو بلا کر گاڑی تک لے آئے اور کریم کی طرف اشارہ کیا جو پیش آئند صورت حال

سے بدحواس ہوکر ایک طرف اکیلا بیٹھا تھا۔ پولس والا بھی دوسروں کی طرح خوفزدہ اور پس وپیش میں مبتلا ہو گیا تھا۔

کیمپ میں کوئی بھی شخص کریم کو پسند نہیں کرتا تھا اور نہ اس سے بات کرنا چاہتا تھا، کیوں کہ ان کی نظروں میں وہ ایک دہشتناک انسان تھا۔ وہ کیمپ میں اپنی بیوی اور تین بچوں کے ساتھ رہتا تھا لیکن اس کے گھر کی کھڑکیاں بیشتر اوقات بند رہتیں۔ اس کے بچے گھر کے پچھلے حصے میں واقع کانکریٹ کی دیواروں سے گھرے صحن میں اکیلے ہی کھیلتے۔

زبان درزبان چلی آرہی کہانیوں کے مطابق، کریم کے بارے میں پھیلائی گئی افواہیں اس مقام تک پہنچ گئی تھیں کہ؛ کریم جن نعشوں کو غسل دیتا ہے، ان کے مخصوص اعضا کاٹ کر الگ کرلیتا ہے اور انھیں یہودیوں کے ہاتھ بیچ دیتا ہے۔

اس کے خلاف یہ جنگ اپنی انتہا کو پہنچ چکی تھی۔ کیمپ کے لوگوں اور نعشوں کے ساتھ کریم کے اس 'ڈرامے' سے متاثر ہوکر میں نے، کریم جو راستہ اختیار کرتا تھا، اس سے گزرتے ہوئے اس کے دروازے پر دستک دینے کا فیصلہ کیا۔ میں جاننا چاہتا تھا کہ دراصل اس کے ساتھ یہ سب کیا چل رہا ہے۔ میں اس کے بارے میں لکھنا چاہتا تھا۔

''السلام علیکم کریم بھائی!'' میں نے ایک دن اس سے کہا۔ ''تمھاری اس مصیبت پر مجھے تم سے ہمدردی ہے۔ اور میں بھی تمھاری طرح نزار قبانی کی شاعری کا پرستار ہوں۔ میں چاہتا ہوں کہ ہم ساتھ چلتے ہوئے باتیں بھی کرتے رہیں۔ میں تمھارے بارے میں لکھنا چاہتا ہوں۔''

''تب تو تم یقیناً پاگل ہو۔ تم دوسرے لوگوں کے خلاف کیوں جانا چاہتے ہو؟ مجھ سے بساند آتی ہے۔ میرے جیب انسانی اعضا سے بھرے ہوتے ہیں۔ اگر تم میرے زیادہ قریب آؤ گے تو بیمار ہو جاؤ گے۔ کیا میرے متعلق کیمپ میں یہی افواہیں نہیں پھیلی ہیں؟ بہتر ہے، چلو تم اُدھر کو ہو اہو جدھر کی۔''

یہ میری اہانت تھی۔ میں نے دیکھا کریم مجھ سے دور ہوکر راستے کے کنارے کھڑا ہو گیا تھا جہاں سے اسے ایک ایمبولنس روزانہ پک اپ کرتی اور ہسپتال پہنچاتی۔ پہلے پہل اس نے ٹیکسی کے ذریعے ہسپتال جانے کی کوشش کی لیکن کوئی ٹیکسی والا اسے لے جانے کے لیے راضی نہیں ہوا۔

لیکن ایک شام پڑوسی اس وقت حیرت زدہ رہ گئے جب میں نے نزار قبانی کی شاعری کی کتابوں سے بھرے کارڈبورڈ کے باکس کے ساتھ کریم کے دروازے پر دستک دی۔ میں نے ایک عورت کو کہتے سنا، ''ہو نہ ہو یہ آدمی کریم کے ساتھ نعشوں کا کاروبار کرتا ہے۔ دیکھو، اس کے ہاتھوں میں باکس بھی ہے۔''

کریم نے دروازہ کھولا اور عجیب انداز میں میرا استقبال کیا۔ ''کہیے جناب! میں آپ کی کیا خدمت کرسکتا ہوں؟''

میں نے باکس کھولا۔ کریم دیکھتا رہا اور نزار قبانی کی شاعری کی کتابیں باکس سے باہر پھسل پڑیں۔ خوشی کے مارے وہ مجھے اپنے گھر کے اندرونی حصے میں لے گیا اور اپنی بیوی اور بچوں کو آواز دے کر بلایا۔ اس کی

فیملی کتابیں دیکھ کر اسی کی طرح بے انتہا خوش ہوئی اور رات کے کھانے کے لیے اصرار کرنے لگی۔ میں نے وہ تمام رات کریم کے معزز مہمان کی حیثیت سے اس کے گھر میں گزاری۔ اس نے مختلف پھلوں، حلبہ اور چائے وغیرہ سے میری ضیافت کی جب کہ میں نے نزار قبانی اور اس کی شاعری اور اس کی زندگی سے متعلق مختلف کہانیاں سنا کر اسے خوش کیا۔

میں نے اسے 'نزار قبانی' کی وہ نظمیں بھی سنائیں جو اس نے پہلے کبھی نہیں پڑھی تھیں۔ میں نے کریم کی آنکھوں میں آنسو دیکھے۔ پھر اچانک اس نے مجھے گلے لگا لیا۔

''جناب'' وہ بولا، ''کیا کوئی ذی حس و ذی عقل شخص یہ سوچ سکتا ہے کہ نزار کی شاعری کا کوئی عاشق کبھی انسانی نعشوں کا مثلہ بھی کر سکتا ہے؟ نعشوں کے اعضا کاٹ کر الگ کر سکتا ہے؟ نعشوں کے اعضا بیچ سکتا ہے؟ یا ایک انسانی سر ہاتھوں میں لیے گھوم سکتا ہے؟''

''بالکل نہیں کریم!'' میں نے کہا، ''کوئی ذی عقل ایسا سوچ بھی نہیں سکتا۔ مجھے تو ان افواہوں پر شروع ہی سے یقین نہیں تھا۔ اگر مجھے ان افواہوں پر ذرا بھی یقین ہوتا تو میں ساری رات تمھارے گھر میں تمھارے ساتھ نہ گزارتا۔''

اگلی صبح جب میں کریم سے رخصت ہو رہا تھا تو وہ مجھے چھوڑنے کے لیے دروازے تک آیا۔ وہ انتہائی خوش اور مطمئن لگ رہا تھا۔ اس نے مجھے گلے لگایا اور میرے کانوں میں سرگوشی کی، ''یقین رکھیے جناب! میں اُس کے ساتھ انتہائی احترام کے ساتھ پیش آؤں گا۔ میں اُسے نہایت عمدگی سے غسل دوں گا اور غسل دیتے وقت میں نزار کی محبت بھری نظمیں گنگناؤں گا۔''

''تم کس کی بات کر رہے ہو کریم؟ تم کسے غسل دو گے اور کس کا احترام کرو گے میرے عزیز؟ میں سمجھا نہیں۔'' میں نے پوچھا۔

''آپ کی شاندار نعش کی جناب!''

مالک مکان

ابوعثمان الجاحظ (بصرہ)

ترجمہ: ظفر سید

ابوعثمان عمرو بن بحر الکنانی البصری (۷۷۶ء-۸۶۸ء) عراق کے شہر بصرہ میں پیدا ہوئے۔ وہ عربی زبان کے بے مثال ادیب تھے، عقائد کی سطح پر وہ معتزلی تھے۔ ان کا خاندان بے حد غریب تھا اور ان کے دادا ساربان تھے۔ جاحظ خود بچپن میں بصرہ کی نہروں کے کنارے مچھلیاں بیچا کرتے تھے۔ ان کے بارے میں کہا جاتا ہے کہ وہ بدہیئت تھے جس کی وجہ سے لوگ ان کا مذاق اڑایا کرتے تھے۔ عربی لفظ 'جاحظ' کا مطلب ایسا شخص ہے جس کے دیدے باہر کو نکلے ہوئے ہوں لیکن جاحظ نے ان رکاوٹوں کو آڑے نہیں آنے دیا اور تہیہ کر لیا کہ اپنے مخالفوں کو علم کی روشنی سے شکست دیں گے۔

ابواسحق نظام معتزلی سے علم کلام میں سند حاصل کی اور انھی کے ہم خیال ہو گئے۔ اپنی تحریروں میں بھی معتزلہ کی حمایت کرتے۔ انھوں نے عرب انشا پردازوں سے بھی استفادہ کیا۔

اپنی عمر کا بیشتر حصہ بے فکری اور آسودگی کے ساتھ اپنے وطن میں رہ کر تصنیف و تالیف میں گزارا۔ انھوں نے انشا پردازوں کو پرانی طرز سے نکالنے میں اہم کردار ادا کیا۔ ان کے کلام میں اشارہ کا بُعد، عبارت کا قرب اور استعارہ کی قلت ہے۔ وہ اپنے خطوط و رسائل، مضامین و تصانیف کی وجہ سے گورنروں میں مقبول اور شہر کے باعزت لوگوں میں شمار ہوتے تھے۔ وہ طنز و مزاح کے خوگر اور مروجہ رسومات و آداب کی ہنسی اڑانے کے عادی تھے۔ مامون الرشید، معتصم باللہ، واثق باللہ، متوکل علی اللہ کے زمانہ میں تلاش معاش کے چکر میں رہے، اس کے بعد محمد بن عبدالملک کی تینوں وزارتوں میں رہے۔

جاحظ کی تصانیف کی تعداد دو سو سے زائد ہے۔

ان کی زیرِ نظر کہانی کے بارے میں کہا جاتا ہے کہ یہ کہانی جاحظ نے معروف فلسفی الکندی کے بارے میں لکھی ہے جن کی کنجوسی ضرب المثل تھی۔

ظفر سید پاکستان میں رہتے ہیں، زیف سید کے نام سے بھی جانے جاتے ہیں۔ فکشن لکھتے ہیں۔ ان کے افسانے ہندو پاک کے مشہور رسائل کے علاوہ سہ ماہی 'اثبات' میں بھی شائع ہو چکے ہیں۔ 'گل مینہ' کے نام سے ان کا ناول قارئین سے داد وصول کر چکا ہے۔ بورخیس کے پندرہ افسانوں کے ترجموں پر مشتمل مجموعہ 'بھول بھلیاں' اکادمی ادبیات، پاکستان نے شائع کیا۔ ظفر سید 'بی بی سی نیوز' اور 'وائس آف امریکہ' سے وابستہ رہ چکے ہیں، فی الحال 'انڈیپنڈنٹ اردو' کے آن لائن ایڈیٹر ہیں۔

معبد نے کہا: ''میں ایک کرائے کے مکان میں رہتا تھا کہ میرا ایک عم زاد اپنے بیٹے کے ساتھ آن پہنچا۔ ابھی کچھ زیادہ وقت نہیں گزرا تھا کہ مالک مکان کا رقعہ آ گیا: 'یہ دو نئے لوگ جو آئے ہیں یہ ایک دو راتیں ٹھہرنا چاہیں تو کوئی مسئلہ نہیں ہے۔''

میں نے جواب میں لکھا: ''وہ صرف ایک ماہ ٹھہریں گے۔''

اس نے جواب میں لکھا: ''میں نے یہ گھر تمھیں تیس درہم میں کرائے پر دیا ہے۔ تم چھ لوگ ہو، یہ پانچ درہم فی کس ہوئے۔ اس لیے اب جب کہ تم نے دو آدمیوں کا اضافہ کر دیا ہے، کرایہ بھی اسی حساب سے دس درہم بڑھ جائے گا۔ آج کے بعد سے تم مجھے اس مکان کے چالیس درہم ادا کیا کرو گے۔''

میں نے لکھا: ''ان کے یہاں رہنے سے آپ کا کیا جائے گا؟ ان کے جسموں کا بوجھ تو زمین اٹھائے گی جس نے پہاڑوں کا بوجھ بھی اٹھایا ہوا ہے، اور ان کے کھانے پینے کی ذمہ داری میری ہے، آپ کی نہیں۔ مہربانی کر کے ذرا کرایے میں اس قدر اضافے کی کوئی تک لکھیے تاکہ میں بھی سمجھ سکوں۔''

مجھے کیا پتہ تھا کہ وہ میری چال مجھی پر الٹ دے گا، چنانچہ اس کا جواب موصول ہوا:

''اس کی وجوہات بہت زیادہ، صاف صاف، اور تسلیم شدہ ہیں۔ ان میں سے ایک یہ ہے کہ فضلہ دان جلد بھر جایا کرے گا اور اسے صاف کرنے میں سخت دقت ہوا کرے گی۔ دوسری وجہ یہ ہے کہ مکان کی چھت مٹی کی ہے اور فرش پر گارچ کی لپائی کی گئی ہے۔ دو نئے لوگوں کے مکان کے اندر چلنے پھرنے اور سیڑھیوں پر بار بار اترنے چڑھنے سے مٹی بوسیدہ ہو جائے گی، دیواروں کا پلستر اکھڑ جائے گا اور سیڑھیوں کے پائیدان گھس جائیں گے۔ اور شہتیروں کا تو ذکر ہی کیا جو دب جائیں گے کیوں کہ ان پر اس قدر زیادہ چلا جائے گا، حتیٰ کہ زیادہ وزن کی وجہ سے وہ ٹوٹ بھی سکتے ہیں۔ جب کہیں پر مسلسل آنا جانا، کھولنا، بند کرنا، چٹخنی چڑھانا اور کھولنا ہوتا ہو، وہاں دروازے ٹوٹ جایا کرتے ہیں اور آہنی کنڈیاں اور قبضے گھس جاتے ہیں۔ جب کسی گھر میں بہت سے بچے یا بڑی تعداد میں

لوگ بستے ہوں وہاں دروازوں کی میخیں اکھڑ جاتی ہیں، لکڑی کے تالے ہتھی سے نکل جاتے ہیں، اور دھاتی چھلنیاں باہر آجاتی ہیں اور جنگلے شکستہ ہو جاتے ہیں۔ ایسے گھر کے باسی 'زدو' کا کھیل کھیلنے کے لیے صحن میں چھوٹے چھوٹے گڑھے کھود دیتے ہیں اور فرش پر چوبی گاڑیاں چلاتے ہیں۔ ان مذکورہ بالا سرگرمیوں کے علاوہ وہ دیواروں پر بھی کیلیں اور کھونٹیاں ٹھونک ٹھونک کر انھیں تباہ کر ڈالتے ہیں۔

''جب خاندان میں اتنے سارے افراد ہوں تو ان کے ملاقاتی، مہمان اور ملنے ملانے والے بھی زیادہ ہوتے ہیں۔ ان کے لیے بہت سا پانی انڈیلنے کی ضرورت پڑتی ہے۔ اس مقصد کی خاطر پہلے کے مقابلے پر کہیں زیادہ مٹکے استعمال کرنا پڑتے ہیں جو ٹپکتے اور رِستے رہتے ہیں۔ یہ چیز دیواروں کے نچلے حصے کو کھا جاتی ہے، جس سے اوپری حصہ بھر بھرا ہو جاتا ہے، بنیادیں ہل جاتی ہیں اور پورا ڈھانچہ اب گرا کہ تب گرا کی تصویر بن جاتا ہے۔ اور یہ سب کچھ محض ایک رستے ہوئے مٹکے، مٹکے سے ٹپکتے ہوئے پانی، کنویں کے بے حساب استعمال اور بدانتظامی کی بدولت ہوتا ہے۔

''ان کے لیے روٹی زیادہ پکانا پڑے گی، ان کی تعداد کی مناسبت سے زیادہ شوربہ اور گوشت پکانا پڑے گا، اور اسی حساب سے ایندھن استعمال ہوگا۔ آگ کسی کو نہیں بخشتی، اور گھر کیا ہے سوائے سوختنی لکڑی کے ڈھیر کے؟ گھر کے اندر جو بھی چیز ہے اور آگ کی خوراک ہے۔ میرے ساتھ کتنی ہی بار ہوا ہے کہ میری روزی کا وسیلہ ہی آگ کے شعلوں کی نذر ہو گیا۔ آگ جلا کر تم خرچ میں بے پناہ اضافے کا موجب بنو گے۔ عین ممکن ہے کہ تمھاری لائی ہوئی یہ برائی ہمسائیوں کے گھروں اور ان میں بسنے والے لوگوں تک بھی پہنچ جائے۔ اگر ایسے موقعے پر لوگ مالک مکان کو اس بدقسمتی سے نمٹنے کے لیے اکیلا چھوڑ دیں تو بھی شاید اسے کسی حد تک برداشت کیا جا سکے، لیکن وہ تو الٹا اسے منحوس سمجھنے لگتے ہیں اور اس کے بارے میں بات کرنا پسند نہیں کرتے۔ وہ سارا الزام اسی کے سر تھوپ دیتے ہیں اور اسے کڑی تنقید کا نشانہ بنایا جاتا ہے۔

''پھر یہ کہ وہ لوگ تنور بنائیں گے اور چھت کے ابھرے ہوئے حصہ میں ہانڈیاں رکھیں گے جہاں ان کے اور بانس اور شہتیروں کے درمیان صرف ایک ہلکی سی تہہ موجود ہے، جو اسے آگ جیسے کسی خطرے سے نہیں بچا سکتی۔

''کئی کرایہ دار ایسے ہوتے ہیں جو وقت پر کرایہ دینے سے انکاری ہوتے ہیں، اور جب کئی ماہ کا کرایہ چڑھ جاتا ہے تو وہ اپنے قرض خواہوں کو بھوکا مرنے کے چھوڑ کر بھاگ جاتے ہیں، اور وہ قرض خواہ رقم کے سلسلے میں اپنی نرم دلی اور ہمدردی پر ہاتھ ملتے رہ جاتے ہیں۔

''مالک مکان گھر کی صفائی ستھرائی کرتے ہیں تاکہ وہ کرایہ داروں کی نظروں میں جچے اور وہ اسے کرائے پر لینے پر آمادہ ہو جائے، لیکن جب کرایہ دار گھر خالی کرتا ہے تو اپنے پیچھے گندگی اور تباہی کا ڈھیر چھوڑ جاتا ہے، جس کی مرمت بھاری خرچ کے بعد ہی ہو سکتی ہے۔ گھر میں دروازے کی کوئی بلی ایسی نہیں ہوتی جسے وہ چوری نہ کرے، کوئی سیڑھی ایسی نہیں ہوتی جسے وہ اٹھا نہ لے جائے، کوئی مٹکا نہیں ہوتا جس پر وہ ہاتھ نہ صاف کرے۔ وہ

کپڑے دھوتے وقت مسلسل انھیں کوٹتا رہتا ہے، اور یہ کارروائی وہ پہلی منزل کے فرش پر ان پتھروں کے اوپر سرانجام دیتا ہے جنھیں فرش میں برتن رکھنے کے لیے بنایا گیا ہے، یا پھر وہ یہ کام کھڑکیوں کی چوبی چوکاٹھوں کے اندر کرتا ہے۔ اگر گھر کا فرش ٹائلوں سے بنا ہوا ہے یا پکی اینٹوں کا ہے، اور مالک مکان نے باقی فرش کو بچانے کی غرض سے کپڑے کوٹنے کے لیے اس کے ایک حصے میں ایک پتھر رکھ چھوڑا ہے تو یہ بے رحم، دھوکے باز اور کمینے اس کی بجائے جہاں کہیں بیٹھے ہوں، وہیں کوٹنا شروع کر دیتے ہیں اور اس سے صرفِ نظر کر جاتے ہیں کہ وہ کیا تباہی لا رہے ہیں۔ پھر وہ اس نقصان کا کوئی ہرجانہ بھی ادا نہیں کرتے اور نہ ہی مالک مکان سے اس کی اجازت طلب کرتے ہیں، اور نہ ہی تنہائی میں اللہ سے توبہ استغفار کرتے ہیں۔ مزید برآں ان سے سال میں دس درہم اضافی دینے کو کہا جائے وہ اسے حد سے تجاوز سمجھتے ہیں، لیکن اس بات کو حد سے تجاوز نہیں سمجھتے کہ گھر کے مالک نے اس مکان پر دس ہزار دینار خرچ کیے ہیں۔ کیا ان کے ذہن سے کبھی یہ خیال گزرتا ہے کہ وہ اس گھر کے عوض مالک کو کیا دیتے ہیں؟

''تو بات یہ ہے کہ وقت جو چیز سخت ہے اسے ڈھیلا کر دیتا ہے، جو نئی ہے، اسے پرانا بنا دیتا ہے، جو ساتھ ساتھ تھی، اسے الگ الگ کر دیتا ہے۔ یہ مکانوں کے ساتھ بھی وہی سلوک کرتا ہے جو چٹانوں کے ساتھ کرتا ہے، یہ گھروں میں سے بھی وہ سب کچھ لے جاتا ہے جو وہ ہر کسی سے لیتا ہے، وہ تر کو خشک بنا دیتا ہے اور خشک کو مرجھا دیتا ہے، اور مرجھائے ہوئے کو فنا کر دیتا ہے۔

''گھروں کی عمریں کم اور وجود محدود ہوتا ہے، اور ان کے فوائد اور سہولیات کا بھرپور مزہ اس کے کرایہ دار اٹھاتے ہیں۔ کرایہ دار ہی ان کی چمک دمک کو ماند کرتے ہیں، وہی مکانوں کو بوڑھا بناتے ہیں اور اپنی بدانتظامی سے انھیں مار ڈالتے ہیں۔ اس لیے جب میں مکان کی تعمیر اور پھر بعد میں شکست و ریخت کے بعد مرمت پر اٹھنے والے خرچ کا تقابل اس کے کرایے کی مد سے آنے والی رقم سے کرتا ہوں، تو معلوم ہوتا ہے کہ مالک مکان کو ہونے والا نقصان کرایہ دار کو ہونے والے فائدے کے براہ راست متناسب ہے، سوائے اس کے کہ مرمت پر آنے والی لاگت میں یک مشت ادا کرتا ہوں جب کہ مجھے جو ملتا ہے وہ قسطوں میں ملتا ہے۔ اس پر مستزاد یہ کہ اکثر وہ بھی نہیں ملتا اور کرایہ دار سے لمبے عرصے تک بار بار تقاضا کرنا پڑتا ہے۔

''اور پھر کرایہ دار کی مالک مکان کے لیے نفرت اور مالک مکان کی اس کے لیے محبت کا کیا کہنا۔ کیوں کہ مالک مکان اپنے کرایہ دار کی تندرستی چاہتا ہے۔ اگر وہ دکان دار ہے تو چاہتا ہے کہ اسے جلد از جلد منافع ہو، اگر وہ ہنرمند ہے تو چاہتا ہے کہ اس کے کام کی مانگ جمی رہے۔ لیکن کرایہ دار؟ اس کی سب سے بڑی تمنا یہی ہوتی ہے کہ خدا کسی نہ کسی طریقے سے مالکِ مکان کی توجہ ہٹا دے، اسے کسی ذاتی معاملے یا کسی واقعے میں الجھا دے، اگر چاہے تو اسے قید میں ڈلوا دے، یا چاہے تو مروا ہی ڈالے۔ اس کی تمام تر خواہشات کا مرکز یہ ہوتا ہے کہ کسی نہ کسی طرح مالک مکان کا دھیان اس سے ہٹ جائے، اسے اس سے کچھ غرض نہیں کہ کیسے، بس یہ کہ جتنا وہ پھنس جائے۔ اس بات سے اسے اتنی ہی مسرت ہوتی ہے، اور وہ اپنے آپ کو اتنا ہی پرسکون محسوس کرتا ہے۔ تاہم اگر اس کا

کاروبار نہ چلے، یا اس کی چیزیں نہ بکیں تو وہ کرایے میں کمی کا مطالبہ کر کے مالک مکان کی آمدن گھٹانے کی کوشش کرتا ہے۔ لیکن اگر اللہ اس کے کاروبار میں برکت دے تو وہ کبھی بھی مالک مکان کا بھلا نہیں سوچتا اور کرایے کی ادائیگی کے مقررہ وقت سے پہلے تانبے کا ایک پیسہ تک ادا نہیں کرتا۔

لاش کی نمائش

حسن بلاسم (عراق)

ترجمہ: ارجمند آرا

حسن بلاسم (پ: ۱۹۷۳) بغداد میں پیدا ہوئے لیکن وہ فن لینڈ اس وقت بطور رفیوجی منتقل ہو گئے جب انھوں نے کُرد علاقے میں 'The Wounded Camera' نامی فلم بنائی۔ اس کے علاوہ انھوں نے ۴ مختصر فلمیں بھی ڈائریکٹ کیں۔ ان کی افسانہ نگاری پر بھی ان کی کئی کتابیں منظر عام پر آ چکی ہیں۔ ان کی کہانیوں کا مجموعہ عربی سے انگریزی میں ترجمہ کیا گیا جو ۲۰۰۹ء میں انگلینڈ میں شائع ہوا، بعد میں پینگوئن نے ۲۰۱۴ء میں ان کے افسانوں کے تراجم شائع کیے۔ انھیں کئی بار بیرونی ممالک میں انعامات سے نوازا گیا۔ زیر نظر کہانی کا انگریزی عنوان 'The Corpse Exhibition' ہے۔

ڈاکٹر ارجمند آرا کا تعارف جلد اول میں پیش کیا جا چکا ہے۔

اپنا خنجر نکالنے سے پہلے وہ بولا، ''اپنے اسامی کی فائل پڑھنے کے بعد تم کو ایک مختصر نوٹ لکھ کر بتانا ہوگا کہ اپنے پہلے اسامی کو کس طرح قتل کرو گے اور شہر میں اس کی لاش کی نمائش کس طرح کرو گے۔ لیکن اس کا یہ مطلب ہرگز نہ ہوگا کہ جو کچھ تم اپنی تحریر میں تجویز کرو گے، وہ منظور کر لیا جائے گا۔ ہمارا کوئی اسپیشلسٹ مجوزہ طریقہ کار کا جائزہ لے گا اور وہ اس کی یا تو منظوری دے گا یا پھر کوئی اور طریقہ تجویز کرے گا۔ کام کے تمام مرحلوں میں یہی طریقہ کار تمام پیشہ وروں پر لاگو ہوتا ہے۔ جب تمھاری تربیت کا مرحلہ مکمل ہو جائے گا اور آزمائش ہو چکے گی، اس کے بعد بھی یہی طریقہ کار رہے گا۔ ان تمام مراحل کے دوران تمھیں پوری تنخواہ ملتی رہے گی۔ میں فی الوقت ان ساری تفصیلات میں پڑنا نہیں چاہتا۔ میں ان کے بارے میں تم کو بتدریج بتاتا رہوں گا۔ جب اسامی کی

فائل تمھیں مل جائے گی تو اس کے بعد تم پہلے کی مانند کوئی سوال زبانی نہیں پوچھ سکو گے۔ تمھیں اپنے سارے سوال لکھ کر پوچھنے ہوں گے۔ تمھارے سارے سوال، تجویزیں اور تحریریں تمھاری نجی فائل میں محفوظ کردی جائیں گی۔ کام کے تعلق سے تم مجھے کوئی ایمیل ہرگز نہیں بھیجو گے، نہ ہی ٹیلیفون کرو گے۔ اپنے سوال ایک مخصوص فارم پر لکھ کر دو گے جو میں تمھیں بعد میں دوں گا۔ اہم بات یہ ہے کہ اب تم اپنا وقت اسامی کی فائل توجہ اور صبر کے ساتھ پڑھنے میں لگاؤ گے۔

''میں تمھیں یاد دلاتا ہوں کہ اگر تم اپنے پہلے اسائمنٹ میں ناکام ہوئے تو بھی ہم تمھارے ساتھ معاہدہ ختم نہیں کریں گے۔ ناکام ہونے کی صورت میں تمھارا تبادلہ تنخواہ پر دوسرے شعبے میں کردیا جائے گا۔ لیکن ضروری ہے کہ ایک مرتبہ پھر میں تمھیں یاد دلا دوں کہ پہلی تنخواہ ملنے کے بعد اگر ملازمت چھوڑنے کے بارے میں سوچو گے تو یہ ہمیں قبول نہیں ہوگا، اور تم کامیاب نہ ہو سکو گے۔ اس کی شرائط بہت سخت ہیں، اور بالفرض مینجمنٹ تم سے رابطہ ختم کرنے کو تیار ہو بھی گیا تو تمھیں بہت سی آزمائشوں سے گزرنا پڑے گا، جو خاصے طویل عرصے تک جاری رہ سکتی ہیں۔ ہمارے آرکائیوز میں ان رضاکاروں اور ایجنٹوں کی فائلیں محفوظ ہیں، جنھوں نے اپنی مرضی سے معاہدہ ختم کرنا طے کیا۔ اگر تم بھی ایسا کرنے کا سوچ رہے ہو تو ہم تمھیں دوسروں کے تجربوں کی چند مثالوں سے روشناس کرائیں گے۔ مجھے یقین ہے کہ تم اپنا کام محنت سے کرو گے اور اس سے محظوظ ہو گے۔ تم دیکھو گے کہ تمھاری زندگی کس طرح بدل جائے گی۔

''یہ تمھارا پہلا تحفہ ہے، لیکن اسے ابھی نہ کھولنا۔ یہ تمھاری پوری تنخواہ ہے۔ جہاں تک شکار خور جانوروں کی زندگیوں پر ڈاکیومنٹریوں کا تعلق ہے، تم انھیں خرید سکتے ہو اور ہم اس کے اخراجات بعد میں ادا کر دیں گے۔ شکار کی ہڈیوں کی تصویروں پر خصوصی توجہ صرف کرنا۔

''ہمیشہ یاد رکھنا عزیز دوست! ہم کوئی دہشت گرد نہیں ہیں جن کا مقصد ممکنہ حد تک زیادہ زیادہ لوگوں کا شکار کرنا ہوتا ہے تاکہ اس سے دوسرے لوگ خوف میں مبتلا ہو جائیں اور نہ ہی ہم کوئی جنونی قاتل ہیں جو پیسے کے لیے کام کرتے ہیں۔ ہمیں کسی شدت پسند اسلامی گروہ یا ایسی انٹیلی جنس ایجنسیوں سے بھی کوئی واسطہ نہیں جو کسی نابکار حکومت یا ایسی ہی کسی احمقانہ سوچ کے لیے کام کرتی ہیں۔

''مجھے معلوم ہے کہ اب بعض سوال تمھارے ذہن میں کلبلا رہے ہیں، لیکن تمھیں بتدریج پتہ چل جائے گا کہ دنیا اس طرح بنی ہے کہ اس میں کئی سطحیں ہیں اور یہ بات کسی کے لیے عملاً ناممکن ہے کہ وہ ان تمام سطحوں اور تمام تہوں تک آسانی سے پہنچ جائے۔ مت بھولو کہ ادارے کے عہدوں میں سے ایک اعلیٰ عہدہ تمھارا منتظر ہے، اگر تم ایسے تخیل کے مالک ہو جو تازہ، جوشیلا اور جاذب نظر ہو۔

''ہر وہ شخص جسے تم ختم کرو گے، ایک فن پارہ ہے جو تمھارے ہاتھ کے فائنل ٹچ کا منتظر ہے تاکہ اس ملک کے ملبے کے بیچ تم کسی بیش بہا ہیرے کی مانند دمک سکو۔ لوگوں کی دید کے لیے لاش کی نمائش اس خلاقی کی انتہا ہے جس کے ہم متلاشی ہیں اور جس کے مطالعے کی اور جس سے استفادے کی ہم کوشش کر رہے ہیں۔ ذاتی طور

پر، میں ایسے ایجنٹوں کو برداشت نہیں کر سکتا جن کے پاس قوت متخیلہ نہیں ہے۔ مثال کے طور پر، ہمارے پاس ایک ایجنٹ ہے جس کا خفیہ نام 'خنجر شیطان' ہے۔ میری خواہش ہے کہ اس کا انچارج جتنی جلدی ممکن ہو، اس سے نجات حاصل کر لے۔ اس آدمی کا خیال ہے کہ اسامی کے اعضا کو کاٹ کر انھیں غریب محلوں کے بجلی کے تاروں پر لٹکا دینا خلاقی اور ایجاد طبعی کی معراج ہے۔ یہ شخص کسی متکبر احمق سے زیادہ کچھ نہیں۔ مجھے اس کے کلاسیکی طریقہ کار سے نفرت ہے، حالاں کہ وہ کلاسیکیت کی بات کرتا ہے۔ یہ سبک سر آدمی محض اتنا کرتا ہے کہ اپنی اسامی کے اعضائے جسمانی میں رنگ بھرتا ہے؛ دل گہرا نیلا، آنتیں سبز، جگر اور فوطے زرد، اور پھر انھیں نظر نہ آنے والے دھاگوں پر لٹکا دیتا ہے۔ یہ کام سادگی کی شعریات کو سمجھنے کی کوشش کیے بغیر کیا کرتا ہے۔

''جب میں تمھیں تفصیلات بتا رہا ہوں، دیکھ سکتا ہوں کہ تمھاری آنکھوں میں اضطراب کی کیفیت ہے۔ پُرسکون ہو جاؤ، گہری سانس لو، اپنی مخفی روح کے آہنگ کو سکون اور صبر کے ساتھ سنو۔ اب میں چند اور نکات کی وضاحت کر دوں تا کہ چند غلط خدشات جو تمھارے دل میں ہو سکتے ہیں، رفع ہو جائیں۔ چلو، تمھارے ساتھ تھوڑا سا وقت ضائع کرتا ہوں۔ جو کچھ میں تمھیں بتانے جا رہا ہوں، وہ محض میرا نجی تاثر ہو سکتا ہے اور گروپ کے کسی دوسرے رکن کی رائے اس سے مختلف ہو سکتی ہے۔

''مجھے ایجاز، سادگی اور جاذب نظر پیکر پسند ہیں۔ مثلاً ایجنٹ 'بہرے' کو ہی لو۔ پُرسکون طبیعت کا ہے اور اس کی نظر نہایت تیز اور واضح ہے۔ میری نظر میں اس کا بہترین شاہکار وہ عورت تھی جو اپنے بچے کو دودھ پلا رہی تھی۔ سردیوں کی ایک صبح، بارش میں پیدل چلنے والوں اور گاڑی والوں کا ایک ہجوم اس عورت کو دیکھنے کے لیے جمع ہو گیا تھا۔ وہ عریاں تھی اور فربہ، اور اس کا بچہ بھی عریاں تھا، جو اس کے بائیں پستان سے دودھ پی رہا تھا۔ اس عورت کو ایک مصروف سڑک کی مرکزی پٹی پر لگے کھجور کے ایک خشک درخت کے نیچے بٹھایا تھا۔ عورت یا بچے کے جسم پر کہیں بھی کسی زخم یا گولی کا نشان تک نہ تھا۔ عورت اور اس کا بچہ زندگی سے اتنے ہی بھرپور لگ رہے تھے جیسے شفاف پانی کا چشمہ۔ یہی وہ عبقریت ہے جس کا اس صدی میں سراسر فقدان ہے۔ تم نے اس عورت کے بھاری بھرکم پستان دیکھے ہوں گے، اور اس کا بچہ کس قدر لاغر تھا، جیسے ہڈیوں کے کسی انبار پر بچوں کی جلد جیسا چمکدار سفید رنگ پوت دیا گیا ہو۔ کوئی اس بات کا اندازہ نہیں لگا سکتا تھا کہ ماں اور بچہ کس طرح مارے گئے ہوں گے۔ بیشتر لوگوں کو لگا ہوگا کہ اس نے کوئی ایسا پُراسرار زہر استعمال کیا ہے جس کی ابھی زمرہ بندی تک نہیں ہوئی ہے۔ لیکن تمھیں چاہیے کہ ہماری لائبریری کے آرکائیوز میں جا کر اس جامع اور شاعرانہ رپورٹ کا مطالعہ کرو جو بہرے نے اس غیر معمولی فن پارے سے متعلق تحریر کی تھی۔ گروپ میں وہ اب ایک اہم عہدے پر فائز ہے بلکہ وہ اس سے بھی کہیں زیادہ کا حق دار ہے۔

''تمھیں یہ بات اچھی طرح سمجھ لینی چاہیے کہ یہ ملک اس صدی کے نادر ترین مواقع فراہم کر رہا ہے۔ ممکن ہے ہم یہاں زیادہ دن تک کام نہ کر سکیں۔ جیسے ہی حالات میں انتشار آئے گا، ہمیں کسی اور ملک کا رخ کرنا پڑے گا۔ فکر نہ کرو، بہت سے امیدوار ہیں۔ سنو، ماضی میں ہم نے تم جیسے نئے طالب علموں کو کلاسیکی اسباق کی

تربیت دی ہے لیکن اب حالات بدل گئے ہیں، اب ہم نے ہدایتوں کے بجائے جمہوریت اور تخیل کی سہتا پر تکیہ کرنا شروع کر دیا ہے۔ پروفیشنل ڈھنگ سیکھنے سے پہلے ہم جو کچھ کرتے تھے، اس کی توجیہہ کے لیے میں نے طویل عرصے تک مطالعہ کیا اور بہت سی بیزارکن کتابیں پڑھیں۔ ہم ایسے تحقیقی مطالعات پڑھتے تھے جن میں امن کی بات کی گئی تھی، ایسے مطالعات جو دراصل قابل نفریں بلاغت کے ساتھ تحریر کیے گئے تھے۔ ہر بات کا جواز فراہم کرنے کے لیے ان میں بہت سے خام اور غیر ضروری قیاسات تھے۔ ان میں سے ایک یہ تھا کہ فارمیسی میں تمام دوائیں، معمولی سا پرانا ٹوتھ پیسٹ تک بھی، کس طرح چوہوں اور دوسرے جانوروں پر لیبارٹری ٹیسٹ کر کے تیار کیے جاتے تھے۔ اس لیے اس روئے زمین پر امن کا قیام تب تک ممکن نہیں، جب تک لیبارٹری میں انسانوں کی قربانی نہ دی جائے۔ اس قسم کے قدیم طرز کے اسباق بیزارکن اور مایوس کن تھے۔ تمھاری پیڑھی بہت خوش قسمت ہے کہ اسے سنہری مواقع کا یہ عہد نصیب ہوا۔ آئس کریم چوستی ہوئی کوئی فلم ایکٹریس درجنوں ایسی تصویروں اور خبروں کا مرکز بن سکتی ہے جو اس دنیا کے، جو چیخ و پکار اور رقص کی چکی ہے، کسی ایسے دور دراز گاؤں تک پہنچے جو قحط کی تباہی جھیل رہا ہو۔ یہ کم از کم اس شے کو پانے میں تو کامیاب ہے، جسے دنیا کی مجہولیت اور ذو پہلو جوہر کی بازیافت کا انصاف' کہتا ہوں۔ اسی کا ایک پہلو یہ ہے کہ مرکز شہر میں لاش کی نمائش خلاقی کے ساتھ کی جائے۔

''شاید میں نے تم سے کچھ زیادہ ہی باتیں کہہ دی ہیں، لیکن یہ بھی صاف صاف بتا دوں کہ میں تمھارے لیے متفکر ہوں، کیوں کہ تم یا تو نرے احمق ہو یا پھر جینیئس، اور اس قسم کے ایجنٹ میرے تجسس کو ہوا دیتے ہیں۔ اگر تم جینیئس ہو تو بڑی عمدہ بات ہے۔ میں اب بھی جینیئس میں اعتقاد رکھتا ہوں، حالاں کہ گروپ کے بیشتر اراکین تجربے اور مشق کی بات کیا کرتے ہیں۔ اور اگر تم احمق ہو تو جانے سے پہلے تک کو ایک احمق کے بارے میں ایک چھوٹی سی اور مفید کہانی سناتا چلوں، جس نے اپنی حماقت سے ہمارے معاملات کا کباڑا کرنے کی کوشش کی تھی۔ مجھے اس کی عرفیت؛ 'میخ' تک پسند نہ تھی۔ جب کمیٹی نے یہ تجویز منظور کر لی کہ میخ کس طریقے سے اپنے اسامی کو قتل کرے گا اور اس کی لاش کی نمائش ایک بڑے ریستوراں میں کرے گا، تو ہم اس کے نتائج کا انتظار کرنے لگے۔ لیکن یہ شخص اپنا کام انجام دینے میں بے حد سستی برت رہا تھا۔ میں نے اس سے کئی بار ملاقات کی اور پوچھا کہ آخر تاخیر کا سبب کیا ہے۔ وہ کہتا تھا کہ وہ اپنے سے پہلے والوں کا طریقہ کار دہرانا نہیں چاہتا اور اس کی خواہش ہے کہ ہمارے کام میں خلاقی کی ایک لمبی جست لگائے، لیکن سچائی اس کے برعکس تھی۔ میخ ایسا بزدل آدمی تھا جو انسان دوستی کے پیش پا افتادہ احساسات سے آلودہ تھا، اور کسی بھی مریض کی مانند اس نے بھی دوسروں کو قتل کرنے کی سودمندی پر سوال اٹھانا اور اس پر حیران ہونا شروع کر دیا تھا کہ کیا سچ مچ کوئی ایسا خالق ہے جو ہمارے تمام اعمال پر نظر رکھتا ہے اور بس یہی اس کے پاتال کے سفر کی شروعات تھی۔ کیوں کہ ہر بچہ جو اس دنیا میں پیدا ہوتا ہے، نیک یا بد اٹھنے کے سادہ سے امکان سے دوچار ہوتا ہے، جیسا کہ اس احمق دنیا میں مذہبی تعلیم کے مدرسوں کے ذریعے کی گئی زمرہ بندی سے ظاہر ہے۔ لیکن ہمارے لیے یہ یکسر مختلف معاملہ ہے۔ ہر بچہ جو پیدا ہوتا

ہے، وہ ڈوبتے ہوئے جہاز پر محض ایک اور بوجھ ہے۔ خیر، میں تمھیں بتادوں کہ کسی کو لاش میں بدلنے کے بجائے وہ اسپتال کے مردہ گھر سے کسی لاش کا انتخاب کرلے۔ ایسا کرنا چنداں مشکل نہ تھا کہ وہ اپنے رشتے دار کو اس کام کے لیے اپنی اُجرت میں سے آدھی رقم دے دے جو اسے گروپ کی جانب سے ملی تھی۔ دہشت گردی کی احمقانہ کاروائیوں کے نتیجوں میں مردہ گھر لاشوں سے بھرا پڑا تھا۔ ایسے مردے جو کار بم دھماکوں میں چیتھڑوں میں بدل گئے تھے، مسلکی جھگڑوں میں بعضوں کے سر اور تن جدا کردیے گئے تھے، بعض پھولی لاشیں جو تہہ دریا سے برآمد ہوئی تھیں اور بعض لاشیں ان احمقوں کی تھیں جو افرادی وجوہ سے قتل کردیے گئے تھے اور فن کاری سے ان کا کوئی تعلق نہ تھا۔ اس رات میخ خفیہ طور پر مردہ گھر میں داخل ہوا اور عوامی نمائش کے لیے مناسب مردہ ڈھونڈنے لگا۔ میخ بچوں کی لاشیں دیکھ رہا تھا، کیوں کہ اپنی ابتدائی رپورٹ میں اس نے جو تجویز رکھی تھی، اس کے مطابق اسے پانچ سال کے بچے کو قتل کرنا تھا۔

''مردہ گھر میں ان اسکولی بچوں کی لاشیں رکھی ہوتی تھیں، جو بم دھماکوں میں مسخ ہو گئے تھے، یا بازار کے بم دھماکوں میں ختم ہو گئے تھے، یا گھروں پر فضائی بمباری کے نتیجے میں ٹکڑے ٹکڑے ہو گئے تھے۔ میخ نے بالآخر ایک لاش کا انتخاب کیا جس کا سر، مسلکی اسباب سے، اس کے بقیہ اہل خانہ کے ساتھ کاٹ دیا گیا تھا۔ یہ لاش بالکل صاف ستھری تھی اور اس کی گردن اتنی صفائی سے اتاری گئی تھی جیسے کاغذ کے دو ٹکڑے کردیے گئے ہوں۔ میخ کا خیال تھا کہ اس لاش کی نمائش وہ ایک ریستوراں میں کرے گا اور ساتھ میں اس کے گھر والوں کی آنکھیں ایک میز پر، خون کے پیالوں میں رکھ کر سوپ کی مانند سجائے گا۔ شاید یہ ایک خوبصورت تصور تھا، لیکن اس سے بڑی بات یہ تھی کہ یہ سارا کام دھوکے اور دغا پر مبنی تھا۔ اگر اس نے بچے کی گردن اپنے ہاتھوں سے کاٹی ہوتی تو یہ ایک مصدقہ فنی شاہکار ہوتا، لیکن اس کو مردہ گھر سے چرانا اور اس قبیح ڈھنگ سے پیش آنا نیک وقت شرمناک اور بزدلی کا کام تھا۔ بہرحال، وہ یہ نہ سمجھ سکا کہ آج کی دنیا محض کسی ایک سرنگ اور راہداری سے نہیں بلکہ دوسری راہوں سے بھی باہم منسلک ہے۔

''اس سے پہلے کہ میخ بے چارے عوام کو دھوکا دیتا، ایک پیشہ ور تجہیز کار نے اسے بروقت جا پکڑا۔ تجہیز کار کی عمر ساٹھ برس سے اوپر تھی، اور وہ خاصا لحیم شحیم تھا۔ جب سے ملک میں مسخ شدہ لاشوں کی تعداد بڑھ گئی تھی، مردہ گھر میں اس کا کاروبار زور شور سے چل پڑا تھا۔ لوگ اسے اپنے ان بچوں اور دیگر رشتے داروں کی لاشوں کو جوڑ کر صحیح سلامت کرنے کے لیے بلاتے تھے جن کے بم دھماکوں اور قتل و غارت کے سبب چیتھڑے بکھر گئے ہوں۔ بچوں کی لاشوں کو ان کی سابقہ حالت میں لانے کے عوض میں وہ اسے اچھی اُجرت دیتے تھے۔ یہ تجہیز کار واقعی ایک عمدہ فن کار تھا۔ وہ اپنا کام نہایت صبر اور دل جمعی سے کرتا تھا۔ اس رات وہ میخ کو مردہ گھر میں پہلو کے ایک کمرے میں لے گیا اور کمرہ بند کرلیا۔ اس نے میخ کو ایسی دوا کا انجکشن لگایا جس سے وہ بے ہوش ہوئے بغیر مفلوج ہو گیا۔ اس نے میخ کو مردہ گھر کی میز پر لٹادیا اور اس کے ہاتھ اور پیر میز کے ساتھ باندھ کیے اور منھ میں کپڑا ٹھونس دیا۔ جب تک وہ اپنے کام کی میز تیار کرتا رہا، بچوں کا ایک خوبصورت گیت اپنی عورتوں جیسی آواز میں گنگنا

تا رہا۔ یہ گیت ایک ایسے بچے کے بارے میں تھا جو خون کے ایک چھوٹے سے پوکھر میں مینڈک کا شکار کر رہا تھا۔ بیچ بیچ میں وہ میخ کے بالوں کو نرمی سے تھپتھپاتا تھا اور اس کے کان میں سرگوشی کرتا تھا؛ 'اوہ! میرے عزیز اوہ! میرے رفیق! اجل سے بھی زیادہ عجیب ایک اور بات ہے۔ اس دنیا کو دیکھنا، جو تم کو دیکھ رہی ہو؛ حرکت کیے بغیر، کچھ سوچے بغیر، بلکہ بلا مقصد، جیسے تم اور دنیا ایک بے بصیرتی میں یکجا ہو گئے ہوں، خاموشی اور تنہائی کی مانند۔ اور اجل سے تھوڑی سی زیادہ عجیب ایک اور بات ہے؛ کسی مرد اور عورت کا بستر میں کھیلنا، اور پھر تمھارا، صرف تمھارا جنسی لذت کے عروج پر پہنچنا، تم جو کہ اپنی داستان زندگی ہمیشہ ہی غلط ڈھنگ سے تحریر کرتے ہو۔'

''تجہیز کار نے اپنا کام فجر ہوتے ہوتے مکمل کر لیا۔

''وزارت انصاف کے صدر دروازے کے سامنے ایک چبوترہ بنا تھا، ویسا ہی چبوترہ جن پر شہر کے مجسمے کھڑے ہوتے ہیں، لیکن یہ گوشت کے قیمے اور ہڈیوں سے تعمیر کیا گیا تھا۔ چبوترے کے اوپر کانسے کا ایک ستون تھا اور اس ستون پر میخ کی کھال لٹکی ہوئی تھی۔ اس کو بڑی مہارت کے ساتھ گوشت سے سالم سالم جدا کیا گیا تھا، اور وہ ہوا میں فتح کے پرچم کی مانند لہرا رہی تھی۔ چبوترے کے سامنے والے حصے میں میخ کی داہنی آنکھ کو دیکھا جا سکتا تھا، جسے اس کے گوشت کے قیمے میں سجا دیا گیا تھا۔ اس آنکھ میں ویسا ہی بے مزہ تاثر تھا جیسا فی الوقت تمھاری آنکھوں میں ہے۔ کیا تم جانتے ہو کہ تجہیز کار کون تھا؟ یہ شخص ادارے کے سب سے اہم شعبے کا انچارج ہے۔ یہ شخص شعبۂ صداقت اور تخلیقیت کا انچارج ہے۔''

تب اس نے خنجر میرے پیٹ میں ترازو کر دیا اور بولا؛ ''تم لرز رہے ہو۔''

اس سیریز کی دیگر کتابیں

جنوبی ایشیا سے کچھ افسانے

جنوب مشرقی ایشیا سے کچھ افسانے

مغربی ایشیا سے کچھ افسانے

مشرق وسطیٰ سے کچھ افسانے

مغربی یورپ سے کچھ افسانے

شمالی یورپ سے کچھ افسانے

جنوبی یورپ سے کچھ افسانے

کچھ امریکی افسانے

شمالی امریکہ سے کچھ افسانے

جنوبی امریکہ سے کچھ افسانے

کچھ افریقی افسانے

اشعر نجمی کی کچھ اور کتابیں

مزاحمتی نظمیں (انتخاب)

مزاحمتی فکشن (انتخاب)

فکری مزاحمت کے پہلو

ادبی مزاحمت کا نیا پیش لفظ

نسائی مزاحمت

صحافتی مزاحمت

ثقافتی مزاحمت اور معاشرہ

راشٹر واد کی آڑ میں

مصنوعی ذہانت اور ہم

ஆஹா, யோகா!